HANS-JÜRGEN RUSCH

Gekapert

TERROR AUF DER OSTSEE Der ehemalige Geheimdienstoffizier Arno Janning plant einen Terrorakt im Ostseeraum. Der Erlös aus einem Waffendeal, abgewickelt über das Fährschiff Lisco Gloria, soll den Anschlag finanzieren. Die Ostseefähre geht in Flammen auf und Janning muss umdisponieren.

Mit Akribie bereitet er das Museumsschiff Hans Beimler für den geplanten Angriff vor. Die ehemalige Raketenkorvette der DDR-Volksmarine liegt im Hafen Peenemünde. Mit ihren vier Startcontainern für P-22-Raketen ist das Schiff hervorragend für einen Angriff auf ein Küstenziel geeignet. Jannings Vorbereitungen verlaufen planmäßig, bis ein Regierungsbeamter die technische Aufrüstung bemerkt. Kurzerhand beseitigt Janning den Staatsdiener und weckt dadurch die Aufmerksamkeit des Bundeskanzleramtes. Dennoch kann Janning die Hans Beimler einsatzbereit machen. An einem sonnigen Augustmorgen verlässt sie den Hafen und wird wenig später entführt …

Hans-Jürgen Rusch, geboren 1957 in der Niederlausitz und aufgewachsen auf Rügen, studierte Schiffsbetriebstechnik und Elektrotechnik. Als Offizier fuhr er auf einem Gefechtsversorger und lehrte anschließend an der Offiziershochschule in Stralsund als Dozent und Fachgruppenleiter. Nach der Wende quittierte er den Dienst in der Armee und zog 1991 mit seiner Familie in das niedersächsische Umland von Bremen. Es folgten Jahre in einem Bremer Familienunternehmen, bevor er 2005 einen eigenen Betrieb gründete.

Bisherige Veröffentlichungen im Gmeiner-Verlag:
Bremen und umzu (2012)
Neptunopfer (2011)
Gegenwende (2010)

HANS-JÜRGEN RUSCH

Gekapert

Der zweite Schlag des Arno Janning

GMEINER *Original*

Personen und Handlung sind frei erfunden.
Ähnlichkeiten mit lebenden oder toten Personen
sind rein zufällig und nicht beabsichtigt.

Auch wenn der Roman Ereignisse im August 2011 beschreibt,
ist dessen Handlung an die gesetzlichen Grundlagen angepasst,
wie sie nach der Plenarentscheidung des Bundesverfassungsgerichts
zum Einsatz der Streitkräfte im Inneren (›Luftsicherheitsgesetz‹)
vom 03. Juli 2012 entstanden sind.
Damit beschreibt der Text die aktuelle Sicherheitslage
in der Bundesrepublik.

Besuchen Sie uns im Internet:
www.gmeiner-verlag.de

Im Ehnried 5, 88605 Meßkirch
Telefon 07575/2095-0
info@gmeiner-verlag.de

2. Auflage 2014

Lektorat: Claudia Senghaas, Kirchardt
Herstellung: Julia Franze
Umschlaggestaltung: U.O.R.G. Lutz Eberle, Stuttgart
unter Verwendung eines Fotos von: © crimson – Fotolia.com
Druck: CPI books GmbH, Leck
Printed in Germany
ISBN 978-3-8392-1373-5

Gewidmet den Frauen und Männern, die unsere Seegrenzen sichern, und den Menschen, die sich tagtäglich für die Sicherheit auf Nord- und Ostsee aufopfern.

INHALTSVERZEICHNIS

Decksplan der HANS BEIMLER

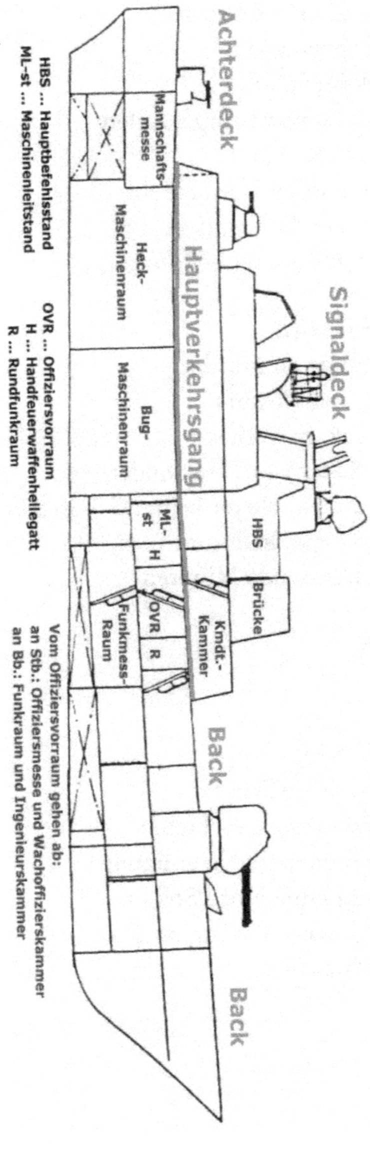

Charaktere

Aufgeführt sind die wichtigsten Charaktere mit ihrem Geburtsjahr.

Ambron, Ingo (1957)	Sprecher des 575-FanKreises
Bendler, Uta (1984)	Stabsfunktion Organisation im Havariekommando
Constantinescu, Rajko (1960)	Gruppensprecher der rumänischen Roma
Fabre, Gerd (1977)	Bundesamt für Wirtschaft und Ausfuhrkontrolle
Graf, Tilmann (1964)	Mitarbeiter von Arno Janning
Itzig, Svenja (1965)	Chefin eines Sicherheitsdienstes in Stralsund
Janning Arno (1937)	Chef des Instituts für Entwicklungshilfe und Kooperation (IEK) in Bremen
Kernler, Karl-Heinz (1957)	Beamter im Bundeskanzleramt – Referat 712
Löffler, Otto (1944)	Hauptkommissar a. D.; früher bei der Kripo Stralsund
Lüders, Jürgen (1953)	Fregattenkapitän; Chef des MHQ im Flottenkommando Glücksburg
Marschmann, Malte (1975)	Kapitänleutnant im Flottenkommando Glücksburg
Nastase, Nicolae (1962)	rumänischer Roma
Ofzschak, Fedja (1975)	rechte Hand von Arno Janning
Pit – Itzig, Peter (1970)	Journalist; Svenjas Ehemann
Referatsleiter (1963)	Leiter des Referats 712 im Bundeskanzleramt
Rotgerber, Ludger (1964)	Mitarbeiter in der Firma von Svenja Itzig
Steigleder, Rita (1975)	erfolgreiche Autorin von Kriminalromanen

TEIL 1
VORBOTEN

Oktober 2010

1 – ANGEPIRSCHT

Kiel – Freitag, der 08.10.2010 – 18.25 Uhr

Lastwagen auf Lastwagen rollt auf das Fahrzeugdeck der LISCO GLORIA. Einweiser dirigieren die Vierzigtonner zu ihren Stellplätzen. Nur Zentimeter voneinander getrennt parken sie Heckklappe an Windschutzscheibe, Bordwand an Bordwand, in Dreierreihen nebeneinander.

In einer Nische auf dem Oberdeck steht ein Mann und beobachtet das Rangieren der Brummis. Ab und zu wirft er einen Blick in seine Kollegmappe, konzentriert sich aber sofort wieder auf die Lastzüge – so, als erwarte er einen bestimmten. Lärm und Dieselabgase scheinen ihm Unbehagen zu bereiten; immer wieder wendet er sich ab, um kurz darauf neuerlich Ausschau zu halten. Plötzlich merkt er auf, blättert in seinen Unterlagen und läuft schließlich in Richtung eines Lasters, der gerade an der Backbordseite des Fahrzeugdecks zum Stehen kommt. Schnell schließen rechts und dahinter andere auf. Schon klettert der Fahrer aus der Kabine, und die Besatzungsangehörigen beginnen mit dem Verzurren des Brummis, während der Mann aus der Nische herankommt.

»Ich bin Ludger Rotgerber, von der SSK, der Stralsunder Sicherheitsdienst und Kurierfahrten GmbH. Sie haben sechs Kisten Medizintechnik geladen?«

»Sie überwachen den Transport?«, fragt der Fahrer.

»Ja. Ich wollte die Fracht schnellstmöglich übernehmen.«

»Soll mir recht sein.«

Die beiden Männer gehen zum Heck des Trucks und klettern auf die Ladefläche. An deren Ende stehen nebeneinander die Transportbehälter fest verzurrt, aber leicht zugänglich. Die Deckel zieren gelb-schwarze Laser-Warnsymbole. Der Fahrer öffnet eine Kiste nach der anderen und Rotgerber kontrolliert die wohlverpackten Geräte anhand seiner Unterlagen. Den vorderen Teil des Laderaums füllt ein Container aus, den die beiden nicht beachten.

»Alles exakt, wie es sein soll«, resümiert Rotgerber eine halbe Stunde später. Der Fahrer nickt, beginnt die Behältnisse wieder zu schließen, und Rotgerber versiegelt sie anschließend mittels Draht und Plombe. Nach einem letzten Blick auf die Ladung klettern beide auf das Deck hinunter.

»Ich kontrolliere kurz vor dem Auslaufen noch einmal die Sendung«, erklärt Rotgerber dem Fahrer, der sein Gepäck aus dem Fahrerhaus holt.

»Meinetwegen. Hinten ist ja offen. Kommen Sie in Klaipeda mit zum Kunden?«

»Ja. Bei drei Millionen Versicherungssumme muss ich die Fracht persönlich beim Empfänger abliefern.«

Der Fahrer nickt erneut. »Soll mir recht sein. Ich erwarte Sie während des Anlegens hier am Wagen. Ich mach jetzt Feierabend.« Er tippt den Zeigefinger an den Schirm seines Käppis und verschwindet in Richtung Aufbauten.

Rotgerber sieht ein letztes Mal auf die Ladefläche des Trucks und läuft dann auch zum Schott, das in das Deckshaus führt.

Auf Deck 8 liegen die Kabinen der gehobenen Preisklasse in einem abgeschlossenen Bereich, den die Passagiere mit ihrer Bordkarte öffnen können. Gleich am Eingang hängt ein Automat, der Getränke und Snacks enthält. Scheinbar in eine Plauderei vertieft stehen hier eine junge Frau und ein älterer Mann beieinander.

Auf einmal klingelt das Handy des Alten, das er in der Hand hält. Sein Blick senkt sich auf das Display. »Er kommt.«

Die Frau sieht ihn fragend an und deutet den Gang hinunter. »Da lang und am Ende rechts?«

»Genau.« Zwei tiefe Falten, die von der Nase zum Mund verlaufen, geben dem Gesicht des Alten einen ernsten Zug. »Rotgerber bewohnt die 873, gleich gegenüber Ihrer Kabine.«

»Ist gut.« Zögerlich geht die Frau los.

»Machen Sie sich keine Sorgen«, gibt ihr der Alte mit auf den Weg. »Rotgerber wird Sie anhimmeln. Er kennt alle Ihre Bücher.«

Die Frau nickt.

»Intimitäten werden nicht notwendig sein. Halten Sie ihn die nächste Stunde vom Fahrzeugdeck fern und verheißen Sie ihm einen netten Abend.«

»Okay.«

Die Frau verschwindet an der nächsten Ecke des Gangs. Wenige Meter von ihrer Kabine entfernt trifft sie auf Rotgerber.

Der scheint überrascht. »Frau Steigleder?«

Die Frau lächelt und fragt nach dem Weg zum Ausgang, sie verlaufe sich stets aufs Neue, wolle eigentlich nur in der Bar einen Kaffee trinken.

Rotgerber erwacht aus seiner Überraschungsstarre und bietet an, sie dorthin zu begleiten. Er müsse lediglich sein Gepäck abstellen. Mit zitternden Händen öffnet er die Tür, wirft Reisetasche und Kollegmappe in den winzigen Korridor dahinter und schließt wieder ab. Gemeinsam verlassen die beiden den Kabinentrakt und steigen ein Deck tiefer.

Der Alte registriert wohlwollend die rege Unterhaltung zwischen Rotgerber und der Autorin. Als sie das Bordcafé betreten, bleibt er zurück, drückt auf dem Handy eine Taste, spricht einige Worte, geht währenddessen auf den Ausgang zu und verlässt das Schiff.

Aus einer dunklen Ecke des Fahrzeugdecks lösen sich drei Männer und steuern auf den Lastzug zu, auf dem Rotgerber vorhin die Fracht übernommen und verplombt hat. Dort angekommen klettern zwei von ihnen auf die Ladefläche, während der dritte unten stehen bleibt und die Umgebung beobachtet. Die beiden auf dem Laster öffnen den Container, den Rotgerber und der Fahrer nicht beachtet haben. Zum Vorschein kommen zahlreiche Holzkisten – alle mit der Aufschrift: *Danger! Explosive!*. Im nächsten Moment schneiden sie den Plombendraht der sechs Frachtkisten durch und entfernen die Sicherungen. Behände tauschen sie die Ladungen des Containers mit denen in den Frachtkisten aus. Nach getaner Arbeit fädeln sie wieder die Plombendrähte ein, knüpfen die zuvor getrennten Enden zusammen und verstecken die schadhaften Stellen hinter den Laschen der Verschlüsse. Schnell springen sie von der Ladefläche auf das Deck und verschwinden.

Zehn Minuten später nähert sich ein kräftiger Bursche mit struppigen Haaren und einem Dreitagebart dem bewussten Brummi. Mit dem sonnengegerbten Gesicht und in seinem orangefarbenen Ölzeug ähnelt er einem Besatzungsangehörigen. Er scheint die Verzurrung zu kontrollieren, kriecht dann aber unter die Bodenwanne gleich neben den Vorderrädern und befestigt am Fahrgestell ein schwarzes Päckchen in der Größe eines Schuhkartons.

2 – IRRWEGE

An Bord der Lisco Gloria – 23.32 Uhr

»Wie spät haben wir es eigentlich?« Rita Steigleder sah unvermittelt auf ihre Uhr.

Ludger tat es ihr gleich – halb zwölf. Nun saßen sie noch keine zwei Stunden hier beisammen, und Rita schien die Lust an ihrer Unterhaltung verloren zu haben. Er kämpfte gegen die aufkeimende Enttäuschung an.

Nach dem Besuch im Bordcafé hatte Ludger die von ihm verehrte Krimiautorin zu einem Abendessen eingeladen, das er beinahe überstürzt hatte verlassen müssen, um die abschließende Inspektion der Ladung durchzuführen. Zum Glück hatte sich Rita ob seiner Dienstpflichten keineswegs enttäuscht gezeigt und einem anschließenden Beisammensein in der Bar zugestimmt – wenn er nicht zu lange für seine Arbeit benötige, wie sie mit einem zauberhaften Lächeln hinzugefügt hatte.

Beschwingt war Ludger auf das Fahrzeugdeck geeilt, wo ihm ein Mann der Besatzung den Weg versperrt hatte – während der Fahrt habe niemand etwas zwischen den Brummis zu suchen. Nur durch allergrößte Überredungskünste und mit dem Versprechen, nach zwei Minuten zurückzukehren, hatte er die Abschlusskontrolle erledigen dürfen. Ein Rundblick über die Transportkisten hatte glücklicherweise ausgereicht, um deren Unversehrtheit festzustellen. Nach getaner Arbeit war er unter die Dusche gesprungen und hatte sich in Schale geworfen, soweit das die mitgeführte Garderobe erlaubte, und schließlich mit klopfendem Herzen Rita abgeholt. Bei einem gepflegten Gläschen Wein waren die beiden einander näher gekommen und wie von selbst zum vertraulichen Du übergegangen.

»Mir steht morgen eine anstrengende Recherchereise bevor.« Rita schmunzelte. »Wir nehmen jetzt noch einen klitzekleinen Absacker – ohne Alkohol – und verschwinden in unsere Kabinen.«

Mit gequältem Lächeln zeigte sich Ludger einverstanden und bestellte zwei Orangensäfte. Irgendwann endete halt auch der schönste Abend. Aber die eine Frage wollte er unbedingt noch stellen. Falls Rita ihm diese verübelte, vergab er sich nichts mehr – sie gingen eh gleich auseinander. »Ich habe bisher alle deine sieben Romane gelesen. Warum erschien eigentlich in den vergangenen drei Jahren keiner?«

Rita bemühte ein verlegenes Lächeln, nippte an ihrem Saft und schaute ihn an. »Um ehrlich zu sein, weil ich um einen Neustart kämpfe.«

»Du?«

»Vielleicht erinnerst du dich, gerade meine jüngsten beiden Bände wurden von der Presse zu wertlosem Altpapier deklassiert.«

»So ein Quatsch«, protestierte Ludger, »irgendwelche *Experten* neideten dir den Erfolg. Ich habe deine letzten Bücher ebenso verschlungen wie die vorangegangenen.«

»Aber viele Leser glaubten den Pressekritiken. Die Verkaufszahlen brachen dramatisch ein, und der Verlag setzte mich vor die Tür.« Rita senkte den Blick und spielte mit ihrem Ring am linken Mittelfinger. Die winzige Handschelle, die daran hing, funkelte im Licht der Barbeleuchtung. »Leider nützen mir die Lorbeeren vergangener Zeiten heute nichts mehr.«

Auch keine Gesamtauflage von 200.000 verkauften Exemplaren?, zweifelte Ludger in Gedanken. Als eingefleischter Krimifan wusste er natürlich, dass die Vereinigung der europäischen Krimiautoren den Mitgliedern eben jenen Goldring mit der Handschelle verlieh, die die Schallmauer überwanden.

Rita sah auf und faltete ihre Hände im Schoß ineinander. »Seither habe ich alle meine eingereichten Manuskripte samt fadenscheiniger Begründungen wieder zurückbekommen.«

»Das verstehe, wer …« Ein lauter Schlag draußen auf dem Oberdeck ließ Ludger verstummen.

»Was war das?«

»Keine Ahnung.« Er hob unschlüssig die Schultern und blickte in die Runde. Kaum einer der anderen Gäste hatte den Knall registriert – an den Tischen plauderten die Leute ungestört weiter.

»Vielleicht haben wir einen Eisberg gerammt?«

Ludger überlegte, ob er Ritas Bemerkung ernst nehmen sollte. »In der Ostsee gibt es keine Eisberge.«

»Auf der Titanic sollen die Passagiere lange …« Rita schnupperte. »Riechst du das auch? Qualm.«

»Meinst du?«

»Oder doch nicht? Ich schreibe zu viele Krimis.« Mit einem entschuldigenden Lächeln winkte Rita ab, langte nach ihrem Glas und prostete Ludger zu. »Auf eine ungestörte Nachtruhe.«

In dem Moment schrillten Klingeln durch die Decks.

»Was ist denn nun los?« Rita blickte erstaunt in die Runde.

Ludger erkannte das Signal sofort – sieben Mal kurz und einmal lang bedeutete Generalalarm. Um diese Zeit eine Seenotrettungsübung abzuhalten, würde keine Reederei wagen. Also musste etwas passiert sein. Aus den Lautsprechern quäkte eine Durchsage in englischer Sprache. Allein das Wort *Fire* alarmierte Ludger. Ritas Nase schien tatsächlich die richtige Lunte gerochen zu haben. Er rutschte vom Barhocker und langte nach ihrer Hand. »Komm mit. Schnell.«

»Wo willst du hin?«

»An Bord muss Feuer ausgebrochen sein. Ein ziemlich heftiges, wenn die mitten in der Nacht Generalalarm geben.«

»Und jetzt?«

»Komm einfach.«

Die anderen Gäste standen mittlerweile in kleinen Gruppen beieinander und lauschten der Durchsage oder redeten aufeinander ein. In dieser Situation kamen Ludger die Erfahrungen als Marineoffizier zugute. Er rannte mit Rita im Schlepptau zum Ausgang der Bar, den langen Gang entlang, musste an dessen Ende aber stoppen – Qualm und Brandgeruch schlugen ihnen entgegen. Ohne zu überlegen, zog er seine Begleiterin auf die gegenüberliegende Steuerbordseite, wo weit weniger Rauch die Luft verpestete. Er drückte sie in die Ecke neben dem Niedergang. »Warte hier!«

»Worauf?« Das Weiß ihrer Augen blitzte ängstlich auf.

»Ich hole unsere Schwimmwesten. Und warme Kleidung.«

»Schwimmwesten?«

»Zur Sicherheit.«

»Nimm mich mit.« Ihre Stimme bettelte wie die einer Zehnjährigen.

»Nein.« Er sei in spätestens zwei Minuten zurück. Allein komme er schneller voran. »Bitte gib mir deinen Kabinenschlüssel. Und lauf nicht weg.«

Mit zitternder Hand reichte sie ihm die Chipkarte. »Zwei Minuten?«

»Ja, allerhöchstens.« Er versuchte ein aufmunterndes Lächeln und hastete in das Deck 8 hinauf. Den Gang nach achtern verstopfte ein Menschenknäuel. Der Korridor auf die Backbordseite hinüber schien frei – dessen Ende verschwand allerdings in grauen Rauchschwaden. Ludger hielt den Atem an und rannte los, wandte sich scharf nach links und erreichte schließlich seine Kabine. Hastig schloss er auf, schlüpfte in den Raum, warf die Tür wieder zu und schnappte nach Luft. Selbst wenn der Qualm längst durch die Ritzen gezogen war, schmerzte das Atmen hier drinnen weit weniger als draußen. Ludger riss die Schwimmweste unter der Koje hervor und zerrte die Jacke vom Kleiderhaken. Sein Blick fiel auf die Kollegmappe mit den Transportunterlagen. Die sperrige Ledertasche musste bleiben, wo sie war – im Büro in Stralsund existierten Kopien. Er holte Luft und stürzte auf den Gang, wo ihn eine Rauchwand verschluckte.

Nur tastend gelangte er zu Ritas Kabinentür gegenüber. Er zog die Karte durch den Schlitz, das Schloss klackte, aber die Tür gab keinen Millimeter nach. Verflucht! Verzweifelt stieß Ludger mit der Schulter dagegen. Mit einem Ruck gab das Hindernis nach, und er stürzte drinnen auf den Teppich. Zeit zum Fluchen blieb keine. Noch im Liegen hob er die Schwimmweste aus ihrer Halterung und rappelte sich auf. Wo bekam er eine Jacke für Rita her? Die Kleiderhaken neben dem Eingang waren leer. Im schmalen Spind fand er das Gesuchte und nahm einen roten Anorak vom Bügel. In dem Moment schoss das Schiff nach vorn in die Tiefe. Ludger stolperte, taumelte gegen die Kabinentür, die laut zuschlug. Verdammt! Er riss an der Klinke, doch ohne Erfolg. Schließlich warf er seine Sachen auf den Boden und zerrte mit beiden Händen am Griff. Vergeblich. Sosehr er sich auch plagte – das Gefängnis blieb verschlossen. Jetzt nach Hilfe rufen, würde wenig nutzen.

Ludger begutachtete das Fenster, das nach achtern zeigte, aber keine Möglichkeit zum Öffnen besaß. Vom Fahrzeugdeck tief unter ihm waberte dicker Qualm empor. Das Feuer musste irgendwo zwischen all den Lastern ausgebrochen sein. Ein, zwei Meter von der Scheibe entfernt stieg der Rauch wie in einem Kamin senkrecht nach oben. Der schmale Streifen Atemluft unmittelbar über der Kabinenaußenwand bot gute Überlebenschancen, wenn er auf den breiten Vorsprung unterhalb Deck 7 gelangte. Ludger löste den Karabinerhaken, der den Sessel neben ihm am Boden verankerte, wuchtete ihn hoch und rammte die stählernen Beine gegen das Fensterglas. Splitter flogen umher. Für einen Augenblick zog er den Kopf ein, schleuderte seinen Rammbock zur Seite und stieß mit dem Schuh die restlichen Scherben aus dem Fensterrahmen. Dann schnürte er Jacken und Schwimmwesten zusammen und hängte das Päckchen nach draußen. Er selbst streifte die Enden der Jackettärmel über die Hände, griff an die untere Fensterkante, kletterte hinaus und schob vorsichtig den Körper an der Wand hinab. Seine Füße hingen vielleicht zwei Meter oberhalb des Vorsprungs von Deck 7. Ludger ließ los, federte die Landung ab und warf den Oberkörper sofort gegen die Stahlplatten des Deckshauses. Nur nicht hinabstürzen! In der Tiefe tobte die Hölle – überall züngelten Flammen, quoll dicker Rauch empor, knisterte das Feuer wie ein riesiger Scheiterhaufen. Ich muss hier weg, schoss es ihm durch den Kopf, sonst werde ich knusprig braun gegrillt. Ludger zerrte sein Bündel herunter und tastete sich an den Aufbauten entlang nach Steuerbord. Erst jetzt bemerkte er, welche Hitze der Stahl bereits abstrahlte. Bald würden auch die

Kabinen dahinter brennen. Bloß runter vom Schiff, schnellstmöglich – dieses Inferno löschte niemand mehr.

An der Ecke angekommen, wehte ihm frischer Wind entgegen. Ludger atmete tief ein. Gut drei Meter weiter vorn drängten sich unzählige Passagiere auf einer schmalen Galerie. Von oben schwebte das einzige Rettungsboot auf dieser Seite herab. Mit aller Macht schoben Männer der Besatzung die schreienden, kreischenden und schubsenden Menschen zurück. Ludger musste da rüber. Zwischen ihm und der Plattform stürzte die Bordwand senkrecht nach unten. Verdammt! Er legte sein Bündel ab und starrte sehnsüchtig zur Rettung verheißenden Galerie gegenüber.

*

Ein Hotel in Laboe – Samstag, der 09.10.2010 – 00.20 Uhr

»Herr Janning?« Tilmann Graf berührte kaum die Schulter des Chefs, da schlug der die Augen auf.

»Ja?« Arno Janning richtete den Oberkörper auf. Der wenige Schlaf der vergangenen Stunde ließ seine beiden Falten, die sich von den Nasenflügeln zu den Mundecken zogen, tief in die Wangen eingraben. »Was gibt's?«

»Die Fähre brennt.«

Janning stand auf. »Und der Transport?«

Graf zuckte die Achseln. »Die Zentrale in Bremen bittet, Sie sollen zurückrufen.«

Janning nickte, nahm sein Handy vom Nachtschrank und ging ans Fenster. Graf blieb wie ein pflichtbewusster Wachposten neben dem Bett stehen. Sein Chef sprach ruhig und leise, sodass er kein einziges Wort verstehen konnte.

Nach zwei, drei Minuten legte Janning auf und drehte sich herum. »Da draußen gibt's eine Katastrophe, die uns in größte Schwierigkeiten bringen kann.«

»Was ist mit unserer Ladung?«

»Können wir wohl abschreiben, falls die Nachricht unseres Mannes an Bord stimmt.«

»Wie geht's dem?«

»Die wollen das Schiff evakuieren. Danach registrieren die Behörden alle Schiffbrüchigen. Der Kontaktmann fliegt dann auf. Und finden die die Reste unserer Fracht …« Janning brach ab und schien zu überlegen. »Wir holen ihn da raus. Außerdem muss ich mir selbst ein Bild von der Lage verschaffen. Die Genossen aus Moskau werden Fragen stellen und überzeugende Antworten erwarten.« Er sah Graf an. »Machen Sie die Jacht klar. In 15 Minuten legen wir ab.«

3 – EIN GEIST TAUCHT AUF

Stralsund – 01.20 Uhr

Das Handy summte auf dem Nachttisch. Peter Itzig, von Freunden Pit genannt, öffnete die Augen. Dieses Geräusch würde ihn selbst aus tiefstem Winterschlaf wecken. Schnell langte er nach dem Störenfried und drückte die grüne Taste, noch bevor seine Ehefrau Svenja ebenfalls hochschreckte – sie drehte sich lediglich auf die Seite und atmete ruhig und gleichmäßig weiter.

»Ja?« Pit ging nach draußen auf den Korridor.

»Uwe hier. Vor Fehmarn brennt die Luft.«

Uwe hielt in dieser Nacht als Diensthabender in der Zeitungsredaktion die Stellung und durchforschte diverse Kanäle nach schlagzeilenträchtigen Ereignissen.

»Eine Seeschlacht?«, mutmaßte Pit.

»Quatsch! Eine Ostseefähre steht in Flammen. Lichterloh, sagt das Havariekommando.«

Verdammt. Wenn die Behörde in Cuxhaven bei einem Seeunfall eingriff, mussten die Wellen wirklich hochschlagen. »Weißt du Genaueres?«

»Nur, dass an der Ostseeküste alle verfügbaren Kräfte alarmiert wurden.«

»Verstehe. Bin schon unterwegs. Wie heißt der Dampfer?«

»LISCO GLORIA.«

»Irgend so ein Seelenverkäufer?«

»Nein. Keine zehn Jahre alt.«

»Na, okay. Ich schau mal, ob ich jemanden erwische. Du hörst von mir. Tschüss.« Pit legte auf und lief ins Bad. Als er nach einer belebenden Dusche in das Schlafzimmer zurückkehrte, saß Svenja aufrecht im Bett. »Was gibt's? Jetzt, halb zwei?«

»Auf der Ostsee brennt eine Fähre; dem Vernehmen nach, wie ein ausgetrockneter Christbaum. Die Profis aus Cuxhaven kümmern sich darum. Ich mach runter zum Hafen – sehen, ob noch ein Rettungsfuzzi rausfährt und mich mitnimmt.«

»Eine Ostseefähre? Weißt du den Namen?«

»LISCO GLORIA.«

»Nein!« Svenja schlug beide Hände vor den Mund und starrte Pit ungläubig an. Plötzlich rannen ihr Tränen über die Wangen. »Nein, nicht die!«

»Was hast du?« Pit eilte zu ihrem Bett, kniete nieder und zog seiner Frau die Hände herunter. »Kennst du das Schiff?«

Sie nickte kaum wahrnehmbar. »Ludger.«

»Ludger fährt auf dem Dampfer?«

»Ja. Er begleitet einen Transport von Medizingeräten.«

Pit verspürte einen Krampf im Magen. Svenjas Spezialist fürs Maritime steckte in Schwierigkeiten.

»Du fährst da raus?« Als gelte es, einen Einbrecher zu vertreiben, sprang Svenja entschlossen aus dem Bett. »Ich komme mit.«

»Was?«

»Wenn du da rausfährst, komme ich mit!«

»Das geht nicht«, protestierte Pit. »Falls ich überhaupt noch jemanden erwische, muss ich den besoffen reden, damit der *mich* mitnimmt. Tauchen wir als *Pärchen* auf, zeigen die uns einen Vogel.«

»Pit, bitte! Mir bleibt keine andere Wahl, als da rauszugehen. Mein Mitarbeiter schwebt in Lebensgefahr.«

»Um den Dampfer kümmern sich jede Menge Profis. Womöglich sehe ich niemanden von den Verunglückten. Andere Schiffe fischen die längst aus dem Wasser.«

»Womit schlage *ich* die Zeit tot? Einfach liegen bleiben?«

»Fahr in dein Büro. Ruf Ludger an oder sonst wen. Nerv das Havariekommando. Was weiß denn ich?«

*

An Bord der Lisco Gloria – 01.30 Uhr

Die drei Meter zur Plattform jenseits der tiefen Schlucht aus Bordwänden würde Ludger niemals schaffen. Selbst wenn der Sprung gelänge, das Tohuwabohu der drängenden, keifenden und schubsenden Menschen dort drüben schloss jegliche halbwegs sichere Landung aus. In Gedanken hatte er mehrfach Schwung geholt und … war in die Tiefe gestürzt.

Ludger sah auf die Meeresoberfläche hinunter, die in einer wundersamen Mischung aus Nachtschwarz und Glutrot schimmerte. Sollte er einfach in die See springen? Diese Frage quälte ihn von Minute zu Minute immer eindringlicher. Doch er durfte keinesfalls schwach werden! Bleib so lange wie möglich trocken, mahnte sein Verstand. Einmal vom Wasser durchnässt, kam schnell die Unterkühlung. Ludger zog die Jacke enger um den Oberkörper – der scharfe Wind nagte mit schneidender Kälte an seinen Kräften. Das würde sich allerdings bald ändern, wenn der Brand vollends außer Kontrolle geriet, und die Temperaturen unerträglich anstiegen. Aber dann konnte er immer noch die Flucht ins Meer wagen. Neben der Sorge um das eigene Wohl plagte Ludger die Ungewissheit um Rita. Wo mochte sie stecken? Hoffentlich nicht mehr in der Nähe dieses vertrackten Niedergangs.

Drüben auf der Plattform boten die Männer von der Besatzung ihre letzte Energie auf, um die panischen Passagiere zurückzudrängen. Falls er jetzt um Hilfe rief, nähme ihn auf der gegenüberliegenden Seite niemand wahr. Erst recht nicht, wo das Rettungsboot langsam zur Einsteigeposition herabschwebte. Doch Moment mal! Wie eine Verheißung entdeckte Ludger auf einmal einen Fluchtweg. Vom Dach des Beiboots lief eine Führungsleine direkt auf das Deck über ihm. In wenigen Augenblicken musste der Tampen in seiner Nähe vorbeilaufen. Ludger presste den Rücken an die Bordwand. Da hing die Führungsleine auch schon in Reichweite. Er stieß seinen Körper ab und sprang. Mit beiden Händen bekam er das Seil zu fassen, das unter seinem Gewicht nachgab, einen Wimpernschlag darauf aber abrupt stoppte. Sein Klammergriff bewahrte ihn vor dem Absturz. Zaghaft setzte Ludger die hintere Hand nach vorn. Das Umgreifen bereitete keine Schwierigkeiten. Und so hangelte er zentimeterweise vorwärts.

Das Rettungsboot schwebte auf Höhe der Plattform ein. Ludger blieb wie ein großes Wäschestück an der Leine hängen, um den ersten Ansturm auf das Boot abzuwarten. Die Menschen wollten vorpreschen, doch die Besatzungsangehörigen hielten sie in Schach und ließen nur einen nach dem anderen an den Einstieg herantreten. Ludger hangelte weiter, erreichte die Außenhaut des Rettungsboots und zog seinen Körper auf dessen Dach. Über eine offene Luke kroch er ins Innere, das immer mehr Schiffbrüchige füllten. Zwei Männer wiesen den Menschen ihre Plätze zu. Jetzt, wo sie sich offensichtlich in Sicherheit wähnten, folgten die Leute willig den Anweisungen. Die Panik, die Ludger noch an Oberdeck in ihren Gesichtern gesehen hatte, war einer abgekämpften Niedergeschlagenheit gewichen.

Suchend schaute er in die Runde, konnte Rita aber nirgends entdecken. Er stakste zum Eingang und wollte an Bord der LISCO GLORIA zurückkehren.

»Wohin?«, fauchte ihn ein grobschlächtiger Kerl an und packte seinen Arm.

»Ich will eine Freundin holen! Die wartet drüben auf mich.«

»Das hätten Sie früher tun sollen. Jetzt bleiben Sie hier.«

»Ich muss …«

»Vergessen Sie's.« Der Mann stieß Ludger wie einen lästigen Trunkenbold zurück.

Ludgers Armbanduhr zeigte mittlerweile 02.15 Uhr. Die Menschen standen dicht gedrängt an Oberdeck der NEUSTRELITZ. Das Schiff der Bundespolizei war als eines der ersten am Unglücksort eingetroffen und hatte auch die Schiffbrüchigen von Ludgers Rettungsboot übernommen. Er lehnte am Schanzkleid, das den Bug umgab, und starrte zur LISCO GLORIA hinüber, auf der die Flammen ungehindert tobten. Schlepper versuchten, mittels Wasserkanonen der Katastrophe Einhalt zu gebieten. Das Unterfangen wirkte lächerlich, als wolle ein Kind mit seiner Gießkanne den Brand eines Müllcontainers löschen.

Sofort nach dem Übersteigen auf die NEUSTRELITZ hatte Ludger nach Rita gesucht – doch vergebens. Anstatt die Autorin zu finden, hatte er überall nur das Elend der Geretteten entdeckt. In Decken eingehüllt und warme Getränke in den Händen trugen dennoch die meisten Gesichter Spuren von Angst, Schmerz und Strapazen. Und jetzt mussten sie noch mit ansehen, wie das unbändige Flammenmeer ihr sicher geglaubtes Schiff verschlang.

Mittlerweile steuerte die NEUSTRELITZ direkt auf eine Fähre

der Reederei Scandlines zu. Ludger entzifferte im blutroten Streulicht den Namen DEUTSCHLAND an deren Heck.

*

Ostsee, nahe Ostseefähre DEUTSCHLAND – 03.40 Uhr

Graf stand neben dem Skipper im Fahrstand der Motorjacht und sah dem Fährschiff entgegen, auf das sie zuhielten. Janning ruhte mit geschlossenen Augen auf einem der Drehsessel in der achteren Kabine und schien die Welt um sich herum vergessen zu haben. Über den Sprechfunkverkehr, der hier draußen am Unglücksort ununterbrochen quäkte, hatten sie mitbekommen, dass die Schiffbrüchigen der LISCO GLORIA auf die DEUTSCHLAND gebracht worden waren. Kurz entschlossen hatte Janning deshalb befohlen, dorthin zu fahren.

Mittlerweile trennten sie nur noch einige Kabellängen vom Fährschiff, das vor Anker lag. Graf tappte nach achtern und informierte seinen Chef, dass sie gleich da seien. Janning stand auf und kam mit zum Steuerstand. Der Skipper hielt genau auf die geöffnete Lotsenluke der DEUTSCHLAND zu.

»Und denken Sie daran«, wandte sich Janning an Graf, »falls die uns nicht auf den Dampfer lassen wollen, ich habe Sie aus dem Wasser gefischt und liefere Sie jetzt ab.«

Graf nickte. Diese Legende hatten sie vorhin abgesprochen.

Die Jacht ging an der DEUTSCHLAND längsseits. Die beiden Männer, die offensichtlich den Zugang zur Fähre kontrollierten, wollten sie gleich wieder wegschicken. Janning reagierte unwirsch, deutete auf Graf und spulte die verabredete Legende herunter. Der Schiffbrüchige dürfe an Bord kommen und sonst niemand, kam umgehend die abweisende Antwort.

»Jetzt reicht's mir aber!«, plusterte sich Janning auf. »Ich helfe den Einsatzkräften, rette den armen Mann aus einem längst abgetriebenen Rettungsfloß, und Sie wollen mich einfach abwimmeln.« Er sprang auf das Fährschiff hinüber.

Ob dieser Kaltschnäuzigkeit schienen die Einlasskontrolleure beeindruckt und wichen einen Schritt zurück.

»Ich liefere den Herrn persönlich ab. Und wenn ich mich überzeugt habe, dass es ihm gut geht, fahre ich auch wieder. Verstanden? Oder soll ich das mit Ihrem Sicherheitsoffizier besprechen? Holen Sie ihn doch.« Noch ehe einer der beiden Aufpasser reagieren konnte, drängte Janning an ihnen vorbei und zerrte seinen *Schiffbrüchigen* hinter sich her. Niemand versperrte ihnen den Weg.

Die Verunglückten von der LISCO GLORIA belegten einen separaten Saal. Gleich an dessen Eingang kam ihr Kontaktmann auf Janning zu. Der schien die Hilfe sehnsüchtig erwartet zu haben.

»Das Erkennungszeichen?« Jannings Stimme klang eisig abweisend.

Der Kontaktmann fingerte die abgebrochene Hälfte eines alten NVA-Militärsportabzeichens aus der Hosentasche. Janning hielt sein Fragment daneben – es passte lückenlos. Er steckte die beiden Teile ein und fragte: »Mussten Sie schon Ihre Personalien angeben?«

»Nein.« Der Kontaktmann, dessen Bild Graf vorhin erst gesehen hatte, dessen Namen er aber nicht kannte, zeigte den Handrücken vor. Eine schwarze 149 stand darauf. »Viele vermissen ihre Papiere, und so haben die uns schlichtweg durchnummeriert. Die Personalien sollen im Hafen festgestellt werden.«

Janning nickte. »Ihre auf keinen Fall. Sie verschwinden nachher – Graf bleibt bei Ihnen.«

Auch das hatten sie im Vorfeld abgesprochen. Da die Schiffbrüchigen die DEUTSCHLAND nicht einfach würden verlassen dürfen, sollten Graf und der Kontaktmann am Heck ins Wasser springen. Die Jacht würde sie anschließend aufnehmen.

»Was ist mit unserem Transport?«, wollte Janning wissen.

Der Kontaktmann verzog das Gesicht. Das Austauschen der Ladung habe prima geklappt. Der Rotgerber von der Sicherheitsfirma habe keinen Verdacht geschöpft. »Von meiner Kabine aus konnte ich während des Auslaufens das offene Fahrzeugdeck beobachten. Da sah ich auf einmal eine Gestalt an *unserem* Laster rumkriechen.«

»Wissen Sie, wer es war?«

»Ich glaube, einen aus der Karamassow-Gang erkannt zu haben.«

Kaum merklich zuckten Jannings Nase-Mund-Falten, und Graf spürte ein nervöses Grummeln im Bauch. Die Organisation der Zwillingsbrüder Karamassow beherrschte den Waffenhandel in die baltischen Staaten. Die Vorbereitung ihres eigenen Transports war nach Jannings ausdrücklicher Anweisung unter strikter Geheimhaltung abgelaufen, damit ihnen die Karamassows nicht auf die Spur kamen. Offensichtlich hatte es dennoch ein Leck gegeben.

»Sie hätten den Anschlag verhindern müssen«, herrschte Janning den verdatterten Kontaktmann an.

Der schilderte sogleich wortreich die Situation: Er habe das Geschehen zwar beobachten können, sei dann aber nicht mehr auf das Fahrzeugdeck gekommen, weil alle Schotten verschlossen waren. Der Karamassow-Ganove dürfte jemanden von der Besatzung gekannt haben.

»Woher wusste der über unsere Aktion Bescheid?«, schien Janning eher sich selbst zu fragen.

»Dass er das Umladen beobachtet hat, ist beinahe unmöglich«, erklärte der Kontaktmann. »Die Laster um unseren herum standen dicht an dicht.«

»Möglicherweise hat die Steigleder gesungen?«, mutmaßte Graf.

Janning schaute skeptisch. »Die kannte keine Hintergründe. Oder haben Sie ihr Informationen gegeben?«

»Nein, nein«, versicherte Graf schnell. »Ich meinte ja nur. Krimiautoren sind doch immer neugierig und scharf auf eine gute Story. Vielleicht hat sie …«

Janning starrte auf einmal nach halb links. Er schien etwas entdeckt zu haben und nicht mehr zuzuhören.

»Chef?«

Janning blinzelte und blickte Graf an. »Okay. Suchen Sie die Steigleder und fühlen Sie ihr auf den Zahn. Ich kläre in der Zwischenzeit eine andere Angelegenheit. Wir verfahren dann nachher wie abgesprochen – auf das Zeichen von der Jacht gehen Sie beide unauffällig über Bord.«

*

Er hockte jetzt seit mehr als einer Stunde in diesem Saal, mit einer Decke um die Schultern und einem Pott heißen Tee in der Hand. Unmittelbar neben ihm lagerte eine Schulklasse. Die Teenager schienen bereits wieder auf dem Weg zum Alltäglichen in ihrem neuen Leben unterwegs zu sein – hier und da telefonierten einige und … Der Anblick brachte Ludger sein eigenes Handy in Erinnerung. Das steckte in der linken Brusttasche, wie er deutlich fühlen konnte. Es müsste noch funktionieren. Er langte in seine Jacke und zog das Gerät heraus.

»Schön, Sie unter den Geretteten zu finden, Herr Rotgerber«, hörte er eine Stimme in seinem Rücken. Ludger drehte sich herum und … Die Teetasse glitt ihm aus der Hand.

»Na, nun mal nicht so schreckhaft.« Der Mann in dem dunkelblauen Maßanzug schüttelte einige wenige Spritzer von seinen Hosenbeinen. »Zumindest haben Sie mich wiedererkannt.«

Ludger glaubte, einen Albtraum zu erleben. Augenblicklich sah er die Schlagzeile vom September 2007 vor Augen: ›Holzklotz-Attacke tötet Autofahrer‹, und darunter war eindeutig gemeldet worden: ›Der Fahrer des Toyota

Landcruisers Christian K. und sein Beifahrer Arno J. verstarben noch an der Unfallstelle.‹ Arno J. stand jetzt vor ihm – ein Dämon?

»Ich weiß, was Sie denken«, fuhr der Geist fort. »Aber nicht alles Geschmiere in den Zeitungen entspricht der Wahrheit. Reporter verdienen arg wenig und flunkern schon mal, wenn man sie nachdrücklich darum bittet.« Er rieb Daumen und Zeigefinger aneinander.

In Ludger stieg eine unbändige Furcht auf; als hätte das Feuer der LISCO GLORIA auf die DEUTSCHLAND übergegriffen, und der Horror begänne von vorn. Konnte er denn den Hauptmann Janning, die graue Eminenz Janning, niemals abschütteln? Die schrecklichen Bilder, die er mit diesem Mann verband, tanzten durch seinen Kopf: Ludger beim Verhör, Ludger im Berlin des Frühjahrs 1990 festgenommen, und dann die Dramatik im Sommer 2007.

»Bevor Sie lange grübeln, möchte ich gleich zur Sache kommen.«

»Gehören Sie auch zu den Geretteten?«, fragte Ludger, um überhaupt etwas zu sagen.

»Sehe ich so aus?«

Nein, den Eindruck vermittelte Janning wirklich nicht. Seitdem Ludger ihn kannte, kleidete sich dieser Mann äußerst stilvoll. Als Offizier des MSA, des Marine-Sicherheits-Amtes der DDR, hatte er ausschließlich maßgeschneiderte Uniformen getragen. Und vor vier Jahren, als Ludger ihm erneut begegnet war, damals in der Rolle eines Repräsentanten des Instituts für Entwicklungshilfe und Kooperation aus Bremen, hatten den schlanken Körper ebensolche Maßanzüge gekleidet wie jetzt. Und er schien keinen Tag älter geworden zu sein, obwohl er die 70 inzwischen deutlich überschritten haben musste, wenn Ludger sich richtig erinnerte. Die Haare, etwas schütterer als früher, lagen in einem exakten Rechtsscheitel. Und die beiden markanten Nase-Mund-Falten, die

die untere Gesichtshälfte in der Art einer Klammer dominierten, signalisierten noch immer Gefahr.

»Was wollen Sie von mir?« Ludger versuchte, seiner Stimme die notwendige Härte zu verleihen, um den Mann auf Distanz zu halten.

»Ich habe eine Reklamation.«

»An mich?«

»Mein Transport, den *Sie* absichern sollten, ist verloren gegangen. Wer ersetzt mir den Verlust? Immerhin neun Millionen Euro.«

»Ich verstehe nicht. Laut Frachtpapieren betrug der Wert der Ladung drei Millionen. Und seit wann handeln Sie mit Medizintechnik?«

Janning schüttelte den Kopf. »Irrtum, mein Lieber. In den Transportkisten lagen Sprengstoff und Präzisionszünder.«

»Unmöglich!« Ludgers Selbsterhaltungstrieb erwachte. Er musste dem Kerl die Stirn bieten. »Die sechs Kisten, die ich zu überwachen hatte, enthielten Medizingeräte. Die hatte ich mir bei der Übernahme angesehen und kurz vor dem Auslaufen noch einmal kontrolliert.«

»Ich weiß. Wie ich hörte, aber in ziemlicher Eile und ein wenig oberflächlich. Als Gentleman wollten Sie die junge Dame wohl nicht warten lassen?«

Ein Kübel siedendes Wasser strömte Ludgers Nacken hinunter. »Rita …«

»Ach, Sie sind mit der Autorin zwischenzeitlich sogar per du. Das freut mich, Ihnen zu Beginn unserer neuerlichen Bekanntschaft einen angenehmen Abend geboten zu haben.«

»Rita traf mich in Ihrem Auftrag?«

»In meinem Auftrag? Das klingt so durchtrieben. Sagen wir lieber, ich animierte sie, Ihnen als passioniertem Krimifreund einen unvergesslichen Aufenthalt an Bord zu bereiten.«

»Womit haben Sie Rita bedroht, um mich abzulenken?«

Janning beugte sich vor und flüsterte. »Bedroht? Die Gute gierte förmlich nach meinem Angebot. Nach drei Jahren voller Pleiten, Pech und Absagen sucht die Autorin händeringend ein spektakuläres Thema – das versprach ich ihr und legte noch zehn Mille drauf.«

»Rita wusste von der drohenden Katastrophe?«

»Nein, wo denken Sie hin. Oder meinen Sie, ich hätte den Dampfer angezündet? Wie bereits gesagt, ich wollte selbst wertvolle Ware nach Klaipeda bringen. Nein, Ihrer guten Rita reichte schon die Aussicht auf eine spannende Recherchereise und mein Honorar.«

»Lebt sie?«

»Wenn Sie das nicht wissen?« Janning beugte sich vor. Ludger roch den Pfefferminzgeruch des Atems. »Flirten Sie eigentlich öfter? Toleriert Ihre Ehefrau solche Techtelmechtel?«

Ludger packte das kalte Grausen. Rita hatte mit ihm gespielt, ihn bei Laune gehalten wie eine Nutte; und jetzt wollte ihm dieses Scheusal hier einen Strick daraus drehen? Er musste diesen arroganten Fatzke schnellstmöglich loswerden. »Was wollen Sie?«

»Dazu kann ich noch nichts verraten – Ihre Dienste werden erst in einigen Monaten benötigt.«

»Dann auf Wiedersehen.«

»Bleiben Sie stehen!«

Erst jetzt fiel Ludger auf, dass Janning offensichtlich sein Zischeln beim Betonen von S-Lauten abgelegt haben musste. Früher hatte er diese sprachliche Eigenheit des ehemaligen Offiziers, die sich wie Nadelstiche in den Ohren anfühlten, als Folter empfunden.

Janning neigte seinen Kopf ein wenig nach links, das untrügliche Zeichen für höchste Konzentration. »Die Schulden vom verlustig gegangenen Transport werden Sie abarbeiten. Andernfalls wandert Ihre Truppe in den Knast – eine Anzeige wegen illegalen Waffenhandels und meine Schadenersatzklage am Hals. Vielleicht wird Sie auch noch die Reederei der LISCO GLORIA haftbar machen? Immerhin verursachte *Ihr* Laster den Brand.«

Ludgers Widerstand brach zusammen. Er musste Svenja sprechen. »Was erwarten Sie?«

»Bereiten Sie Ihre Chefin schon mal auf zukünftige Aufgaben vor.« Janning warf ihm ein kleines Metallstück in den Schoß.

Ludger betrachtete die zerbrochene Plakette – ein halbes NVA-Militärsportabzeichen.

»Geben Sie das Ihrer Chefin. Wenn jemand mit der anderen Hälfte auftaucht, gibt's Arbeit. Ich empfehle mich.« Unvermittelt wandte sich Janning ab und strebte dem Ausgang zu.

Ludger starrte ihm hinterher und kam erst langsam wieder zu sich. Sein Handy hielt er noch immer in der Hand.

4 – RÄTSELRATEN

Kiel – 08.10 Uhr

Ludger hockte wie angewurzelt auf seinem Stuhl an Bord der DEUTSCHLAND. Die Schulklasse um ihn herum war längst verschwunden. Es hieß, alle Schiffbrüchigen kämen in ein Hotel der Stadt zur Nachversorgung. Ludger wollte in kein Hotel, er wollte nach Hause. In Gedanken versunken starrte er auf die schwarze 182, die seinen Handrücken zierte. Bestimmt lief die Entlassung in chronologischer Reihenfolge ab – dann dürften sie ihn erst im letzten Schub abfertigen, und die unheimliche Begegnung mit Janning quälte ihn noch eine ganze Ewigkeit.

Gleich nach dem Einlaufen hier in Kiel vor gut zwei Stunden hatte er zwar Svenja angerufen, aber kein Wort von dem gruseligen Aufeinandertreffen erwähnt. Er hatte ihr nur kurz mitgeteilt, ihm sei bei der Schiffskatastrophe nichts passiert und er müsse sie nach seiner Rückkehr umgehend sprechen. Svenja hatte sofort Näheres wissen wollen, doch Ludger war ausgewichen und hatte aufgelegt – Themen, die Jannings Erpressungen betrafen, besprach man niemals am Telefon. Vorsichtig tastete er nach dem halben Sportabzeichen in seiner Brusttasche. Das kleine Metallstück bewies, dass er in der Nacht keinen Albtraum erlebt hatte.

»Ludger!«

Er erkannte die Stimme und fuhr herum. Svenja kam auf ihn zugestürzt und schlang ihm die Arme um den Hals. Ludger kippte beinahe vom Stuhl.

Behutsam befreite er sich aus der Umklammerung. »Wie kommst du hierher?«

»Eine blöde Frage.« Sie stemmte die Fäuste in die Hüften. »Du druckst am Telefon herum, gibst den Geheimnisvollen und legst einfach auf. Außerdem macht sich Andrea Sorgen. Sie hat mich regelrecht ins Auto geprügelt – ich solle herfahren.«

Der Gedanke an seine Frau beschämte Ludger. Er hatte bei seiner Arbeit geschludert, um ja schnell mit dieser falschen Schlange von Autorin an die Bar zu gehen. Bestimmt hätte er bei mehr Sorgfalt die Manipulationen entdecken und Schlimmeres verhindern können. So waren sie aber in Jannings Fänge geraten. Wie sollte er Svenja nur alles erklären?

»Nun erzähl schon. Was bedrückt dich?«

»Die Ladung ging verloren«, versuchte Ludger zunächst eine Ausrede.

»Kein Wunder, wenn der ganze Dampfer abbrennt. Die Versicherung übernimmt den Schaden garantiert.«

»Da wird's wohl Schwierigkeiten geben. Arno Janning hat …«

»Wer?«

»Arno Janning, der vor vier Jahren …«

Das Gesicht der Chefin schimmerte auf einmal weiß wie das einer Leiche. »Du spinnst.«

Ludger schüttelte den Kopf.

»Was redest du? Janning kam damals um.«

»Eben nicht.« Er erzählte von seinem Gespräch mit dem verhassten Mann in der Nacht und holte schließlich das halbe Sportabzeichen aus der Tasche.

»Janning hat uns einen Waffentransport untergejubelt? Und behauptet, der Brand sei durch *unseren* Lastzug ausgebrochen? Unmöglich!«

»Er klang ziemlich überzeugend, als wisse er es genau.«

»Das wollen wir erst einmal sehen.« In Svenjas Stimme klang Kampfeswillen und Entschlossenheit. »Du hast dir die Ladung doch angesehen?«

»Ja. Ich habe jede Kiste öffnen lassen. Da lagen Medizingeräte drin – Augen-Laser und keine Sprengmittel.«

»Was steht in den Frachtpapieren?«

Ludger bedauerte, seine Unterlagen seien bei der Flucht vom brennenden Schiff verloren gegangen.

»In der Firma liegen die Kopien. Wir fragen Andrea im Büro – wir rufen sie an.« Svenja zog ihr Handy hervor und drückte die Kurzwahltaste. Ludgers Ehefrau sprach ziemlich laut – er vernahm ihre Stimme noch einen Schritt neben Svenja. Andrea arbeitete in der SSK offiziell als Disponentin, managte meistens aber den gesamten Innendienst, wenn alle anderen irgendwelchen Einsätzen nachgingen.

Svenja reichte Ludger nach einer kurzen Einleitung das Handy. Er übernahm das Gespräch, erklärte, ihm gehe es gut, und kam schließlich auf den eigentlichen Anlass des Telefonats: »Bitte schau mal in die Frachtpapiere zu meinem Auftrag. Welche Beschreibung steht da?«

»Du hast Sorgen.« Papier raschelte. »Da haben wir's. Die Ladung bestand aus Augen-Lasern samt Zubehör.« Ludger leitete die Auskunft an Svenja weiter. Die nickte zufrieden. Er versprach ins Telefon, schnellstmöglich heimzukehren, verabschiedete sich von seiner Frau und gab Svenja das Handy zurück.

»Damit dürften wir eine weiße Weste haben, und der Herr Janning kann uns den Buckel runterrutschen.«

Ludger konnte den Optimismus der Chefin keineswegs teilen. Janning hatte ihnen den Waffentransport untergejubelt, das stand für ihn fest. Und wenn die Behörden nach der Brandursache auf der LISCO GLORIA suchten, würden sie früher oder später auf die Sprengstoffe stoßen und ganz schnell in ihrer Firma reinschneien.

»Gehörte Janning zu den Schiffbrüchigen?«, wollte Svenja auf einmal wissen.

»Er behauptete – nein.«

»Dann fuhr er auf dem Dampfer hier mit?«

»Keine Ahnung.«

»Wir sollten das rausfinden. Vielleicht lässt sich auf diese Weise eine Spur zu diesem verfluchten Hund zurückverfolgen?«

»Vorher muss ich aber erst einmal hier wieder wegkommen.« Mit einem Seufzer schaute Ludger auf die schwarze 182.

Erst gegen Mittag war Ludger aufgerufen worden, um seine Daten anzugeben.

»Wollen Sie auf Ihre Ansprüche gegenüber der Reederei verzichten?«, erkundigte sich der Mann hinter dem Tresen schließlich.

»Warum sollte ich?«

Er könne dann sofort nach Hause fahren und müsse nicht, wie die meisten der anderen Schiffbrüchigen, in das vorgesehene Hotel gehen.

»Mach das«, wies ihn Svenja an. »Wir klären alles über unser Unternehmen.«

Ludger gehorchte und unterschrieb das Formular.

Kurz darauf verließen sie in Svenjas Auto den Parkplatz am Tirpitzhafen und fuhren in Richtung Heimat. In Stralsund angekommen, begrüßte Ludger in der Firma seine Frau. Svenja schickte ihn nach Hause – er solle sich ausruhen –, bat aber Andrea, dazubleiben, um schnellstmöglich die Folgen des Schiffsunglücks aufzuarbeiten.

Wenige Minuten vor drei betrat Ludger die Wohnung. Doch noch ehe er die Jacke ablegen konnte, klingelte es an der Haustür. Er wollte den Quälgeist ignorieren, das Gebimmel gab aber keine Ruhe. Er öffnete.

»Sitzt du auf deinen Ohren?« Schimpfend drängte Pit in den Korridor und boxte Ludger auf die Brust. »Grüß dich.« Ohne den Hausherrn weiter zu beachten, steuerte der ungebetene Gast zielstrebig das Wohnzimmer an und pflanzte sich in einen der Sessel. Er sei in der vergangenen Nacht mit einem der Rettungsschlepper zum Unglücksort rausgefahren. »War 'n ganz schönes Feuerchen. Leider schwimmt der Kasten immer noch.«

Ludger merkte auf. »Spinnst du?«

»Alle sind gerettet, und der Dampfer wird restlos ausbrennen. Den Schrott müssen die anschließend entsorgen. Als Wrack auf dem Meeresgrund gäbe der Schlitten ein tolles Ziel für unsere Tauchausflüge ab.«

Ach ja, richtig – Pit liebte alle Arten von Wassersport, Tauchen, Segeln, Surfen, eben jede Freizeitaktivität, die man auf und im Meer ausübte. Doch wäre ein Sinken der LISCO GLORIA nicht auch für die SSK besser gewesen?, schoss es Ludger durch den Kopf. Unter Wasser können die Behörden weniger gründlich nach den Unglücksursachen suchen als auf den schwimmenden Überresten.

»Ich konnte zwar ein paar Fotos schießen«, unterbrach Pit Ludgers Grübeleien, »aber für einen durchschlagenden Beitrag benötige ich detaillierte Zusatzinformationen. Andere haben weit mehr mitbekommen – wie du beispielsweise. Deine Geschichte bringe ich groß raus.«

»Vergiss es!« Ein wilder Reporter hatte Ludger gerade noch gefehlt.

»Ein bisschen Public Relations dürfte der SSK bestimmt guttun.«

»PR? Mir ging die Ladung verloren, die ich bewachen sollte.«

»Der ganze Dampfer geht zum Teufel. Da kommt keine einzige Sendung bei den Empfängern an. Ich drehe das schon so, um euch im besten Licht darzustellen.«

»Weiß Svenja von deinem Vorhaben?«

»Ich zeige ihr den fertigen Artikel.«

»Dann frag sie. Ich bin müde. Hau bitte ab.«

»Svenja war nicht mit draußen.« Pit zückte demonstrativ Block, Stift und Diktiergerät. »Je eher du redest, umso schneller verschwinde ich.«

Ludger gab den inneren Widerstand auf – Pit würde tatsächlich hier sitzen bleiben und ihn weiter nerven. Er holte eine Flasche Wasser und setzte sich zu dem Quälgeist. Der schaltete das Diktiergerät ein und lehnte den Oberkörper entspannt zurück. Ludger begann zu erzählen, erklärte den Vorgang zur Übernahme der Ladung, verschwieg die Begegnung mit Rita, schmückte die Flucht vom brennenden Schiff als turbulentes Abenteuer aus und beschrieb die endgültige Rettung über die NEUSTRELITZ und die DEUTSCHLAND.

»Na bitte«, lobte Pit.

»So und nun zieh ab und schreib deine Geschichte.« Ludger stand auf.

Pit nahm sein Diktiergerät, hielt aber inne. »Du hattest Svenja dringend nach deiner Rückkehr sprechen wollen?«

»Wer sagt das?«

»Andrea. Weil Svenja sich Sorgen gemacht hat, fuhr sie ja nach Kiel. Warum? Wenn es dir gut ging?«

Hörte die Nervensäge nie auf? »Wegen der verlorenen Ladung.«

Pit grinste. »Du lügst außerordentlich schlecht. Was war dir an die Nieren gegangen?«

»Schluss jetzt!« Ludger schlug die flache Hand auf den Tisch. Der Knall ließ Pit zusammenfahren. »Hau ab! Ich brauche meine Ruhe. Nerv deine Frau.«

*

Stralsund – 16.25 Uhr

»Ach du, Pit.« Ein flüchtiges Lächeln huschte über Andreas Gesicht, als sie ihm die Tür öffnete. Gleich darauf verwandelten sich ihre Züge erneut in eine düstere Maske. »Tut mir leid, ist niemand hier.«

»Bist du niemand?«

Seine Frage zauberte ein wenig Milde in ihr Antlitz. »Du willst zu mir?«

»Eigentlich wollte ich Svenja abholen, schließlich haben wir Wochenende. Wo steckt sie?«

»Schon wieder unterwegs. Angeblich bei einem Kunden in Rostock.«

»Angeblich? Muss ich mir Sorgen um einen Nebenbuhler machen?«

»Nein, nein!« Andrea erschrak regelrecht. »Entschuldige. Solche Gerüchte in die Welt zu setzen, liegt mir völlig fern. Ich bin nur sauer, weil mich Svenja wie ein blondes Dummchen behandelt. Aber mit mir kann sie ja so umspringen, ich mime hier doch bloß die Tippse.«

»Hast 'nen Kaffee für mich?« Pit ließ die letzte Bemerkung bewusst unkommentiert; seriöse Zurückhaltung wirkte in derartigen Situationen am ehesten als Zungenlöser.

Und tatsächlich, nachdem Andrea zwei Kaffee geholt hatte

und wieder an ihrem Schreibtisch saß, begann sie ganz ohne zusätzliche Ermunterung zu reden. Nach der Rückkehr aus Kiel habe Svenja sich in ihrem Büro verschanzt und fieberhaft im Internet gesurft.

»Hat sie dir hinterher erzählt?«, fragte Pit, als Andrea einen Schluck trank.

»Nein, habe ich gesehen.« Sie deutete mit dem Kopf zur Glasscheibe, die Svenjas Arbeitszimmer vom Sekretariat abgrenzte. »Deine Gattin wirkt dann immer völlig abwesend, als wäre sie der Welt entrückt.«

»Stimmt. Kenne ich von zu Hause.« Pit spürte, dass Andrea noch etwas auf der Seele brannte. »Weißt du zufällig, was sie gesucht hat?«

»Bitte sag's nicht weiter. Meine Neugierde ließ mir keine Ruhe, ich habe Svenjas E-Mails angesehen, nachdem sie das Haus verlassen hatte. Immerhin hängt Ludger mit drin. Die beiden brüten etwas aus.«

»Ich schweige wie ein Grab.«

»Svenja hat eine Terminanfrage an ein Institut in Bremen gesandt.«

Gleich platzte die Bombe. Das Gespür für Enthüllungen hatte Pit in vielen Jahren Journalistendasein entwickelt. »Welches?«

»Institut für Entwicklungshilfe und Kooperation.« Andrea seufzte. »Sie will Arno Janning sprechen.«

»*Den* Arno Janning?«

Andrea nickte. »Ich denke schon.«

Draußen ging die Eingangstür, und Svenja betrat den Empfangsraum.

»Hallo Schatz«, grüßte Pit sie, blieb aber an Andreas Schreibtisch sitzen. »So schnell aus Rostock zurück?«

»Das hat sich erledigt.«

»Ach, kam dir der Herr Janning entgegen?«

Als wäre sie mit flüssigem Stickstoff eingefroren, erstarrte Svenja. Ihre Augen wanderten in Richtung Andrea.

»Da du deine Mitarbeiterin im Unklaren lässt, musste ich ihr erst die Neuigkeit erzählen«, funkte Pit dazwischen.

»Wer hat's dir verraten?«

»Informantenschutz.«

»Was weißt du denn von deinem Informanten?« Unverhohlener Sarkasmus klang in Svenjas Stimme mit. Die Interessierte mimend kam sie näher.

»Keine Sensationen«, blieb Pit locker. Janning sei halt auferstanden, also untot, arbeite bei irgend so einem Institut in Bremen und sei während des Schiffsunglücks aufgetaucht.

»Mehr war auch nicht«, bestätigte Svenja.

Pit atmete innerlich auf. Seine kleine Spekulation, gespeist aus den offensichtlichen Gegebenheiten, hatte funktioniert. Am liebsten würde er nach Svenjas Terminanfrage in Bremen fragen, aber damit verriet er Andrea. »Lässt du dich erneut mit dem Schurken ein? Suchst du vielleicht wieder nach einem Geheimdokument? Wie vor vier Jahren?«

Svenja schien zu überlegen und setzte sich dann zu den beiden. »Ja, es ist richtig. Ludger hat den Kerl nach seiner Rettung getroffen – das heißt, Janning sprach ihn an.«

»Was wollte er?« In Andreas Stimme schwang Angst.

»Nichts Konkretes. Er palaverte Nichtigkeiten, deutete etwas von einem Auftrag in ein paar Monaten an und gab Ludger das halbe Abzeichen hier.« Svenja legte ein taubeneigroßes Halboval auf den Tisch, das im Inneren ein Gewehr samt Bajonett zeigte, an dem eine Fahne befestigt war. Auf der Fahne prangte der Buchstabe *N*. »Das sollte Ludger mir übergeben.«

»Und?«, fragten Andrea und Pit wie aus einem Mund.

»Irgendwann bringt ein Kurier die andere Hälfte. Erst danach erfahren wir Jannings Forderungen.«

»Geht das schon wieder los?«, fluchte Pit. »Hat er etwas gegen dich oder gegen euch als Firma in der Hand?«

»Nein«, kam die prompte Antwort. »Nicht, dass ich wüsste.«

Pit kannte seine Ehefrau – sie verheimlichte ihm irgendein wichtiges Detail, aber das durfte er ihr keinesfalls vorhalten. »Falls der reitende Bote mit dem Erkennungszeichen auftaucht, informierst du mich?«

»Wenn du willst.«

»Ja bitte. Vor vier Jahren haben wir die Scheiße auch nur gemeinsam hingebogen. Du erinnerst dich?«

»Als wäre es gestern gewesen«, flüsterte Svenja.

»Und vermeide bitte von dir aus jeglichen Kontakt zu diesem Verbrecher. Versprochen?«

Svenja nickte. »Okay.«

»Das Ding hier bewahre ich auf.« Pit nahm das Erkennungszeichen vom Tisch.

»Aber …«

»Kein Aber«, unterbrach er seine Frau. »Ich will lediglich sicherstellen, dass du dein Versprechen nicht vergisst und automatisch zu mir kommst, um den Plausibilitätstest zu machen.«

»Du musst dich aber auch verpflichten, dem Kerl aus dem Weg zu gehen«, protestierte Svenja. »In deiner Gier nach einer Story kehrst du doch das Unterste zuoberst und bringst Janning damit erst recht in Rage.«

»Wo soll ich denn ansetzen?«, versuchte Pit, einer klaren Antwort auszuweichen.

»Du wusstest schon weniger als jetzt und hast deine Nase reingesteckt. Janning lässt du in Ruhe! Versprich es.«

»Okay.«

Als hätte Svenja das Gespräch übermäßig angestrengt, erhob sie sich müde. Sie habe noch ein Stündchen hier zu tun und komme anschließend nach Hause. Andrea solle Feierabend machen, schließlich sei Wochenende und der Samstag beinahe vorüber.

»Ich fahr nur mal kurz in der Redaktion vorbei und trudle rechtzeitig zum Abendessen ein.«

Svenja nickte. »Spätestens halb acht.« Mit schleppenden Schritten verschwand sie in ihrem Büro.

Pit stand auf, wartete, bis Andrea ihre Sachen gepackt hatte und verließ mit ihr zusammen das Gebäude.

»Ich dank dir.« Andrea hauchte ihm einen Kuss auf die Wange. »Irgendetwas stinkt da. Ich mach mir Sorgen um Ludger. Falls du etwas erfährst, sagst du es mir?«

»Mach ich.«

»Ich verlass mich auf dich.«

»Ja. Sobald ich Neuigkeiten höre, erfährst du davon.«

Die beiden verabschiedeten sich, und jeder ging zu seinem Auto.

Pit blickte Andreas davonfahrendem Wagen hinterher – hoffentlich hatte er nicht zu viel versprochen. Er stieg ein, startete aber nicht sofort den Motor. Nachdenklich drehte er dieses halbe Abzeichen hin und her. Sein Versprechen Svenja gegenüber durfte er keineswegs brechen. Eine Quelle wollte er dennoch anzapfen – da gab es einen Bruder dieses Janning, der war vor vier Jahren nach Stralsund gekommen. Wie hieß der nur? Ein Kriminalkommissar. Er trug allerdings einen anderen Nachnamen – Löffler; richtig Otto Löffler.

Schon hielt Pit sein Handy in der Hand und rief in der Polizeiinspektion an. Dort erhielt er die Auskunft, Herr Löffler sei bereits pensioniert. Weitere persönliche Daten dürfe man nicht herausgeben. Pit kontaktierte nacheinander mehrere seiner eigenen Informanten, von denen aber niemand einen Otto Löffler kannte. Er überlegte krampfhaft. Da gab's doch einen Neffen – von Beruf Orthopädieschuhmacher. Der besaß einen ungewöhnlichen Vornamen, irgendetwas Kurzes mit I; Ivan oder so. Pit holte die Gelben Seiten auf sein Smartphone und fand den gesuchten Eintrag: Ivo Janning; dessen Werkstatt lag in Zitterpenningshagen. Pit tippte die angegebene Mobilfunknummer ein und drückte die Ruftaste. Ivo ging sofort ran. Er erinnerte sich an den vertrackten Fall von vor vier Jahren und wusste noch genau, dass Pit seinem Freund Ludger geholfen hatte. Pit freute die Aufgeschlossenheit des jungen Mannes, und so fragte er direkt nach dessen Vater. Der sei damals bei einem Unfall ums Leben gekommen, entgegnete Ivo.

»Unser gemeinsamer Freund Ludger lief Ihrem Vater heute Morgen über den Weg«, entgegnete Pit.

»Na und?«, tönte die kaltschnäuzige Antwort aus dem Telefon. »Für mich ist er tot. Was wollte das Schwein von Ludger?«

»Darüber darf ich nicht sprechen«, log Pit.

»Auch gut, brauche ich mir keine unnötigen Gedanken machen.«

»Vielleicht weiß Ihr Onkel etwas?«

»Möglich. Fragen Sie ihn.«

Pit erbat die Nummer, die Ivo herausgab, aber nur weil er seinem Freund helfen wolle. »Und grüßen Sie Ludger. Der Knabe soll mal wieder in ZPH vorbeischauen.«

Pit versprach, die Einladung auszurichten und legte auf, um sofort Otto Löffler anzuklingeln.

»Ah, Herr Itzig, schön, nach so langer Zeit von Ihnen zu hören. Geht's gut?«

Pit bejahte und erwähnte der Vollständigkeit halber die zwischenzeitliche Heirat mit Svenja. Danach kam er auf den Zweck des Anrufs. »Was macht eigentlich Ihr Bruder?«

»Ich hatte nur einen. Der besieht sich die Radieschen von unten. Aber das wissen Sie doch.«

»Wie konnte er dann heute Ludger Rotgerber treffen?«

»Nein?«

Pit erklärte kurz die wenigen Fakten, die er kannte. »Und Sie haben nie wieder etwas über Ihren Bruder erfahren?«

»Woher denn?«, entgegnete Löffler ruhig. »Ich bin ja damals ziemlich schnell aus Bremen weggegangen. Als Bruder hatte ich ihn schon vor dem *tödlichen* Unfall begraben, und mit Verbrechern musste ich mich von Berufs wegen rumärgern – da brauchte ich nicht noch einen in der Familie.«

»Und jetzt, da er quasi auferstanden ist …«

»… verspüre ich auch kein Verlangen nach ihm.« Der barschen Antwort folgte eine kurze Pause, bevor sich Löffler räusperte. »Die offensichtliche Vortäuschung seines Todes und sein erneutes Auftauchen sollten Sie zur Vorsicht mahnen. Was mich hingegen betrifft, möchte ich keinen einzigen Gedanken mehr an das Subjekt verschwenden. Verstehen Sie das?«

»Ich kann Ihren Wunsch nachvollziehen und muss ihn wohl hinnehmen.«

»Vielen Dank für Ihr Verständnis. Bitte bestellen Sie Grüße an Ihre Gattin. Auf Wiederhören.« Er legte auf.

Schade. Pit warf sein Handy auf den Beifahrersitz und starrte auf das halbe Abzeichen in seiner Hand. Anscheinend musste er den Fall vorerst zu den Akten legen.

5 – KRISENSITZUNG

Bremen – Montag, der 11.10.2010 – 09.25 Uhr

Der Sonnenschein des goldenen Oktobers hielt sich jetzt bereits seit Tagen. Die Meteorologen hatten erst für die zweite Wochenhälfte ein Umschlagen der Wetterlage angekündigt. Ungeachtet dessen würden Graf und seinen Chef heute bereits stürmische Stunden erwarten – aus Moskau waren zwei Vorstandsmitglieder ihrer Mutterorganisation angereist, um eine Krisensitzung zur Katastrophe auf der LISCO GLORIA abzuhalten. Janning verlangte Grafs Teilnahme an der Besprechung in der Zentrale des Instituts für Entwicklungshilfe und Kooperation, die in der Neustadt lag.

Das Anwesen passte sich unauffällig in die Straße mit den Altbremer Häusern ein. Der graue Putz leuchtete matt in der Sonne, zahlreiche Stuckelemente um die Fenster und bunte Blumenkästen auf den Balkons täuschten biedere Alltäglichkeit vor. Hier draußen zeugte nichts von den geheimen Plänen, die hinter der gutbürgerlichen Fassade geschmiedet wurden. Seit der Gründung des Instituts Mitte der 90er-Jahre hatte man jegliches Aufsehen im Außenbereich vermieden, dafür innen aber ausgeklügelte Sicherheitstechnik installiert.

Graf passierte das offene Gartentor, folgte dem kurzen Kiesweg und betrat den Eingangsbereich. Gegenüber der massiven Haustür führte eine breite Treppe ins Obergeschoss, an deren Fuß eine dezente Barriere den Zugang versperrte. Dort oben residierten die Chefs, und dort befanden sich auch die abhörsicheren Besprechungszimmer. Die Marmorhalle hier unten zierten mannshohe Fenster mit Butzenscheiben, die den Raum eher verdunkelten, als dass sie Licht hereinließen. Dafür sorgte ein riesiger Kronleuchter für eine warme, anheimelnde Beleuchtung. Stadtansichten tropischer Länder dekorierten die Wände. Gleich neben dem Eingang stand eine Sitzgruppe mit drei Ledersesseln und einem Glastisch.

Seitlich der Treppe lag die Rezeption. Hinter dem Tresen aus dunklem Holz begrüßte wie gewohnt Verena Linke die Gäste. Bei der Perfektion, die hier im Hause gepflegt wurde, gehörte sie wohl zur ausgeklügelten Tarnung des Instituts. Stets in ein adrettes Kostüm gekleidet, die langen Haare elegant hochgesteckt und jederzeit ein bezauberndes Lächeln auf den Lippen, wickelte die Mittvierzigerin die Besucher sofort um den Finger und vermittelte ihnen freundliches Entgegenkommen, das jegliches Misstrauen bereits im Keim ersticken dürfte.

Verena lächelte Graf an. Er lehnte sich über den Tresen und herzte sie.

»Bist früh dran«, stellte sie fest.

»Ja. Ich will auf keinen Fall zu spät kommen.«

»Liegt was Größeres an? In meinem PC sind nur Janning und du avisiert.«

Graf beugte den Oberkörper vor. »Hohe Tiere aus Moskau. Soll 'ne Krisensitzung geben. Mehr hat mir der Chef bisher auch nicht verraten.« Er hielt den Zeigefinger an seine Lippen. »Aber – pst.«

»Ich wünsch dir gutes Gelingen.«

»Danke und bis nachher.« Graf wandte sich der Treppe zu, wo die Schranke lautlos den Weg freigab.

Für die Besprechung war nicht der große, repräsentative Tagungsraum, sondern das eher schmucklose und enge Nebenzimmer vorgesehen – dem Anlass wohl angemessen. Auch wenn er unten mit Verena noch scherzen konnte, je näher der Termin rückte, umso mehr verstärkte sich Grafs Herzklopfen. Auf dem Konferenztisch zeugten fünf eingerichtete Plätze von der Anzahl der geladenen Teilnehmer. Papier, Stifte oder elektronische Geräte suchte man vergebens – erschienen hochrangige Gäste, gab es keine Aufzeichnung, keine Laptops, keinen Beamer, einfach kein gar nichts.

Auf dem Korridor erklangen Schritte. Im nächsten Moment betraten zwei Graf unbekannte Herren den Raum, ihnen folgten Janning und der Geschäftsführer des Instituts. Graf wartete, bis alle saßen, und hockte sich dann auf den freien Stuhl zur Linken seines Chefs. Anfangs tauschten die Herren Nettigkeiten aus – auf Russisch. Graf konnte der Unterhaltung mühelos folgen. Janning hatte ihn 2007 für zehn Monate nach Moskau und Sankt Petersburg entsandt, um die Kommunikationsmittel der Mutterorganisation auf den neuesten technischen Stand zu bringen. In dieser Zeit hatte er die russische Sprache erlernt und beherrschte sie jetzt so gut, um die beiden fremden Männer als russische Muttersprachler zu erkennen. Ihre Namen und Positionen in der Hierarchie kannte er nicht. Den Ranghöchsten am Tisch machte Graf auch so aus.

Mit seinem pausbäckigem Gesicht, der Halbglatze und den ruhigen dunklen Augen ähnelte er eher einem gütigen Großvater. Doch bei jedem Wort, das er sagte, bei jedem Hüsteln, das er von sich gab, eroberte er sofort die ungeteilte Aufmerksamkeit der anderen.

So wie in diesem Moment, als er das Vorgeplänkel beendete und ernst in die Runde blickte. »Ihre Einschätzung zu den Vorgängen am vergangenen Wochenende, bitte!« Die Aufforderung ging an Janning.

»Woher die Karamassow-Bande von unserem Transport wusste, untersuchen wir gerade.« So verlegen hatte Graf seinen Chef noch nie erlebt.

»Das meinen wir nicht«, erwiderte der junge Mann zur Rechten des Big Boss. Er mochte vielleicht Mitte 30 sein und ähnelte in dem eleganten Maßanzug, der randlosen Brille und dem Bürstenhaarschnitt einem Anwalt mit Harvardabschluss. »Wir wollen wissen, warum Sie in den Waffenhandel eingestiegen sind.«

»Weil wir Geld brauchen und die Zentrale uns abweist.« Jannings Ausdruck vermittelte ein gerüttelt Maß an Verärgerung.

Edgar Nadler, der offiziell als Geschäftsführer des Instituts fungierte, saß wie ein unbeteiligter Praktikant am Tisch und machte nicht einmal andeutungsweise einen Versuch, am Gespräch teilzunehmen.

»Sicherlich beruht Ihr Angriff gegen das oberste Management auf belastbaren Tatsachen«, giftete der Harvardtyp.

Der gütige Großvater richtete den Oberkörper auf und legte die Unterarme auf die Tischplatte. »Behalten wir doch kühlen Kopf, Genossen.« Er sah zu Janning. »Erklären Sie.«

»Im vergangenen Juni konnten wir die Vorplanung für das Projekt BalticJump abschließen. Die Kalkulation wies einen Fehlbetrag von vier Millionen gegenüber dem bewilligten Budget aus.«

»Sie brauchen den doppelten Etat?«, fauchte der Harvardtyp.

»Ja. Die genaue Kostenaufstellung liegt in Moskau vor.«

»Ich habe keine gesehen«, warf der Chef der Runde scheinbar beiläufig ein.

»Wir müssen den Dienstweg einhalten«, verteidigte sich Janning.

»In Ordnung.« Jetzt entwich dem Big Boss ein Seufzer. »Meine Genossen der zentralen Operationsplanung haben also ein Aufstocken der finanziellen Mittel abgelehnt?«

»Ja. Und um BalticJump nicht zu gefährden, haben wir den Coup auf der LISCO GLORIA gewagt.«

»Gewagt ist gut«, stieß der Harvardtyp hervor. »Sie haben die gesamte Organisation gefährdet.«

»Wir wollten ruhigen Kopf bewahren«, unterbrach der Großvater den Ausbruch. An Janning gewandt fügte er in sanfter Stimmlage hinzu: »Die Behörden werden die Katastrophe untersuchen, und wenn das IEK mit Waffenhandel in Verbindung gebracht wird, wimmelt es hier bald von Polizei.«

»Eine Verbindung zu unserem Institut wird niemand feststellen. Wir konnten den Kontaktmann rechtzeitig und unerkannt aus der Schusslinie nehmen. Außerdem: Offizielle Verlautbarungen der zuständigen Stellen geben bislang einen technischen Defekt als Ursache für den Brand an. Ich verstehe das zwar nicht, aber uns hilft es.«

»Dann beten Sie mal fleißig, dass das so bleibt.« Der Harvardtyp schien unbedingt einen Schuldigen ans Kreuz nageln zu wollen.

»Lassen wir die Vergangenheit ruhen.« Der Big Boss musterte abwechselnd Janning und Nadler. »Sie kümmern sich ab sofort nur noch um unser Hauptprojekt. Ist das erfolgreich abgeschlossen, lösen wir das IEK auf.«

Graf hielt vor Schreck den Atem an. Verlor er etwa den Job?

»Wie steht's um BalticJump?«

In einem Wechselbad der Gefühle schnellte Grafs Puls in die Höhe.

»Mein Mitarbeiter steckt da tiefer in den Details«, erklärte Janning, »am besten, er berichtet direkt.«

Der große Chef nickte und sah zum Harvardtypen, der gerade seine randlose Brille putzte. »Sie kennen unser Projekt?«

»Die Regierung von Mecklenburg verkauft eine alte Raketenkorvette der Tarantul-Klasse aus den Beständen der Volksmarine, die bis heute im Hafen von Peenemünde liegt. Das Schiff mit der Bordnummer 575 soll an das Koldkrigsmuseum Langelandsfort in Dänemark gehen. Während der Überführung im kommenden Spätsommer werden Unregelmäßigkeiten auftreten und das ...«

»Genug, genug«, unterbrach der Big Boss den Harvardtypen. »Jetzt wollen wir hören, wie's um die Vorbereitungen steht. Bitte.«

Graf holte tief Luft, um seine Nervosität zu unterdrücken. »Die Kaufverträge sind allesamt unterzeichnet. Die Dänen übernehmen die 575 zum Zeitwert am Tag der Übergabe. Die Besatzung ist vollständig rekrutiert.«

»Woher stammen die Leute?«

»Ehemalige rumänische Marineangehörige verschiedener Dienstgradgruppen«, erklärte Janning. »Als Roma verloren sie nach 1989 ihre Borddienststellungen. Alle angeworbenen Männer fuhren früher auf einem Tarantul.«

»Sehr schön.« Der Big Boss nickte. »War eine schlimme Zeit von 89 bis 91. Viele Menschen stürzten ins Unglück.« Er schwieg kurz, als gedenke er der Opfer, und blickte dann Graf an. »Bitte fahren Sie fort.«

»Eine Expertengruppe der Besatzung hat die Technik auf der 575 analysiert. Um die Demilitarisierung rückgängig zu machen, werden wir zehn Monate benötigen.«

»Zehn Monate? Wie wollen Sie die Arbeiten so lange geheim halten?«

Irritiert sah Graf zu Janning. Der Harvardtyp brachte ihn mit seiner aggressiven Fragerei aus dem Konzept.

»Gar nicht«, gab Janning ruhig zurück.

»Das müssen Sie mir erklären.« Kam da eine gewisse Unsicherheit bei dem geschniegelten Kerl auf?

»Wir modernisieren die 575 – offiziell und durch die Behörden genehmigt«, erklärte Graf weiter. »Das Schiff soll ja ohne Risiko in Dänemark ankommen und einen möglichst hohen Verkaufspreis erzielen.«

Der Chef der Runde griente und tätschelte seinem Landsmann die Hand. »Die deutschen Genossen denken eben an alles. Offenheit ist noch immer die sicherste Tarnung.«

»Die Instandsetzung wurde im Museum und gegenüber der Landesregierung angekündigt und von denen gutgeheißen.« Graf wartete auf einen neuerlichen Einwand. Als der ausblieb, fuhr er fort: »Tagsüber arbeiten zwei Männer offiziell am Schiff, während in der Nacht zwölf Roma der späteren Besatzung betriebswichtige Aggregate und Systeme erneuern.«

»Wann beginnen Sie?«

»Kommenden Montag, dem 18. Oktober.«

»Wer kümmert sich um die Zigeuner?«, wollte der Harvardtyp wissen.

»Die Gruppe der Roma steht unter der Leitung ihres eigenen Vorarbeiters.«

»Rajko Constantinescu. Ein sehr zuverlässiger Mann«, warf Janning ein. »Sein Vater diente als Chef der Gegenspionage in der Securitate.«

»Ich werde den Fortgang der Instandsetzung wöchentlich zu unterschiedlichen Zeiten kontrollieren«, ergänzte Graf dienstbeflissen.

»Sehr schön«, lobte der Big Boss und wandte sich an seinen jungen Landsmann. »Ihre Sorgen scheinen völlig unbegründet. Die deutschen Genossen bereiten BalticJump mit größter Präzision vor.«

»Vermutlich«, maulte der Harvardtyp. »Mir passt nicht, dass ein Trupp dreckiger Zigeuner das Schiff in der entscheidenden Phase ins Ziel bringen soll.«

»Meine beiden besten Männer werden direkt an Bord den Einsatz befehligen.«

»Besitzen Ihre Leute Kenntnisse über die Raketentechnik? Was passiert, wenn das Zigeunerpack den Angriff sabotiert?«

»Ein gewisser Ludger Rotgerber wird die *dreckigen Zigeuner«*, Jannings Betonung verriet, wie er über die Titulierung dachte, »unter Kontrolle behalten. Herr Rotgerber fuhr früher auf einem Raketenschnellboot. Wir haben ihn seit der Katastrophe auf der LISCO GLORIA in der Hand.«

»Ach ja? Erklären Sie …«

»Lassen Sie es gut sein.« Der unumschränkte Herrscher der Runde stand auf. Die anderen folgten seinem Beispiel. »Es ist schön, sich heute noch auf treue Genossen verlassen zu können. Wenn Sie keine Extratouren drehen.« Er lächelte. »Das nächste Mal informieren Sie mich direkt. Ich werde zusätzlich 3,3 Millionen anweisen. Den Rest müssen Sie einsparen. Werfen Sie der Besatzung nicht unnötig viel Salär in den Rachen. Geld verdirbt die Motivation. Bieten Sie den Kerlen etwas, wofür sie sogar sterben würden.«

6 – IM KANZLERAMT

Berlin – Montag, der 11.10.2010 – 16.45 Uhr

»Der Bericht vom Seeunfall kam gerade mit der Hauspost.« Die Sekretärin eilte zum Schreibtisch ihres Chefs. »Sie wollten ihn sofort auf den Tisch bekommen.«

»Endlich.« Der Leiter des Referats 712 im Bundeskanzleramt hatte sehnsüchtig auf die ersten Informationen gewartet, auch wenn im Fall der LISCO GLORIA zu diesem frühen Zeitpunkt kaum Ermittlungsergebnisse vorliegen dürften. Die hohen Temperaturen auf dem Fährschiff erlaubten noch immer keinen Einsatz der Untersuchungsbeamten. Dennoch wollte er von Beginn an auf dem Laufenden bleiben, um notfalls sofort eingreifen zu können. Bei solchen Katastrophen wie der vom vergangenen Wochenende, oblag es seinem Referat, nach Hinweisen auf terroristische Anschläge oder die Beteiligung organisierter Kriminalität zu suchen.

Der Referatsleiter schlug das Papier auf und arbeitete aufmerksam Absatz für Absatz durch. Auf dem offenen Fahrzeugdeck sei ein Lastzug explodiert. Allein dessen Kraftstoffvorrat habe das Ausmaß der Schäden nicht hervorrufen können. Also Sprengstoff, überlegte der Referatsleiter und las weiter. Die ungeheure Wucht der Detonation habe das schnelle Ausbreiten der Flammen gefördert und sei als ursächlich für den Verlust des Schiffes anzusehen.

Der Referatsleiter überflog den Text noch einmal und hob dann nachdenklich den Kopf. Gab es hier Parallelen zum Unglück der ESTONIA vor 16 Jahren? Eine Anschlagtheorie sprach davon, dass die Ostseefähre damals durch zwei Explosionen unterhalb der Wasserlinie versenkt worden sei, weil das Schiff Militärtechnik und Waffenteile transportiert habe. Ihm fuhr eine Gänsehaut den Rücken hinunter. Den schwedischen Behörden hatte die ESTONIA-Katastrophe jahrelange Untersuchungen, viel Arbeit, viel Unruhe und so manche Enthüllung beschert – stand ihnen hier in Berlin das jetzt auch bevor?

Der Referatsleiter überflog den Rest des Berichts, konnte aber keine weiteren Neuigkeiten entdecken. Alle Details kannte er bereits aus anderen Verlautbarungen, die seit Samstag die hausinternen Nachrichtenkanäle und öffentlichen Medien beherrschten. Karl-Heinz Kernler musste den Fall übernehmen. Der Referatsleiter bat die Sekretärin, den Mitarbeiter zum Thema LISCO GLORIA zu einer Besprechung zu rufen. Er selbst verließ den Schreibtisch und trat ans Fenster. Die Sonne versank bald hinter der Spree. Das herrliche Wetter des Spätsommertages passte einfach nicht zu den dunklen Wolken, die sich im Amt zusammenschoben. Er hoffte, das Unglück auf der Ostsee möge eine simple technische Ursache ausgelöst haben. Selbst kleinste Anzeichen von Terrorismus konnten das Ende seiner Karriere heraufbeschwören. Der Minister machte ihn noch heute für das Scheitern des Luftsicherheitsgesetzes verantwortlich. Damit war ja auch das Seesicherheitsgesetz in den Schubladen der Politik verschwunden.

In seinem Rücken ging die Tür. Der Referatsleiter drehte sich herum, holte den Bericht vom Schreibtisch und begrüßte Kernler. Dessen Statur wirkte massig untrainiert, obwohl kaum ein Bauchansatz das Jackett wölbte. Der stilvolle Anzug kaschierte die Körperfülle sehr gut. Gemeinsam nahmen die beiden am Besprechungstisch Platz.

»Bringt uns die heutige Katastrophe ein ESTONIA-Desaster?«, kam der Referatsleiter sofort zu der Frage, die ihn bewegte.

Kernler zupfte seine Bügelfalten zurecht und zog die Jackettschöße glatt. Im Alter von 53, sechs Jahre älter als sein Chef, besaß er keine Chancen mehr, die Karriereleiter nach oben zu steigen. Kernler litt darunter, wie der Referatsleiter wusste, und dennoch zeigte der Mann im Dienst große Fachkenntnis und überdurchschnittliches Engagement; beinahe so, als wolle er den Vorgesetzten ständig vor Augen führen, einen entscheidenden Fehler begangen zu haben, indem sie ihm die Beförderungen verwehrt hatten. Mit einem forschen, herrschsüchtigen Auftreten gegenüber Außenstehenden und seiner vornehmen Kleidung versuchte er wohl, die Minderwertigkeitskomplexe zu lindern.

»Ich hoffe, wir können das abwenden«, gab Kernler ruhig zurück. »Die Kollegen an der Küste haben ja schon einen

Schutzdeich aufgerichtet, indem sie sofort einen schadhaften Lkw als Brandursache benannten.«

»Ich erinnere mich.« Bereits am Samstag hatte der Referatsleiter im NDR eine Aussage vernommen, die ihn hatte aufhorchen lassen: Eine vorsätzliche Straftat oder ein Terroranschlag seien auszuschließen. Sehr viel spreche für einen technischen Defekt an einem der transportierten Lastwagen, hatte das schleswig-holsteinische Innenministerium erklärt. Den Referatsleiter hatte die Nachricht gefreut, gleichwohl aber der Glaube an ihre Stichhaltigkeit gefehlt. Wie hatten die Kollegen bei einem lichterloh brennenden Schiff diese Feststellung mit gesicherten Fakten unterfüttern können?

»Die Aussage ist durch keine Presseagentur oder Rundfunkanstalt infrage gezogen worden«, ergänzte Kernler.

»Also leben wir zunächst damit«, schlussfolgerte der Referatsleiter.

»Ich denke schon. Die Untersuchungen zu den wahren Brandursachen dürften einige Wochen in Anspruch nehmen.«

»Gibt es denn Ansatzpunkte für einen kriminellen Hintergrund des Unglücks?«

»Den Bericht haben Sie gelesen?«

»Ja. War Sprengstoff im Spiel?«

Kernler nickte. »Wir konnten erste Luftaufnahmen auswerten. Die Zerstörungskraft rührte eindeutig von Sprengmitteln her.«

»Gibt es Zeugen, die die Aufklärung unterstützen können?«

»Die Behörden vor Ort haben sämtliche registrierten Schiffbrüchigen befragt – niemand hat etwas gesehen oder bemerkt. Alle Passagiere befanden sich zum Zeitpunkt der Explosion unter Deck. Allerdings bereiten uns zwei verschwundene Männer Kopfzerbrechen.«

»Wie – verschwunden?«

»Auf der DEUTSCHLAND waren 249 Menschen durchnummeriert worden; bei der Registrierung in Kiel fehlten dann zwei – die 149 und die 216.«

»Abgehauen?«

»Ja. Die Untersuchungsbeamten entdeckten während der Durchsicht der Überwachungsbänder vom Fährschiffterminal vor dem Auslaufen einen alten Bekannten.« Kernler nahm ein Bild aus seinen Unterlagen und schob es dem Referatsleiter über den Tisch.

Der brauchte nur einen flüchtigen Blick darauf zu werfen, um das Gesicht zu erkennen. »Unter welchem Namen reiste er dieses Mal?«

»Max Krause.«

»Wir haben die Katastrophe also einem Waffentransport der Karamassows zu verdanken? Wann wird denen endlich das Handwerk gelegt?«

»Wohl nie. Dazu bringen unsere Kollegen im Osten einfach nicht den notwendigen Willen auf.«

»Sie sagten, es fehlten *zwei* Gerettete bei der Registrierung?«

»Ja. Zum anderen gibt's keine Hinweise. Aber die Kripo besitzt eine Vermutung, wie er verschwinden konnte. Auf der DEUTSCHLAND war Arno Janning aufgetaucht.«

Der Referatsleiter horchte auf. »Gehörte der zu den Schiffbrüchigen?«

»Nein. Er kam mit einer Jacht und verschwand eine halbe Stunde später wieder.«

Der Name des ehemaligen Offiziers des DDR-Marine-Sicherheits-Amtes beschäftigte den Referatsleiter in den vergangenen Jahren in unregelmäßigen Abständen. Dieses Tarninstitut in Bremen kannten die Behörden natürlich. Zu gern hätten sie den Hort der Ewiggestrigen schon längst aufgelöst. Doch dieses IEK besaß gute Anwälte und einflussreiche *Freunde* in Russland. Und nach einer Schließung würde die

Karawane weiterziehen, ein neues Schlupfloch beziehen, und das Katz- und Mausspiel begänne von vorn.

»Janning fährt nicht zum Spaß mitten in der Nacht auf die Ostsee raus. Was hatte er vor?«, forschte der Referatsleiter nach.

»Das müssen wir noch klären. Die Behörden in Bremen meldeten, dass das IEK heute Morgen hohen Besuch aus Moskau bekam.«

»Interessant. Wie lange liegt der letzte Berührungspunkt mit unserem Freund Janning zurück?«

»Mich beschäftigt gerade ein aktueller Fall. Wir stehen da noch völlig am Anfang.«

»Worum geht's?«

Kernler schilderte in knappen Worten das Vorhaben des IEK, ein Museumsschiff aus Peenemünde nach Dänemark zu verkaufen.

Der Referatsleiter schüttelte den Kopf. »Warum dürfen solche Verbrecher mit Kriegswaffen handeln?«

»Alte Seilschaften. Die Regierung in Schwerin will das Schiff unbedingt loswerden, und Janning hat einen Weg gefunden, den Kahn zu verscherbeln.«

»Was verspricht er sich davon?«

»Das rauszufinden, auch daran arbeiten wir noch – allerdings mit niedriger Priorität. Das Museumsschiff, von dem wir reden, wurde ordnungsgemäß demilitarisiert, wie die Berichte der jährlichen Inspektionen zeigen. Diese HANS BEIMLER ist nur als Ausstellungsstück in einem Museum zu gebrauchen. Vielleicht hängt ja Jannings Herz an dem Stahlkoloss, und er will es nach Dänemark retten, bevor das Ding in Deutschland dem Schneidbrenner zum Opfer fällt.«

»Also gut. Sie behalten ein Auge darauf und informieren mich über Neuigkeiten.« Der Referatsleiter stand auf. »Jetzt sehen wir erst einmal zu, dass sich diese LISCO GLORIA nicht zum Sicherheitsproblem auswächst.«

7 – SCHIFFSÜBERGABE

Peenemünde – Montag, der 18.10.2010 – 11.05 Uhr

»Herzlich willkommen auf der HANS BEIMLER. Mein Name ist Ingo Ambron – ich bin Sprecher unserer kleinen Gruppe.« Der Mann von vielleicht Anfang 50 reichte Graf die Hand und begrüßte anschließend dessen Begleitung – fünf Roma aus der Besatzung, die die Operation BalticJump abwickeln würde. Währenddessen glitten Grafs Augen über den grauen Rumpf des Schiffes, vor dessen Bug sie standen. Der Zahn der Zeit hatte ganz schön an dem guten Stück genagt – sie würden in den kommenden Monaten viel Arbeit zu bewältigen haben.

»Übergeben Sie uns das Schiff allein?«, wollte Graf nach der Begrüßung wissen.

»Nein, nein. Meine Freunde warten bereits an Bord auf den einzelnen Stationen, damit wir schnellstmöglich beginnen können.«

»Dann sollten wir auch sofort loslegen«, entgegnete Graf.

»Gern.« Ambron bat die Besucher die Stelling hinauf.

Graf war froh gewesen, diese Truppe von sechs ehemaligen Offizieren der Volksmarine aufgetrieben zu haben, die zwar kein Verein waren, sich aber den Namen FanKreis gegeben hatten. Die Männer hatten sich in den vergangenen 20 Jahren um die HANS BEIMLER gekümmert und wohl hunderte an Stunden damit zugebracht, gegen das schleichende Verrotten des Dampfers anzukämpfen. Natürlich ehrenamtlich, jedoch von der Museumsverwaltung wohlgelitten, die so Mittel und Personal sparte.

Mit seinem ersten Anruf beim Chef der kleinen Gruppe war Graf auf tiefsitzende Skepsis gestoßen. Die Männer hatten bereits gerüchteweise vom Verkauf der 575 gehört und waren zutiefst darüber verbittert, ihr *Baby* zu verlieren. In mehreren Treffen hatte Graf sie überzeugt, dass die BEIMLER im Koldkrigsmuseum Langelandsfort einen würdigen Platz finden würde. Sein Versprechen, das Schiff gründlich zu überholen, hatte die Männer schließlich überzeugen können. Sie hatten sogar mitarbeiten wollen, was er ihnen aber ausreden musste. Stattdessen hatten sie diese *Übergabe* hier und heute vereinbart, damit der FanKreis die neuen Herren an Bord über den Stand der Technik informieren und auf kritische Stellen und sonstige Macken hinweisen konnte.

»Wie teilen wir uns auf?«, fragte Graf, als alle auf dem Vorschiff der 575 zusammenkamen.

»Wir folgen da ganz Ihren Wünschen«, entgegnete Ambron.

»Gut, ich denke mir das so«, schlug Graf vor, »meine Männer gehen in zwei Gruppen zu den jeweiligen Stationen, und wir beide schauen überall nach dem Rechten.«

Ambron zeigte sich einverstanden. Er erklärte den Rumänen, wo seine Freunde warteten und schickte sie unter Deck.

»Ich durfte noch nie solch eine Raketenkorvette besichtigen«, erzählte Graf leutselig. »Könnten Sie sie mir einfach mal zeigen? Obwohl ich meinen Grundwehrdienst bei der Marine abgerissen habe, bekamen wir damals kein einziges Schiff zu sehen. Ich musste in Parow Wache schieben.«

Janning hatte Graf wegen dieser *maritimen Erfahrungen* und seiner beruflichen Vorkenntnisse die Leitung der Operation BalticJump übertragen.

Nach dem Wehrdienst 1988/89 war Graf in seinen alten Betrieb, den VEB Funkwerk Köpenick, zurückgekehrt und dort als Servicetechniker eingesetzt worden. Im Zuge der Wende hatte er das Los vieler Ossis geteilt: Das Unternehmen war pleitegegangen, und es waren Monate der Arbeitslosigkeit samt einer zähen Arbeitssuche gefolgt – in und um

Berlin hatte einfach die Industrie gefehlt. Erst ein Jahr später hatte er eine Anstellung bei einer Firma für maritime Funktechnik in Hamburg gefunden.

Ständige Montageeinsätze, im Hafen und auf See, hatten zur Scheidung von seiner Frau geführt. Sie war berufsbedingt in Berlin wohnen geblieben und hatte die häufigen Trennungen nicht ausgehalten. Enttäuscht vom Scheitern der Ehe, hatte Graf sich in die Arbeit gestürzt und jeglichen Annäherungsversuchen der holden Weiblichkeit widerstanden.

2001 war Grafs Unternehmen in die Insolvenz gegangen – vor allem Anbieter aus Korea und China hatten nach der Jahrtausendwende den Markt der maritimen Funktechnik mit mörderisch niedrigen Preisen überschwemmt.

Seine eher speziellen Berufserfahrungen hatten die Arbeitssuche im Folgenden schwierig gestaltet. Eines Tages war Janning aufgetaucht und hatte ihm ein Angebot gemacht: Er berate das Institut für Entwicklungshilfe und Kooperation in Bremen. Dessen zahlreiche Auslandskontakte erforderten ein Übermaß an vertraulicher Kommunikation. Da könne er einen Fachmann gut gebrauchen. Natürlich hatte Graf ohne großes Nachdenken zugesagt. Erst im Nachhinein hatte er erfahren, dass Janning ihn quasi bereits aus der Vorwendezeit kannte – als Wachsoldat bei der Volksmarine hatte Graf ebenso wie alle anderen in den Akten des Marine-Sicherheits-Amtes gestanden.

Und nun sollte er die Operation BalticJump in verantwortlicher Position durchführen. Bei diesem wichtigen Projekt gegenüber Jannings rechter Hand Fedja Ofzschak bevorzugt zu werden, hatte Graf kaum zu hoffen gewagt. Er konnte den Zweimetermann mit krausen Haaren, wettergegerbter Haut und abgrundtiefen Augen nicht ausstehen. Der Kerl ähnelte äußerlich dem Seewolf aus einer Jack-London-Verfilmung und stand dem Filmhelden in Brutalität und Unberechenbarkeit in keiner Weise nach. Es wurde Zeit, dass der Chef sich einen cleveren Vertrauten suchte. Und nach Grafs Meinung kam da nur einer infrage – er selbst. Jedenfalls bot BalticJump die beste Gelegenheit, dem Alten die Vorzüge eines Tilmann Graf zu demonstrieren.

»Wenn Sie noch nie ein Kriegsschiff von innen gesehen haben«, Ambron lächelte, »wollen wir das ganz schnell nachholen.« Er schien augenblicklich in seine gewohnte Rolle eines Fremdenführers zu schlüpfen. Gemeinsam kletterten sie hinauf zum Signaldeck, um dort den Rundgang zu beginnen.

Systematisch kämpften sie sich durch die einzelnen Decks. Immer wieder begegneten ihnen die kleinen Trupps aus Rumänen und FanKreis-Männern, die in jeden Schaltschrank, unter jedes Gräting, hinter jede Rohrleitung schauten und dabei fleißig diskutierten.

Soweit Graf das einschätzen konnte, besaß Ambron solide Kenntnisse über Bewaffnung und Einsatz der 575. An diesem Wissen wollte er möglichst partizipieren, um seiner kommenden Führungsrolle auf diesem Schiff mit Kompetenz Nachdruck zu verleihen. Und so versuchte er, dem FanKreis-Chef mittels dezenter Speichelleckerei die Zunge zu lösen: »Die Anlagen und Systeme sind aber toll in Schuss«, lobte er.

Er und seine Freunde investierten auch unendlich viel Arbeit, erklärte Ambron. Doch wäre die Technik der sowjetischen Freunde nicht so robust, sähe es hier deutlich trauriger aus.

»Robust?«

Die Sowjetunion setzte beim Bau von Kriegsgerät auf einfache, erprobte und zuverlässige Lösungen. So finde man auf diesem Schiff nirgendwo einen Mikrochip in den wichtigsten Aggregaten. Überall arbeiteten feinmechanische Getriebe, Drehmelder und Stellmotore, denen der Zahn der Zeit kaum etwas anhaben könne.

»Das heißt, wenn ich da jetzt einschalte«, Graf deutete auf einen Geräteschrank in der Ecke, »läuft das System hoch und ist betriebsbereit?«

»Mit hoher Wahrscheinlichkeit ja.«

Das würde uns viel Arbeit ersparen, hoffte Graf im Stillen.

»Noch einmal herzlichen Dank.« Graf schüttelte Ambron die Hand. Mittlerweile standen alle wieder auf dem Vorschiff der 575. »Wir verfügen nun über eine solide Grundlage für unsere Wartungsarbeiten.« Er sah seine Rumänen der Reihe nach an, die einer nach dem anderen nickten. »Schlüssel und Papiere vom Museum besitzen wir bereits.«

»Und wie gesagt, sollten irgendwelche Fragen auftauchen, können Sie mich jederzeit anrufen.« Ambron rieb verlegen sein Kinn. »Wir könnten Ihnen allerdings auch unmittelbar helfen.«

Das fehlte gerade noch, erschrak Graf. Hoffentlich hatte er sich da nicht eine Laus in den Pelz gesetzt, die ihm ewig anhing. »Sie wissen doch«, erklärte er im Ton eines leicht genervten Vorgesetzten, »in dem Fall würde jeglicher Versicherungsschutz erlöschen – erst recht der für meine Männer. Nein, nein, das Risiko wäre viel zu hoch. Ihr Engagement in Ehren, aber ab sofort kümmern wir uns um die Gesundung Ihres Babys.«

»Die Museumsbesucher stolpern während Ihrer Arbeiten ebenfalls hier an Bord herum?«

Auf den Einwand hatte Graf gehofft, dem er mit einem entscheidenden Trumpf begegnen konnte: »In den nächsten Wochen und Monaten laufen umfangreiche Rekonstruktionen am Kraftwerk.« Er deutete auf das Gebäude, das 50 Meter entfernt stand. »Dazu muss das Gelände des Liegeplatzes abgesperrt werden, und niemand kann die 575 betreten.«

»Ach so?«, brachte Ambron im Tonfall eines enttäuschten Teenagers hervor. »Uns hatte niemand etwas gesagt.«

»Bestimmt hat die Museumsleitung nur mich informiert, weil wir zukünftig …«, auf dem Schiff das Sagen haben, wollte

Graf die neue Situation klarstellen, schluckte die letzten Worte aber hinunter. Bloß kein Öl ins Feuer gießen.

Ambron presste die Lippen zusammen und verschränkte die Arme vor der Brust. Auf diese Weise ließ er sich wohl nicht abspeisen.

Graf suchte verzweifelt nach einer zufriedenstellenden Antwort. »Was halten Sie stattdessen von diesem Vorschlag?«, begann er vorsichtig. »Wir laden Sie und Ihre Freunde einmal im Monat zu einem netten Abendessen ein. Da berichten meine Leute über die Fortschritte, und anschließend fachsimpeln wir miteinander bei einem gepflegten Bierchen.«

Die Männer des FanKreises erhoben ein beifälliges Gemurmel, und das Gesicht ihres Chefs hellte sich auf. »Hier in Peenemünde gibt's im Winter kaum Gelegenheiten, gemütlich beisammenzusitzen.«

»Auch kein Problem«, legte Graf nach, »treffen wir uns vorerst in Stralsund. Sie wohnen doch alle dort oder auf Rügen.«

Der Vorschlag fand in dieser Art endgültige Zustimmung, und sie verabredeten sich gleich für Ende November. Graf atmete innerlich auf – die Kletten dürfte er erst einmal auf Distanz gebracht haben.

»Sie werden sehen, Ihr *Baby* wird ein richtiges Schmuckstück«, lobhudelte Graf und verzog die Lippen zu einem gequälten Lächeln. »Jetzt müssen wir aber los.«

Die Männer reichten einander zum Abschied die Hände, und Graf stieg die Stelling hinunter, gefolgt von den Rumänen. Während der FanKreis auf der 575 stehen blieb, verließ Graf samt Gefolge das Gelände des Museums. Auf dem Vorplatz stand ein Imbiss. Graf spendierte seinen Spezialisten Bier und Bockwurst und ließ sich die Inspektionsberichte der einzelnen Abschnitte geben. Rajko Constantinescu, der uneingeschränkte Chef unter seinen Landsleuten, erläuterte die Ergebnisse der Besichtigung. Das Gesamtbild des technischen Zustands der 575 sehe so schlecht nicht aus – in den veranschlagten zehn Monaten könne das Schiff bei konzentrierter Arbeit durchaus einsatzklar gemacht werden.

TEIL 2
HINDERNISSE

Neun Monate später – Frühsommer 2011

8 – EIN AUSSTEIGER

Peenemünde – Dienstag, der 17.05.2011

Das Oberdeck des Schiffes mit der Bordnummer 575 glänzt vor Nässe – ein feiner Landregen taucht den heranbrechenden Tag in hässliches Grau. Jetzt, um 03.50 Uhr, zieht die erste Dämmerung über dem Peenestrom auf. Nur die wenigen Straßenlaternen des Museumsgeländes und die Blinklichter einiger Seezeichen kämpfen gegen die Tristesse des unwirtlichen Morgens an. Ein steifer Wind aus Nordwest zaubert weiße Schaumkämme auf die Wellen.

Von Norden her kommend schwenkt ein Boot in den Hafen ein. Das laut schnarrende Geräusch des Außenborders ebbt ab. Tuckernd steuert der Kahn genau auf die 575 zu und geht in Höhe der Back längsseits. Der Mann am Ruder, allein an Bord, steht auf und schlägt die Faust kräftig an die Bordwand des Schiffes. Als hätten sie nur auf dieses Signal gewartet, betreten drei Meter höher dunkle Gestalten das Oberdeck der 575. Zwei von ihnen werfen eine Strickleiter über die Deckskante, und ihre Kameraden klettern zum Motorboot herunter. Niemand bleibt auf dem Raketenschiff zurück. Der Letzte sichert das Schott in den Aufbauten mit einem Vorhängeschloss, löst die Strickleiter und hangelt in einem Klimmzug auf den beinahe überladenen Kahn hinab. Der legt ab, läuft auf den Peenestrom hinaus und steuert Nordkurs. Die Männer auf dem offenen Deck kauern sich zusammen und ziehen ihre Wetterjacken über die Köpfe, um halbwegs Schutz vor Wind und Regen zu finden. In ihren Gesichtern steht die Müdigkeit einer durchgearbeiteten Nacht.

Nach 25 Minuten erreicht der Trupp den Nordhafen. Die Gestalten klettern in einen altersschwachen Bus, der sofort losfährt und der Inselstraße folgt. Erst in Trassenheide biegt das klapprige Gefährt rechts in eine Seitenstraße ein, folgt dem schmalen Asphaltband einige Kilometer und fährt schließlich auf einem Feldweg bis auf den Vorplatz einer frei stehenden Scheune. Die Passagiere steigen aus und starren auf den verfallenen Bau.

Einer der Männer tritt einige Schritte vor. »Unsere Unterkunft für die nächsten zwei Wochen«, erklärt er in rumänischer Sprache.

»Was? Hier sollen wir hausen?«, erklingt ein Ruf aus der Menge.

»Ich habe die Schnauze langsam voll«, nörgelt ein zweiter.

»Leute, nun seid doch friedlich«, versucht der Anführer zu beschwichtigen. »Wir haben den Job übernommen und müssen mit dem vorliebnehmen, was sich uns bietet.«

»Aber schuften dürfen wir – beinahe jede Nacht«, kommt ein neuerlicher Protestruf von einem Kerl, der seine Kameraden um Haupteslänge überragt.

»Uns hängt halt der Termin im Nacken, und die Dunkelheit währt jetzt im Frühjahr nicht lange«, entgegnet der Anführer.

Allgemeines Murren begleitet die Männer auf dem Weg in ihr Quartier. Der Anführer öffnet eine kleine Seitentür und betritt die Scheune, die kaum zu einem Viertel mit Heuballen gefüllt ist. Seine Kameraden folgen ihm. Etwas abseits stehen drei Klapptische, verblichene Campingstühle drum herum, daneben Picknickkörbe. Entlang der gegenüberliegen Wand reihen sich fünf Waschschüsseln auf, vor denen jeweils ein Wasserkrug steht.

Der Lange von vorhin geht hinüber. »Na, da haben wir ja Glück, dass es regnet – da können wir wenigstens draußen duschen und brauchen nicht dreckig schlafen zu gehen.«

»Hier drinnen haben unsere Gastgeber auch eine Dusche eingebaut«, ruft ein anderer aus der Ecke links vorn, »an dieser Stelle regnet es durch.«

»Aber ordentliche Verpflegung gibt's.« Der Anführer der Gruppe kontrolliert die Picknickkörbe.

»Damit wir ja heute Abend wieder kräftig malochen können«, entgegnet einer der umstehenden Männer.

»Ordentlicher Schlaf und ein Feierabend in wohnlicher Umgebung würde aber ebenso dazugehören«, meckert ein anderer.

Der Anführer schüttelt den Kopf. »Euer Gequake nützt keinem etwas. Wir gehen uns nur gegenseitig auf die Nerven.«

Der Lange kommt aus der Waschecke und geht auf seinen Chef zu. »Ich mache Schluss, Rajko«, sagt er leise, sodass die Kameraden ihn nicht hören können.

Der Anführer kneift die Augen zusammen. »Was heißt das?«

»Ich steige aus. Dieses Dahinvegetieren geht über meine Kräfte.«

»Mensch Nicolae, du musst durchhalten – für uns und für dich selbst. Wir brauchen dich auf dem Schiff. Die 575 bietet uns eine einmalige Chance. Wir motzen den Schlitten auf und exerzieren den Kunden eine 1a-Übung vor. Die engagieren uns und den Dampfer – hundertprozentig. Dann verdienen wir zwei Jahre anständig, schicken unseren Familien das Geld, und die Kinder besuchen eine ordentliche Schule. Das willst du in den Wind schreiben?«

Nicolae schaut in die Runde und schüttelt den Kopf. »Ich glaube nicht mehr dran. Warum soll dieses Institut da in Bremen einer Horde hergelaufener Zigeuner eine echte Perspektive bieten?«

»So darfst du niemals reden«, hält der Anführer dagegen.

»Ach nein? Wie behandeln die uns denn hier? Selbst ihr Vieh bringen die Deutschen besser unter. Aber Zigeunern reicht ja eine zugige und feuchte Scheune.«

»Wir sind keine Zigeuner, wir sind Roma.«

»Da scheißen die drauf.« Nicolaes Stimme klingt brüchig, als kämpfe er gegen Tränen an.

»Wenigstens wir müssen zusammenhalten«, bettelt der

Anführer. »Wir, als eingeschworene Truppe, wir fahren das Schiff, holen das Letzte aus ihm heraus und zeigen dessen wahre Kampfkraft. Und das weiß Herr Janning in Bremen.«

»Weiß er auch, wie seine Sklaventreiber mit uns umspringen? Dieser Graf und dieser elende Gipskopf Ofzschak.« Nicolae spuckt auf den Boden.

»Woher soll ich das wissen?« Der Anführer sieht den Kameraden an und fasst ihn bei den Oberarmen. »Oft wünschte ich, er hätte keine Ahnung, käme eines Tages her, und alles würde sich zum Besseren wenden.«

»Aber überzeugt bist du nicht?«

»Nein.«

Nicolae streift die Hände seines Chefs ab. »Ich freue mich, wenn du weiter bei der Stange bleibst.« Er nickt zu den anderen Männern hinüber, die bereits an den Tischen sitzen. »Du wirst viel Kraft brauchen und Überzeugungsarbeit leisten müssen, um die Freunde zu motivieren. Ich wünsche dir aus ganzem Herzen, es möge gelingen. Doch mich lass gehen. Vor vier Wochen hat meine Frau das vierte Kind geboren. Ich will es endlich in die Arme nehmen.«

Der Anführer blickt erstaunt auf. »Du hast kein Wort erzählt.«

»Warum sollte ich? Es hätte nichts geändert. Meine Frau hat ein wenig Geld geerbt. Wie du weißt, diente ihr Vater als Admiral in den alten Zeiten. Sie hat mir ein Flugticket geschickt. Unser Geld reicht auch, um von Konstanza wegzugehen. Mich wird niemand finden – falls Jannings Kettenhunde mich suchen.«

Der Anführer nickt. »Du scheinst fest entschlossen. Wann gehst du?«

»Nachher, wenn alle schlafen. Dann bemerkt's keiner.« Nicolae sieht seinen Kameraden an. »Aber was sagst du den Kettenhunden?«

»Mir fällt schon eine Ausrede ein.«

9 – INSPEKTION

Peenemünde – Mittwoch, der 18.05.2011

»Halt mal!« Graf zählte erneut die Männer in dem Boot, das an der Steuerbordseite der 575 festgemacht hatte. »Da fehlt doch einer, Constantinescu«, schnauzte er den Chef der Roma an.

Der Angesprochene zuckte die Schultern. »Ja, der lange Nastase. Gestern Abend bei der Abfahrt zur Arbeit vermissten wir ihn auf einmal.«

»Wie bitte?« Graf glaubte kaum seinen Ohren zu trauen. »Und das sagst du mir erst jetzt – acht Stunden später?«

»Na ja«, druckste Constantinescu, »heute die Inspektion, bestimmt hatten Sie zu tun, ich wollte da nicht stören.«

Graf schob den Kopf in Richtung des Rumänen. »Merke dir endlich: Passiert etwas Außergewöhnliches, rufst du mich an, egal wann und egal was ansteht, selbst wenn der Buschfunk den Weltuntergang vermeldet. Verstanden?«

Constantinescu nickte. »Ja.« Er schielte schuldbewusst wie ein ertappter Sünder von unten zu seinem Boss auf. »Und jetzt?«

»Und jetzt? Und jetzt verschwindet ihr.« Graf sah auf die Uhr, die 20 nach 4 in der Frühe anzeigte. »Sie hauen sich ein paar Stunden aufs Ohr und stehen hier pünktlich 13.00 Uhr auf der Matte. Nehmen Sie ein Taxi. In der Zwischenzeit halte ich den Heini aus Eschborn hin. Falls es danach brenzlig wird, gehen Sie mir zur Hand. Die Nachtschicht entfällt heute. Der Schnüffler bleibt bis morgen.«

»Verstanden.« Constantinescu kletterte in das Motorboot und setzte sich zu den Kameraden.

Graf löste die Strickleiter und warf sie hinunter. Wie abgestumpft die Gestalten aussehen, fiel ihm auf. Die reine Renitenz. Kein Wunder, dass da jemand türmt. Ich muss ein Exempel statuieren, sonst endet die Operation in einem Desaster, und der Alte hängt mich auf. Graf riss seinen Blick von den davonfahrenden Männern und musterte die 575. Um zehn sollte dieser Jonny Kontrolletti vom Bundesamt für Wirtschaft und Ausfuhrkontrolle auftauchen. Vor vier Wochen hatten sie die Exportlizenz beantragt und völlig überraschend die Nachricht bekommen, dass das Schiff noch einmal einer Inspektion nach dem Kriegswaffenkontrollgesetz unterzogen werde. Am vergangenen Freitag war dann ein gewisser Gerd Fabre angekündigt worden – dummerweise ein anderer Kontrolleur als bei den jährlichen Routinebegutachtungen. Janning kannte diesen Fabre auch nicht. Er hatte Graf den Tipp, der einem Befehl gleichkam, mit auf den Weg gegeben, den Schnüffler nach allen Regeln der Kunst abzulenken, damit der möglichst wenig von ihren Instandsetzungsarbeiten mitbekam. Mal sehen, wie sich dieser Fabre gab. Hoffentlich verfing das kleine Rahmenprogramm, das Graf vorbereitet hatte. Nach dem morgigen Donnerstag wartete ein Luxusapartment für ein verlängertes Wochenende in Heringsdorf auf den Beamten.

*

Die vergangenen zwei Tage hatten Graf beinahe die letzten Kräfte geraubt. Unentwegt waren sie Leitern hoch und runter geklettert, in die entlegensten Ecken gekrochen, hatten alle Räume auf dem Schiff geöffnet und so jeden Quadratzentimeter der 575 erkundet. Fabre immer vorneweg. Der Schnüffler hatte nur selten Fragen gestellt; und wenn, hatte er von Constantinescu stets erschöpfende Antworten erhalten.

Durch nichts war der Beamte von seinem Unternehmungsgeist abzubringen gewesen, sosehr sich Graf auch bemüht hatte. Erst heute Mittag hatte Fabre den Rückzug in die Kommandantenkammer angetreten, um endlich das Inspektionsergebnis und den Abschlussbericht vorzubereiten. Eben war Graf zu ihm gerufen worden.

»Sie zeichnen weniger als ein Jahr für das Schiff verantwortlich?« Fabre legte die Hände auf der Tischplatte ineinander und schaute ernst über die Brillengläser hinweg.

»Ja genau.« Ob dieser Gesprächseröffnung fiel Graf ein Stein vom Herzen. »Das Institut für Entwicklungshilfe und Kooperation bereitet die Korvette auf eine Überführung nach Dänemark vor. Wir kümmern uns erst seit Herbst vergangenen Jahres darum. Weswegen?«

»Wann soll die 575 exportiert werden?«

»Im August.«

»Dieses Jahres?«

Graf wunderte die Frage. »Ja?«

»Das ist kaum zu schaffen, da die Verantwortlichen das Schiff nicht ordnungsgemäß demilitarisiert haben; es erfüllt beinahe kein Kriterium.«

»Alle bisherigen Kontrollen verliefen ohne Beanstandungen«, wandte Graf forsch ein. »Zumindest soweit mir versichert wurde.«

»Wer weiß, was mein Vorgänger hier auf Usedom getrieben hat? Vielleicht durfte er einen Kurzurlaub in Zinnowitz oder Ahlbeck oder *Heringsdorf* anhängen, um die Berichte vom Hotel aus zu schreiben?«

Aua, die Anspielung saß. Offensichtlich war er gestern mit dem angebotenen Luxusapartment zu weit gegangen.

»Soll Ihnen und mir egal sein«, fuhr Fabre fort. »Sie trugen in Bezug auf das Schiff bisher keine Verantwortung, und ich erledige den Job erst seit Anfang Januar. Leider musste ich *heute* gewisse Mängel feststellen. Das bedeutet allerdings für Sie: Bevor die HANS BEIMLER von der Pier geht, kommt alles in Ordnung.«

»Durch wen?«

»Dem Bundesamt gegenüber zeichnet das Land verantwortlich.«

»Dann dauert das ewig. Außerdem fehlen denen die finanziellen Mittel.«

»Springen Sie doch ein! Vielleicht erhöht der Käufer die Kaufsumme um den zusätzlichen Aufwand.«

Die Gesprächsrichtung gefiel Graf überhaupt nicht; er musste gegensteuern. »Unmöglich. Wie sollen wir das durchsetzen? Der Kunde zahlt drauf, und das Schiff gerät anschließend in einen schlechteren Zustand als jetzt.«

»Allerdings ordnungsgemäß demilitarisiert. Wird die dänischen Behörden freuen.« Fabre nahm ein beschriebenes DIN-A4-Blatt aus seiner Kollegmappe und schlug sie zu, als wolle er gleich aufstehen. »Tja, das tut mir leid. Ohne Mängelbeseitigung bleibt die HANS BEIMLER hier liegen.« Er schob den Bogen über den Tisch. »Die Mindestanforderungen habe ich notiert.«

Graf starrte auf das Papier. Er verstand bei Weitem nicht alles, aber Fabres Forderungen machten die Arbeit der vergangenen Monate zunichte und brachten die Operation BalticJump in Gefahr. Jetzt half nur eins. »Darf ich kurz meinen Vorgesetzten anrufen, um mich mit ihm abzustimmen?«

Fabre sah auf die Uhr und nickte. »Gern. Mein Zug in Wolgast fährt erst in zwei Stunden.«

Graf ging an Oberdeck auf die Back vor. Dort wählte er die Nummer seines Chefs und behielt die Decksaufbauten im Auge – nicht, dass ihm der Schreibtischhengst aus irgendeinem Grund folgte.

»Fabre macht Probleme«, erklärte Graf kleinlaut, als Janning sich meldete. »Ich habe mit Engelszungen geredet.«

»Berichten Sie.«

Die beiden Worte schmerzten Graf wie spitze Steinchen, die sein Ohr trafen. Er gab in wesentlichen Zügen den Inhalt des Gesprächs wieder und fragte: »Was jetzt?«

»Wir ziehen die Notbremse.« Im Hörer trat eine kurze

Pause ein. »Sie gehen scheinbar auf den Vorschlag bezüglich unserer Mithilfe ein. Wir benötigten aber detaillierte Informationen über die notwendigen Arbeiten und würden gern einen engen Zeitplan für die Abnahmen vereinbaren. Laden Sie Fabre für die vorletzte Juniwoche zum 23. und 24., Donnerstag und Freitag, nach Bremen ein; inklusive Ehefrau.«

»Der Kerl lehnt Vergnügungsreisen strikt ab. Von hier fährt ...«

»Er wird zusagen. Versichern Sie ihm, er müsse den Aufenthalt natürlich selbst zahlen.«

»Ich versuch's.«

»Ganz wichtig: Wir wollen erst gemeinsam alles besprechen, bevor er den offiziellen Bericht über die Inspektion schreibt.«

»Verstehe.«

Janning mahnte noch einmal zur Vorsicht beim Umgang mit dem Beamten und verabschiedete sich.

Graf fiel der verschwundene Roma ein. »Ach, Herr Janning?«

»Was?«

»Von den Rumänen fehlt einer – Nicolae Nastase. Nach Constantinescus Aussage muss er bereits vorgestern Abend abgehauen sein.«

»Haben Sie Ihren Haufen nicht im Griff?«

»Doch, doch. Aber ich musste die Inspektion vorbereiten – das scheint der Kerl ausgenutzt zu haben.«

»Ich kümmere mich darum, und Sie überreden den Fabre. Also los.« Janning legte auf.

Graf atmete tief durch. Dem Alten das Verschwinden des Kerls in dieser Situation zu melden, hatte sich als richtig erwiesen; die Sorge um den Schnüffler Fabre hatte Janning doch ziemlich beschäftigt und ihn so das Donnerwetter für den geflüchteten Zigeuner vergessen lassen. Jetzt nahm der Chef die Sache sogar selbst in die Hand. Zufrieden steckte Graf sein Handy ein – er musste den Sesselfurzer da drinnen nur noch zu einem

Besuch in Bremen überreden. Graf ging zurück in die Kommandantenkammer und unterbreitete Fabre den Vorschlag.

Der schien zu überlegen und quälte dann ein Lächeln zwischen den Zähnen hervor, als ringe er noch mit seinem Gewissen. »Eine Dienstreise nach Bremen? Meine Frau stammt aus der Stadt. Und Sie meinen, wir könnten uns in fünf Wochen zusammensetzen?« Er kramte in der Innentasche des Jacketts, holte ein kleines Büchlein heraus und blätterte darin. »Am 23. und 24. steht bisher nichts in meinem Kalender.« Er schaute auf. »Ich werde bei der Gelegenheit Ihr Institut ansehen, um die Eignung Ihrer Organisation für den Export der 575 zu überprüfen. Den Bericht schreibe ich anschließend – spart mir Arbeit und Ihnen gegebenenfalls Zeit.«

Grafs Puls trommelte ihm in den Ohren. Seine Nervosität schlug ihm auf den Magen. »Also kommen Sie?«

»Das muss ich im Amt absprechen.«

10 – WAS TUN?

Berlin – Dienstag, der 31.05.11

Bereits im Vorfeld hatte der Referatsleiter den Inspektionsbericht von Gerd Fabre über die Demilitarisierung der Raketenkorvette gelesen. Mit jedem Absatz war sein Unbehagen gestiegen. Um den Fall möglichst vielstimmig zu diskutieren, hatte er acht Dezernenten und Sachbearbeiter verschiedener Referate des Bundeskanzleramts und der Behörde für das Waffenkontrollrecht aus Eschborn eingeladen.

Fabre erläuterte gerade seine Ergebnisse, die mündlich vorgetragen noch niederschmetternder klangen als in der schriftlichen Vorlage.

»Zusammenfassend bin ich zu der Überzeugung gelangt,

dass die Hans Beimler eher mit dem Adjektiv *einsatzklar* anstatt *demilitarisiert* zu charakterisieren ist.«

»Übertreiben Sie da nicht?«, fragte einer der Dezernenten aus der Runde.

»Die Richtlinie vom April 1999 schreibt detailliert alle Kriterien vor, die ein Museumsschiff zu erfüllen hat«, erklärte Fabre im Ton eines widerborstigen Angeklagten, der sich für unschuldig hält. »Das fragliche Schiff erfüllt nur die wenigsten.«

»Ich meine etwas anderes. Der Dampfer liegt jetzt seit 20 Jahren an der Kette – da funktioniert kein einziges System mehr.«

»Die bereits erwähnte Richtlinie stuft Kriegswaffen ohne Altersbegrenzung als solche ein, sodass sich eine Demilitarisierung niemals erübrigt«, verteidigte Fabre seinen Standpunkt.

»Und Sie unterschätzen die robuste Militärtechnik der Sowjets«, ergänzte der Referatsleiter.

»Wie sehen die vorangegangenen Inspektionsergebnisse aus?«, wollte ein Besprechungsteilnehmer wissen.

»Es gab nie Beanstandungen.« Da der Referatsleiter diese Frage voraussehen konnte, hatte er eine Präsentation mit den wesentlichen Details vorbereitet, die er jetzt vorführte und erläuterte.

»Dann verstehe ich nicht die Diskrepanzen zu Herrn Fabres Beobachtungen«, erklärte der Fragesteller von eben, nachdem die letzte Folie von der Leinwand verschwunden war.

»Die Demilitarisierungsmaßnahmen sind zurückgebaut worden«, nahm Karl-Heinz Kernler erstmals das Wort. »Das Institut für Entwicklungshilfe und Kooperation, kurz IEK, wickelt den Verkauf der 575 nach Dänemark ab. Mit dem Einverständnis der Museumsverwaltung und der mecklenburgischen Landesregierung *modernisiert* das IEK die 575 angeblich, um sie für die Überführung fit zu machen und um einen hohen Verkaufserlös zu erzielen.«

Es setzte eine rege Diskussion ein, in der die Umbaumaßnahmen bewertet, die zeitlichen Zusammenhänge beleuchtet und der finanzielle Bedarf abgeschätzt wurden. Obwohl der Meinungsaustausch wenig zielführend schien, ließ der Referatsleiter die Besprechungsteilnehmer einige Zeit gewähren. Schließlich beendete er das verbale Hin und Her mit einem Einwurf: »Mich interessiert eigentlich nur das *Warum.*«

In der Runde herrschte mit einem Mal Stille.

»Aus welchem Grund veranstaltet Herr Janning diesen Aufwand – über mehrere Monate einen Museumsdampfer zu sanieren? Das kostet Millionen. Dieser Janning ist doch ein gescheiter Mensch und weiß, dass die Behörden den Export nach Dänemark unterbinden, wenn die Freigabe hinsichtlich der Demilitarisierung ausbleibt.«

»Die Dänen würden in dem Fall ebenso den Import verbieten«, ergänzte Kernler.

»Also, was plant der Mann?«, beharrte der Referatsleiter auf seiner Frage.

Zunächst herrschte betretenes Schweigen, bevor einer der Dezernenten sich räusperte: »Er will ein einsatzfähiges Schiff stehlen.«

»Davon müssen wir wohl ausgehen«, versuchte der Referatsleiter den Mutigen zum Weiterreden zu motivieren.

»Als reguläres Kriegsschiff passt der Kahn in keine Flotte der Welt«, führte der Dezernent seine Überlegungen fort. »Doch in den Händen von Terroristen dürfte die 575 zu einer gefährlichen Waffe mutieren.«

Der Referatsleiter nickte. »So sehe ich das auch.«

»Steht dann etwa Deutschland auf deren Abschussliste?«, kam eine Frage aus der Runde.

»Ein gestohlenes deutsches Schiff greift Deutschland an«, ergänzte ein anderer, »das gäbe viel Häme für die verantwortlichen Behörden.«

»Die wir allerdings vermeiden, indem wir dem Spuk ein Ende setzen«, erklärte ein Dritter.

»Auf der Grundlage irgendwelcher Vermutungen und Spekulationen?«, gab der Referatsleiter zu bedenken. »Damit würden wir Herrn Janning und das IEK kaum beeindrucken.«

»Wir müssen also warten, bis die Verbrecher ihren Plan umsetzen?«, fragte der Mutige von eben mit ungläubigem Unterton.

»Den eigentlichen Terroranschlag unterbinden wir dann doch wohl oder wehren ihn ab«, erhob sich eine selbstsichere Stimme auf der gegenüberliegenden Seite des Besprechungstisches.

»Bliebe das Problem, welcher hoheitliche Dienst diese Terrorabwehr vor der deutschen Küste wahrnimmt?« Kernler formulierte seine Worte mit dem Nachdruck eines langjährigen Experten und erntete die volle Aufmerksamkeit der Runde.

Den Referatsleiter ärgerte die Frage, da sie Salz in die tiefen Wunden deutscher Sicherheitspolitik streute, und die Misere auf einmal im Rampenlicht dieser Unterredung stand. Kernler liebte solche Auftritte – hier konnte er auf Kosten des Referatsleiters seine Unerbittlichkeit demonstrieren.

»Seit 2003 besitzen wir doch das fachlich hoch angesehene Havariekommando in Cuxhaven?«, gab einer der versammelten Dezernenten seiner Verwunderung Ausdruck. »Eine ideale Bund-Länder-Stelle zur Bearbeitung komplexer Schadenslagen.«

»Eben«, konterte Kernler. »Die Herrschaften arbeiten *bereits eingetretene* Schadenslagen ab. Die greifen ein, wenn das Kind in den Brunnen gefallen ist, oder …« Kernlers Blick wanderte in der Runde herum, »… oder wenn die Terroristen zugeschlagen haben. Das Havariekommando verfügt im Fall einer bewaffneten Bedrohung weder über Abwehrfunktionen noch über Weisungsbefugnisse.«

»Aber die GSG 9«, hielt ein anderer Sachbearbeiter dagegen.

Das Gespräch schien sich als Dialog zwischen Kernler und dem Rest der Teilnehmer zu entwickeln.

»Ja, die GSG 9 hat schon so manche brenzlige Situation gemeistert, wie wir alle wissen.« Kernler lehnte den Oberkörper entspannt zurück. »Jedoch bisher nie im maritimen Umfeld. Die GSG 9 besitzt keine interventionsfähigen Schiffe und geeignete Hubschrauber. Wenn da eine flinke und wendige Raketenkorvette auf der Ostsee operiert, bekommen die keinen einzigen Mann ihrer Einsatzkräfte an Bord. Da brauchen die Verbrecher nicht einmal Waffen zur Abwehr einsetzen.«

»Polizeikräfte helfen bei der Abwehr einer Raketenkorvette wenig«, mischte sich jetzt Fabre in die Grundsatzdiskussion ein, »die Marine muss ran. Ein Kriegsschiff bekämpft man nur mit Kriegsschiffen.«

»Sehr wohl«, konterte Kernler auch diesen Hinweis. »Wer entscheidet aber, dass es sich im Fall der gekaperten Raketenkorvette um eine ›ungewöhnliche Ausnahmesituation katastrophischen Ausmaßes‹ handelt, wie das Bundesverfassungsgericht so schön formuliert hat?«

»Na, die Bundesregierung«, beharrte Fabre auf seiner Einlassung, »die muss doch sowieso über den Einsatz entscheiden.«

»Okay.« Kernler richtete den Oberkörper auf, legte die Unterarme auf den Tisch und faltete die Finger. »Bliebe nur die Frage, wann wird die Bundesregierung alarmiert? Das Wer dürfte ja außer Frage stehen.« Er verstummte und sah den Referatsleiter an. Alle anderen Besprechungsteilnehmer taten es ihm gleich. »Aber wann soll mein Chef Alarm schlagen?«

Unter den umsitzenden Gesprächsteilnehmern machte sich Unruhe breit. Dem Referatsleiter missfiel der Auftritt seines Mitarbeiters. Aber brach er an dieser Stelle die Diskussion ab, würden ihm die anderen autoritäres Verhalten unterstellen.

»Ab wann können wir überhaupt von einem Terroranschlag sprechen? Wenn das IEK die Raketenkorvette in ihre Gewalt bringt?« Kernler schaute demonstrativ die Männer an, die sich zuvor an der Diskussion beteiligt hatten. »Eine simple Schiffsentführung dürfte wohl keine katastrophische Ausnahmesituation sein. Oder soll mein Chef in dem Moment Meldung machen, wenn die BEIMLER angreift? Wann ist das? Wir kennen nicht einmal das Ziel! Bleibt dann überhaupt noch genügend Zeit, um eine Entscheidung der Bundesregierung herbeizuführen? Was machen wir wenn unbeteiligte Geiseln an Bord sind?«

»Schluss jetzt!«, fuhr der Referatsleiter nun doch dazwischen. »Sie brauchen sich nicht meinen Kopf zu zerbrechen.«

Urplötzlich trat eine Stille ein, wie sie nach der Explosion einer Bombe herrschen mochte, wenn die einen tot waren und die anderen noch taub.

Unsäglich langsam schleppten sich die Sekunden dahin. Der Referatsleiter bereute schon seine heftige Reaktion, da hob Kernler abwehrend beide Hände in Kopfhöhe. »Okay, beenden wir die Diskussion. Ich habe nur eine Bitte: Ersparen Sie mir die Planung solcher Operationen, wie wir sie eben am Beispiel dieser ostdeutschen Raketenkorvette besprochen haben. Stirbt bei dem Unterfangen auch nur ein unschuldiger Mensch, zum Beispiel besagte Geiseln, würde der unvermeidliche Untersuchungsausschuss Köpfe rollen lassen. Und das zu Recht, beherzigt man die Entscheidung des Verfassungsgerichts.«

Der Referatsleiter musste Kernlers unsägliche Rechthaberei abwürgen. »Was reden wir uns jetzt die Köpfe heiß? Die Überführung der 575 steht ja nicht unmittelbar bevor.«

»Die Zeit bis dahin nutzt uns allerdings wenig, da der Bundestag in den verbleibenden Wochen kein Seesicherheitsgesetz verabschieden wird, welches auf all die offenen Fragen eine Antwort geben könnte.«

Schluss jetzt!, wollte der Referatsleiter erneut dazwischen gehen, entgegnete aber möglichst ruhig: »Das mag wohl stimmen. Und da weder Sie, mein lieber Kernler, noch ich ein Seesicherheitsgesetz aus dem Hut zaubern können, müssen wir das Problem anderweitig lösen. Was empfehlen Sie?«

Kernlers Mund umspielte ein zaghaftes Lächeln, als habe er die Frage seines Chefs geahnt und freue sich jetzt, eine Antwort geben zu dürfen: »Wir gehen Schritt für Schritt vor und halten die Gesetze ein.«

»Das bedeutet konkret?«

»Herr Fabre nimmt die Einladung des IEK an und bespricht mit den Leuten dort die Arbeiten bis zur vorschriftsmäßigen Demilitarisierung der 575. Ohne Abnahme kein Export.«

»Ich habe mir diese Option zwar offengehalten«, reklamierte Fabre im Tonfall eines Angestellten, dem der Chef eine unliebsame Aufgabe aufhalsen wollte. »Doch nur, weil meine Frau wirklich aus Bremen stammt und ich so Entgegenkommen heucheln konnte. Was soll ich da? Wenn die beabsichtigen, das Schiff zu stehlen, dürfte denen die Demilitarisierung egal sein.«

»Erstens haben die Sie eingeladen«, beharrte Kernler, »und zweitens können wir aus Ihren Gesprächen mit dem IEK Schlussfolgerungen für unser weiteres Vorgehen ziehen.«

Die Anwesenden nickten beifällig.

Blieb dem Referatsleiter noch die Pflicht, seinen Mitarbeiter auf Normalmaß zurechtzustutzen. »Da ich Ihnen die Planung der heißen Phase ersparen soll, lieber Herr Kernler, Sie hier und heute allerdings mit äußerst konstruktiven Vorschlägen geglänzt haben, darf ich Ihnen vorerst die Verantwortung für dieses Projekt übertragen – nur bis zu dem Zeitpunkt, an dem es ernst wird.«

11 – STRAFEXPEDITION

Frankfurt – Donnerstag, der 16.06.11

Das Gewusel der Menschen befremdete Graf immer wieder. Aus allen Himmelsrichtungen, aus allen Türen und Ecken strömten unaufhörlich Reisende in die Gänge und Hallen. Ihm kam es vor, als habe die Fraport AG hunderte Komparsen engagiert, um den Ruf des Flughafens als Drehscheibe Europas tagtäglich aufs Neue zu verteidigen.

Der Flug nach Rom war bereits aufgerufen, aber von Constantinescu fehlte jede Spur. Bis zum Check-in um 15.15 Uhr verblieben lediglich 25 Minuten. Wut stieg in Graf auf. Tauchte der dreckige Zigeuner nicht auf, und an Bord der 575 ging die kleinste Kleinigkeit schief, ließ Janning ihn kielholen. Und das verlängerte Wochenende in Rom fiel auch ins Wasser.

»Herr Graf? Was für ein Zufall?«

Auf ihn kam eine attraktive Dame zu; die dunkelbraunen Haare umwehten die Schultern, und das beigefarbene Sommerkleid betonte ihre weiblichen Rundungen. Eine große Sonnenbrille verbarg das Gesicht. Woher kannte Graf die Frau nur? Schließlich schob sie die Sonnenbrille auf den Kopf. Richtig, Rita Steigleder stand da vor ihm. Er hatte sie im vergangenen Herbst auf der DEUTSCHLAND getroffen, nach diesem Unglück der LISCO GLORIA.

Graf lächelte. Ungeachtet der unwirtlichen Umstände ihres ersten Zusammentreffens hatte er die Frau in ihrer Hilflosigkeit anziehend empfunden. Von Anfang an war ihm klar gewesen, dass sie niemals Informationen an die Karamassows weitergegeben haben konnte. Und so hatte er sich die peinlichen Fragen erspart und der Frau Trost gespendet. In seiner Erinnerung an die damalige Begegnung erfasste Graf ein wohliger Schauer, der ihm eine Gänsehaut über den Rücken jagte. Ein anlegender Schlepper hatte der DEUTSCHLAND einen mächtigen Schubs gegeben und Rita Steigleder in seine Arme geschleudert. Als genieße sie seine Obhut, hatte sich die junge Frau eine oder zwei Sekunden länger als unbedingt notwendig an ihn geschmiegt.

»Schön, Sie mal wieder zu treffen.« Die Steigleder schien tatsächlich erfreut.

»Ja, guten Tag.« Er reichte ihr artig die Hand.

Sie schaute auf die Anzeigetafel des Gates. »Sie fliegen ebenfalls nach Rom?«

»Ja.«

»Die Ewige Stadt ist immer eine Reise wert. Mich treiben neue Recherchen dorthin.« Sie kam näher. Graf konnte ihr Parfüm riechen, das ihn erneut an den Herbst erinnerte; nach dem überstandenen Chaos hatte er sie mit dem Wagen zum Flugplatz in Hamburg fahren dürfen. Im Ton einer Verschwörerin flüsterte sie: »Rom ist nämlich auch die Stadt des Verbrechens. Am Sonntag komme ich aber leider schon wieder zurück.«

»Ich ebenso.«

»Fehlte nur noch, Sie steigen auch im Hotel Navona ab. Ist ein Geheimtipp – bezahlbar und doch mitten im Zentrum.«

»Ich weiß das gar nicht.« Graf langte in die Innentasche seines Jacketts und zog die Reiseunterlagen hervor. »Tatsächlich – Hotel Navona.«

»Herr Graf?« Plötzlich stand da Constantinescu. »Entschuldigen Sie bitte die Verspätung, aber der Zug ...«

»Ja, ja.« Musste der Kerl gerade jetzt auftauchen?

»Oh, Ihre Reisebegleitung?« Rita Steigleder lächelte Constantinescu an und streckte sich in Richtung Grafs Ohr. »Begleitet der Sie die ganze Zeit?«

»Nein, nein«, versicherte er. »Wir haben lediglich heute einen gemeinsamen Termin, danach ...«

Rita Steigleder legte ein Lächeln auf, wie es nur Frauen beherrschen. »Dann wünsche ich guten Flug.« Sie trat einen Schritt zurück und zwinkerte Graf zu. »Bestimmt sehen wir uns in Rom.« Mit einem sinnlichen Augenaufschlag wandte sie sich ab und lief zum Informationsschalter.

Graf starrte ihr hinterher, bis sie im Wartebereich Platz nahm.

»Wie geht's nun weiter?«, riss Constantinescu ihn aus seiner Verzückung.

Graf fuhr herum. »Sie hätten eben einen Zug früher nehmen müssen«, entlud er die Wut über den geplatzten Plausch mit der Krimiautorin.

»Sind Sie schon einmal per Bahn von Trassenheide nach Frankfurt gefahren? Da können Sie …«

»Das ist mir egal.« Plötzlich besann sich Graf der Aufgabe, die ihm bevorstand. »Und jetzt vergessen wir die Sache – Sie haben's ja geschafft.«

Constantinescu nickte. »Obwohl mir immer noch nicht klar ist, was ich in Rom soll. Für einen Tag.«

»Ehe ich es vergesse, hier ist Ihr Rückflugticket für morgen – Abflug 09.35 Uhr. Ich bleibe dort.«

»Und die Übernachtung?«

»Die wird sich im Anschluss an unseren Termin heute Abend finden.«

Das Flugzeug landete pünktlich um 17.30 Uhr in Rom auf dem Flughafen Fiumicino. Von da nahmen sie ein Taxi. Zuerst ging es ostwärts der Autostrada folgend, danach über eine mehrspurige Straße, bis der Wagen in nördliche Richtung abbog und nach 40 Kilometern auf ein umzäuntes Gelände an der Via Appia Nuova einbog.

Graf und Constantinescu stiegen aus. Sommerliche Hitze empfing sie, und es stank wie auf einer Mülldeponie. Kein Wunder, die Gegend ähnelte einem Schrottplatz, der Autowracks verwertete. Graf bezahlte, und das Taxi fuhr davon.

»Was wollen wir hier?« Constantinescu sah entgeistert in die Runde.

»Ihren Freund Nicolae Nastase besuchen.«

Constantinescu starrte Graf ungläubig an. Dann kniff er die Augen zusammen. »Ist ihm etwas passiert?«

»Nein. Ihm selbst nicht. Und …«, Graf schaute nach Süden, wo jenseits der Schrotthaufen einige Hütten zu erkennen waren, »… und den Rest wird er Ihnen höchstpersönlich erzählen.«

»Da hinten? Nicolae wohnt dort?«

Graf nickte.

Constantinescu verzog das Gesicht, als spürte er das heraufziehende Ungemach, wandte sich um und folgte dem schmalen Weg, der zwischen dem Schrott hindurchführte.

Mit wenigen Schritten Abstand ging Graf hinterher. Er wollte Constantinescus Reaktion sehen und den Erfolg der nächtlichen Aktion persönlich in Augenschein nehmen.

Am Ende des Durchgangs tauchten fünf Hütten auf. Ihre Bewohner hatten sie aus Holzresten, Wellblech und losen Ziegelsteinen errichtet. Im Näherkommen entpuppte sich eine der Behausungen als Ruine. Schwarz-braun verrußte steinerne Brocken zeugten von einem verheerenden Brand. Selbst diese vergegenständlichte Zerstörung passte noch hierher, an diesen trostlosen Platz. Eine Mondlandschaft erschien dagegen wie ein Garten Eden.

Graf bewegte der Anblick kaum; die Zigeuner fanden hier ihr Auskommen, sollten sie doch. Wenn sie allerdings zuvor in vertragsbrüchiger Weise eines der Projekte der Organisation boykottierten, musste man den Kanaken das Unrechtsbewusstsein aus dem Leib prügeln – so Jannings Weisung, nachdem er Nastase in dessen Versteck aufgespürt hatte. Graf hatte daraufhin einen Plan entwickelt und grünes Licht für dessen Umsetzung erhalten. Nastase hatte die Strafe zu spüren bekommen, und Constantinescu würde den anderen auf der 575 die Folgen möglichen Ungehorsams einbläuen.

Graf stoppte und suchte hinter einem Haufen Autowracks Deckung. Keine 20 Meter entfernt strich Constantinescu zwischen den Hütten über den Platz. Plötzlich stutzte er, hielt inne, schaute ein zweites Mal zur Brandruine hinüber und stürzte schließlich dorthin, entschwand Grafs Blickfeld. Der verließ sein Versteck und lief zu den verrußten Mauerresten, aus denen leises Wispern hervordrang. Graf trat näher und lugte um einen Vorsprung herum. Das Innere beherrschte verkohlte Zerstörung. Nur vereinzelt verrieten Reste noch die ehemaligen Einrichtungsgegenstände. Inmitten der ausgebrannten Behausung saß Nastase auf einem roten Plastikeimer, den Kopf in die Hände gestützt, anscheinend gänzlich der Welt entrückt. Constantinescu kniete zu dessen Füßen und redete auf ihn ein. Auf einmal sprang Nastase auf und deutete auf einen Mauerdurchbruch, der früher eine Tür gewesen sein mochte. Beinahe schien es, als wolle er den Eindringling vertreiben. Constantinescu stand auf und wandte sich zum Gehen. Nastase sank wie ein leerer Sack auf seinen Eimer zurück.

Graf hatte genug gesehen. Er wollte den Rückzug antreten, da versperrte ihm Constantinescu den Weg.

»Warum Nicolaes Familie? Warum die Frau? Warum die Kinder? Das jüngste hatte nur wenige Wochen gelebt.«

»Nachkommen eines Verbrechers leben halt gefährlich.«

»Sippenhaft kennt ihr noch von früher, ihr Deutschen.« Constantinescu verzog sein Gesicht, als wolle er ausspucken.

Graf wusste in dem Moment, er hatte die richtige *Kur* für den Verräter gewählt. Am zeitigen Morgen um halb vier hatten Männer der Mutterorganisation den Nastase unter einem Vorwand aus dem Haus gelockt und kurz darauf fünf Molotowcocktails hineingeworfen. Die Hütte, mit leicht entzündlichen Materialien erbaut, war binnen Sekunden in Flammen aufgegangen, wie man Graf berichtet hatte.

»Wenn ihr ihn oder mich getötet hättet!«

»Nastase muss seine Lektion lernen, warum sollen wir ihn da erlösen? Und Sie? Sie erklären Ihrem Haufen, was Abtrünnigen passiert.«

Graf wandte sich ab und steuerte auf den Pfad zu, den er gekommen war. Er ging wenige Schritte, blieb stehen und schaute noch einmal zurück. »Verpassen Sie nicht Ihren Flieger.«

12 – BRUCHLANDUNG

Bremen – Donnerstag, der 23.06.2011

Fabre war tatsächlich zusammen mit seiner Frau der Einladung gefolgt. Im Anschluss an einen ersten Termin im Institut waren sie am frühen Nachmittag in einem Wasserflugzeug nach Bremerhaven geflogen. Irgendwie hatte Janning die Genehmigung erhalten, in Bremen auf der Weser zu starten und später wieder zu landen. Nach dem Abheben waren sie dem Fluss folgend, bis an die Mündung in die Nordsee geflogen. Hier hatten sie wegen des starken Schiffsverkehrs allerdings auf einer Betonpiste aufsetzen müssen. Aber genau darauf fußte der Plan. Zurzeit besichtigten Janning und das Ehepaar Fabre das Auswandererhaus, während Graf die Cessna auftankte und für den Rückflug vorbereitete.

»Der Abstecher war herrlich«, schwärmte plötzlich eine Frauenstimme hinter Graf. »Selbst als alte Bremerin gab's für mich so viel Neues zu entdecken – Bremerhaven hat in den vergangenen Jahren ein gänzlich anderes Gesicht bekommen. Herzlichen Dank dafür, Herr Janning.«

Das Taxi, das die Ausflügler zurückgebracht hatte, fuhr davon.

»Schade, dass Sie nicht mitkommen konnten, Herr Graf.« Fabres Frau schien wahrlich begeistert zu sein.

»Einer muss sich ja um den Vogel kümmern, damit wir heil wieder nach Hause kommen.« Jannings Worte enthielten den verschlüsselten Befehl, den Plan wie vorgesehen auszuführen.

»Genau«, versicherte Graf und fügte die ebenso vereinbarte Antwort hinzu: »Ich kenne die Sehenswürdigkeiten bereits von anderweitigen Kundenbesuchen hier in der Stadt.«

»Dann lassen Sie uns an Bord gehen und starten. Bei dem herrlichen Sonnenschein setzt der Rückflug das würdige Sahnehäubchen auf den Ausflug.« Galant hielt Janning der Dame die hintere rechte Tür auf und half ihr beim Einsteigen. Fabre kletterte auf den linken Rücksitz, während Graf sich vorn auf den Pilotenplatz schwang.

»Bitte alle anschnallen«, befahl er, als sein Chef neben ihm saß. Wenige Augenblicke später rollte er an und zog die Maschine in die Luft.

Der Flug verlief in allgemeinem Schweigen. Die Gäste genossen wohl den Ausblick, während Graf sich auf die Instrumente konzentrierte.

»Die Uhr geht auf vier«, bemerkte Fabre nach einiger Zeit. »Da könnten wir unsere Gespräche unmittelbar im Anschluss an die Landung fortsetzen und die detaillierte Liste der erforderlichen Umbaumaßnahmen durchgehen. Bei zielgerichteter Arbeit dürften wir bis zum Abend fertig sein.«

»Spätestens um acht möchte ich essen«, reklamierte Frau Fabre.

»Aber selbstverständlich«, schmeichelte ihr Janning. »Ich habe für 19.30 Uhr einen Tisch im Hotelrestaurant reserviert. Das schaffen wir bestimmt.«

»Sehr schön«, ergänzte Fabre. »Dann kann ich morgen Vormittag den Bericht entwerfen.«

»Überprüfen Sie bitte noch einmal Ihre Sicherheitsgurte«, unterbrach Graf das Gespräch, »ich setze zur Landung an.« Er drosselte die Propellerdrehzahl und reduzierte die Flughöhe. Aus den Augenwinkeln beobachtete er Janning, der an seinem Gurt rüttelte und anschließend den Oberkörper nach vorn neigte. Mit dem Aufsetzen würde er den Kopf auf die Schenkel drücken und die Hände schützend darüber halten. Graf schaute ein letztes Mal auf die beiden Kontrollleuchten für das Fahrwerk, die blau schimmerten – ebenso wie beim Anflug auf die Betonpiste in Bremerhaven. Aber das wusste nur er. So sollte dann das Schicksal seinen Lauf nehmen.

Graf ging tiefer, drosselte weiter die Leistung des Motors,

bis die Schwimmer schließlich die Wellen berührten. Der Flieger machte einen Satz, hob noch einmal für Sekunden ab und fiel auf die Wasseroberfläche zurück. Im selben Moment zerrte eine unsichtbare Kraft die Nase der Cessna nach unten. Der Propeller erstarb ruckartig. Graf riss die Arme über den Kopf. Von den Rücksitzen hörte er hysterische Schreie, die ihn allerdings nicht rührten. Das Flugzeug stellte sich wie bei einem Kopfstand aufrecht. Graf öffnete mit der rechten Hand seinen Gurt; die linke suchte den Türdrücker.

»Hilfe! Hilfe!« Fabre und dessen Frau schrien panisch durcheinander.

Janning hatte seine Seitentür bereits geöffnet und sprang hinaus.

Die Cessna schlug eine Rolle vorwärts um die eigene Achse. Graf fand kurz Halt am Armaturenbrett, stemmte die Füße auf den Boden und drückte den Oberkörper durch den Türspalt. In der Art eines Schraubenmenschen wand er Hüfte und Beine nach draußen und verschloss die Kabine wieder. Das Flugzeug schwamm inzwischen kopfüber. Instinktiv atmete Graf, verschluckte sich, würgte und unterdrückte nur mühsam den Brechreiz. Wie ein Hund paddelte er mit Armen und Beinen und stieß an die Wasseroberfläche, wo er prustend auftauchte. Keuchend rang er nach Luft.

Hastig wanderten seine Blicke umher. Vielleicht zehn Meter zu seiner Linken trieben die beiden Schwimmer der Cessna auf der Wasseroberfläche. Die schwarzen Reifen des Fahrwerks schauten deutlich sichtbar heraus – sie hatten ihrer Planung nach die Katastrophe ausgelöst. Weiter hinten strebte Janning dem Ufer zu, wo mittlerweile Schaulustige zusammengelaufen waren. Er reckte immer wieder die Arme und schrie etwas Unverständliches. Entsprechend ihrer Absprache sollte er Hilfe herbeirufen.

Graf fiel währenddessen die Rolle des *Retters* zu. Er holte gierig Luft, tauchte ab und schwamm auf die Kabine zu. Fabre und dessen Frau hingen kopfüber in ihren Sitzen. Bis zur Hüfte steckten die Oberkörper bereits unter Wasser – nur Beine und Füße ragten in die Luftblase hinein. Während Fabre noch zappelte, schien seine Frau schon bewusstlos zu sein. Unaufhörlich stieg der Wasserspiegel in der Passagierkabine, der den beiden Eingeschlossenen jetzt bis an die Knie reichte. Graf plagte Atemnot. Im Sog der aufsteigenden Luft strebte er an die Oberfläche. Er atmete mehrmals tief durch. Janning war nicht mehr zu sehen. Der war wohl mittlerweile an Land gegangen.

Plötzlich befiel Graf Panik. Vom Ufer legte ein Motorboot ab. Es nahm Kurs auf die Unglücksstelle; eine hohe Bugwelle zeugte von dessen Geschwindigkeit. Verflucht, wo kamen die Einsatzkräfte so schnell her? Bevor die hier anlangten, musste er den Stunt zu Ende bringen, andernfalls wartete der Knast auf ihn.

Er atmete ein, tauchte ab und erreichte durch drei kräftige Armzüge die Passagierkabine, die inzwischen völlig mit Wasser gefüllt war. Das Ehepaar Fabre hing leblos in den Gurten. Der Anblick ihrer Gesichtszüge blieb Graf erspart – ohne Tauchermaske erkannte er die Umgebung nur schemenhaft, wie ein Kurzsichtiger, dem die Brille abhandengekommen war. Er riss die Seitentür auf und ertastete den Verschluss des Sicherheitsgurts. Graf zerrte daran, drehte das Kopfstück in Uhrzeigerrichtung und zog es heraus. Der Frauenkörper glitt sanft herab. Graf entfernte den winzigen Draht, der die beiden Laschen ineinander verhakt hatte.

Die Luft wurde ihm knapp. Jetzt noch auf die andere Seite schwimmen, um die zweite Manipulation zu beseitigen, wäre sinnlos. Graf tauchte auf und schnappte prustend nach Atemluft. Ihm blieb aber keine Zeit, lange auszuruhen – das Einsatzboot jagte unerbittlich heran. Der Motor lärmte wie ein Warnsignal. Kaum mehr als eine Minute, und die Rettungstaucher sprangen ins Wasser. Graf atmete hastig ein und strebte neuerlich in die Tiefe. Er umrundete die Passagierkabine an der Vorderfront, riss die Tür auf und öffnete Fabres Gurt. Gerade, als er den Blockierdraht herausnahm, platschte es über ihm an der Wasseroberfläche. Fix steckte er das kleine Stückchen Metall in die Tasche zu dem anderen, paddelte zu Fabres leblosem Leib, fasste ihn unter den Achseln und zerrte an dessen Oberkörper. Da kamen auch bereits drei Froschmänner heran. Einer deutete ihm, von dem Regungslosen abzulassen. Er packte Graf am Arm und begleitete ihn an die Oberfläche. Das Einsatzboot lag keine zehn Meter entfernt. Graf schwamm hinüber, wo ihm helfende Hände entgegenflogen und an Bord zogen.

»Gut … dass Sie so … schnell kommen konnten«, japste er.

»Ja, ja, beruhigen Sie sich erst einmal.«

»Unsere Gäste … die waren eingeschlossen.«

»Wir wissen. Ihr Kamerad hat uns schon informiert. Die Taucher sehen nach den Opfern.«

Scheinbar erleichtert sank Graf zurück.

»Fehlt Ihnen etwas?« Einer der Männer, mit orangefarbener Jacke und weißer Hose bekleidet, beugte den Oberkörper zu Graf herunter und sah ihm in die Augen.

Der schüttelte den Kopf. »Lassen Sie mal. Mir geht's soweit gut. Bin nur ein wenig schlapp. Die anderen beiden brauchen Ihre Hilfe dringender.«

Als reagierten sie aufs Stichwort, tauchten die Froschmänner samt Ehepaar Fabre an der Wasseroberfläche auf. Routiniert bugsierten sie die leblos wirkenden Körper an Bord des Bootes. Der Mann in der orangefarbenen Jacke kümmerte sich sofort um sie.

»Wiederbelebung!« Er teilte seine Leute ein. »Und schnellstens zurück zum Ufer«, befahl er dem Bootsführer.

Ein Ruck erfasste Graf und im nächsten Moment wehte ihm der Fahrtwind ins Gesicht. Bekümmert schaute er zu den Gestalten, die beatmet wurden und Herzdruckmassagen erhielten. War die Rettung zu schnell erfolgt? Überlebten die Fabres? Graf beschlich ein mulmiges Gefühl. Bestimmt verrichteten die

Einsatzkräfte nur routinemäßig ihre Hilfsmaßnahmen, versuchte er sich einzureden. Die mussten das tun, um selbst nicht der unterlassenen Hilfeleistung beschuldigt zu werden. Wie lange war das Ehepaar ohne Sauerstoff gewesen? Fünf Minuten? Nein, länger. Ihre Köpfe gerieten nach dem Kentern der Maschine doch sofort unter Wasser. Aber er hatte irgendwo gelesen, man könne einen Menschen sogar nach einer Viertelstunde Atemstillstand noch ins Leben zurückholen.

Das Anlanden des Bootes enthob Graf der weiteren Grübelei. Die Rettungskräfte brachten zuerst die beiden Schwerverletzten fort. Wenig später forderte ein Sanitäter ihn auf, mit zu einem Krankenwagen zu kommen. Sein Chef wartete dort bereits.

Janning nickte ihm aufmunternd zu. »Alles klar?«

»Soweit ja«, erwiderte Graf. »Aber die Fabres …«

»Na hoffentlich überleben unsere Gäste!«, entgegnete Janning laut und blickte einen der Rot-Kreuz-Retter fragend an. »Oder was meinen Sie?«

Der junge Mann zuckte die Schultern. »Ich habe kaum etwas mitbekommen. Offensichtlich befinden sie sich in einem kritischen Zustand.«

Janning und Graf saßen schweigend in der Zentrale des Instituts in der Bremer Neustadt; der Chef an seinem Schreibtisch, und Graf in der Sitzgruppe für Besucher. Gebannt warteten sie auf einen Anruf von Fedja Ofzschak, der im Krankenhaus die Stellung hielt und sofort über Neuigkeiten berichten sollte.

Während ihres Ausflugs nach Bremerhaven hatte Ofzschak einen anderen Job erledigt. Er war in das Hotelzimmer der Fabres eingedrungen und hatte alle Unterlagen zur Demilitarisierung der 575 austauschen können. Besonders der eigens durch Janning verfasste Abschlussbericht würde sie in den kommenden Wochen vor weiteren Nachstellungen bewahren – doch damit die Behörden den auch erhielten, durfte der Schnüffler vom Amt nicht überleben.

Das Telefon klingelte.

Janning ging ran, meldete sich, nickte und legte mit einem kurzen »Danke« wieder auf. Ohne das Gesicht zu verziehen, sah er Graf an. »Die beiden sind tot. Fabre starb eben; seine Frau gegen acht.«

Unwillkürlich schaute Graf auf die Uhr, die fünf vor zehn anzeigte. Der Plan war also erfolgreich verlaufen. Aber hatten sie in der Vorbereitung auch keine Fehler gemacht? »Was unternimmt die Polizei jetzt?«, fragte er.

»Den Unfall untersuchen.«

»Hoffentlich bleibt nichts an mir hängen.« Es wäre nicht auszudenken, wenn er während der Operation BalticJump fehlte, weil ihn die Bullen wegen der Aktion heute wegsperrten.

»Lassen Sie das Gejammer. Die Cessna kam von unseren Partnern aus Italien. Wir hatten sie nur geborgt. Gewartet worden war sie erst vorige Woche. Durch welchen Mitarbeiter, wird niemand mehr feststellen – die Spaghetti schlampen halt mal. Und wenn die bei der Gelegenheit die Anzeige vertauschen, was können Sie dafür?«

Auf der manipulierten Fahrwerksanzeige beruhte sein wirkungsvollster Schutz. Jede Cessna besaß eine Signalgebung über zwei Farbleuchten im Armaturenbrett, die die beiden möglichen Zustände eines Wasserflugzeugs anzeigten: grün – Landung an Land mit ausgefahrenem Fahrwerk; blau – Landung auf See mittels Schwimmer und eingeklappten Rädern. Während der Katastrophe auf der Weser hatten die Signallämpchen die richtige Farbe blau angezeigt, allerdings auch beim Aufsetzen auf der Piste in Bremerhaven.

»Ich hätte es beim Hinflug bemerken müssen.«

»Sie sind eben unerfahren. Seitdem Sie den Pilotenschein vor Jahren gemacht haben, fielen nur die Pflichtstunden an und Sie flogen immer auf unterschiedlichen Maschinen. Stellen Sie sich nicht so an. Wir hatten doch jedes Detail durchgekaut.«

»Ich weiß.«

Janning kam herüber. »Halten Sie bloß Ihre Nerven unter Kontrolle. Für Polizei und Staatsanwaltschaft haben wir alles getan, um unsere Gäste zu retten. Wenn die in der Kabine festhingen, was können wir dafür?«

Zum Glück hatte Graf die Sperren an den Gurten des Ehepaars noch rechtzeitig entfernt.

»Außerdem fehlt jegliches Motiv«, ergänzte Janning.

»Fabre wollte dem Institut Schwierigkeiten bereiten.«

»Hat er doch. In seinem Hotelzimmer wird man einen von unzähligen Maßnahmen durchsetzten Sanierungsplan zur Demilitarisierung der 575 finden.«

»Sodass wir den Verkauf des Schiffes auf unbestimmte Zeit verschieben müssen.« Graf huschte ein Lächeln über die Lippen.

»Na sehen Sie, so gefallen Sie mir schon besser.«

13 – HOCHVERRAT?

Berlin – Dienstag, der 12.07.2011

Kernler brachte den Bericht der Untersuchungsbehörden zu Fabres Tod. Der Referatsleiter deutete seinem Mitarbeiter, sich zu setzen, und begann die Seiten zu überfliegen. Einige Zeit später sah er auf. »Glauben wir den Unsinn vom Unfall?«

»Was wir glauben, spielt keine Rolle.«

»Bereits als ich vor drei Wochen von Fabres Ableben hörte und anschließend dessen Inspektionsbericht auf den Tisch bekam, fiel mir sofort das Wort *Mord* ein. Die Verbrecher haben nicht einmal davor zurückgeschreckt, die unschuldige Ehefrau mit umzubringen.« Der Referatsleiter überflog das Papier. Schließlich tippte er wütend auf eine Stelle. »Wenn ich das lese: Unfallursache eine vertauschte Fahrwerksanzeige.«

Er prustete seine Entrüstung heraus. »In Bremerhaven landet der Galgenvogel von Pilot problemlos auf einer Betonpiste bei falscher Anzeige und in Bremen soll die …« Er winkte ab. »Wir wissen beide, dass die feinen Herren vom IEK einen unliebsamen Widersacher ausgeschaltet haben. Leider wird der Staatsanwalt das kaum beweisen können. Die wichtigsten Spuren führen ins verschwiegene Italien und verschwinden dort in einem Gestrüpp aus Schweigen, Unwissenheit und Schlamperei. Und es fehlt ein Motiv.«

»Die Unbeugsamkeit, die Fabre an den Tag gelegt hatte, lieferte den IEK-Verbrechern wohl Gründe genug.«

»Aber der Bericht, der auf seinem Zimmer gefunden worden war, spricht die Missstände noch schonungsloser an, als er sie uns hier vor sechs Wochen dargelegt hatte. Wenn Jannings Leute Fabre umgebracht haben sollten, warum tauchten nach seinem Tod dessen Unterlagen auf? Fabres Aktenkoffer stand im Kleiderschrank des Hotelzimmers.«

»Wer weiß?«

Der Referatsleiter, der seinen Mitarbeiter zu einer vertraulichen Unterredung gebeten hatte, wollte die Ereignisse in Bremen nicht weiter diskutieren, das Ableben des Beamten gehörte nun einmal unumstößlich zu den Realitäten im Fall 575. Sie mussten sich dem eigentlichen Problem zuwenden.

»Fabres Besuch bei Janning hat uns kaum weitergebracht«, erklärte er eher beiläufig, als bedaure er lediglich das Ende der Sommerferien, um seinen Projektverantwortlichen zum Reden zu bewegen.

»Oh doch«, entgegnete Kernler postwendend. »Wir wissen jetzt, wie rücksichtslos das IEK vorgeht. Offensichtlich besitzt das Projekt 575 eine außerordentliche Bedeutung.«

Der Referatsleiter nahm den Bericht zur Hand, den die Polizei in Fabres Zimmer sichergestellt hatte. »Hier heißt es abschließend:

›Entsprechend der Mängel im gegenwärtigen Demilitarisierungszustand der HANS BEIMLER steht ein Export in den kommenden zwölf Monaten kaum auf der Tagesordnung.‹

Diese Einschätzung wirft Jannings Planung über den Haufen.«

»Keinesfalls zwangsläufig«, entgegnete Kernler. »Wenn er die Korvette entwenden will, hält ihm dieses Urteil weitere behördliche Schnüffeleien auf *seinem Schiff* vom Hals. Wir sollen uns in Sicherheit wiegen, während Herr Janning den geplanten Coup durchzieht.«

Jetzt erinnerte sich der Referatsleiter auch daran, dass sie bei der Besprechung Ende Mai diese Möglichkeit erörtert hatten. »In diesem Fall dürfte uns Herrn Fabres Pflichtbewusstsein geschadet haben. Wir wissen heute nicht einmal mehr, wann das IEK zuschlagen wird.«

Kernler nickte. »Selbst eine Überwachung hilft wenig. Legt die 575 erst von der Pier ab, haben wir verloren.«

»Wie gehen wir weiter vor?«

»Auch wenn ich Sie gebeten hatte, mir die Planung der Operation zu ersparen, habe ich verschiedene Szenarien durchgespielt. Der Fall 575 liegt nun einmal auf meinem Tisch.«

Die Einlassung freute den Referatsleiter – Kernler wusste, dass er in der Besprechung Ende Mai zu weit gegangen war. Insgeheim nahm er die verschlüsselte Entschuldigung an, fragte aber kühl: »Welche?«

»Ich möchte Ihnen die Details ersparen.« Kernler rutschte auf der Sesselkante nach vorn und sah den Referatsleiter an. »Mir kam bei der ganzen Grübelei eine Ihrer Bemerkung in den Sinn.«

»Ach so?«

»Sie sagten etwas wie: ›Ich kann kein Seesicherheitsgesetz aus dem Hut zaubern und Sie ebenso wenig.‹«

»Ich erinnere mich. Ich wollte damit Ihre fruchtlose Diskussion beenden und zu unserem Problem zurückkehren.«

»Sie stimmen mir doch zu – ein Seesicherheitsgesetz ist unabdingbar?« Kernler sah den Referatsleiter an, als erwarte er von ihm die Bestätigung, dass zwei plus zwei gleich vier ist.

»Selbstverständlich! Die Fragen, die das Bundesverfassungsgericht offen gelassen hat, kann nur ein Seesicherheitsgesetz mit klaren Regelungen beantworten.«

Kernler nickte. »Davon gehe ich auch aus. Und so frage ich mich seit einigen Tagen, können wir eventuell doch ein Seesicherheitsgesetz aus dem Hut zaubern? Um es im Fall der 575 anzuwenden, käme es zu spät, aber danach.« Kernler nickte, als wolle er seine Worte unterstreichen. »Die GSG 9 wurde auch erst nach dem Blutbad von Fürstenfeldbruck 1972 aufgestellt.«

Der Referatsleiter konnte nicht glauben, was er da hörte. »Moment, Moment! Ich möchte vermeiden, Sie falsch zu verstehen: Wir ...« Er brach plötzlich ab und stand auf. »Ich denke, die Gedanken bedürfen einer längeren Diskussion. Ich habe gleich einen Termin. Wir sollten das Gespräch vielleicht so gegen 18 Uhr fortsetzen; bei einem kleinen Spaziergang an der Spree? Das herrliche Sommerwetter lädt regelrecht dazu ein.«

Pünktlich trafen sich die beiden Männer gegenüber dem Hauptbahnhof und spazierten am Flussufer entlang in westlicher Richtung.

»Ihr Vorschlag kam mir so ungeheuerlich vor, dass ich in meinem Büro einfach nicht darüber reden konnte«, entschuldigte der Referatsleiter sein Verhalten vom Nachmittag.

»Werden Sie abgehört?«

»Nein. Zumindest gehe ich davon aus. Doch im Bundeskanzleramt Hochverrats-Pläne zu schmieden, geht nach meinem Geschmack schlichtweg zu weit.«

»Wenn Sie das so sehen, müssten Sie mich verhaften lassen.«

»Nun einmal langsam.« Der Referatsleiter blieb stehen und sah Kernler an. »Ich verstehe Sie richtig? Janning soll unbehelligt seine Operation durchziehen, und anschließend nutzen wir den Terroranschlag, das Seesicherheitsgesetz durchs Parlament zu peitschen?«

»Nachdem die Bevölkerung schärfere Gesetze fordert.«

»Was aber, wenn dieser Janning die 575 nur stiehlt und das Schiff für *keinen* Anschlag missbraucht?«

»Das wäre die erste Klippe, die wir umschiffen müssen. Außerdem sollten wir sicherstellen, dass Jannings Angriff erfolgreich verläuft, und nicht etwa die Marine ohne Einsatzbefehl der Bundesregierung eingreift und womöglich unbeteiligte Personen gefährdet.«

Das stimmte – ein vereitelter Terroranschlag berührte die Bevölkerung heute kaum noch. »Wie ich Sie kenne, geistern in Ihrem Kopf bereits konkretere Vorstellungen herum. Oder?«

»Ja. Und ich würde die gern zunächst für mich behalten.«

»Was heißt *zunächst*?«

»Bis Herr Janning meine Überlegungen billigt.«

»Wenn der mit Ihnen redet.«

»Wird er. Anschließend dürfte er meine Wünsche wohlwollend prüfen.«

*

Bundesautobahn A 1 – Freitag, der 15.07.2011

›Rückfragen zur Inspektion der 575 notwendig. Treffen heute 22.00 Uhr – Oyter See. Gerd Fabre‹. Janning hatte Graf die Nachricht samt dem Befehl weitergeleitet, die Begegnung unbemerkt zu beschatten.

Immer wieder schielte Graf auf den Text. Als er die SMS vorhin erhalten hatte, war er beinahe von der Fahrbahn abgekommen, so sehr hatte sie ihn erschreckt.

Er verstand das einfach nicht: *Der* Gerd Fabre war zusammen mit seiner Frau ertrunken – durch die Gerichtsmedizin amtlich beurkundet. Und nun sandte der Mann eine SMS an den Boss, die der offensichtlich ernst nahm.

Erst vorgestern hatte Graf den Fall der Bruchlandung auf der Weser für erledigt geglaubt. Die Bundesstelle für Flugunfalluntersuchung hatte in ihrem Bericht die Unglücksursache in einem Wartungsfehler an der Fahrwerksanzeige gesehen, woraufhin die zuständige Staatsanwaltschaft die Ermittlungen einstellen wollte.

›Rückfragen zur Inspektion der 575 notwendig …‹, stand da. Graf kämpfte den Drang nieder, Janning anzurufen, um nach den Hintergründen zu fragen. Der Chef duldete solch unprofessionelles Verhalten unter keinen Umständen – müsste er mehr wissen, hätte Janning angerufen.

Graf betrachtete eine Schautafel, die eine Draufsicht des Gebiets um den Oyter See zeigte. Die Wasserfläche bildete eine lang gestreckte Form mit einer hammerförmigen Ausweitung am südwestlichen Ende. Beinahe überall reichte dichter Wald bis ans Ufer. Der Hauptzugang zum Gelände befand sich hier im Nordosten, wo auch die Tafel stand. Deren Darstellung zeigte einen Weg, der um den See herumführte. Graf sah auf die Uhr – 21.05 Uhr. Um Überraschungen auszuschließen, beschloss er, das Terrain einer Inspektion zu unterziehen. Graf folgte dem Uferweg, kehrte eine halbe Stunde später an den Ausgangspunkt zurück und versteckte sich in der Deckung einer hohen Hecke, von wo aus er das Vorfeld des Sees gut überblicken konnte.

Mit jeder Minute des Wartens stieg seine Nervosität. Tauchte da wirklich *der* Gerd Fabre auf? Obwohl der längst die Radieschen von unten betrachtete? Punkt zehn kamen endlich die beiden avisierten Männer, und Graf atmete auf – der Typ, der neben Janning ging, besaß zwar die Körpergröße des Verstorbenen, wog allerdings bestimmt 20 Kilogramm mehr. Der Kerl da drüben würde niemals so flink und ausdauernd durch die engsten Räume eines Schiffes kriechen können wie seinerzeit Fabre.

Sein Chef und dessen Begleiter bogen auf den Uferweg ein. Ihre Körper zeichneten sich schemenhaft im schwächer werdenden Licht der Dämmerung ab. Graf verließ sein Versteck und folgte den Männern in gebührendem Abstand. Die Bäume und Sträucher boten ihm genügend Deckung. Janning und der falsche Fabre schritten zügig aus, sodass Graf nicht näher an sie herankam. Mit der Zeit vernahm er die Stimmen der beiden, verstand aber kein Wort. Plötzlich blieb Janning stehen. Der falsche Fabre tippte ihm auf die Brust. Graf nutzte die Gelegenheit und schlich weiter heran.

»Sie müssen mitspielen.«

»Sonst legen Sie die 575 an die Kette?«, vermutete Janning.

»Nein, im Falle Ihrer Weigerung hole ich die wahren Ermittlungsergebnisse zum Feuerausbruch auf der LISCO GLORIA aus meinem Safe.«

Graf erschrak.

Janning schien auch kurz sprachlos und murmelte dann: »Sie bluffen.«

»Wollen Sie's darauf ankommen lassen?«

Anstatt auf die Frage einzugehen, setzte Janning seinen Weg fort. Der Unbekannte folgte ihm.

In sicherem Abstand schlich Graf hinterher. Ihm schwirrten finstere Gedanken durch den Kopf. Wer erpresste da den Boss? So sehr er auch grübelte, bis zum Ende der Runde um den See fand Graf keine Antwort. Die Dunkelheit war inzwischen so weit fortgeschritten, dass er nur noch Schemen erkannte. Zum Schluss überreichte der falsche Fabre dem Chef irgendetwas, reichte ihm die Hand und verschwand in Richtung Parkplatz.

Wenige Momente später meldete Grafs Handy den Eingang einer SMS. ›Kommen Sie her‹, befahl die Nachricht. Schnell lief er zu Janning, der wie ein verlassener Liebhaber am Ufer des Sees stand und auf die Wasserfläche hinausblickte.

»Die sind uns auf die Spur gekommen.«

Das wusste Graf bereits. Jannings Gesichtsausdruck zeugte aber keineswegs von angespannter Sorge – dessen Nase-Mund-Falten waren im schwindenden Licht kaum zu erkennen. Grafs Puls pochte in den Schläfen. Er fuhr mit den feuchten Händen über die Oberschenkel. »Wer?«

»Eine Regierungsbehörde.«

Scheiße.

»Beweise scheinen denen zu fehlen, doch ihre Vermutungen reichen ziemlich nah an die Wahrheit heran.«

Nur um überhaupt etwas zu sagen, fragte Graf: »Deshalb nannte der Mann sich wohl auch Gerd Fabre?«

»Ja, ja, scheint ein kleiner Witzbold zu sein.«

»Was wollen die?«

»Ins Geschäft kommen. Die klopfen auf den Busch, um in unsere Operation einzusteigen. Der Fabre und dessen Frau sind denen völlig egal. Wie gesagt, der nette Herr spielt den Schelm und wählte den Namen des Verblichenen.«

»Blasen wir BalticJump ab?«

Kaum wahrnehmbar schüttelte Janning den Kopf. »Im Gegenteil – die Regierung bittet uns, im Vorübergehen noch etwas für sie zu erledigen. Wir sollen das Kernkraftwerk Oskarshamn in Schutt und Asche legen.«

*

Berlin-Treptow – Sonntag, der 17.07.2011

Immer wieder gingen starke Schauer nieder. Der Sommer zeigte seine nasse Seite. Dem Referatsleiter kam das scheußliche Wetter recht; so spazierten er und Kernler beinahe allein über das Gelände des Sowjetischen Ehrenmals. Sein Mitarbeiter berichtete gerade vom Treffen mit diesem Janning. Insgeheim gewann der Referatsleiter Kernlers Grundidee so manch positiven Gedanken ab.

»Die Anzahlung der Rohdiamanten im Wert von zehn Millionen hat er eingesteckt«, beendete Kernler seinen Bericht.

Der Referatsleiter wechselte den Regenschirm in die andere Hand. »Um damit durchzubrennen.«

»Warum sollte er? Unsere Kooperation stellt sich als echte Win-win-Situation dar. Das IEK kann die geplante Operation in aller Ruhe vorbereiten und die Legende einer Überführung der 575 nach Dänemark optimal zur Tarnung nutzen – und wir bekommen unseren Terroranschlag.«

»Wie viel verlangen die Schurken insgesamt?«

»100 Millionen.«

»20 hätten auch gereicht. Für 100 Millionen müssen die …« Dem Referatsleiter fiel auf, dass Kernler das Ziel noch nicht genannt hatte. »… müssen die ja ein richtiges Feuerwerk abbrennen. Welche Stadt greifen die an?«

»Oskarshamn.«

Als versperre ihm auf einmal eine unsichtbare Mauer den Weg, blieb der Referatsleiter stehen. Tausende Gedanken jagten durch seinen Kopf.

»Das Ziel eröffnet uns weitere politische Optionen.«

Ja, überlegte der Referatsleiter, ein Raketenangriff auf das schwedische Kernkraftwerk brachte mehrere Vorteile mit sich. Fukushima lag einfach zu weit entfernt – Europa hatte das Drama bereits vergessen. Alle Länder um Deutschland herum warteten nur darauf, dass die Energiewende zur Pleite mutierte. Besonders die Schweden und Franzosen rüsteten doch schon auf, standen in den Startlöchern, um uns ihren Atomstrom aufzudrängen. Ein Terroranschlag gegen den Schrottmeiler in Oskarshamn würde die Karten neu mischen. Der Referatsleiter schaute anerkennend auf Kernler – der hatte wirklich Grips in der Rübe.

»Welche Gefährdungen ergeben sich für Deutschland?«

»Wenige.« Bei der in diesem Jahr fast ausschließlich vorherrschenden Westwindrichtung gelange kein radioaktiver Fallout in südwestliche Richtung. Je mehr Zeit bis zu einem Wetterwechsel vergehe, umso kleiner werde die Gefahr, da die Behörden in Schweden das Problem früher oder später wohl in den Griff bekämen.

»Ein bisschen Aufgeregtheit können wir im Land ruhig gebrauchen. Die Bevölkerung hat schon wieder vergessen, wie mutig die Regierung die Energiewende eingeleitet hat.«

»Je nach Bedarf streuen wir halt entsprechende Medienkampagnen.«

Der Plan gefiel dem Referatsleiter immer besser. Aus dem Angriff der Raketenkorvette ergaben sich so viele Möglichkeiten. Blieb nur eine Frage: »Wird die 575 durchkommen?«

»Janning sagt ja. Seine Strategie verrät er nicht. Die Operation beginnt als Entführung. Um jederzeit die Kontrolle zu behalten, werden wir mit mehreren Leuten an den Einsatztagen den Sicherheitsbehörden auf die Finger schauen.«

»Wann geht die 575 in See?«

»Am 23. August.«

TEIL 3
WEICHENSTELLUNG

Ein Monat später – August 2011

14 – SCHÖNE VERSPRECHUNGEN

Konstanza (Rumänien) – Montag, der 22.08.2011 – 09.15 Uhr

Der klapprige Omnibus quält sich über eine wahre Schotterpiste. Die Straße in einem Außenbezirk der Stadt empfängt den Besucher mit einem erbärmlichen Gesicht – verfallene Hütten, vereinzelt hier und da ein Steinhaus, aber keines verputzt; größtenteils niedergerissene Zäune; an den Straßenrändern Pfützen brackigen Wassers; herumstreunende Hunde; und verdreckte Rotznasen, die dem ankommenden Vehikel aus großen Augen entgegenstarren.

Das Gefährt schwankt langsam durch die unzähligen Schlaglöcher. Hinter den verschmierten Scheiben hocken Frauen und Kinder, die ungerührt nach draußen starren. Vorn auf der ersten Bank, links und rechts hinter dem Fahrerplatz, sitzen drei Männer und eine Frau. Die Dame, in ein dunkles Kostüm gekleidet und die Haare zu einem strengen Knoten gebunden, wirkt mit ihrer zierlichen Gestalt geradezu zerbrechlich zwischen den Begleitern. Deren Jacketts, die eher Uniformjacken gleichen, verbergen die muskulösen Oberkörper nur schwerlich. Ihre Gesichter strahlen die konzentrierte Ernsthaftigkeit aus, die Bodyguards im Gefolge wichtiger Staatsoberhäupter an den Tag legen.

Drei leere Reihen grenzen die übrigen Fahrgäste wie ein vermintes Niemandsland von den Vieren ganz vorn ab. Das Äußere der 12 Frauen und 19 Kinder lässt den Betrachter die ärmlichen Verhältnisse erahnen, in denen sie leben.

Der Bus erreicht das Ende der Straße, biegt links ab und fährt nach 50 Metern an den Straßenrand. Die zierliche Frau und einer der Muskelmänner steigen aus und gehen auf eines der Häuser zu, dessen Tür sich öffnet. Eine große schlanke

Frau mit langen schwarzen Haaren tritt den Besuchern entgegen.

»Frau Constantinescu?«, fragt der Mann in deutscher Sprache und wirft einen Blick auf seine Liste. »Und drei Kinder?«

Die Frau übersetzt, und die Angesprochene nickt.

»Bitte kommen Sie.« Der Mann deutet zum Bus.

Frau Constantinescu geht zurück in ihre Wohnung und kommt zusammen mit einem Jungen und zwei Mädchen wieder heraus – eine Reisetasche in der Hand. Sie schließt die Tür, folgt den beiden Besuchern und klettert nach ihren Kindern in das klapprige Gefährt. Drinnen begrüßen sie einige der Frauen, bevor sie ganz hinten Platz nehmen.

Vorn steht einer der Muskelmänner auf und spricht zu den Passagieren. »Meine sehr geehrten Damen! Liebe Kinder!«

Die zierliche Frau bleibt sitzen und übersetzt in ein Mikrofon.

»Das Institut für Entwicklungshilfe und Kooperation freut sich, dass Sie der Einladung vollzählig gefolgt sind. Ihre Ehemänner und Brüder, eure Väter erfüllen seit mehreren Monaten ihre Aufgaben in Deutschland. In ihrem Handeln und Tun zeigen sie große Meisterschaft.«

Der Vortrag in deutscher Sprache und die Übersetzung wechseln einander ab. Der Redner hebt die Hingabe der Männer hervor, die sie an den Tag legen, um die HANS BEIMLER einsatzbereit zu machen. Damit erfüllten sie zwar in erster Linie den Auftrag des Instituts, aber sie arbeiteten auch für ihre eigene Zukunft. Wenn es ihnen morgen gelänge, die Kunden zu überzeugen, belohnten sie sich selbst, indem sie anschließend eine längerfristige Anstellung erhielten.

Die Frauen und Kinder folgen den Ausführungen mit unbeteiligter Miene, so als verständen sie keines der wohlklingenden Worte.

»Um Sie am Erfolg Ihrer Männer, Brüder und Väter teilhaben zu lassen, laden wir Sie ein, die Operation über Video zu verfolgen. Dabei können wir die eine oder andere Videoverbindung zu einzelnen Besatzungsmitgliedern ermöglichen.«

Als die Dolmetscherin den letzten Satz übersetzt, geht ein Raunen durch die Reihen.

»Da die Aktion geheim abläuft, müssen wir Sie an einem abgelegenen Ort unterbringen. Bitte wundern Sie sich deshalb nachher nicht, wenn wir ankommen.«

Die Frauen schauen verwundert einander an, schweigen jedoch.

»Und ich möchte nochmals daran erinnern, dass jegliche privaten Handys verboten sind. Haben Sie diese Anweisung befolgt?«

Die Frauen nicken.

»Um der Geheimhaltung gerecht zu werden, bitte ich Sie, die Vorhänge an den Fenstern zu schließen.«

Lautes Gemurre setzt ein, aber die Frauen kommen der Aufforderung nach.

Die Übersetzerin legt das Mikrofon aus der Hand. Der Redner macht seinen beiden Kumpanen Platz. Die gehen den Mittelgang entlang und zupfen hier und da einen der Vorhänge zurecht, sodass kein Blick nach draußen fallen kann. Das Licht im Fahrgastraum flammt auf. Der Wortführer zieht die Frontscheibe auf der rechten Seite zu. Eine undurchsichtige Decke hinter dem Fahrersitz schließt die Rundumverdunklung.

Der Bus fährt los, kurvt durch das Netz der Gassen und verlässt schließlich die Stadt. Nach einer halbstündigen Reise über staubige Straßen biegt das Gefährt auf das Gelände eines Steinbruchs ein und hält auf eine mächtige Felswand zu. An deren Basis, teilweise in den Berg eingelassen, steht eine Baracke in der Größe dreier 40-Fuß-Container. Das Holz der Wände wirkt frisch verarbeitet. In der Luft liegt der Geruch eines Sägewerks.

Das klapprige Vehikel stoppt, die Türen springen auf, und

die Muskelmänner steigen aus. Die Übersetzerin folgt. Erst nach ihrer freundlichen Aufforderung stehen die Frauen und Kinder von ihren Plätzen auf und klettern ins Freie.

»Wie gesagt«, erklärt der Redner, »bitte lassen Sie sich nicht durch die äußeren Umstände stören. Die Einrichtung Ihrer Heimstatt für die folgenden Tage wird Ihnen gefallen.« Er geht voraus und öffnet den Eingang an der Stirnseite. »Bitte kommen Sie.«

Das Innere der Baracke ist durch Trennwände dreigeteilt: Im vorderen Bereich liegt rechter Hand ein Aufenthaltsraum, den drei große runde Tische ausfüllen. An der Wand hängen überdimensionale Flachbildschirme, auf die der Wortführer deutet. »Dort können Sie ab morgen die Fahrt des Schiffes verfolgen. Heute und während der Übertragungspausen laufen Fernsehprogramme – alle, die per Satellit zu empfangen sind. Und auf der anderen Seite haben wir Beschäftigungsmöglichkeiten für den Nachwuchs.« Vier PCs, diverse Spielkonsolen und eine Ecke voller Kuscheltiere warten hier auf die Kinder. Dem Aufenthaltsbereich schließt sich eine kleine Küchenzeile an. Übermannshohe Kühlschränke enthalten die Verpflegung.

Der Anführer geht weiter. In der Mitte der Baracke präsentiert er links und rechts Sanitärzellen mit Waschbecken und Toiletten. »Bitte sparen Sie Wasser, das wir eigens für Sie heranschaffen mussten.« Schließlich kommt er in einen großen Schlafsaal, in dem 35 Campingliegen in drei Reihen nebeneinanderstehen. »Entschuldigen Sie, aber leider müssen Sie hier alle zusammen schlafen. Für zwei Nächte dürfte es wohl gehen.«

Die Frauen und ihre Kinder folgen zögernd der Führung.

»So. Das soll's gewesen sein. Bitte richten Sie sich ein. Und dann wünschen wir Ihnen einen möglichst angenehmen Aufenthalt.« Er macht kehrt und läuft in Richtung des Eingangs zurück. Plötzlich bleibt er stehen. »Frau Constantinescu?« Der Wortführer blickt in die Runde. »Frau Constantinescu, wo stecken Sie?«

Die große Frau kommt aus dem Schlafraum.

Er reicht ihr ein Handy. »Das Gerät verbindet Sie automatisch mit mir, falls Sie Fragen haben.«

Frau Constantinescu sieht auf das kleine Handheld und nickt schließlich. »Ist gut. Können wir damit auch unsere Männer anrufen?«

»Nein. Nur mich.« Der Anführer wendet sich zum Gehen. Seine beiden Begleiter warten draußen, rechts und links der Tür. Der Mann schließt den Eingang, zieht eine Fernbedienung aus der Tasche und drückt einen der Knöpfe. Eine gelbe Leuchtdiode beginnt zu blinken. Im selben Moment schnappt ein Riegel am Türschloss ein. Gleichzeitig fallen von oben hölzerne Läden vor die Fenster und rasten ein. Kurz darauf klingelt das Handy des Anführers. Er nimmt das Gespräch entgegen und hält das Gerät so, dass die Übersetzerin mithören kann.

»Was ist passiert?« Frau Constantinescus Stimme klingt ängstlich.

»Oh, entschuldigen Sie, ich vergaß es zu erwähnen – zu Ihrer eigenen Sicherheit müssen wir die Baracke gut verschließen. Leider können Sie während der Zeit der Operation nicht nach draußen – wegen der Geheimhaltung. Bitte sorgen Sie unter Ihren Gefährtinnen für Ruhe.« Die Dolmetscherin übersetzt, und der Anführer legt auf.

Zusammen mit seinen Kameraden und ihrer Begleiterin steigt er in den Bus, der sofort losfährt und auf die Straße in Richtung Konstanza einbiegt.

15 – DER REITENDE BOTE

Stralsund – 10.20 Uhr

»Nun setz dich mal wieder hin – er wird schon rechtzeitig eintrudeln.« Pit hockte auf dem Sofa und gab den entspannten Ehemann.

»Die Uhr geht bereits auf halb elf; bis Mittag sollte jemand kommen«, schimpfte Svenja, die vor Nervosität im Wohnzimmer auf und ab lief.

»Durch dein Umhergerenne kommt der reitende Bote auch nicht eher.«

»Du machst mich schwach mit deiner gespielten Ruhe. Das blöde Telefonat bescherte mir ein Wochenende voller sinnloser Grübeleien – ich fand keine ruhige Sekunde.«

Arno Janning hatte am Freitag bei Svenja angerufen und sie gebeten, am Montag zu Hause auf einen Kurier zu warten, der ihr im Verlauf des Vormittags eine Botschaft überbringen werde. Für die bevorstehende Aufgabe solle sich Herr Rotgerber bis einschließlich Mittwoch bereithalten.

»Nun komm, setz dich zu mir.« Pit tätschelte die Polsterung des Sofas.

In dem Moment klingelte es an der Wohnungstür.

»Na endlich.« Svenja nahm das halbe Sportabzeichen vom Tisch und ging öffnen. Draußen stand ein älterer Herr, der seinen Hut lupfte und sie freundlich anlächelte.

»Eine Sendung für Sie.«

Er reichte Svenja einen Briefumschlag, den sie hastig aufriss. Der kleine Zettel darin enthielt nur einen kurzen Text:

›Einsatzbesprechung heute 11.30 Uhr Schwedenschanze – ehemaliger Hafen‹

»Hat Herr Janning noch etwas gesagt?«

»Tut mir leid, ich kenne keinen Herrn Janning. Die Hotelrezeption schickt mich, den Brief zu überbringen.«

»Woher weiß ich, wer Sie beauftragt hat?«

Der Mann deutete auf den Umschlag. »Da soll ein Erkennungszeichen drinstecken.«

Erst jetzt entdeckte Svenja das halbe Sportabzeichen. Sie nahm das Teil heraus und hielt es gegen ihre Hälfte – die beiden Stücke passten lückenlos aneinander.

»Ich darf mich dann verabschieden.« Der ältere Herr lupfte erneut seinen Hut, schenkte Svenja ein Lächeln und wandte sich zum Gehen.

Sie schloss die Haustür, kehrte zu Pit ins Wohnzimmer zurück und legte schweigend Zettel, Briefumschlag und die Fragmente des Abzeichens auf den Tisch.

»Schlauer bin ich nun auch nicht.« Als wäre sie völlig ausgelaugt, fiel Svenja auf einen der Stühle.

»Was erwartest du?« Pit warf einen flüchtigen Blick auf das Blatt. »Janning bietet dir lediglich so viele Informationen, wie du brauchst, um nach seiner Pfeife zu tanzen.« Er richtete den Oberkörper auf und setzte sich kerzengerade hin, als wolle er den Worten ein größeres Gewicht verleihen. »Noch kannst du zurück. Ignorier die *Einladung*.«

»Pit, bitte. Verschon mich mit dieser Diskussion.«

Im vergangenen Herbst hatten sämtliche Pressemeldungen die anfängliche Brandursache eines technischen Defekts bestätigt. Nirgendwo war auch nur ein Sterbenswörtchen bezüglich eines Waffentransports gefallen. Daraufhin hatte Pit vorgeschlagen, Janning und seine Drohungen zu vergessen. Svenja hatte die Idee heruntergespielt und abwarten wollen, bis Janning sich überhaupt meldete.

»Du kennst den Kerl doch ebenso«, versuchte sie Pit zu erklären, »er taucht immer wieder auf. Gebe ich ihm jetzt einen Korb, schickt er bestimmt ein paar Revolvermänner vorbei. Nein, ich höre mir an, was er zu sagen hat.«

»Wenn du meinst.«

»Ich verspreche dir aber auszusteigen, falls er mir auch nur die kleinste Chance dazu bietet.«

»Warten Sie schon lange?«

Svenja hatte sich ans Ufer gesetzt und den Wolken am blauen Himmel über Rügen nachgeschaut. Eigentlich hatte sie so die nötige Gefasstheit für das Gespräch mit Janning gewinnen wollen; der Blick auf die Postkartenidylle hatte allerdings ausschließlich ihre Nervosität gesteigert. Sie stand auf und reichte Janning die Hand. »Warten kann man nicht sagen, Sie kommen ja pünktlich. Nein, ich wollte vor unserem Gespräch noch ein wenig den Ausblick genießen.«

Janning nickte. »Ich liebe das Fleckchen hier draußen ebenso. Während meiner Stippvisiten in Stralsund wohne ich im Hotel gleich vorn am Parkplatz. Sie werden lachen, ich beziehe dann stets mein damaliges Büro. Zu DDR-Zeiten beherbergte das Gebäude unseren Stab.«

Nach unnützer Konversation verspürte Svenja kein Verlangen. »Können wir sofort zur Sache kommen?«

»Gern. Laufen wir dabei ein Stück?« Janning deutete auf den Uferweg. Im Gehen begann er zu berichten: Da gebe es in Peenemünde ein Schiff der ehemaligen Volksmarine, das nach Dänemark verkauft wurde. Morgen werde es überführt, und Herr Rotgerber solle diesen Schleppzug begleiten.

»Bringen Sie wieder Waffen ins Ausland?«

»Sie nehmen mir die Aktion auf der LISCO GLORIA noch immer übel?«

Svenja verspürte Lust auf Sarkasmus: »Nein, woher denn! Ist ja nichts passiert. Niemand redet über Waffen und Sprengstoff, die der Fähre den Garaus gemacht haben könnten.«

»Wenn Sie das so sehen.«

»Welche Aufgabe soll Ludger bei der Überführung des Schiffes erledigen?«

»In den vergangenen Jahren hat sich ein FanKreis von ehemaligen Volksmarine-Offizieren rührend um die Raketenkorvette gekümmert – ehrenamtlich. Weil wir ihnen ihr Baby praktisch unter den Händen wegreißen, möchte ich den Männern die Möglichkeit einräumen, ihr Pflegekind auf der letzten Reise zu begleiten.«

»Was hat Ludger mit denen zu schaffen?«

»Herr Rotgerber wird seine Exkameraden während der Fahrt betreuen und für ihre Sicherheit sorgen.«

Zeigte Janning so viel Menschenfreundlichkeit, war Misstrauen angesagt. »Unsere Firma vermittelt keine Fremdenführer, wir arbeiten in der Sicherheitsbranche.«

»Eben. Ich engagiere Rotgerber als Sicherheitsbeauftragten für die zivilen Fahrgäste. Mit Siegel und Unterschrift.« Janning griff in die seitliche Tasche seines Jacketts und reichte Svenja einen kreditkartengroßen Plastikausweis. »Ein regulärer Auftrag, wie Sie sehen – passend zum Geschäftsmodell der SSK.«

Der Ausweis benannte die Funktion, trug Jannings Unterschrift und zeigte neben Ludgers vollständigem Namen sein Lichtbild, das Janning wohl aus dem Internet heruntergeladen hatte.

Svenja sah ihr Gegenüber an. Wenn der so formell vorging, bot sich an dieser Stelle möglicherweise die Gelegenheit, auszusteigen. »Auftrag? Aufträge gehen bei uns im Büro ein. Kunden bestellen mich eher selten mit einem zerbrochenen Abzeichen zur Einsatzbesprechung.«

»Ich mag's halt etwas außergewöhnlich.«

»Aber ich nicht. Wir können zum Glück auf Ihre Aufträge verzichten. Auf Wiedersehen.« Ohne eine Reaktion von Janning abzuwarten, fuhr Svenja herum und ging in die entgegengesetzte Richtung davon.

»Ach wirklich?«, vernahm sie in ihrem Rücken – leise gesprochen, doch eindringlich genug, dass sie zögerte.

»Meinen Sie tatsächlich, ich lasse Sie einfach so abziehen?«

Svenja wandte sich langsam dem Kerl zu. »Ich möchte Ihnen nie wieder begegnen.«

»Gut.« Janning zog einen Zettel aus der Tasche. »Vorher sollten Sie den Bericht hier lesen.«

»Was ist das?«

»Die wahren Ermittlungsergebnisse von der LISCO GLORIA, wie sie morgen in der Zeitung stehen könnten.«

Auf einmal glaubte Svenja, ihr ziehe jemand den Boden unter den Füßen weg. Sie ging zurück und langte mit zitternder Hand nach dem Papier. Auf Vor- und Rückseite dokumentierten einige Fotos und zugehöriger Text, dass Sprengstoff den Brand und dessen schnelle Ausbreitung verursacht hatte.

Sie sah Janning an. »Warum gelangte das nicht eher in die Öffentlichkeit?«

»Die Regierung möchte ein ähnliches Aufsehen wie beim ESTONIA-Untergang vermeiden. Die schwedischen Behörden standen damals erheblich unter Druck und blieben die Antworten auf zahlreiche Kernfragen des Unglücks schuldig. Gleiches soll in diesem Fall vermieden werden. Außerdem gibt es keine Spuren, die zum Eigentümer des Sprengstoffs führen.«

»Wir begleiteten doch den Transport. Die Polizei bräuchte nur bei uns reinschneien.«

»Das wissen die nicht. Eine meiner Tarnfirmen hatte Ihnen den Auftrag erteilt. Diese Feinheiten kennen nur Sie und ich. Bisher zumindest.«

»Und sollte ich mich jetzt weigern, Ludger auf dieses Raketenschiff zu schicken, geben Sie die entscheidenden Informationen weiter.«

»Das könnte ich mir vorstellen.«

Svenja überlegte. »Dann tun Sie das. Ihre schmutzigen

Geschäfte kommen bei der Gelegenheit aber auch ans Tageslicht.«

»Ach wissen Sie, um mich brauchen Sie sich keine Sorgen machen. Allein Ihre Firma wird in den Verdacht geraten, mit Waffenhandel die Bilanzen aufzubessern, wenn Ihr Herr Rotgerber an zwei Vorfällen beteiligt ist.«

»Zwei? Warum zwei? Wir schicken niemanden zu Ihrem Ausflug nach Dänemark.«

»Ich hole mir den Herrn Rotgerber im Zweifelsfall.« Während er die Worte sprach, drangen Jannings Nase-Mund-Falten tief in die Wangen ein – sein Mund schien von einer eisernen Klammer zusammengepresst.

Svenja spürte auf einmal bittere Kälte, als sei sie in eine Winterlandschaft versetzt – sie fror am ganzen Körper. »Sie entführen ihn?«

»Entführen? Nein. Das klingt so brutal. Ich denke, dass sich Herr Rotgerber als vernünftiger Mann überzeugen ließe, bevor wir Waffengewalt ins Spiel bringen.«

Am liebsten würde Svenja jetzt und hier bewusstlos zusammenbrechen, um den Fängen des Scheusals zu entgehen. »Das alles inszenieren Sie doch nicht, damit Ludger lediglich einige Kameraden bei Laune hält.«

»Streng genommen soll er eine solche Rolle übernehmen. Nur …«, Janning ging weiter und Svenja folgte ihm, »… die 575 erreicht Dänemark niemals. Ich übergebe es an einen Geschäftsfreund, der es bestellt hat.«

Svenja verstand sofort. »Sie wollen das Schiff entführen, und Ludger sowie diesen FanKreis als Geiseln nehmen.«

»In der Tat; unbeteiligte Gäste an Bord veranlassen die Sicherheitsbehörden zu großer Rücksicht in ihren Gegenmaßnahmen.«

Wäre sie diesem Monster in Menschengestalt doch nie begegnet.

»Wir wickeln die Operation völlig unspektakulär ab – die

Raketenkorvette läuft das geheime Ziel an, und übermorgen kommt Ihr Herr Rotgerber nach Hause.«

»Ach wirklich?«

»Glauben Sie mir ruhig!« Janning blieb erneut stehen und fixierte Svenja mit ausdruckslosen Augen.

»Nach allem, was Ludger mitbekommen wird, lassen Sie ihn tatsächlich wieder ziehen?«

»Rotgerber erfährt nichts.«

»Er kann Besatzungsangehörige identifizieren, den Zielhafen benennen und jede Menge anderer Details verraten. Allein um lästige Mitwisser auszuschalten, bringen Sie am Ende Ludger und seine Kameraden um.«

Janning verzog keine Miene. »Ihr Rotgerber kommt zurück. Ich schwör's.«

»Warum sollte ich Ihnen glauben?«

»Weil Sie müssen.«

»Nein!« Svenja freute die Bestimmtheit, mit der sie widersprach. »Ludger bleibt zu Hause, und Sie nehmen mich als Geisel.«

Anscheinend überlegte Janning einen Augenblick. »Vielen Dank für das Angebot, aber ich lehne ab.«

»Darf ich den Grund erfahren?«

»Da fallen mir mehrere ein.«

»Die da wären?«

»Die Männer vom Fankreis akzeptieren Sie niemals als Betreuerin. Ihr Erscheinen an Bord würde nur Misstrauen schüren. Außerdem brauchen wir auf dem Schiff jede Hand. Niemand kann auf *Sie* aufpassen. Sie könnten unsere Operation sabotieren.«

Svenja fühlte Jannings Überlegenheit mehr und mehr, sodass sie die Diskussion schnellstmöglich beenden wollte. Vielleicht wusste zu Hause jemand Rat. »Ich muss den Einsatz mit Ludger besprechen. Ich kann ihn nicht zwingen, sich als Geisel zur Verfügung zu stellen.«

»Sie sollten ihn überzeugen. Andernfalls kümmere ich mich darum.« Janning holte ein Kärtchen aus seinem Jackett und reichte es ihr. Darauf stand lediglich eine Mobilfunknummer. »Falls Herr Rotgerber Schwierigkeiten macht, oder Sie mich während der Operation sprechen wollen, rufen Sie an. Zu jeder Tages- und Nachtzeit.«

»Noch was?«

»Ihr Mitarbeiter möge sich bitte pünktlich heute um Mitternacht in Peenemünde im Nordhafen einfinden. Nach dem Job kehrt er unversehrt heim, und ich überweise Ihrer Firma einen netten Anteil am Verkaufserlös des Schiffes. Zu guter Letzt kann ich Ihnen versprechen, Sie sehen mich anschließend nie wieder.«

»Ihr Geld werden wir auf keinen Fall annehmen.«

»Wie Sie wollen.« Janning streckte Svenja die Hand entgegen. »Abgemacht?«

Sie übersah seine Geste. »Leider bleibt mir keine andere Wahl.« Grußlos ließ sie ihn stehen.

Zurück auf dem Parkplatz, rief Svenja Ludger an und bestellte ihn in ihre Wohnung. Um Klartext reden zu können, durfte Andrea keinesfalls etwas aufschnappen; sie aus der Firma wegzuschicken, würde unbequeme Fragen heraufbeschwören. Ludger versprach, gleich zu kommen. Svenja beendete das Gespräch und fuhr los.

Zu Hause erwarteten sie bereits Ludger und Pit. Svenja setzte sich zu ihnen und berichtete in aller Offenheit über ihre Begegnung mit Janning. Dabei stellte sie auf der einen Seite die offizielle Version des Verkaufs der 575 nach Dänemark heraus und ging anschließend auf die wahren Pläne ein. Schließlich drückte sie Ludger den Ausweis in die Hand.

Der wendete das Kärtchen hin und her und lachte auf. »Klug eingefädelt von dem Herrn. Die Kollegen, die lange Jahre den Kahn gehegt und gepflegt haben, sollen schlussendlich noch als lebende Schutzschilde herhalten. Und ich spiele den Köder und muss sie womöglich in Schach halten. Amtlich bestellt mit Ausweis.« Ungläubig schüttelte er den Kopf. »Ich habe das Hin und Her um die 575 im Internet mitbekommen. Sind prima Jungs in dem FanKreis. Die haben energisch gegen den Verkauf der 575 angekämpft und plötzlich aufgegeben. Jetzt weiß ich auch warum: Janning hat sie kleingekriegt und irgendwie eingewickelt.« Ludger sah Svenja an. »Wann erfahren sie von ihrem *Glück*, mitfahren zu dürfen?«

»Keine Ahnung.« Svenja zuckte die Achseln. Sie fühlte sich, als hätte sie Ludger an einen Kopfgeldjäger verkauft.

»Ist ja egal. Morgen früh tanzen sie freudestrahlend in Peenemünde an, und ich muss sie bei Stimmung halten.«

»Du willst doch nicht etwa als Geisel auf diesem verdammten Schiff einsteigen?«, fragte Pit ungläubig.

»Mir bleibt kaum eine andere Wahl. Oder meinst du, ich lasse mich durch Janning kidnappen?«

»Tauch für die paar Tage unter.«

»Ja«, fuhr Svenja eifrig dazwischen. »Als ich vom Treffen mit Janning zurückkam, warst du schon auf eine Dienstreise gegangen.«

»Ich sollte mich in Bereitschaft halten, hatte Janning dich am Freitag vorgewarnt. Vergessen?« Ludger schüttelte den Kopf. »Nein, nein. Nachher greifen die sich Andrea. Wir müssen jedes unkalkulierbare Risiko vermeiden. Ich geh auf den Dampfer.« Er steckte die Ausweiskarte in seine Brieftasche. »Genau genommen hat Janning ja recht.«

Svenja horchte auf. »Wie meinst du das?«

»Mit uns als Geiseln an Bord dürfte er leichtes Spiel haben. Selbst wenn die Bullen ihn aufspüren, werden die eine Softstrategie fahren, begleiten den Kahn brav – und verschwindet er in irgendwelchen Hoheitsgewässern, winken sie einen Abschiedsgruß hinterher.«

Verhielt es sich wirklich so? Svenja mochte einfach nicht daran glauben.

»Wie weit kommt die 575 eigentlich?«, wollte Pit wissen.

»Damit die überhaupt aus eigener Kraft läuft, müssen die die wichtigsten Systeme auf Vordermann gebracht haben.«

»Ich meine etwas anderes. Woher nehmen die eine Besatzung?«

»Für den Dampfer brauchen die ungefähr 15 Männer. Bei seinen Ostbeziehungen löst Janning das Problem aber ziemlich einfach: Schiffe des Typs Tarantul, wie die 575, laufen heute noch in einigen Staaten – Russland, Bulgarien und Rumänien.«

»Bulgaren und Rumänen können als EU-Bürger ungehindert nach Deutschland einreisen«, ergänzte Pit.

»Janning scheint alles bedacht zu haben«, schlussfolgerte Svenja mit einem Seufzer. »Würde der Einsatz nur schon hinter uns liegen.«

»Keine Angst, Chefin, ich passe auf mich und auf die Jungs vom FanKreis auf.«

»Du solltest eine Pistole mitnehmen«, schlug Svenja vor. »Den Baby-Browning, der in der Firma im Waffenschrank liegt; der ist klein und …«

»Niemals«, wehrte Ludger ab. »Finden die die Knarre, habe ich nichts zu lachen.«

»Aber ein Handy kannst du vielleicht an Bord schmuggeln«, blieb Svenja hartnäckig.

»Bestimmt werden die mich durchsuchen.«

»Dann bringst du es heute noch auf das Schiff und versteckst das Ding irgendwo.« Svenja stand auf. »Warte, ich hol unser Smartphone.« Sie ging in ihr Arbeitszimmer und suchte aus dem Schreibtisch das Telefon heraus, das sie hier für alle Fälle verwahrte. Es steckte in einem roten Lederbeutel, der es gegen Verschmutzungen schützte. Zurück im Wohnzimmer fand sie die beiden Männer in eine eifrige Diskussion vertieft.

»Ich begleite Ludger«, erklärte Pit, als er Svenja bemerkte.

»Wie? Der Janning lässt dich nie …«

»Ich fahre mit der JUNO hinterher.«

Die SSK hatte den ehemaligen Fischkutter vor zwei Jahren preiswert erworben und anschließend aufgemöbelt, um die zunehmenden maritimen Aufträge besser erfüllen zu können. Von Anfang an war klar gewesen, dass meistens nur einer aus der Firma damit unterwegs sein würde – für eine Stammbesatzung reichte einfach das Geld nicht. Und so waren viele nützliche Hilfen eingebaut worden, die einem Solo-Skipper das Manövrieren auf See sowie das An- und Ablegen problemlos ermöglichten.

»Der Schleppzug läuft höchstens zwölf Knoten, da kommt die JUNO mit ihren 18 Sachen locker hinterher. Wenn's brenzlig wird, versuche ich, zur 575 rüberzukommen, um Ludger zu helfen. Auf der JUNO kann ich außerdem einiges an Equipment mitnehmen; bestimmt brauche ich meine Tauchausrüstung.«

Pits Vorschlag krampfte Svenja das Herz zusammen. Musste ihr Schatz sich ebenfalls in Gefahr bringen? »Du suchst doch nur nach einer Story«, versuchte sie eine schüchterne Gegenwehr.

»Du weißt, dass das nicht stimmt, und du weißt auch, dass ich Ludger gegebenenfalls unterstützen könnte.«

Damit hatte Pit zweifellos recht. Seit sie ihn kannte, verbrachte Pit jede freie Minute auf dem Wasser, ging Tauchen oder Surfen oder schipperte mit irgendwelchen Jachten über die Ostsee.

»Ich hau gleich ab, mache den Kahn flott und dampfe rüber nach Peenemünde. Bei der Gelegenheit schau ich mich noch einmal auf der 575 um. Ludger kommt heute Abend nach.«

Pit stand auf, kam zu Svenja und schenkte ihr einen Kuss. »Ich verstecke auch das Handy an Bord.«

16 – ERSTER SCHLAGABTAUSCH

Peenemünde – 16.55 Uhr

»So, meine Herrschaften – Hafen Peenemünde – bitte alles aussteigen.« Der Skipper der kleinen Fähre sprang auf die Pier und half seinen Passagieren über die schmale Stelling an Land. Pit folgte den anderen Fahrgästen.

Während der Überfahrt von Stralsund hierher zur Insel Usedom hatte er detailliert die Gegebenheiten in und um Peenemünde studiert. Der Jachthafen der Gemeinde bot nur wenige Liegeplätze. Da konnte ein umgebauter Kutter wie die JUNO schnell auffallen – noch dazu, wenn er kein Fischereikennzeichen führte, sondern lediglich einen Namen. Und so hatte Pit umdisponiert: Um irgendwelchen Schnüfflern aus Jannings Bande nicht unter die Augen zu geraten, war er mit der JUNO am gegenüberliegenden Ufer des Peenestroms in Freest eingelaufen und hatte zum Übersetzen die reguläre Fähre genutzt. Dadurch war zwar einiges an Zeit verloren gegangen, was ihm aber keinen Nachteil einbrachte – jetzt blieb ja noch eine Stunde, um das Museum aufzusuchen. Pit folgte dem Weg, den er zuvor auf einer Karte ausgemacht hatte.

»Ja, das Raketenschiff liegt noch hier im Hafen, aber Sie dürfen nicht an Bord«, erklärte die Dame an der Kasse auf Pits Frage bezüglich der 575. »Dessen Zugang liegt innerhalb einer Baustelle, die den Liegeplatz seit mehreren Wochen blockiert.«

Pit versuchte, mit einem perfekten Lächeln zu kontern. »Schade. Ich würde dennoch gern Ihre Ausstellung sehen.«

»Bitte beachten Sie – wir schließen um 18 Uhr«, folgte ein weiterer freundlicher Einspruch.

Jetzt zeigte die Uhr zehn nach fünf. »Ich weiß. Ihre Öffnungszeiten stehen draußen am Eingang. Geben Sie mir endlich die verdammte Karte.«

Die Frau hinter der Scheibe lächelte unbeirrt, nahm Pits Geld entgegen und reichte ihm schweigend das Ticket.

Er stopfte es in die Brusttasche seines Hemdes, ging auf das Freigelände hinaus und schlug den Weg zum Hafenbecken ein. Dort standen ein paar Leute und starrten aufs Wasser. Ein Schlepper lief gerade ein und machte an der seeseitigen Pier fest. Garantiert würde der morgen die 575 auf den Haken nehmen. Pit kramte sein kleines Notizbuch aus dem Rucksack und notierte vorsichtshalber den Namen. Danach wandte er sich der Raketenkorvette zu, deren Liegeplatz voller Baumaterialien lag. Mannshohe Gitter riegelten das Areal zwischen Schiff und benachbartem Kraftwerksgebäude ab. Dennoch führte eine schmale Stelling von Oberdeck auf die Betonpiste innerhalb der Umzäunung. Jetzt einfach in den Sperrbereich eindringen und die Gangway hinaufspazieren, würde auffallen. Also musste er eine andere Möglichkeit suchen, um an Bord der 575 zu gelangen. Den Schutz der Dunkelheit abzuwarten, dauerte zu lange – die Sonne ging erst in drei Stunden unter, und bis dahin wollte er wieder auf die JUNO zurückgekehrt sein.

Scheinbar desinteressiert schlenderte Pit um die Baustelle und das alte Kraftwerksgebäude herum und gelangte zum Heck der 575. Dichtes Gebüsch, das beinahe an die Bordwand heranreichte, verdeckte hier jegliche Sicht nach vorn zu den Ausstellungsflächen des Museums. Gleich hinter der Raketenkorvette lagen mehrere Frachtschiffe im Päckchen und verhinderten so neugierige Blicke vom Hafenbecken her. Besser ging's kaum, um unbeobachtet an Bord zu kommen. Pits erstes Interesse weckten zwei stählerne Arbeitsplattformen von der Fläche eines Pkw-Daches, die sich am Heckspiegel der 575 befanden und lediglich einen Meter über der Wasserlinie lagen. Eiserne Stufen führten von dort direkt an Oberdeck. Aber um hinüberzugelangen, musste Pit wohl einen rekordverdächtigen Sprung hinlegen. Das schien ihm zu riskant. Über die seitliche Bordwand des Achterschiffes gelangte er viel einfacher auf den Dampfer. Kurzerhand stieg Pit auf einen der Poller, fasste die Festmacherleine, zog den Oberkörper mit einem Klimmzug hoch und griff nach der Deckskante. Ohne große Mühe schwang er das rechte Bein auf das Deck und zwängte seinen Körper wie ein Aal durch die Streben der Reling. Der Stahl des Fußbodens strahlte noch immer die Wärme der Sommersonne ab. Kurzerhand hastete Pit zu einer Tautrommel, hinter der er Deckung fand. Um ihn herum blieb alles still. Also hatte niemand seine Turnübung beobachtet.

Er holte zwei, drei Mal tief Luft und schlich zum Eingang des Hauptverkehrsgangs. Dort horchte er erneut. Nichts. Ludger hatte ihm ans Herz gelegt, das Handy vorn in einem der Feuerlöschkästen zu verstecken. Am besten, er durchquerte die Aufbauten im Inneren, um auf die Back zu gelangen. Da sah ihn kein zufälliger Beobachter von außen. Und kam ihm drinnen jemand entgegen, spielte er einfach den harmlosen Besucher, der das Schiff besichtigte. Immerhin lag am Hauptzugang eine Stelling, und das Schott hier hinten stand offen. Auf dem *Bummel* nach vorn konnte er gleich einen Überblick über die Räumlichkeiten gewinnen. Pit richtete sich auf, zog seine Sachen glatt und stieg in den Hauptverkehrsgang.

*

An Bord der 575 – Peenemünde – 17.50 Uhr

Graf stand am Fenster und beobachtete die Schlepperbesatzung auf der anderen Hafenseite, die offensichtlich die morgige Überführung vorbereitete.

»Das wird euer letzter Einsatz«, murmelte er und wandte sich den Gerätschaften hier auf der Brücke zu. Die einzelnen Systeme zur Schiffsführung hatte er bereits überprüft, die schienen einsatzbereit. Hoffentlich hatten die Zigeuner den ganzen Dampfer ordentlich hergerichtet, sodass morgen alles klappen dürfte. Wenn nicht? Grafs Blick fiel auf das Kästchen, das links neben dem Durchgang zum HBS, dem Hauptbefehlsstand, hing. Die gelbe Leuchtdiode, angeordnet zwischen einer roten, oben, und einer grünen, unten, blinkte seit dem Vormittag. Falls die Zigeuner Widerstand leisteten oder gar aufsässig reagierten, mussten eben deren Weiber und Bälger dran glauben. Dann drückte Janning irgendwo auf einen Knopf, und die rote Lampe ging an, während die Sprengladungen im Steinbruch von Konstanza den riesigen Fels über der Baracke abstürzen ließen. War eine gute Idee des Alten gewesen, einen Kontrollkasten hier auf dem Schiff zu platzieren – so sahen die Kanaken stets, was die Stunde geschlagen hat. Morgen nach der Übernahme der 575 würde Graf den Brüdern die Bedeutung der Ampel erklären. Dazu gab's noch ein kleines Filmchen, wie die ganze Bagage in die Behausung eingezogen war.

Schritte polterten den Niedergang vom Hauptdeck herauf. Kurz darauf betrat Ofzschak die Brücke. Der Zweimetermann musste beim Heraufklettern den Kopf einziehen. Graf konnte den Kerl von jeher nicht ausstehen, erst recht, seit sie die Überführung der 575 vorbereiteten – bei jedem Zusammentreffen befürchtete er, der Knabe rammte ihm einen Dolch in den Rücken, um den aufstrebenden Widersacher auszuschalten. Erstmals hatte Janning ihm die Führung einer Operation anvertraut. In der heißen Phase von BalticJump befehligte Graf die 575 als Kommandant, während Ofzschak nur die Rolle des Bootsmanns blieb, der die Besatzung auf Trab hielt und Unvorhergesehenes regelte. Der Seewolf schien die Herabstufung mit Gelassenheit zu ertragen; aber wie lange noch? Nein, BalticJump musste Klarheit in der zukünftigen Hackordnung schaffen. Und wer dann neuer Vertrauter des Chefs wurde, darüber gab's für Graf keinen Zweifel. Vielleicht bot ja dieser Job hier sogar eine Möglichkeit, Ofzschak endgültig loszuwerden?

»Was gibt's?«, fragte Graf in einem möglichst forschen Ton. Nebenan im HBS saß Janning mit diesem Constantinescu; da konnte es nie schaden, Führungsstärke zu zeigen.

»Am Eingang vom Museum wartet einer aus dem FanKreis. Der will dich sprechen. Die Heinis steigen wohl auf unserem Dampfer als Badegäste ein.«

»Der soll morgen wiederkommen. Um sieben geht's los.«

»Hat ihm die Tussi von der Kasse auch gesagt. Doch der beharrt darauf, dich zu Gesicht zu bekommen.«

»Wimmel ihn ab, Herrgott noch mal! Erzähl ihm irgendwas. Aber verschreck den Burschen nicht – wir brauchen ihn und seine Kameraden.«

Ofzschak blickte in Richtung HBS, als sehne er einen Zwischenruf des Chefs herbei.

»Worauf wartest du?«

»Ich geh ja schon.«

Graf glaubte, Hass in Ofzschaks Augen zu erkennen, bevor der den Niedergang hinunterstieg.

»Herr Graf?«

Graf erschrak. Janning hatte ihn gerufen. Folgte jetzt ein Rüffel wegen ungebührlichen Umgangs mit dem Vertrauten des Chefs?

»Ja.« Er ging hinüber in den Nebenraum.

Janning blickte keineswegs verärgert auf – seine Nase-Mund-Falten traten kaum hervor. »So, ich habe Herrn Constantinescu die Details zu unserem Einsatz erklärt, er wird die Informationen an seine Kameraden weitergeben.«

Graf atmete auf. Offensichtlich hatte Janning das kleine Wortgefecht von eben nicht bemerkt.

»Danach weiß die Besatzung, worauf es ankommt. Jetzt möchte ich Ihnen beiden noch etwas anvertrauen.«

Graf zog einen Hocker heran und setzte sich.

»Entsprechend unserer Einsatzplanung starten wir die beiden Raketen als Salve«, begann Janning. Die an Backbord besitze eine Zündverzögerung von genau 240 Sekunden. Unter der Kappe des Gefechtskopfes sitze dafür eine Schaltuhr mit Leuchtziffern. Vier Kabel versorgten das System – zwei schwarze und zwei rote. »Falls die zweite Rakete nicht abhebt«, Janning sah erst Graf und anschließend Constantinescu an, »müssen Sie den Mechanismus stoppen, damit der Gefechtskopf keinesfalls an Bord explodiert. Verstanden?«

Graf spürte ein Grummeln im Bauch, nickte aber ebenso wie der Zigeuner neben ihm.

»Dazu schneiden Sie einen der schwarzen Drähte durch. Hierauf bleibt die Zeit stehen, und die Gefahr ist gebannt. Bitte einprägen: Schwarz bedeutet Rettung und rot Katastrophe.«

»Wo finden wir die Vorrichtung?«, fragte Constantinescu.

»Einfach die Haube des Gefechtskopfes abnehmen, dann sehen Sie die Leuchtanzeige und deren Versorgung.«

»Wie funktioniert dieser Mechanismus?«, wollte Graf wissen. »Startet die zweite Rakete erst vier Minuten nach der ersten?«

»Nein. Die beiden Starts erfolgen im eingestellten Abstand für die Salve – zehn Sekunden. Die Zündverzögerung verlängert den Abstand der beiden Explosionen.«

»Dann könnten wir doch das Backbordgeschoss erst die entsprechende Zeit später abschießen?«

Janning stand auf. Die tief eingegrabenen Nase-Mund-Falten verrieten seinen Ärger. »Und wenn die 575 in der fraglichen Zeit abgedrängt wird? In 240 Sekunden kann sehr viel passieren. Fliegen die Raketen erst einmal, holt sie niemand zurück.«

Graf hätte gern noch weitere Fragen gestellt, aber da der Zigeuner neben ihm die Klappe hielt, schwieg er vorsichtshalber auch.

»Diese Information über das Entschärfen behalten Sie beide für sich. Unbedingt. Je mehr davon wissen, umso eher kommt jemand auf dumme Gedanken und sabotiert vielleicht noch die Operation.«

Graf und Constantinescu nickten.

Janning wandte sich in Richtung Durchgang zur Brücke. »Ich gehe jetzt zum Schlepper rüber, um mit der Bergungsfirma die Überführung morgen zu besprechen. Anschließend fahre ich nach Stralsund.« Er ging nach nebenan. »Herr Constantinescu kehrt zu seinen Kameraden zurück und erklärt ihnen noch einmal die wichtigsten Details. Und Sie, Herr Graf, sollten ein letztes Mal das Schiff überprüfen.«

»Jawohl.«

Janning und der Zigeuner verschwanden über den Niedergang. Graf lauschte den Schritten und sah ihnen durch eines der Fenster hinterher. Während Constantinescu in Richtung Museumsausgang ging, lief der Chef nach links, um auf die andere Seite des Hafenbeckens zu gelangen.

*

Peenemünde – 18.11 Uhr

Verfluchte Scheiße, schimpfte Pit im Stillen und huschte in den nächstgelegenen Raum. Über ihm polterten erneut Schritte durch den Hauptverkehrsgang. Zum Glück kamen die nicht herunter. Die Kerle schienen via Stelling von Bord zu gehen. Vorhin schon hatte ihn solch Getrappel in Deckung gezwungen. Noch im Nachhinein jagte ihm eine Gänsehaut über den

Rücken, wenn er an seine anfängliche Schnapsidee vom *Spaziergang* auf der 575 dachte. Die Gangster hätten ihm den verirrten Besucher niemals abgekauft, zumal das Museum inzwischen geschlossen hatte. So langsam sollte er abhauen. Gesehen hatte er ohnehin genug. Oben im Hauptverkehrsgang hing ein Lageplan der 575, den er ausgiebig studiert und anschließend mit der Realität verglichen hatte. Demnach musste er gerade im ehemaligen Funkraum hocken, obwohl der jetzt eher einer Schlosserwerkstatt ähnelte – überall lagen Metallteile herum und hingen Werkzeuge an den Wänden. Zwei Schraubstöcke und ein Schweißgerät komplettierten die Ausrüstung. Ludgers Vermutungen stimmten wohl: Jannings Leute hatten den Dampfer auf Vordermann gebracht und den früheren Betriebsraum hier in eine Werkstatt umgewandelt.

Aber das war jetzt ohne Belang – Pit sollte schnellstmöglich verschwinden. Er ging in den Vorraum, horchte am Niedergang und stieg auf Zehenspitzen nach oben. Um ihn herum herrschte gespenstische Ruhe. Pit schlich nach achtern. Plötzlich blieb er stehen. Scheiße! Das Handy musste er noch verstecken. Ohne groß zu überlegen lief er in entgegengesetzter Richtung zum Bug vor. Am Schott nach draußen hielt er inne, überzeugte sich, allein zu sein, und schlüpfte an Oberdeck. Dank Ludgers detaillierter Beschreibung fand er den Feuerlöschkasten sofort und versteckte das Nothandy darin unter der dritten Schlauchlage. Der rote Lederbeutel machte es beinahe unsichtbar zwischen dem gleichfarbigen Gewebe des Schlauchs. Pit musterte das Versteck ein letztes Mal, klappte den Deckel der Box wieder zu und trat den Rückweg an.

Auf dem Achterdeck schlich er dicht an den Aufbauten entlang, kletterte blitzschnell über die Reling, sprang auf die Pier und huschte in das Gebüsch. Hier verschnaufte er erst einmal. Jetzt musste er nur noch unerkannt vom Museumsgelände verschwinden. Irgendwie würde das schon klappen. Vorsichtig schob er sich rückwärts durch das Gestrüpp, hielt aber plötzlich inne. Verflucht!, oben auf der 575 stand ein Kerl und schaute genau in seine Richtung.

*

Peenemünde – 18.20 Uhr

Nach dem erfolgreichen Kontrollgang ging Graf auf das Achterdeck und trat an die Reling. Das Freigelände vor dem Schiff lag verlassen da. Doch was war das? Bewegte sich dort unten im Gebüsch jemand? Graf tat so, als wanderte er ziellos umher, musterte hier und da einen Ausrüstungsgegenstand und verschwand schließlich in den Aufbauten, um in geduckter Haltung sofort wieder umzukehren.

Die Sträucher auf dem Liegeplatz erschienen jetzt unverdächtig leer. Graf wartete. Und tatsächlich, wenig später wackelten einige Zweige. Kurz darauf glaubte er, ein graues Kleidungsstück zwischen dem Laub zu entdecken. Dann schimmerte etwas Dunkles im Licht der Abendsonne, nur für Sekundenbruchteile, allerdings deutlich sichtbar. Wollte sich irgendwer anschleichen und unerkannt das Schiff ausspionieren? Die Technik sabotieren? Graf musste dem nachgehen. In gebückter Haltung trat er den Rückzug an, huschte in den Hauptverkehrsgang, rannte vor zur Back und hastete die Stelling hinunter.

In einem knappen Bogen überquerte er das Freigelände und lief schließlich auf das Kraftwerksgebäude zu. An dessen Rückseite schlich er wie ein Späher an der Wand entlang, hielt an der nördlichen Hausecke inne und lauschte. Lediglich leises Möwengekreische hing über dem Hafen.

Graf rutschte um die Mauerkante herum und bewegte sich jetzt wieder in Richtung Wasser. Nach gut 50 Metern kam er an den Weg, der um das Hafenbecken herumführte. Links hinter dem hohen Buschwerk lag die 575, ihr Mast ragte oben aus den Ästen heraus, und das Grau des Anstrichs schimmerte zwischen dem Blattwerk hindurch. Irgendwo da vorn musste der verdammte Schnüffler stecken.

Graf atmete tief durch, stieß den Oberkörper von der Wand ab und sprintete so schnell er konnte zu dem Dickicht vor. Schwer atmend hielt er inne und bog die Äste auseinander. Nichts. Wo steckte der Schnüffler? Graf rückte weiter. Da knackte Holz. Er erschrak, horchte. Schritte. Er kroch ins Gebüsch, suchte den Boden ab. Plötzlich standen da Sportschuhe. Zwei schwarze Sportschuhe mit einem weißen Streifen an jeder Seite. Keine Latschen, nein, nagelneu, kaum getragen. Komisch, ein Markenname fehlte. Dieser Gedanke huschte noch in Grafs Kopf herum. Im nächsten Moment schien ein stechender Schmerz seinen Schädel zu spalten. Die Sportschuhe neben ihm drehten sich, verschwanden im Dunkel.

*

Peenemünde – 18.40 Uhr

Der schlief erst einmal tief und fest. Pit zerrte den schlaffen Körper des Kerls in das Gebüsch. Zum Glück hatte er vorhin nicht panisch die Flucht ergriffen und war getürmt, als das Männlein auf dem Achterdeck der 575 erschienen war. Womöglich hätte der ihn erwischt. Jetzt hockte auf dem Schiff bestimmt niemand mehr – der oder die wären schon längst aufgetaucht.

Pit überlegte, wohin er abhauen sollte. Am besten da vor, auf direktem Weg zur Begrenzungsmauer des Museums. Er spähte ein letztes Mal in die Runde und sprintete los. Die Sträucher huschten vorbei. In den Augenwinkeln tauchte links eine Gestalt auf. Pit sah hinüber – zögerte – stolperte – hielt vor Schreck inne. Janning! Janning lief genau auf ihn zu. Wo kam der her? In dem Moment schaute Janning herüber und fixierte ihn. Pit besann sich und raste weiter, schlug Haken und sprang in ein Gebüsch. Schwer atmend lehnte er die Schulter gegen eine Mauer. Durch die Äste hindurch musterte er aufmerksam das Vorfeld; auch nach Minuten zeigte sich kein Verfolger.

Und jetzt? Früher oder später durchkämmten Jannings Gorillas das Museumsgelände, kontrollierten den Hafen, durchsuchten den Ort und überwachten die Straße in Richtung Karlshagen. Normalerweise dürfte niemand wissen, wer den Trottel im Gebüsch niedergeschlagen hatte. Doch Janning musste ihn erkannt haben – dessen stechender Blick ließ keine andere Deutung zu. Immerhin waren sie vor vier Jahren einander begegnet. Janning zog zweifellos die richtigen Schlussfolgerungen. Ruck zuck luden seine Leute Fotos mit Pits Antlitz aus dem Internet herunter und statteten ihre Suchtrupps damit aus. Nein, in Peenemünde brauchte er sich nicht sehen zu lassen. Die Fähre zum Festland blieb so unerreichbar. Warum gab's keine zweite Anlegestelle, beispielsweise oben im … Na klar! Gut einen Kilometer außerhalb der eigentlichen Ortschaft lag der Nordhafen, der eine Marina samt Segeljachten und Motorboote beherbergte. Jetzt mitten in der Saison machten da garantiert etliche Enthusiasten Station. Bestimmt nahm ihn einer von denen mit.

Während des Marsches durch den Wald wahrte Pit ständig Deckung, erreichte sein Ziel aber dennoch ziemlich schnell. Das Tor zum Hafengelände stand offen, und auf dem Areal herrschte reges Treiben. Pits Zuversicht stieg, hier wegzukommen. Die Umgebung stets im Auge behaltend, ging er ans Wasser vor. Die Wolkendecke des Nachmittags war aufgerissen, unzählige Funken glitzerten zwischen den Wellen im Licht der Abendsonne. Vom Peenestrom wehte jedoch schon ein kühler Wind herüber. Pit lief die Reihe der Jachten entlang und fragte überall, ob heute noch jemand auslief. Stets erhielt er die gleiche Antwort – nein. Die Freizeitskipper hatten sich bereits häuslich eingerichtet, den Grill angeworfen und genossen ihr Bier. Beinahe jeder bot Pit eine Flasche an und vertröstete ihn auf den nächsten Morgen.

Am äußersten Ende des Hafenbeckens angekommen, stieß Pit verärgert einen Stein von der Pierkante. Niemand wollte ihn übersetzen. Da weckte ein Ruderboot tief unter ihm sein Interesse. Ob er sich das Gefährt *ausborgte*? Es lag völlig abseits der anderen Sportboote. Kein Mensch würde ihn hindern. Aber den Gedanken musste er ebenso schnell begraben, wie er ihm gekommen war – eine dicke Kette samt standhaftem Fahrradschloss durchkreuzte den Fluchtplan. Er sah auf das Wasser hinaus. Ihm blieb wohl nur eine Möglichkeit – hinüberzuschwimmen. Bestimmt schaffte er als guter Schwimmer die rund 1.000 Meter ohne Schwierigkeiten. Aber um bei dem ungewöhnlichen Unterfangen, kein Mensch badete hier draußen, nicht entdeckt zu werden, sollte er sicherheitshalber die Dämmerung abwarten. Bis dahin vergingen noch beinahe zwei Stunden, in denen sich vielleicht doch eine Chance zum Übersetzen ergab.

Mürrisch wanderte Pit an der Pierkante zurück, fragte hier und da erneut nach einer Passage und musste wiederum Absagen einstecken. In der Nähe der Slipanlage fiel er ins Gras, um ein wenig auszuruhen.

Kaum hatte Pit die Augen geschlossen, vernahm er ein knatterndes Geräusch. Kurz darauf fuhr ein verrosteter Barkas-Pritschenwagen aus DDR-Zeiten mit einheimischem Kennzeichen vor und parkte einige Meter von Pit entfernt. Dem Gefährt entstieg ein zünftiger Fischkopp: Gummihosen bis unter die Achseln, eine speckige Pudelmütze über dem wuscheligen Haarschopf und eine Pfeife im Mund, den ein verfilzter Bart verbarg. Bei seiner hünenhaften Körpergröße fragte sich Pit, wie die klapprige Karre ihren Besitzer die vergangenen Jahrzehnte Tag für Tag transportiert hatte, ohne dabei auseinanderzufallen.

Der Fischer kramte auf der Ladefläche herum und wuchtete einen offenbar schweren Stein herunter. Den daran befestigten Tampen warf er um seinen Hals. Dann klaubte er noch einen roten Wimpel mit Schwimmkörper vom Wagen und hievte die Last wieder hoch. Pit schüttelte ob der Umständlichkeit des Mannes den Kopf. Der zuckelte zielstrebig in Richtung Hafenbecken. Wollte der auslaufen? Pit stand auf und folgte dem Fischkopp. Nach wenigen Schritten blieb der stehen und drehte sich um.

»Is wat?«

»Kann ich vielleicht helfen?«

»Ward ook Tiet.« Der Fischer hielt Pit den Stein entgegen.

Er sprang hinzu und griff danach. Der Fischkopp ließ los. Pit konnte das plötzliche Gewicht nicht ausbalancieren. Krachend sauste das Ding auf den Betonboden.

»Tau swaar?«

»Nein, nein. Ich muss ihn nur richtig packen.« Pit wuchtete die Last hoch und stützte sie mit dem Unterleib ab, während er langsam weiterlief. »Fahren Sie jetzt raus?«

»Jau. Warüm?«

»Ich müsste schnellstens aufs Festland. Können Sie mich irgendwo absetzen.«

»Jau. In Spanningen?«

»Spanningen? Wo liegt das?«

»Spandowerhagen, Dösbaddel.« Der Mann deutete über den Peenestrom, wo vier Schornsteine zu sehen waren.

»Da drüben, da liegt dieses Spandowerhagen?«

»Jau.«

»Prima.« Pit freute sich. Nur ein paar Kilometer weiter links lag der Hafen Freest, wo er die JUNO festgemacht hatte. »Können Sie mich dort absetzen?«

»Jau.« Der Fischer zog kräftig an seiner Pfeife und stieß eine Wolke wie ein Hafenschlepper aus.

»Wann starten Sie? Ich meine, fahren wir gleich raus?«

Ungläubig glotzten die Augen des Mannes unter der Pudelmütze hervor, als hätte Pit dessen Fähigkeiten als Fischer bezweifelt. »Oder dauert's länger?«

»De Stehn noch, un denn gheit det los.«

Anscheinend hatte der Fischer genug geplaudert. Er beschleunigte die Schritte und zerrte Pit an der Leine des Steins hinter sich her. Dummerweise steuerten sie auf das Ende der Pier zu. Erst vor dem Ruderboot, das Pit hatte *ausborgen* wollen, machte der Kerl Halt. Erleichtert ließ Pit seine Last fallen. Der Fischkopp kletterte an Bord und klopfte mit den Fingerknöcheln auf die achtere Sitzbank.

»Kommt der Felsen da hin?«

»Jau.«

Pit hievte die Klamotte an den vorbestimmten Platz, warf Tampen und Schwimmwimpel hinterher und sprang hinunter. »Soll ich rudern?«, fragte er.

»Nö. Lat blieven. Set di do hin.« Der Fischer deutete zur Bank ganz hinten, wo Pit neben den Stein auf die Sitzfläche plumpste. Sein Fährmann löste die Kette, machte die Leinen los und stieß den Kahn ab. Mit kräftigen Ruderschlägen steuerte er aus dem Hafen heraus in Richtung gegenüberliegendes Ufer. Die Pfeife dampfte dabei, als sitze eine kleine Dampfmaschine im Körper ihres Besitzers.

Ruhig und gleichmäßig rudernd nahm der Fischkopp keine Notiz von Pit, sodass der sich auch nicht bemüßigt fühlte, Konversation zu üben. Stattdessen hockte er im Heck des Boots und starrte zum Festland hinüber, auf das sie erstaunlich schnell zufuhren. Plötzlich stoppte der Kahn.

»Was jetzt?«, fragte Pit verwundert.

»Dat Dings mut rut.« Der Fischer deutete auf den Schwimmwimpel.

Pit streckte die Arme vor und wollte die Flagge hinüberreichen.

»Nö. Irst de Tampen ran.« Der Fischkopp lächelte, kam nach achtern und schlug Pit väterlich auf die Schulter. »Geiht gliek wieder.«

Urplötzlich riss er die Leine hoch, schlang sie Pit um den Hals und stieß den Stein über Bord. Ein schneidender Schmerz würgte Pit. Seine Hände flogen an seine Kehle. Im selben Augenblick zerrte ihn die Last nach vorn. Er klatschte auf die Wasseroberfläche. Panisch versuchten die Finger die Schlinge zu lockern. Luftblasen taumelten nach oben. Pit sank in den Abgrund, immer tiefer ins dunkle Bodenlose.

*

Peenemünde – 19.35 Uhr

»Genau da kam ich wieder zu mir«, erklärte Graf, bog die Zweige auseinander und deutete auf den Boden. »Niedergeschlagen hat mich der Kerl ein paar Schritte weiter hinten.«

»Wie lange waren Sie bewusstlos?«, fragte Janning.

»Vielleicht fünf, allerhöchstens zehn Minuten.«

Janning nickte. »Okay, so in etwa dürfte das hinkommen. Ich habe den Mann weglaufen sehen. Zum Glück kam vorhin Ofzschak hierher zurück. Der folgt dem Flüchtenden und klärt das Problem.«

Die Auskunft versetzte Graf einen Hieb. Wenn er nicht aufpasste, stand er ganz schnell als Trottel da. »Wo steckt das Miststück, das mich überfallen hat? Ich will die Sache selbst regeln.«

»Ihre Unachtsamkeit hat uns die Panne beschert.«

Graf stutzte. Worauf wollte der Boss hinaus? »Hätte ich den Liegeplatz im Auge behalten müssen?«

»Nein, verdammt.« Jannings Stimme ließ aufkommende Gereiztheit erahnen. »Wenn ein Fremder am Schiff herumschleicht, hätten Sie ihn dingfest machen müssen – und nicht sich niederschlagen lassen.«

Graf wusste, dass er sich tollpatschig angestellt hatte. Er musste Wiedergutmachung leisten. »Bestimmt erwischt Ofzschak die Laus; anschließend quetsche ich sie aus. Ich prügle Auftrag und Hintermänner aus dem Schnüffler heraus.«

»Vergessen Sie's. Ofzschak hat den Befehl, das Problem schnell, ohne viel Aufhebens und endgültig aus der Welt zu schaffen. Uns steht in den nächsten Stunden eine Aufgabe bevor, die die volle Konzentration erfordert. Da bleibt keine Zeit für persönliche Rachegelüste.«

»Aber wir wissen gar nicht, welcher Lump mich niedergeschlagen hat!«

»Ich kenne zumindest den, der weglief – Peter Itzig.«

»Wer soll das sein?«

»Ein Journalist aus Stralsund.«

Graf erschrak. Bekam die Presse Wind von BalticJump, stand alles auf dem Spiel. Er versuchte, abzuwiegeln. »Der konnte doch hier auf dem Schiff kaum etwas in Erfahrung bringen.«

»Ihre Sorglosigkeit erschreckt mich. Selbst bei einem ahnungslosen Schmierfinken wäre die unangebracht. Sagt Ihnen der Name Itzig nichts?«

Graf überlegte und verneinte schließlich.

»Itzig steckt die Nase in unsere Operation, weil ihn seine bessere Hälfte aufgehetzt hat – Frau Svenja Itzig kennen Sie wohl?«

»Die Chefin der SSK?« Graf fürchtete, die Beine knickten ihm ein. Ein wirres Durcheinander in seinem Kopf verhinderte jeglichen vernünftigen Gedanken.

»Glücklicherweise geht Ofzschak dem Problem nach. Er bringt den Kerl endgültig zum Schweigen.«

Und er hockte hier währenddessen herum? Nein! Mimte

Graf jetzt die Memme, durfte er all seine Zukunftspläne vergessen. »Ich helfe Fedja. Wo steckt er?«

»Herr Ofzschak hat sich jede Einmischung verbeten, insbesondere Ihrerseits.«

Na klar, damit er den Helden geben konnte. Grafs Kampfeswillen, oder eher sein Selbsterhaltungstrieb, erwachte. »Dann nutze ich die Zeit für eine Inspektion an Bord. Wer weiß, welche Schweinerei der Mistkerl angestellt hat.« Graf tat einen Schritt in Richtung Stelling.

»Bleiben Sie, ich rede noch mit Ihnen.«

Was lief hier ab? Graf half nur Klartext weiter: »Ich muss das Schiff noch einmal auf den Kopf stellen. Geht morgen die kleinste Kleinigkeit schief, schiebt mir Ofzschak das in die Schuhe.«

»Mir reichen die ewigen Revierkämpfe, das Misstrauen untereinander. Sie beide sollen sich auf den Job konzentrieren.«

»Ofzschak braucht lediglich meine Befehle zu befolgen.«

»*Sie* werden *seine* ausführen.« Janning gab den Worten einen bestimmenden Ton.

»*Was?*«

»Ofzschak übernimmt die Gesamtleitung der Operation BalticJump, und Sie sorgen für die Navigation und kontrollieren den Zeitplan. Damit möchte ich die Diskussion beenden.«

Für Graf klang die Entscheidung des Chefs aberwitzig. »Warum? Warum entziehen Sie mir das Kommando?«

»Weil mir Ofzschak die Pistole auf die Brust gesetzt hat. Er hat mir vorhin Ihr Missgeschick unter die Nase gerieben. Nach dem Vorfall bezweifle er, dass Sie die nötige Übersicht besitzen.«

»Das ist doch völliger Quatsch. Und das wissen Sie.«

Janning bewegte den Kopf in einer undefinierbaren Art. Graf hielt es für ein zaghaftes Nicken. »Selbst wenn ich es weiß, Ofzschak hegt einen bestimmten Verdacht gegen Sie.«

»Welchen?«, schoss Graf heraus.

»Das klären wir nach Ihrer Rückkehr.«

»Warum so spät? Bestimmt kann ich die Verleumdung ausräumen.«

»Und falls nicht?«

Die simple Frage hing wie eine Marmorplatte über Graf, die ihn zu erschlagen drohte.

»Wir können diese unsäglichen Diskussionen zum jetzigen Zeitpunkt am allerwenigsten gebrauchen. Sie nutzen auch wenig. Ofzschak stellte mich ultimativ vor die Wahl: Entweder er leitet die Operation oder er macht Dienst nach Vorschrift – führt nur strikt Ihre Befehle aus. Ich musste nachgeben, um Zeit zu gewinnen. Bis zum Wochenende klären wir die Vorwürfe, und jedem von Ihnen wird Gerechtigkeit widerfahren.«

Jannings Antwort verunsicherte Graf. Hatte es der Chef nötig, seine beiden wichtigsten Mitarbeiter auf später zu vertrösten? In der Art eines Pastors, der den Gläubigen das Paradies im Jenseits verheißt?

»Wir klären das Problem nach Ihrer Rückkehr. Bis dahin arbeiten Sie zusammen mit Ofzschak am Gelingen der Operation BalticJump. Haben Sie mich verstanden?« Janning klang weniger fordernd, eher bittend wie ein Vater, der dem Sohn Verständnis und Gehorsam abverlangt.

»Ja.«

»Ich vertraue Ihnen. Bestimmt stellt sich Ofzschaks Vermutung als Missverständnis heraus, das wir …« Jannings Handy klingelte. Er warf einen Blick auf das Display und nahm das Gespräch an. Nur Sekunden danach nickte er und steckte das Telefon ein. »Herr Ofzschak hat die Sache Itzig geklärt, endgültig.«

»Wir erfahren also nicht mehr, warum der Kerl sich von mir in die Enge getrieben fühlte?«

»Das spielt keine Rolle. Ich muss mich vielmehr darauf verlassen, dass Sie die geänderte Rollenverteilung akzeptieren.«

»Werde ich. Wenn Sie das so befehlen!« Graf trat einen Schritt zurück. »Ich mache jetzt meine Inspektion, um dem neuen Kommandanten das Schiff ordnungsgemäß übergeben zu können.« Auf dem Weg zur Stelling bewegte ihn ein einziger Gedanke: Welche Intrige spann Ofzschak gegen ihn?

*

Auf dem Peenestrom – 19.40 Uhr

Der Stein sank auf eine Wassertiefe von vielleicht fünf Metern, bevor er im Schlick versank. Pits Panik hatte sich mit dem Eintauchen ins Wasser gelegt, als habe das kühle Nass seine Sinne geschärft. Anstatt wild zu rebellieren, konzentrierte er die Gedanken auf seine Rettung. Ein kräftiger Schwimmzug brachte ihn in Richtung Grund. Der Zug auf seinen Hals verschwand. Ohne Probleme konnte er den Tampen abstreifen. Pit massierte die Stelle, an der die Schlinge gesessen hatte. Der Schmerz durfte ihn nicht weiter kümmern, denn langsam wurde ihm die Luft knapp. Er warf einen Blick nach oben, wo der Schatten des Ruderboots über ihm schwebte.

Bestimmt beobachtete der Fischkopp noch eine Weile die umliegende Wasserfläche, um sich vom Erfolg seines Anschlags zu überzeugen. Das gab Pit die Chance, davonzukommen. Behutsam strebte er mit ruhigen Arm- und Beinbewegungen in Richtung Oberfläche und erreichte den Kiel des Kahns. An dessen Unterseite schwebte er zum Bug vor. Dort vermutete Pit den Scheißkerl am wenigsten. Vorsichtig schob er den Kopf unmittelbar neben der Bordwand an die Luft. Den Drang, loszuprusten und tief und kräftig durchzuatmen, kämpfte er nieder und sog den kostbaren Sauerstoff nur ganz leise ein. Das miese Schwein konnte er nirgends entdecken – also befand sich Pit hier vorn erst einmal außerhalb dessen Blickfelds. Durch eine gezielte Atemtechnik baute er die Sauerstoffschuld in seinem Körper ab, um nachher ein gutes Stück Weg unter Wasser zurücklegen zu können.

Ein kurzer Rundblick verschaffte Pit die notwendige Orientierung. Der Fischkopp würde irgendwann Kurs auf den Nordhafen nehmen. Pit musste in die entgegengesetzte Richtung tauchen, um schnell die Distanz zum Boot zu vergrößern. Dort lag auch das Festland, wo er letztendlich hinwollte. Die Sonne stand zwar noch am Himmel, aber dunkle Schauerwolken verdeckten sie und verminderten die Sicht.

Dann platschten die Riemen aufs Wasser. Pit reagierte sofort, holte tief Luft und tauchte unter. Ruhig und mit kräftigen Zügen bewegte er Arme und Beine.

17 – PLANÄNDERUNG

Stralsund – 20.25 Uhr

Nach der Besprechung mit Pit und Ludger, die gut sechs Stunden zurücklag, war Svenja in die Firma gefahren. Dort hatte sie Andrea über den zweitägigen Einsatz ihres Mannes informiert und dabei natürlich nur die offizielle Version von der Überführung der 575 nach Dänemark erwähnt. Selbstverständlich hatte sie Andrea nach Hause gehen lassen, um ihrem Mann beim Packen zu helfen.

Seither hatte Svenja die zahlreichen Vorgänge aufgearbeitet, die über das Wochenende liegen geblieben waren und die in den kommenden zwei Tagen vom Tisch mussten. Jetzt endlich konnte sie ihre Gedanken auf die morgige *Reise* der 575 konzentrieren. Svenja öffnete die Internetseite MarineTraffic, die weltweit den gesamten Schiffsverkehr aller Seefahrzeuge anzeigte. Schnell fand sie die Details zu dem Schlepper, der im Hafen Peenemünde lag und offensichtlich morgen die 575 auf den Haken nehmen würde. Sogar die Raketenkorvette hatte mittlerweile AIS an Bord.

Die Anzeige im Internet allein lieferte allerdings zu wenig Informationen über das Geschehen auf der Ostsee – falls etwas passierte, verschwanden im ungünstigsten Fall die AIS-Anzeigen, und Svenja saß völlig im Dunkeln. Nein, sie benötigte Zusatzinformationen. Sie griff zum Telefon und wählte die Handynummer von Uta Bendler.

»Ah, Svenja! Schön, mal wieder von dir zu hören.« Uta stammte aus Stralsund und hatte während ihres Studiums immer mal als Aushilfe in der SSK gearbeitet. Heute saß sie auf der Stabsfunktion Organisation im Havariekommando in Cuxhaven.

»Ich hoffe, ich störe nicht beim Fernsehen.«

»Nein, nein – ich sitze noch im Büro. Meistens mache ich erst so gegen neun Schluss. Ich arbeite mich lieber gründlich in den Job ein, anstatt in meiner Kemenate rumzuhängen.«

»Kemenate?«

»Offiziell wohne ich noch bei den Eltern in Stralsund und hause hier in einem möblierten Zimmer zur Untermiete. Ein richtiger Umzug kommt erst nach der Probezeit infrage. Ohne eigene Wohnung am Ort achte ich weniger auf die Zeit und versuche, die Geheimnisse der Behörde hier zu knacken. Doch du rufst bestimmt nicht an, um meine Wohnverhältnisse zu ergründen.«

»Nein.« Svenja erschrak. Was sollte sie eigentlich sagen, um keine schlafenden Hunde zu wecken? Vielleicht ging's so: »Wir begleiten da einen etwas außergewöhnlichen Schleppzug.« Sie berichtete von der Verlegung der 575 nach Dänemark und stellte das Projekt so dar, als sei die SSK verantwortlich. »Ludger hat alles gut vorbereitet. Aber der Dampfer lag 20 Jahre an der Pier. Da passiert schon mal das eine oder andere.«

»Wem sagst du das.«

»Also, tritt wider Erwarten eine kritische Situation ein, rufst du mich bitte gleich an? Auf dem Handy, die Nummer hast du ja. Leider kann ich mich nicht selbst um den Transport kümmern; morgen kommt ein wichtiger Kunde zu uns ins Haus. Und ob Ludger mich im Fall der Fälle informiert, scheint mir eher unwahrscheinlich.«

»Du machst mir ja richtig Angst auf einen arbeitsreichen Tag.«

Um Gottes willen, erschrak Svenja. »Quatsch!«, versuchte sie betont fröhlich, Utas aufkommendes Misstrauen zu zerstreuen. »Du kennst Ludger doch; jeder Auftrag klappt, den er in die Hand nimmt. Und ich spiele die Rolle der Mutti, die alles 150-prozentig absichert.«

»Ja, das stimmt«, lachte Uta. »Dein Sinn fürs Penible kann schon nerven.«

Na bitte – jetzt aber schnell Schluss gemacht. »Schau mal wieder vorbei, wenn du in Stralsund bist. Tschüss.«

»Tschüss. Falls was sein sollte, ich melde mich.«

Erleichtert legte Svenja auf. Ihr Blick wanderte zum PC-Monitor, auf dem die Symbole für die 575 und den Schlepper immer noch unverändert im Peenemünder Hafen lagen. Wo auch sonst? Erst morgen bildeten sie eine Minikette aus Pfeilen, die in Richtung Dänemark krochen.

Ein Auto fuhr auf den Hof. Kurz darauf stand Ludger im Büro.

»Willst du losfahren? Wir hatten 22.30 Uhr als Abfahrtszeit abgesprochen«, wandte Svenja mit einem Blick auf die Uhr ein. »Hat dich Andrea rausgeekelt?«

»Du hättest sie am Nachmittag nicht nach Hause gehen lassen dürfen.«

»Warum? Ahnt sie etwas?«

»Keine Ahnung. Sie grübelt die ganze Zeit, warum ich aus dem Büro zu dir nach Hause hatte kommen sollen. Ihr Misstrauen ging sogar so weit, dass sie mich nach Peenemünde fahren wollte. Jetzt, in der Nacht. Ich konnte es ihr gerade noch ausreden. Da du morgen und übermorgen ebenfalls unterwegs sein würdest, müsse sie hier die Stellung halten.«

Mist. Mit Pit und Ludger hatte Svenja abgesprochen, sie werde den Weg des Schleppzugs verfolgen und deswegen nach Cuxhaven in die Nähe des Havariekommandos fahren. Für die Reise hätte sie sogar eine Ausrede gegenüber Andrea vorweisen können: Glücklicherweise verhandelte Svenjas Schwester Romy, ebenso Chefin der SSK wie sie, gerade mit dem größten ihrer Kunden in der Nordseestadt. Der Auftrag für die landseitige Sicherung des Tiefseehafens musste für die kommenden fünf Jahre verlängert werden. Zu den Gesprächen, so ihre bereitgelegte Legende, hätte Svenja einfach dazustoßen müssen. Am Nachmittag waren ihr allerdings Bedenken gekommen. Passierte etwas, warf man im Havariekommando einen ungebetenen Gast sowieso raus, und sie wäre auch nur auf telefonische Informationen von Uta angewiesen gewesen. Da blieb Svenja lieber im Büro – hier boten sich ihr alle Möglichkeiten. Im Notfall konnte sie versuchen, mit einem Rettungsschiff an den Ort des Geschehens hinauszufahren. Das hatte Pit vor knapp einem Jahr auch geschafft, als das Feuer auf der LISCO GLORIA ausgebrochen war.

»Ich will die Operation hier verfolgen«, gestand Svenja kleinlaut.

»Das ist blöd. Was machen wir jetzt mit Andrea?«

Drehen wir den Spieß einfach um, fiel Svenja ein. »Ich schicke sie morgen nach Cuxhaven, mit einem dicken Umschlag – die vertraulichen Unterlagen benötigt Romy umgehend für ihre Verhandlungen.«

»Prima Idee. Du solltest Romy aber einweihen.«

»Ich ruf sie nachher gleich an.«

»Verrate aber kein Wort über die Aktion mit Janning«, warnte Ludger. »Dein Schwesterherz gerät sonst nur in Panik.«

»Quatsch, ich halte die Klappe, sage einfach … ja, was?«

»Musst du denn Andreas Ausflug begründen?«

»Du hast recht. Andrea muss zwei Tage aus Stralsund verschwinden, und alles Weitere erfährt Romy am kommenden Wochenende, nach ihrer Rückkehr.« Svenjas Blick fiel auf die Wanduhr, die kurz vor neun anzeigte. »Aber warum willst du schon losfahren? Bis zum Treffpunkt um Mitternacht bleibt noch jede Menge Zeit.«

»Den werde ich verpassen.«

»Wie bitte? Jannings Forderung klang eindeutig: Herr Rotgerber erscheint um Mitternacht im Nordhafen.«

»Ich hab's mir anders überlegt.«

»Ach so? Dann erklär's mir.« Svenja ging zur Sitzecke gegenüber ihrem Schreibtisch, setzte sich und deutete auf den zweiten Sessel. »Nimm Platz.«

»Ich möchte schnellstmöglich losfahren.« Ludger blieb in der Tür des Büros stehen. Er habe folgende Idee: Die Kameraden vom FanKreis seien völlig ahnungslos. Er müsse sie warnen, bevor sie an Bord gingen, und entsprechend instruieren. »Um die Kameraden abzupassen, muss ich frei agieren können.«

»Und wo willst du um diese Zeit hin?«

»Zu Pit. Auf der JUNO gibt's genügend Platz für zwei Mann zum Übernachten.«

»Mit deiner Schnapsidee gehst du ein ziemliches Risiko ein«, mahnte Svenja im Tonfall einer Mutter, die dem Sohn eine Motorradtour in der Wüste ausreden will. »Deine Freunde machen auf den Hacken kehrt, und Janning wird dich zur Strafe ans Kreuz nageln.«

»Was soll er mir antun? Verschwinden alle anderen Geiseln, braucht er mich unbedingt, um die Entführung zu decken. Und der Polizei ist es egal, ob die Kidnapper einen oder sieben Unschuldige auf dem Schiff gefangen halten.«

»Aber wenn die 575 ihren Bestimmungshafen anläuft …«

»… kümmert die meine Extratour nicht mehr«, ergänzte Ludger. »Dann haben die ihr Ziel erreicht.«

Die Argumentation leuchtete Svenja ein. Dennoch missfiel ihr der Gedanke, bewusst gegen Jannings Bedingungen zu verstoßen. »Mag sein? Wir sollten aber strikt jedes Detail der Vorgaben befolgen.«

Ludger kam jetzt doch heran und setzte sich auf den angebotenen Sessel. »Ich sprech die Sache mit Pit durch. Ja?«

Guter Vorschlag, frohlockte Svenja im Stillen. »Okay. Fragen wir ihn am besten gleich, was er zu deiner Schnapsidee meint.« Svenja stand auf und ging in Richtung Funkraum. Ludger folgte ihr schweigend. »Sagt Pit Nein, gehst du wie vorgeschrieben an Bord.« Sie stoppte abrupt und sah ihren Mitarbeiter an. »Können wir uns darauf einigen?«

»Ich wollte ihm vorher den Plan in Ruhe erklären.«

»Das kannst du, über Funk.«

Ludger schien zu überlegen. »Einverstanden.«

Im Funkraum angekommen, rief Svenja sofort die JUNO. Niemand meldete sich.

»Versuch's über Pits Smartphone.«

Auch per Telefon blieb eine Antwort aus – nur die Mailbox leierte den gewohnten Spruch herunter. Pit solle schnellstmöglich zurückrufen, hinterließ Svenja und legte auf.

»Wo steckt der Kerl?«

»Pit wollte doch auf die 575, um die Örtlichkeiten auszuforschen«, erinnerte Ludger. »Da wird er kein Handy mitgenommen haben.«

Oder die haben ihn beim Schnüffeln erwischt. Sorgen legten sich wie ein schwarzes Tuch auf Svenjas Gemüt.

»Wenn ich in Peenemünde ankomme, sitzt Pit bestimmt vergnügt auf der JUNO und trinkt ein Feierabend-Bier.«

»Und falls die ihn geschnappt haben?«

»Erfahre ich das vor Ort am ehesten.«

»Wie denn?« Svenja lief zu Ludger und packte seine Oberarme. »Bitte! Du findest das am ehesten raus, indem du pünktlich um Mitternacht zur Crew stößt und dich umhörst.«

»Dann hänge ich bei denen fest und kann die Kameraden morgen früh unmöglich warnen.«

»Bitte Ludger. Pit ist das Wagnis eingegangen, um dir beizustehen – jetzt musst du ihm helfen.«

»Wissen wir, ob …«

»Bitte Ludger.«

»Okay. Ich fahre sofort los und suche nach Pit. Finde ich ihn nicht, stoße ich um Mitternacht zu Jannings Leuten.« Er machte sich von Svenjas Händen frei. »Versprochen. Aber wenn ich ihn auftreibe, besprechen wir beide das weitere Vorgehen. Du lässt uns da freie Hand?«

Sag Nein, riet der Kopf – doch ihr blieb keine andere Wahl. »Einverstanden.«

»Und du kümmerst dich um Andrea?«

»Na klar.«

18 – IM MARITIM HEADQUARTER

Glücksburg – 21.05 Uhr

»Sollst zum Alten kommen. Ich löse dich ab.«

Kapitänleutnant Malte Marschmann lehnte den Oberkörper zurück und sah zur Glasscheibe, die die Rückwand der Operationszentrale einnahm. Dahinter lag ein Vortragsraum, in dem sich oft Besuchergruppen aufhielten. Jetzt stand dort Fregattenkapitän Jürgen Lüders mit einem Besucher, den Marschmann nicht kannte.

Lüders befehligte das MHQ seit vielen Jahren. Das Maritim Headquarter der Deutschen Marine war innerhalb des Flottenkommandos in Glücksburg in einer unterirdischen

Bunkeranlage untergebracht. Fregattenkapitän Lüders galt bei Vorgesetzten und Unterstellten als richtiger Mann auf dem richtigen Posten, da er wusste, was auf den Schiffen vorging, die sie von hier aus führten. Er war lange Jahre selbst zur See gefahren und hatte vor seiner Versetzung ins Flottenkommando einen Lenkwaffenzerstörer als Kommandant geführt.

Marschmann schaute den Kameraden an. »Was will der Chef? Wer steht dort bei ihm?«

»Geh hin und du erfährst's.«

»Werde ich ja wohl müssen.«

Marschmann übergab seinen Platz an den Kameraden. Er gehörte zu den Einsatzoffizieren, die rund um die Uhr das Lagebild auf den Meeren verfolgten und entsprechende Einsatzbefehle an die Kriegsschiffe erteilten. Ungeachtet des Alters von 36 Jahren, das ihn zu den jüngeren Offizieren im Flottenkommando zählen ließ, hatte er sich den Ruf eines anerkannten Experten erworben. Eine gute Auffassungsgabe, ein verlässliches Händchen bei schnellen Entscheidungen und diplomatisches Geschick halfen ihm, die Achtung von Vorgesetzten und Kollegen zu gewinnen und zu wahren. Schon während der Schulzeit hatte Marschmann gelernt, durch höfliches und überlegtes Handeln die Mitmenschen zu beeindrucken und so seine körperlichen Nachteile zu übertünchen. Er maß lediglich 1,66 Meter, wog allerdings deutlich mehr, als das Schönheitsideal tolerierte, und musste seit seinem 18. Lebensjahr eine stetig höher werdende Stirn erdulden. Seine Frau liebte ihn aber so, wie er war, und daher führte Marschmann ein zufriedenes Leben, in dessen Mittelpunkt der Dienst im Flottenkommando stand.

Er verließ den großen Lageraum und klopfte nebenan an die Tür des Vortragsraums. Auf das knappe »Ja!« trat er ein.

»Darf ich Ihnen Kapitänleutnant Malte Marschmann vorstellen?« Lüders lächelte freundlich. »Einer unserer besten Einsatzoffiziere.«

»Sehr angenehm.« Der Gast reichte Marschmann die Hand. Sein dunkler Anzug wirkte wie eine Uniform – messerscharfe Bügelfalten, tailliertes Jackett und aufgesetzte Taschen. Lediglich die Rangabzeichen fehlten. »Karl-Heinz Kernler. Ich stehe im Dienst der Bundesregierung.«

Marschmann schaute fragend auf seinen Vorgesetzten.

»Es geht um einen speziellen Schleppzug, der morgen von Peenemünde abgeht und Kurs auf Bagenkop/Dänemark nimmt.«

»Sollen wir das Geleit überwachen? Geht's um ein Marineschiff?«

»So ähnlich«, meldete sich Kernler zu Wort. »Die ehemalige Raketenkorvette der DDR-Volksmarine, die HANS BEIMLER, verlässt ihren angestammten Liegeplatz.«

»Ein Museumsschiff?« Marschmann schaute zu seinem Chef. »Fällt doch nicht in unsere Zuständigkeit?«

»Nein, streng genommen nicht. Aber …«, Lüders sah den Gast aus Berlin an.

»Die Überführung wickelt das IEK ab«, erklärte Kernler. »Das Institut für Entwicklungshilfe und Kooperation aus Bremen dient nach unseren Erkenntnissen als Tarnfirma für ehemalige Stasileute mit besten Verbindungen nach Russland. Der inoffizielle Kopf der Organisation, ein gewisser Arno Janning, war früher beim Marine-Sicherheits-Amt, dem militärischen Nachrichtendienst der DDR.«

»Und dieser Janning bereitet Ihnen Unbehagen?«

»Genau.«

»Stoppen Sie einfach die Aktion.«

»Das IEK operiert sehr geschickt, bietet keine Angriffspunkte. Unsere Vorbehalte beruhen lediglich auf Mutmaßungen.«

Marschmann glaubte, in die Sendung ›Vorsicht Kamera‹ geraten zu sein – so albern kam ihm die Diskussion vor.

Warum spielte Lüders das armselige Spiel mit? Die Anwesenheit seines Chefs verbat es Marschmann, den geschniegelten Typen abblitzen zu lassen. Er schaute seinen Vorgesetzten an. »Herr Fregattenkapitän, ich weiß nicht, wie ich Herrn Kernler helfen kann.«

»Ich sag's Ihnen.« Lüders setzte ein ernstes Gesicht auf. »Bis der Schleppzug im Zielhafen einläuft, stehen Sie ausschließlich unserem Gast zur Verfügung.«

»In welcher Rolle?«

»Als persönlicher Berater. Sie beobachten die Operation und erläutern die jeweilige Lage.«

Okay, überlegte Marschmann, was kam da auf ihn zu? »Von Usedom nach Langeland, das müssen doch um die …«

»Die Distanz beträgt genau 165 Seemeilen«, antwortete Kernler. »Bei acht Knoten Geschwindigkeit reden wir von über 20 Stunden – beginnend morgen 07.00 Uhr.«

»Und bis dahin?«

»Keine Angst, Herr Kapitänleutnant. Ich möchte mich heute lediglich mit den Gegebenheiten vertraut machen«, versicherte Kernler mit einem Lächeln. »Erst wenn der Schleppzug ablegt, werden wir ihn beobachten.«

Lüders deutete zur Tür. »Die Herren diskutieren bereits Detailfragen; dann haben wir das Kennenlernen wohl abgeschlossen, und Sie entschuldigen mich bitte. Ihnen steht das Kabinett zur Verfügung, wo sie ungestört arbeiten können.« Lüders drängte Marschmann und den Gast in Richtung Ausgang. Als die beiden den Vortragsraum verließen, hielt der Fregattenkapitän seinen Einsatzoffizier noch kurz zurück. »Beachten Sie die Vorschriften«, flüsterte er ihm zu und nickte aufmunternd. »Ich tippe auf eine verdeckte Überprüfung des Verteidigungsministeriums. Eine andere Erklärung lässt diese dämliche Legende nicht zu. Sie mit Ihrem diplomatischen Geschick ziehen die Geschichte geräuschlos durch.«

Das Kabinett glich einer Mischung aus gediegenem Empfangsraum für hohen Besuch und Hightech-Kommandozentrale. Neben einem bequemen Aufenthaltsbereich auf der einen Seite beherbergte die andere Hälfte alle jene technischen Geräte und Systeme, an denen Marschmann sonst im großen Lageraum arbeitete.

»Sehr schön«, kommentierte Kernler. »Wenn Sie mir jetzt bitte die Einrichtung zeigen, damit wir für heute Schluss machen können.«

Marschmann erläuterte die Möglichkeiten der Technik in Kurzfassung. Kernler schien aufmerksam zuzuhören, stellte allerdings keine Zwischenfragen. Mitten in die Erklärungen hinein klingelte eines der Telefone. Marschmann nahm den Ruf entgegen und reichte den Hörer an seinen Gast weiter. »Für Sie.«

Kernler lauschte, ohne ein einziges Wort zu sagen, und gab den Hörer zurück. »Danke.« Er zog ein Smartphone hervor.

Marschmann deutete auf das Handy des Besuchers. »In diese Bunkeranlage dringt kein Netz durch.«

»Wie soll ich hier überleben? Mein Tag besteht zu 99 Prozent aus Kommunikation.«

»Geben Sie mir Ihre Nummer, und ich lasse einen Festnetzapparat für Sie einrichten. Der steht Ihnen morgen zur Verfügung.«

»Dann müssen wir jetzt Schluss machen.« Kernler steckte sein Telefon wieder ein, lächelte und schaute noch einmal in die Runde. »Soweit habe ich ja alles gesehen.«

Marschmanns Gedanken wanderten immer wieder zu Lüders Vermutung von der verdeckten Kontrolle des Ministeriums. Mal sehen, ob sich die dämliche Legende noch ein wenig beleuchten ließ. »Gestatten Sie mir eine Frage?«

»Welche?«

»Wie kommt dieser Janning eigentlich dazu, ein solch prekäres Projekt abzuwickeln? Auch wenn nur ein Museumsschiff nach Dänemark geht, reden wir doch im engeren Sinn der Gesetze vom Export einer Kriegswaffe.«

»Mit der Vergabe des Auftrags an das IEK ist tatsächlich ein Malheur passiert. Leider sehen wir keine Möglichkeit, das zu revidieren.«

»Dann entziehen Sie denen die Exportlizenz. Sie stehen schließlich im Dienst der Regierung.« Marschmann stutzte. »Entschuldigen Sie, ich habe ganz vergessen, welche Behörde Sie vertreten.«

»Die habe ich bisher nicht erwähnt.« Kernler schien nachzudenken und lächelte kurz darauf Marschmann an. »Ich verdiene meine Brötchen im Bundeskanzleramt – Referat 712. Wir kontrollieren sämtliche Geheimdienstaktivitäten und blicken dabei unter anderem auch Herrn Janning seit vielen Jahren auf die Finger.«

Der glatte Aal wusste garantiert auf jede Frage eine Antwort. Also blieb nur: Schnauze halten und Befehle ausführen. »Verstehe.«

Kernler schüttelte den Kopf. »Vielleicht verstehen Sie übermorgen.«

Bei der provokanten Bemerkung regte sich bei Marschmann nun doch noch einmal seine Neugier. »Wie meinen Sie das?«

»Ich muss jetzt wirklich gehen. Wir sollten uns gegen 06.30 Uhr wieder treffen.«

Dann behalt deine Weisheiten eben für dich, du Klugscheißer. In wenigen Stunden werden wir hier gemeinsam die Zeit totschlagen – mal sehen, wann du mit deinem wahren Auftrag rausrückst? Marschmann bemühte ein freundliches Dienstlächeln. »Einverstanden: 06.30 Uhr. Ich warte am Haupttor auf Sie.«

»In Ordnung.« Kernler kniff die Augen zusammen und fixierte Marschmann. »Nur der Vollständigkeit halber: Über die bevorstehende Aktion bewahren Sie absolutes Stillschweigen – kein Wort hier im Flottenkommando und erst recht kein Sterbenswörtchen gegenüber Außenstehenden. Sie reden schlichtweg mit niemandem darüber. Verstanden?«

»Selbstverständlich.«

Sie verließen das Kabinett und stiegen die Treppe zum Ausgang nach oben. Als der Posten dort die beiden Männer kommen sah, öffnete er sofort eine spezielle Tür in der Absperrung, durch die Kernler hindurchmarschierte und zielstrebig auf das Ausgangstor der Bunkeranlage zuhielt.

»Wird der nicht kontrolliert?«, zischte Marschmann dem Posten zu.

»Nein. Fregattenkapitän Lüders ist mit ihm gekommen und hat uns angewiesen, auf jegliches *Gehabe* zu verzichten, da der Gast zu jeder Zeit unter Ihrer Begleitung steht. Oder?«

Marschmann hätte dem Bürohengst aus Berlin eine ordentliche Kontrolle gegönnt, aber wenn der Chef es anders wünschte …

»Nein, nein, hat alles seine Richtigkeit.« Marschmann zeigte dem Posten seinen Ausweis und wünschte ihm eine ruhige Nachtwache.

19 – ROTGERBER FEHLT

Stralsund – 22.35 Uhr

Na endlich, der ersehnte Anruf von Ludger. Svenja riss den Hörer vom Apparat. »Ja? Wo steckt Pit?«

»Wie ich vermutete, Pit hockte auf der JUNO und sehnte Besuch herbei.«

»Quatschkopf. Gib ihn mir.«

Im Hörer raschelte es, und Pit meldete sich. Er berichtete von einer geruhsamen Überfahrt nach Usedom und einem langweiligen Nachmittag. Ja, die 575 habe er ungestört besichtigen können, und das Nothandy stecke im Löschkasten auf der Back.

»Die bewachen das Schiff nicht einmal?«, wollte Svenja erstaunt wissen.

Er habe den Moment abgepasst, in dem Jannings Leute auf den Schlepper gegangen seien, wohl um den morgigen Tag zu besprechen.

Svenja fiel ein Stein vom Herzen, ihren Pit putzmunter zu erleben – blieb noch das andere Problem. »Hat dir Ludger seine Schnapsidee gebeichtet?«

»Ja.«

»Und?«

»Wir sehen uns die Sache an.«

»Wie meinst du das?«

Leidenschaftlich habe Ludger seine Idee standhaft verteidigt. Pit habe erst einmal eingelenkt, dem Freund aber im Gegenzug die Zusage abgetrotzt, rechtzeitig zum Nordhafen zu fahren und dort je nach Situation zu entscheiden.

»Bitte versuch dein Bestes und bring Ludger zur Vernunft.«

»Mach ich.« Pit sandte seiner Frau einen Kuss durch die Telefonleitung. »Wir fahren nachher gleich los.«

»Bitte ruf noch einmal an, wenn ihr euch entschieden habt. Ich küsse dich.«

»Du, warte, ich soll dich fragen, ob du für Andrea alles vorbereitet hast.«

Verflucht! In ihrer Sorge um Pits Schicksal hatte Svenja das völlig vergessen. Schnell verabschiedete sie sich von den Männern, legte auf und wählte sofort die Nummer ihrer Schwester.

Nach kurzem Klingeln ging Romy an den Apparat. »Wo brennt's denn?«, erkundigte sie sich gut gelaunt nach einer kurzen Begrüßung.

Svenja fragte zunächst nach dem Fortgang der Verhandlungen.

Zäh, aber hoffnungsvoll – ja, so könne man die Gespräche aus der Perspektive der SSK bezeichnen. Bis zum Freitag sei alles geregelt. »Dann können wir die nächsten fünf Jahre mit einem soliden Grundeinkommen rechnen.«

»Sehr schön«, lobte Svenja und kam zur Sache. »Ich brauche deine Hilfe. Ich muss hier im Büro die nächsten zwei Tage allein arbeiten, ohne Andrea. Damit sie keine blöden Fragen stellt und nicht überreagiert, du kennst ihre stürmischen Stimmungsausbrüche, möchte ich sie dir als Botin mit *wichtigen* Dokumenten schicken.«

»Warum?«

»Bitte Romy, frag nicht und tu mir den Gefallen. Spiel die erleichterte Empfängerin und halte Andrea bis Mittwochmittag fest. Am besten sagst du ihr, sie müsse gleich noch Vertragsunterlagen mit nach Hause nehmen. Ich erklär dir alles am Wochenende.«

»Da bin ich ja mächtig gespannt, welche *Verschwörung* du veranstaltest.«

Svenja spürte mit Erleichterung die Heiterkeit, die Romy der Aktion abgewann.

»Welche Unterlagen benötige ich denn so dringend? Was schickst du mir? Nur damit ich mich nicht verrate.«

Gute Frage, überlegte Svenja. »Ich stecke einige nichtssagende Korrespondenzen mit dem Tiefwasserhafen in einen Umschlag.«

»Die ich der guten Andrea am Mittwoch wieder mit retour gebe.«

»Aber erst gegen Mittag.«

»Ich denke dran.« Romy lachte. »Meine Beteiligung an deiner *Verschwörung* kostet dich aber etwas, Schwesterchen.«

Svenja versicherte, am Wochenende mit einer netten Überraschung bei Romy aufzutauchen, und beendete dann das Telefonat.

Ehe sie es wieder vergaß, stellte sie schnell einige belanglose Papiere zusammen, steckte sie in einen gefütterten Umschlag und legte diesen bereit, um Andrea gleich morgen nach Dienstbeginn losschicken zu können.

Svenja starrte auf den Monitor mit den AIS-Anzeigen von Peenemünde, die keine Veränderungen zeigten. Sie sollte langsam nach Hause fahren und noch einige Stunden schlafen. In der kommenden Nacht würde sie hier wohl durchmachen müssen.

»Guten Abend, Chefin.«

Svenja fuhr zusammen. In der Tür ihres Büros stand Andrea. »Du?«

»Hab ich dich erschreckt? Du bist auf einmal so blass. Fehlt dir etwas?«

Nur mit äußerster Mühe gelang es Svenja, die Contenance zu wahren und einen klaren Gedanken zu fassen. »War heute vielleicht ein wenig viel, und die Uhr geht auf elf. Da hat mich halt überrascht, dich hier zu sehen.«

»Ich hörte von Ludger, du hättest morgen einen besonderen Auftrag für mich?«

Svenja fiel ein Stein vom Herzen, dass Andrea selbst mit der Sache anfing. Sie berichtete von einem Telefonat mit Romy – die benötige dringend ein paar wichtige Unterlagen für ihre Verhandlungen.

Andrea kam näher und nahm den Umschlag vom Schreibtisch. »Die hier?«

Svenja nickte. »Genau.«

»Die nehm ich gleich mit und fahre morgen in aller Herrgottsfrühe los, dann bin ich am späten Nachmittag zurück.«

Scheiße, fluchte Svenja innerlich. »Du, das wird kaum klappen, weil …«

Urplötzlich verengten sich Andreas Augen zu Schießscharten, die Svenja anvisierten. »Weil die gute Romy mich bis übermorgen aus Stralsund fernhalten soll? Weshalb könnte ich blöde Fragen stellen und überreagieren? Hä?« Andrea schleuderte Svenja den Briefumschlag vor die Füße. »Du solltest bei heiklen Telefonaten besser aufpassen, dass niemand zuhört.«

»Du …«

»Ja, du Miststück! Ich war hergekommen, um von dir etwas über Ludgers Auftrag zu erfahren. Der geht ja nicht einmal mehr ans Handy, wenn ich ihn anrufe.«

»Ich erklär dir alles«, bettelte Svenja wie eine Ertrinkende, die einen Strohhalm als letzte Rettung herbeisehnte.

»Damit du mich weiter belügen kannst? Vergiss es.« Andrea stützte die Hände auf der Tischplatte ab und beugte sich zu Svenja vor. »Ich schwöre dir eins: Steht Ludger am Mittwoch nicht unversehrt zu Hause in der Tür, zerre ich dich vor Gericht. Und ich besorg mir einen Anwalt, der keine von deinen Lügen durchgehen lässt.« Aus Andrea sprach unbändiger Hass. Sie richtete den Oberkörper auf, wandte sich ab und verließ die Firma.

*

Auf dem Peenestrom – 23.25 Uhr

Schweigend steuerte Pit das Beiboot der Juno über den nächtlichen Peenestrom in Richtung Nordhafen. Sie liefen nur mit geringer Geschwindigkeit, damit sich das Schnarren des Motors in Grenzen hielt.

Vor gut einer Stunde war Ludger zu Pits Überraschung auf der Juno aufgetaucht. Er selbst hatte in der Koje gelegen, um sich bei einem heißen Tee von seinem *Badeausflug* zu erholen. Das Erlebnis hatte er vorsichtshalber verschwiegen – Ludger würde es als Geisel auf der 575 auch so schwer genug haben. Dessen Idee, die Kameraden vom FanKreis zu warnen, hielt Pit für brandgefährlich. Da verstand er Svenjas Sorgen voll und ganz. Mal sehen, wie er dem Freund den Unsinn ausreden konnte.

An Steuerbord tauchte eine Lücke im Schilfgürtel auf. Pit stellte den Motor ab, Ludger ließ die Riemen zu Wasser und begann zu rudern. Pit drehte bei, steuerte die Zufahrt zum Hafenbecken an, hielt zielstrebig auf die nördlichen Liegeplätze zu und bugsierte das Boot in den Schutz einer größeren Jacht. Im Schummerlicht der vereinzelten Laternen glaubte er, auf der anderen Hafenseite das Ruderboot von Jannings Gorilla zu erkennen.

Die beiden Männer kletterten an Land und schlichen abseits der Pier in Richtung Slipanlage. Dort stoppte Ludger plötzlich, legte einen Zeigefinger an die Lippen und deutete zum Hafeneingang.

»Das Tor steht offen«, flüsterte er, »und da wartet auch jemand.«

Pit sah den Kerl ebenfalls. Aber Moment mal, da stand das Männlein, das er heute Nachmittag umgenietet hatte. Er zeigte auf die Halle zu ihrer Linken. »Wir gehen da lang und schleichen uns hinten herum an.«

*

Nordhafen Peenemünde – 23.39 Uhr

Graf kontrollierte erneut den verlassenen Parkplatz. Auch die Büsche ringsherum verbargen keine neugierigen Schnüffler. Von hier aus konnten sie den Transport der Zigeuner auf die 575 abwickeln, ohne entdeckt zu werden. Auf dem Weg zum Ende des Hafenbeckens mussten sie nur einen Bogen schlagen, um den Nachtschwärmern unten bei den Jachten aus dem Weg zu gehen. Und das Ruderboot, das die Besatzung zur 575 brachte, würde niemand hören.

Graf ging ein Stück auf der Straße in Richtung Wald. Noch herrschte Ruhe. Er schaute auf die Uhr – 17 Minuten bis Mitternacht. Gleich mussten die Kleintransporter kommen. Laut Einsatzplan rückten die nacheinander an, setzten die Kanaken ab und verschwanden sofort wieder.

Wo steckte eigentlich der Rotgerber?, überlegte Graf. Hier wartete niemand, und vorhin im Hafenbereich hatte er den Kerl auch nicht gesehen. Na ja, dem Schwachkopf blieben noch ein paar Minuten. Aber was machte er sich um den Gedanken? Ofzschak oblag die Gesamtleitung der Operation. Sollte der doch die Leute zusammentrommeln.

In dem Moment bogen am Ende der Straße zwei Scheinwerfer um die Ecke. Graf huschte in die Sträucher am Straßenrand. Der Kleinbus verlangsamte die Fahrt und rollte bis zum Eingang des Hafengeländes. Im Vorbeifahren sah Graf die Männer hinter den Fenstern; Teil 1 ihrer Truppe. Weiter unten drehte das Fahrzeug links ab und verschwand aus seinem Gesichtsfeld, tauchte allerdings eine Minute später erneut auf – jetzt leer. In langsamer Fahrt rollte der Fahrer den Weg zurück, beschleunigte vorn an der Abzweigung und entfernte sich in Richtung Peenemünde.

Kurz darauf erschien der zweite VW-Bus. Nachdem die Prozedur problemlos wie beim ersten über die Bühne gegangen war, klappte auch die Anfahrt des dritten Kleinbusses, in dem Ofzschak sitzen musste. Graf wartete, bis die Scheinwerfer des Wagens im Wald verschwunden waren, und lief dann zum Hafen hinunter. Mal sehen, ob Ofzschak die Bande in Schach hielt.

Der Parkplatz wirkte völlig ausgestorben. Graf schloss das Eingangstor zu und suchte nach Hinweisen auf die angekommenen Leute. Die Zigeuner schienen zu spuren – nach der Anweisung sollten sie irgendwo zwischen den Bäumen stecken und die Schnauze halten. Kein Laut war zu hören. Graf wanderte einige Schritte hin und her, versuchte, im Dunkeln etwas zu erkennen, starrte aber nur in undurchdringliche Finsternis. Plötzlich tippte ihm jemand auf die Schulter. Er fuhr herum.

»Sir?« Der junge Mann schien vom Himmel gefallen zu sein. »Wir da hinten warten.« Er deutete zur Stirnseite des Parkplatzes und ging voraus. In den hohen Büschen scharte sich die Besatzung um Ofzschak. Als der Graf bemerkte, fragte er: »Ist Rotgerber bei dir?«

»Nein.«

»Der fehlt. Was machen wir?«

Graf freute erstmals, die Gesamtverantwortung losgeworden zu sein.

*

Nordhafen Peenemünde – 23.59 Uhr

»Du musst jetzt rübergehen?« Pit wünschte sich ein Nicken von Ludger.

Doch der schüttelte den Kopf. »Morgen reicht. Die kommen die Nacht auch ohne mich klar.«

Pit bereute, dem Freund sein Erlebnis mit Jannings Gorilla verschwiegen zu haben. Wer weiß, was die Kerle Ludger antaten, wenn er erst vor dem Auslaufen auftauchte. Blieben auch noch die Männer vom FanKreis weg, konnte das böse ins Auge gehen. Dieser Hüne, der am Nachmittag den trotteligen Fischer gespielt hatte, schien unter den Männern gewesen zu sein, die die drei Kleinbusse gebracht hatten. Der hätte ganz schön geglotzt, wäre Pit ihm lebend untergekommen.

»Ludger, mach keinen Scheiß – geh rüber. Nachher …«

»Schluss jetzt. Ich stoße morgen dazu.« Ludger nickte in Richtung Parkplatz, wo die Meute in den Büschen verschwunden war. »Ich habe 16 Leutchen gezählt«, flüsterte er.

Pit gab seinen Missionierungsversuch auf. »Dazu das Männlein, das hier rumstolziert ist und das Tor zugeschlossen hat«, ergänzte er.

»Das heißt, auf der 575 werden 17 Leute von Janning, die sechs Kameraden vom FanKreis und ich mitreisen.«

»24. Da werdet ihr euch ja regelrecht auf den Füßen stehen.«

»Deshalb will ich die Kollegen vom FanKreis ja auch ausladen.« Ludger grinste. »Aber was macht die *Stammbesatzung* jetzt?«

»Über den Peenestrom zur 575 fahren. Dadurch sieht sie niemand in Peenemünde, und es fällt keinem auf, wie viele einsteigen.« Nun wusste Pit auch, warum die Kerle im Nordhafen ein Ruderboot liegen hatten.

»Wenn die auf dem Wasser rumgondeln, kommen wir hier dann wieder weg?«, wollte Ludger wissen.

Scheiße, daran hatte er nicht gedacht. »Wir müssen halt schauen, was die anstellen, und uns irgendwie durchmogeln.«

20 – AUSGEBOOTET

Peenemünde – Dienstag, der 23.08.2011 – 06.20 Uhr

Auf der 575 herrschte Ruhe, als sei das Schiff völlig unbemannt. Waren Jannings Männer wirklich an Bord gegangen? Seit fünf Uhr hockte Pit auf seinem Beobachtungsposten im offenen Bereich des Hafens und ließ keinen Blick von der Korvette.

Nachdem die erste Fuhre der Besatzung tatsächlich im Ruderboot des Gorillas losgefahren war, hatten Ludger und Pit den Rückzug angetreten und waren in den Freester Hafen zurückgekehrt. Der Rest der Nacht hatte gerade noch für drei

Stunden Schlaf gereicht, bevor sie mit dem Einsetzen der Dämmerung im Beiboot der JUNO nach Peenemünde herübergekommen waren. Ludger hatte sich in Richtung Ortskern verzogen, und Pit lag seitdem auf der Lauer, um jede Aktion vor dem Auslaufen mitzubekommen.

Auf der Back der 575 erschien jetzt ein stattlicher Kerl. Pit nahm das Fernglas an die Augen. Da drüben stand der Gorilla, der ihn hatte killen wollen – dieses Mal ohne Verkleidung, aber dennoch gut wiederzuerkennen: Die hünenhafte Erscheinung mit bestimmt zwei Metern Körpergröße konnte der Mistkerl halt nicht verstecken, und der dichte Bart schien echt zu sein. Heute umwehte den Kopf des Gangsters eine langmähnige schwarze Lockenpracht, die gestern die Pudelmütze hatte nur schwerlich bändigen können. Der Gorilla brachte wenig später eine schmale Stelling aus und ging auf den Liegeplatz herunter. Vier Männer in weißen Overalls stapften kurz darauf wie eine Kette Eisbären an Bord. Kam doch noch die Polizei ins Spiel? Rückten da Kriminaltechniker an? Das Verhalten des Gorillas vermittelte aber eher den Eindruck, als hätten die Eisbären ihren Besuch lange vorher angekündigt.

An der seeseitigen Pier des Hafenbeckens legte in dem Moment der gestern eingelaufene Schlepper ab. Er nahm Kurs auf die 575. Auf deren Back erschienen prompt die Eisbären. Auf dem Rücken der Overalls prangte das gleiche Logo wie am Schornstein des Schleppers – drei Wellen untereinander und darüber eine fünfzackige Krone. Die Bergungsfirma schickte also eigene Leinenposten auf die 575. Das eingespielte Team übernahm dann auch das Schleppgeschirr vom Schlepper.

Pit sah auf die Uhr: 06.42 Uhr. Wo blieben die Geiseln? Er wünschte, Ludger hätte keine Gelegenheit gefunden, den Fan-Kreis zu warnen. Selbst wenn Ludger seine Kumpel hatte wegschicken können, musste zumindest er noch auftauchen. Pit beschloss, zum Museumseingang zu gehen. Vielleicht konnte er dort etwas erfahren?

Die Türen des Verwaltungstrakts waren verschlossen, aber an der Seite stand ein kleines Fahrzeugtor offen, das direkt auf das Freigelände führte. Ein Posten bewachte es. Bestimmt gehörte er zu der Janning-Truppe. Pit schlug einen Bogen, umrundete den Vorplatz des Museums und huschte in die Büsche, die einen Spielplatz umgaben.

Die Uhr ging bereits auf sieben, da näherten sich einige Männer vom Parkplatz her; unter ihnen das Männlein, das er gestern von den Füßen gepustet hatte. Der Kerl schien das Sagen zu haben – die anderen redeten unentwegt auf ihn ein. Sie passierten Pits Gebüsch und steuerten auf das geöffnete Tor zu.

Aus Richtung der ehemaligen Hauptwache kam auf einmal Ludger angelaufen. Er versuchte, mit einem lauten »Hallo!« auf sich aufmerksam zu machen.

Die Gruppe hielt an. »Ach, der Herr Rotgerber«, kommentierte das Männlein. »Sie wurden bereits vermisst.«

»Vermisst? Ich?« Ludger blieb stehen.

Pit kroch in seinem Gebüsch auf die andere Seite, um die Unterhaltung besser verfolgen zu können.

»Frau Itzig gab mir mit auf den Weg, an der ehemaligen Hauptwache auf die Kameraden vom FanKreis zu warten, um sie zu überprüfen. Aber offensichtlich gab's eine Planänderung.«

»Ihre Chefin hat solch einen Mist erzählt?«, krähte das Männlein.

»Sie übermittelte mir lediglich Herrn Jannings Weisung.«

»Der Chef soll das so befohlen haben?« Das Männlein zuckte die Achseln.

Ludger beachtete ihn nicht weiter, ging reihum und schüttelte den Kameraden die Hände.

»Jetzt ist er ja da«, beendete einer von ihnen das Geplänkel und schlug Ludger auf die Schulter. »Klasse, dich mit dabei zu wissen. Wir freuen uns auf den Törn. Wenn Deutschland den Dampfer schon abschiebt, begleiten wir ihn wenigstens zum neuen Liegeplatz.«

»Na, gehen wir an Bord«, kommandierte das Männlein, »sonst legen die ohne uns ab.«

»Vorher schaue ich mir aber die Papiere der Kollegen an.« Augenblicklich herrschte Schweigen. Alle starrten Ludger an. »Ich möchte die Versicherungspolicen meiner Kameraden sehen – Haftpflicht und Unfall. Die habt ihr doch für die Reise abgeschlossen?«

»*Was haben wir*?« Einer der Männer schaute erst der Reihe nach seine Kameraden an und fixierte dann Ludger mit seinem Blick.

Der holte zu einem Vortrag aus: Jeder, der an Bord gehe und nicht Angestellter des IEK sei, müsse gesondert eine Haftpflicht- und Unfallversicherung für sich abgeschlossen haben. »Kostet 25 Euro.«

»Das hat uns keiner gesagt.« Die Kameraden vom FanKreis redeten wild durcheinander.

»Schluss mit dem Scheiß!« Das Männlein hatte bis jetzt verdutzt das Schauspiel verfolgt. »Reden Sie keinen Unsinn, Rotgerber. Wir gehen jetzt an Bord. In der Mannschaftsmesse gibt's ein ordentliches Frühstück, und dann genießen wir den Ausflug.«

»Und wer kommt für die Schäden auf, die die Kollegen verursachen oder selbst erleiden?« Ludger kehrte den Sicherheitsinspektor heraus, der keine Widersprüche duldete.

»So ein Quatsch!«, krähte das Männlein. »Was soll schon passieren? Los Männer, wir lassen uns den Ausflug nicht von diesem Klugscheißer verdrießen.« Er zerrte einen der FanKreis-Männer am Ärmel in Richtung Museum.

»Dann muss ich mich an den Schlepperkapitän wenden.« Ludger zerrte eine Karte aus der Brusttasche seiner Jacke. »Als Sicherheitsbeauftragter des IEK muss ich das Ablegen in diesem Fall untersagen.«

Missmutig starrte das Männlein auf den Ausweis. Selbst aus seinem Gebüsch heraus sah Pit, wie es im Kopf des Kerls arbeitete.

»Du kannst uns doch nicht die Freude an dem Törn verderben?« Enttäuschung und Zweifel schwangen in der Stimme des FanKreis-Mannes mit.

»So leid es mir tut«, Ludger bemühte einen versöhnlichen Ton. »Oder soll ich der Blöde sein, der die Rechnung zahlt, wenn etwas passiert?«

Einerseits bewunderte Pit den Freund ob seines Kampfes; andererseits fürchtete er die Folgen des Heldenmutes.

»Das werden Sie bereuen.« Das Männlein schien sich zu einer Entscheidung durchgerungen zu haben. »Ich darf das pünktliche Auslaufen nicht gefährden und muss mich deshalb der bürokratischen Willkür von Herrn Rotgerber beugen.« Er ging reihum und verabschiedete jeden der FanKreis-Männer mit Handschlag.

»Du bist so ein Arschloch«, fauchte einer von ihnen in Ludgers Richtung. »Komm uns nie wieder unter die Augen!«

Die Worte beeindruckten Ludger, wie Pit aus dessen Gesichtszügen lesen konnte.

»Lassen Sie uns gehen.« Das Männlein fasste Ludger am Oberarm und zerrte ihn in Richtung Museumsgelände. »Der Kommandant wird Sie vor dem Auslaufen sprechen wollen.«

Die Gruppe der FanKreis-Männer blieb zurück und starrte den beiden Männern hinterher, die das Eingangstor passierten und so auch aus Pits Gesichtsfeld verschwanden. Das dürfte es hier wohl gewesen sein. Nun galt es, dem Schleppzug mit der JUNO zu folgen und je nach Situation zu handeln. Hoffentlich lynchten die Ludger nicht.

*

An Bord der 575 – im Hafen Peenemünde – 07.10 Uhr

»Ich wusste nicht, dass der Kerl einen Ausweis hat – von Ihnen unterschrieben.« Graf sprach leise und ruhig, als legte er jedes Wort auf die Goldwaage. »Was hätte ich tun sollen? Einen Eklat mit dem Schlepperkapitän riskieren?« Er musste dem Chef einen Teil der Schuld in die Schuhe schieben, ansonsten endete für ihn die Operation BalticJump hier und jetzt – erst recht nach der Zurücksetzung von gestern Abend.

Am anderen Ende der Leitung herrschte Schweigen.

Sein erster Weg an Bord hatte Graf zusammen mit Rotgerber auf die Brücke geführt, um Ofzschak über den Verlust der meisten Geiseln Bericht zu erstatten. Der war förmlich in die Luft gegangen und hatte verlangt, Graf möge sofort den Chef über den Vorfall informieren. Ihm war nichts weiter übrig geblieben, als nach nebenan in den HBS zu gehen und Jannings Nummer zu wählen.

Der Chef schwieg noch immer. Graf spürte die eisige Atmosphäre, die über dem Telefonat lag. In den nächsten Sekunden entschied sich sein Schicksal.

»Wo stecken die Männer vom FanKreis?«, wollte Janning wissen.

»Ich habe sie vor dem Museum zurückgelassen.«

»Ist gut, ich kümmere mich darum, dass sie während der Operation niemandem vor die Füße laufen.«

Graf wollte fragen, was das bedeute, traute sich aber nicht.

»An Bord haben Sie jetzt nur noch eine Geisel«, ergänzte der Chef. »Vergessen Sie das nicht. Und! Der Rotgerber muss Ihnen helfen, die Roma im entscheidenden Moment des Raketenstarts unter Kontrolle zu halten. Sie brauchen ihn! Alles Weitere klären wir nach Ihrer Rückkehr.«

»Verstanden.« Graf kam eine Idee. »Wir könnten doch die vier Leinenposten als Geiseln nehmen – gewissermaßen …«

»Auf keinen Fall! Damit hetzen Sie uns zusätzlich die Dänen an den Hals. Die vier Mann verschwinden wie abgesprochen. Wenn man ihre Überreste findet, sind wir längst über alle Berge. Und jetzt kümmern Sie sich um Ihren Job.«

»Zu Befehl!«

»Und denken Sie an meine Worte von gestern: Die Operation steht im Mittelpunkt. Keine Mätzchen! Keine Eifersüchteleien!«

»Jawohl!«

Janning legte auf.

Graf ging zurück auf die Brücke. Ofzschak lümmelte im Kommandantensessel, starrte Rotgerber an, der einige Meter abseits stand, und ließ immer wieder den Lauf seiner Pistole in die linke Hand klatschen. Graf gab das Handy an seinen Kommandanten zurück. »Wir sollen bedenken, dass wir jetzt nur noch eine Geisel auf dem Schiff haben.«

Ofzschak nickte und wandte sich Rotgerber zu. »Das ist deine Schuld. Du scheinst ein wirklich mutiger Bursche zu sein.«

»Ich kann nur wiederholen, meine Chefin gab mir die eindeutige Anweisung: Die Kameraden vom FanKreis neben der alten Hauptwache in Empfang nehmen, an Bord bringen und strikt die Sicherheitsbestimmungen einhalten. Ordnungsgemäße Versicherungspolicen gehören dazu.«

»Irgendwie muss der ein Tonband verschluckt haben.« Ofzschak feixte Graf an, der hinter Rotgerber stand. »Der sprudelt stets die gleiche Scheiße heraus. Klingt auswendig gelernt.« Ofzschak erhob sich und trat vor Rotgerber hin, die Hand mit der Pistole lässig an der Seite herunterhängend. »Du hattest um Mitternacht im Nordhafen anzutanzen. Um Mitternacht – im Nordhafen! Rate mal, warum?«

Rotgerber zuckte die Achseln. »Weiß n…«

Ansatzlos jagte ihm Ofzschak die Faust in die Magengegend. Wie nach einem Bauchschuss stockte Rotgerber der

Atem. Schließlich knickten ihm die Knie weg, und er klappte zusammen.

»Los, hoch. Oder bist 'n Weichei? Schaffst doch bei einem Sicherheitsdienst, da muss man auch einstecken können.«

Als Rotgerber nicht sofort reagierte, traf ihn ein Tritt in den Hintern.

»Komm schon. Beweg deinen Arsch.«

Ofzschak presste den Pistolenlauf unter Rotgerbers Kinn und schob dessen Kopf nach oben. Ihm schien vor Wonne das Wasser im Mund zusammenzulaufen.

Gleich drückt der ab, glaubte Graf die Absicht seines Kumpans zu erahnen.

Rotgerber wollte sich aufrappeln, doch anscheinend fehlte ihm die Kraft.

Da packte Graf den Kerl am Kragen und zerrte ihn auf die Beine. »Schluss jetzt mit dem Theater.«

»Was pfuschst du mir ins Handwerk?« Ofzschak klang wie ein bockiges Kind.

»Der Alte hat klare Anweisungen gegeben.«

»Der Alte hat aber auch befohlen, der Mistkerl sollte um Mitternacht …«

»Ist ja nichts passiert. Wir haben nur noch eine Geisel – willst du die umbringen?«

Wie ein Hauptfeldwebel auf Strafexpedition trat Ofzschak drei Schritte vor und stand Graf fast auf den Füßen. »Mach das nie wieder! Ich habe hier das Sagen. Klaro?« Er wandte sich ab. »Ich schenke ihn dir, den Bubi. Falls ihm der Boss irgendwann seine schützende Hand entzieht, gehört er mir. Ich dulde keinen Ungehorsam.«

»Komm!« Graf zerrte Rotgerber zum Ausgang der Brücke, stieß ihn die Treppe in den Hauptverkehrsgang abwärts und deutete unten auf den Niedergang, die ein Deck tiefer führte. Rotgerber kletterte, ohne Widerstand zu leisten, die Stufen hinunter. Graf wusste natürlich, wo er den Kerl einsperren würde: Das kleine Schapp an der Rückseite des Offiziersvorraums, das ehemalige Waffenhellegatt, gab das ideale Gefängnis ab – weit abseits der üblichen Verkehrswege, ohne Bullauge, das Schott nur von außen zu öffnen, und der Lärm der Turbinen vom benachbarten Maschinenraum überdeckte jeden Hilferuf.

Graf drehte die Vorreiber zurück, öffnete das Verlies und schob Rotgerber in die zwei mal zwei Meter große Last.

»Solange Janning seine schützende Hand über dich hält, pustet dich keiner um. Aber wie lange dauert das?« Graf zuckte die Achseln und warf die Tür zu. Knirschend zog er die Vorreiber des Schotts fest.

Das Ablegen der 575 und das Einschwenken des Schleppzugs in den Peenestrom hatten problemlos geklappt. Graf stand auf dem Außendeck hinter der Brücke und blickte zum Ufer hinüber, wo gerade das ehemalige Kraftwerksgebäude an Steuerbord vorüberglitt. Solange der Schlepper die 575 bugsierte, gab's für ihn keine Arbeit. Und außerdem führte *Kommandant* Ofzschak den Dampfer. Grafs Zeit kam später, wenn das Schiff mit eigener Kraft lief. Da sollte dieser Möchtegernchef mal einen Mucks verlauten lassen – Graf würde ihn rauswerfen oder selbst von der Brücke verschwinden. Dann konnte das Arschloch allein Navigation und Zeitplanung übernehmen.

Zu dieser frühen Morgenstunde herrschte bereits reger Verkehr auf dem Peenestrom. Die Freizeitskipper steuerten ihre Jachten in Richtung Bodden. Weiter hinten bog gerade ein Kutter, vom Festland her kommend, in das Fahrwasser ein. Die rote Farbe des Rumpfes und das Gelb der Aufbauten glänzten in der Morgensonne. Graf nahm sein Fernglas an die Augen und sah hinüber, erkannte den Namen des Fischereifahrzeugs auf die Distanz aber nicht.

21 – VERSTECKT IN ZITTERPENNINGSHAGEN

Stralsund – 08.30 Uhr

Svenja drückte den Klingelknopf erneut, läutete Sturm. Aber die Wechselsprechanlage blieb stumm und das Gartentor verschlossen. Verflucht! Wo steckte Andrea? Die ganze Nacht hatte Svenja an sie denken müssen. Die langjährige Freundin abschieben zu wollen, war ihr zweiter großer Fehler in diesem Albtraum gewesen, nach dem Wahnwitz, sich auf Janning einzulassen. Im Morgengrauen war sie doch noch eingedöst und viel zu spät aufgewacht. Ihre erste Panik hatte Svenja zum Haus der Rotgerbers geführt.

Sie klingelte erneut. Nichts rührte sich. Das Grundstück lag verlassen da. Erst jetzt fiel Svenja auf, dass alle Rollos heruntergezogen waren. Wo steckte Andrea? Svenja sah auf die Uhr. Für weitere Nachforschungen blieb keine Zeit mehr – sie musste zurück ins Büro. Schlepper und 575 zogen seit über einer Stunde in Richtung Norden, wie sie zu Hause mit einem flüchtigen Blick auf den PC hatte feststellen können.

*

Glücksburg – 08.54 Uhr

»Der Schleppzug passiert gerade Kap Nordperd«, meldete Marschmann.

Kernler, der im Besucherbereich saß und irgendwelche Telefonate erledigte, schaute auf. »Nordperd? Wo liegt das?« Er kam zur Kontrollkonsole herüber und betrachtete den Bildschirm.

»Kap Nordperd nennt sich der östlichste Punkt der Insel Rügen, eine dem Badeort Göhren vorgelagerte Landzunge.«

»So weit unten gurken die noch rum?« Kernler schien enttäuscht.

»Der Schleppzug ist gerade mal zwei Stunden unterwegs und hat inzwischen 13,45 Seemeilen zurückgelegt. Die liegen voll im Plan.«

»Hm.« Kernler rieb sein Kinn und starrte auf den Monitor, der das Seegebiet östlich Rügen zeigte. »Was denken Sie? Angenommen, dieser Janning will die Raketenkorvette in seine Gewalt bringen und entführen – wo würde er zuschlagen?«

Marschmann begann zu schwitzen – folgten nun Fragen, die seine Reaktion in Krisensituationen testeten? Er versuchte abzuwiegeln. »Im Fall der HANS BEIMLER halte ich eine Entführung für unwahrscheinlich. Erstens müssten sie den dänischen Schlepper loswerden, und zweitens wird die Korvette kaum aus eigener Kraft laufen können.«

Kernler zog einen Stuhl heran und nahm neben Marschmann Platz. »Bestimmt haben Sie recht. Aber ich möchte etwas lernen, wenn wir schon so nett beieinander hocken. Lassen Sie mich ein wenig an Ihrem Wissen teilhaben.«

»Bitte. Fragen Sie.«

»Mich interessiert: Falls die Kerle das Raketenschiff kapern, wäre das auf der gegenwärtigen Position doch eine günstige Stelle. Die hätten freie Fahrt in Richtung Polen und könnten in deren Hoheitsgewässer verschwinden.«

»Falsch. Die deutsche Polizei arbeitet mit ihren Kollegen dort ebenso gut zusammen wie im Westen mit den Holländern. Die beiden Länder gewähren unseren Behörden das Recht der begrenzten Nachverfolgung auf ihren Territorien.« Marschmann schüttelte den Kopf. »Das wüssten die Gangster. Polen bietet keinen Zufluchtsort.«

»Ziehen Sie bitte mal die Karte auf.«

Marschmann vergrößerte den Maßstab und zeigte schließlich die gesamte Ostsee auf dem Bildschirm an.

»Bliebe Russland. Um dorthin zu fliehen, dürften die weiter nördlich zuschlagen?« Kernler fuhr mit seinem Finger von Rügen aus, an der schwedischen Küste entlang, bis in den Finnischen Meerbusen hinein.

»Ja, das wäre der klassische Kurs – für eine Schiffsentführung aber ungeeignet; dort herrscht starker Schiffsverkehr.«

»Also gibt's keine ideale Route?«

»Nein, in der Ostsee ein Schiff zu entführen und anschließend zu verbergen, gleicht einem Diebstahl auf einem belebten Marktplatz.«

»Sie beobachten ja sämtliche Schiffsbewegungen.« Kernler deutete auf den Bildschirm.

»Das geht nur, weil die zivilen Einheiten mit dem Kennungssystem AIS fahren.«

»Ich weiß. Jedes Schiff muss einen Sender an Bord mitführen, der ständig dessen Position verrät.«

»Nicht bloß das. Wir können sehr viel mehr über die Fahrzeuge erfahren: Kurs, Zielhafen, zurückgelegte Kurse, und und und.« Marschmann unterstrich seine Worte, indem er die entsprechenden Daten der HANS BEIMLER auf dem Monitor anzeigte.

»Bei einer Entführung schalten die Gangster das AIS einfach ab und verschwinden so von der Bildfläche. Oder?«

»Ja, dann wären sie zunächst unsichtbar. Suchschiffe könnten den Flüchtling allerdings schnell ausmachen. Die gleichen Radarkontakte mit den AIS-Signalen ab. Und fehlen die AIS-Informationen …«

»Gilt der Dampfer als verdächtig.« Kernler nickte verstehend, starrte aber weiter auf den Monitor, als rekapituliere er noch einmal das soeben Gehörte.

Im Besucherbereich klingelte zum x-ten Mal dessen Telefon. Der Regierungsbeamte ging hinüber und nahm ab. Zuerst hörte er aufmerksam zu und diskutierte anschließend leise, sodass Marschmann nur vereinzelte Worte mitbekam. Irgendwie sollte die Kieler Staatsanwaltschaft einer anonymen Anzeige nachgehen und die Stralsunder Kriminalpolizei einbeziehen. Schließlich legte Kernler auf und wählte sofort eine neue Nummer. Marschmann wandte sich wieder seinen eigenen Aufgaben zu.

*

Stralsund – 14.30 Uhr

Svenja saß bereits Stunden vor dem Monitor, und nichts passierte – zum Glück. Der Schleppzug stand mittlerweile nordöstlich von Kap Arkona. Er lief jetzt schon einige Zeit Nordwestkurs und hielt auf die Kadetrinne zu, jenem Seeweg zwischen Deutschland und Dänemark. Die zwei Schiffssymbole auf der Karte zogen friedlich ihre Bahn. Svenja reckte den Oberkörper und blickte auf ihr Handy. Andreas Verschwinden belastete sie mehr, als sie sich eingestehen mochte. Immer wieder tauchte die gestrige Szene vor ihren Augen auf und schürte ihre Selbstvorwürfe wie ein kräftig angefachtes Schmiedefeuer. Bestimmt hatte Svenja 30 Mal versucht, Ludgers Ehefrau auf ihrem Handy oder über deren Festnetzanschluss in der Wohnung zu erreichen – immer wieder vergebens. Irgendwann musste sie nach ihr suchen. Bloß wann?

Svenja horchte auf – draußen auf dem Parkplatz fuhr ein Wagen vor. Kam da Andrea? Mit klopfendem Herzen sprang Svenja vom Schreibtisch auf und ging in den Empfangsbereich hinüber. Draußen klapperte die Eingangstür, und zu ihrer Überraschung stand auf einmal Otto Löffler im Zimmer.

Svenja versuchte ihre Enttäuschung bestmöglich zu verbergen. »Herr Hauptkommissar? Welcher Wind weht Sie denn in unsere heiligen Hallen?« Sie begrüßte den Gast.

»Hinter den Hauptkommissar müssen Sie ein a.D. setzen«, entgegnete er, zog ein Tuch aus der Tasche und wischte über seinen Kopf. Diese Geste gehörte in Svenjas Erinnerung ebenso zu Löffler wie dessen große Ohren, die das freundliche Opagesicht dominierten.

»Sie und Ruhestand? Das gibt's gar nicht.« Svenja kannte den sympathischen Mann seit nunmehr vier Jahren. Gewissermaßen waren sie damals beide zur selben Zeit von Bremen nach Stralsund gezogen – Svenja, um bei der SSK anzufangen, und der Kommissar wegen …? Eigentlich hatte sie ihn nie gefragt, warum er sich hatte versetzen lassen.

»Leider«, wandte Löffler ein. »Mit 67 beschäftigt keiner mehr einen altgedienten Bullen.«

»67? Sie sehen aber viel jünger aus«, schmeichelte Svenja. Sie deutete dem Besucher, näherzutreten. »Was führt Sie hierher?«

»Tja, Ihre Telefonanlage muss gestört sein – auf jeder Durchwahl kommt das Besetztzeichen. Also musste ich kommen.«

»Verdammt. Wegen einer wichtigen Besprechung hatte ich alle Apparate in der Firma abgestellt«, bemühte Svenja eine Notlüge. »Bin allein hier.« Um ungestört dem Schleppzug auf der Ostsee folgen zu können, hatte sie kurzerhand die Fernsprechanlage ausgeschaltet. »Gibt's so wichtige Neuigkeiten?«

»Irgendjemand hetzt Ihnen gerade meine Kollegen auf den Hals.«

Svenja verstand nicht sofort. Sie setzte sich und bot Löffler ebenfalls einen Stuhl an. »Wie das?«

»Heute Morgen erhielt die Staatsanwaltschaft in Kiel einen Hinweis zur Brandkatastrophe auf der LISCO GLORIA.«

»Und der betrifft mich? Unsere Firma?«

»Ja.« Löffler kramte wieder sein Taschentuch heraus und fuhr damit über seinen Kopf. »Sie sollen einen illegalen Waffentransport auf der Fähre abgewickelt haben. Darüber hinaus bestehe akute Gefahr, da Sie irgend so ein Museumsschiff überführen.«

Svenja schien jegliches Blut aus dem Kopf zu weichen. Vor ihren Augen tanzten Sterne. Janning! Janning strafte sie sofort ab, weil Ludger zu spät auf die 575 gekommen war?

»Die Anzeige behauptet, Sie hätten damals das Geschäft gemeinsam mit Arno durchgezogen. Ebenso wie jetzt wieder.« Löfflers Gesicht glich der Totenmaske eines Kriegsherrn. »Haben Sie aus der damaligen Sache keine Lehren gezogen?«

Svenja spürte den kalten Schweiß überall am Körper. Nervös wischte sie die Hände an ihren Jeans ab.

»Bevor meine Kollegen hier reinplatzen, wollte ich Ihre Version hören. Sie als Arnos Geschäftspartnerin kann ich mir kaum vorstellen.«

Svenja schluckte und berichtete: von den Vorgängen auf der LISCO GLORIA; von Jannings Erpressung; von Ludgers Einsatz auf dem Raketenschiff; von Jannings Andeutungen, die 575 zu entführen. Ludgers Kameraden des FanKreises und Pits Verfolgung auf der JUNO *vergaß* sie zu erwähnen.

»Im vollen Bewusstsein drängen Sie einen Ihrer Mitarbeiter in die Rolle einer Geisel?«

»Ludger wollte den Auftrag unbedingt übernehmen.«

»Papperlapapp!« Löfflers Stimme dröhnte durch den Raum. »Wenn's um Leben und Tod geht, entscheidet wohl die Chefin in letzter Instanz. Sind Sie hier noch Chefin?«

»Ja, zusammen mit meiner Schwester.«

»Wo steckt sie? Vielleicht können Sie sich hinter ihr verstecken?«

»Romy weiß von nichts. Sie sitzt in Cuxhaven in wichtigen Verhandlungen und kommt erst am Wochenende zurück.«

»Einen winzigen Rest Ihrer Courage scheinen Sie sich bewahrt zu haben.« Löffler schüttelte den Kopf. »Aber wie konnten Sie nur auf Arnos Geschäfte eingehen?«

»Ich musste.«

»Ach, Sie mussten? Niemand muss mit einem Verbrecher gemeinsame Sache machen.«

»Doch, ich musste. Janning hatte gedroht, Ludger zu entführen. Dann wäre er in ernste Gefahr geraten. So versprach mir Janning dessen unversehrte Rückkehr.«

»Glauben Sie dem Banditen?«

Die Frage mochte Svenja nicht einmal vor sich selbst beantworten.

»Da stecken Sie ja richtig im Schlamassel – ein Mitarbeiter gibt die Geisel auf einem entführten Schiff, und Sie können keinen Handschlag für ihn tun, weil Sie in einer Zelle hocken.«

Svenja rieb eine Hand über ihren Hals. »Zelle?«

»Nach Ihrer Geschichte, die Sie mir gebeichtet haben, dürften die Kollegen schnell feststellen, dass die Anzeige gegen Sie einige Wahrheiten enthält. Da werden Sie viele Fragen beantworten müssen und ins Loch einziehen.«

»Von wem kam die Denunziation?«

»Anonym. Dennoch gingen die Kollegen der Sache nach, weil wichtige Details mit den bisherigen Ermittlungsergebnissen übereinstimmten. Außerdem soll eine Behörde in Berlin Druck machen.«

Janning hatte der Polizei seine Unterlagen geschickt. In Svenja brach eine Welt zusammen. Wenn er dieses Versprechen nicht hielt, kümmerte den Verbrecher Ludgers Schicksal auch wenig.

»Nach anfänglichem Hin und Her haben jetzt meine Kollegen hier in Stralsund die Sache an der Backe. In einer Stunde treffen zwei Kommissare aus Kiel ein, und dann stehen die bei Ihnen vor der Tür. So hat's mir jedenfalls ein Kumpel in der Inspektion berichtet, der sich an meine Wertschätzung Ihnen gegenüber erinnerte.«

»Vielleicht stellen die nur ein paar Fragen und ziehen wieder ab.«

Löffler schüttelte den Kopf. »Die nehmen Sie hops. Allein schon wegen des Aufwands, den die treiben.«

Svenja könnte heulen. »Und der Schleppzug?« Sie stand auf. »Falls etwas passiert, muss ich reagieren. Ludger baut auf meine Hilfe.«

»Ich denke, Arno hat Ihnen die Unversehrtheit Ihres Mitarbeiters zugesichert?«

»Bitte, Herr Kommissar, geben Sie mir einen Rat.«

»Entschuldigen Sie, mein Sarkasmus hilft in der Tat nicht weiter.« Löffler wischte erneut mit seinem Tuch über den Kopf. »In guten und schlechten Krimis verschwindet der unschuldig verdächtigte Held, bringt den wahren Schurken zur Strecke, und alles wird gut.«

»Auf meinen Fall übertragen, muss ich Janning zur Strecke bringen. Aber wo soll ich untertauchen?«

Löffler stand auf, trat ans Fenster und sah hinaus, als suche er dort einen Zufluchtsort. »Arno das Handwerk legen, überlassen Sie mir – mir und den Kollegen von der Kripo. Dabei steht natürlich die Unversehrtheit Ihres Mitarbeiters an oberster Stelle. Um dem Verbrecher unauffällig auf die Spur zu kommen, müssen Sie mir helfen.«

»Aber dann wandere ich doch ins Kittchen?«

»Nicht, wenn Sie zu mir kommen.«

»Zu Ihnen?« Der Vorschlag überraschte Svenja.

Löffler drehte den Kopf zu ihr herum. »Zitterpenningshagen liegt jwd – janz weit draußen; wenn einen die Polizei sucht, eine gute Wahl. Am PC können Sie ebenso gut bei mir im Arbeitszimmer hocken. Internet haben wir auf dem Land auch schon. Und wir beide können auf jede Wendung des Geschehens direkt reagieren.«

Svenja überlegte: Im Notfall rief Uta auf ihrem Handy an, und die AIS-Signale konnte sie von jedem beliebigen PC aus verfolgen. Svenja ging an ihren Schreibtisch und sah auf den Monitor. Der Schleppzug bewegte sich inzwischen genau nördlich Kap Arkona, weiterhin mit Kurs Nordwest.

»Was ist?« Löffler stand in der Bürotür.

Svenja lächelte. »Ich nehme Ihr Angebot gern an. Nach Zitterpenningshagen wollte ich schon immer mal fahren. Ich rufe nur noch Romy an.«

»Auf keinen Fall. Wenn meine Kollegen hier niemanden antreffen, forschen die über kurz oder lang in Cuxhaven nach und quetschen Ihre Schwester aus. Verrät sie dann Ihren Zufluchtsort, bekomme sogar ich Ärger. Dass Sie mich rein zufällig zum Kaffee besuchen, glauben die Kollegen eher kaum.«

Löfflers Hilfe stärkte wieder Svenjas Zuversicht. Sie packte ihre Sachen zusammen, während der Kommissar bereits nach draußen lief, um in seinem Wagen zu warten. Den Janning würde sie sich bei passender Gelegenheit vorknöpfen und zur Rede stellen. Dabei könnte ein kleines Druckmittel nicht schaden. Svenja ging an den Waffenschrank, nahm den Mini-Browning heraus und verstaute ihn in ihrer Handtasche.

22 – MAYDAY! MAYDAY … MAYDAY!

An Bord der 575 – nördlich Kap Arkona – 14.55 Uhr

Graf stand auf dem Signaldeck hinter der Operationszentrale, um die Position zu überprüfen. Der GPS-Empfänger in seiner Hand zeigte 54° 50' 30'' Nord und 13° 27' 19'' Ost. Der Schleppzug lief auf dem Kurs 320 Grad direkt in Richtung der vorbestimmten Koordinaten für die gewaltsame Übernahme des Schiffes. Der Schlepper nahm offensichtlich genau den vorgekoppelten Weg, den Janning geplant hatte. Graf trat an den Peilkompass auf der Backbordseite, um die Anzeige des GPS-Empfängers zu kontrollieren. Er notierte die Werte und ging in den Hauptbefehlsstand an den Kartentisch. Mit dünnen Bleistiftstrichen übertrug er die Ergebnisse der Peilung und fand die Daten vom GPS bestätigt.

Graf betrat die Brücke, wo Ofzschak noch immer auf dem Kommandantensessel hockte. »Zwei Seemeilen bis zum Punkt A.«

Ofzschak blickte auf die Uhr. »14.59 Uhr. Wir liegen absolut im Plan.« Er stand auf und reckte die Glieder. »Dann wollen wir sehen, dass das so bleibt. Ich gehe runter und informiere unsere Besatzung.«

Den jetzt anlaufenden Aktionsplan hatten sie hunderte Male durchgesprochen – in der Vergangenheit unter der Prämisse, dass Graf das Kommando führte, heute mit getauschten Rollen.

Am Niedergang blieb Ofzschak noch einmal stehen. »Informier die Jungs draußen auf See.«

»Mach ich.«

*

An Bord der JUNO – 8 Seemeilen südlich der 575 – 14.59 Uhr

Pit nahm das Fernglas an die Augen. Über die Entfernung hinweg erkannte er den Schleppzug nur schemenhaft. Dort drüben schien alles ruhig zu sein. Die ewige Frage nach dem *Wann* machte ihm immer mehr zu schaffen. Wann brachten Jannings Leute die 575 in ihre Gewalt? Und wie? Und was passierte danach? Würde die JUNO der Korvette überhaupt folgen können?

Mitten in sein Grübeln hinein klingelte wieder einmal das Handy – ein Kollege aus der Redaktion. Solche Nerverei konnte er in den nächsten Stunden schlecht gebrauchen. Pit drückte das Gespräch weg und wollte abschalten, hielt aber inne. Svenja musste er noch beruhigen, bevor die anrief und ihn nicht erreichte. Er wählte ihre Nummer. Zum Glück meldete sich die Mailbox. Pit hinterließ seine Standardausrede, schaltete den Quälgeist ab und legte ihn hinter das Steuerpult.

*

An Bord der 575 – 15.05 Uhr

Graf holte das Sprechfunkgerät aus der Operationszentrale und ging wieder hinaus auf das Signaldeck.

15.06 Uhr – die Helfer in der unsichtbaren Ferne erwarteten seine Meldung in vier Minuten. Er trat an das Schanzkleid und schaute auf die Back hinunter. Die Leinenposten der Bergungsfirma standen in einer Gruppe zusammen und redeten miteinander. In wenigen Augenblicken endete ihr Job – und ihr Leben. Da Ofzschak das Kommando führte, musste Graf sich nicht die Hände an den Männern schmutzig machen.

15.09 Uhr – Graf ging in die Mitte des Decks, setzte das Headset auf, wählte am Funkgerät den vereinbarten Kanal und wartete, bis der Sekundenzeiger die Runde vollendete.

»Pfeil 1 ruft Pfeil 0. Pfeil 1 ruft Pfeil 0.«

»Hier Pfeil 0«, kam klar und deutlich über die Kopfhörer zurück. »Sprechen Sie.«

»Pfeil 1 läuft nach Plan. Ohne Abweichung.«

»Verstanden. Pfeil 1 läuft nach Plan. Ohne Abweichung.«

»Ende.« Graf schaltete ab, verstaute das Funkgerät in der Operationszentrale, griff nach dem Fernglas und ging auf die Brücke. Hier stand er geschützt und konnte dennoch alles gut überblicken. Die Leinenposten versahen ihre Arbeit, und auf dem Schlepper weiter vorn schien seemännische Routine zu herrschen. Dort drüben erahnte natürlich niemand die bevorstehenden Ereignisse.

15.13 Uhr – Graf richtete das Fernglas nach Steuerbord querab.

Aus der Richtung musste der Flugkörper anfliegen. Sosehr er auch die Augen anstrengte, zu erkennen gab's nichts. Das Seegebiet um sie herum erwies sich als völlig blank geputzt.

15.14 Uhr – unentwegt tasteten Grafs Blicke den Horizont ab. Das Herz in der Brust schmerzte. Die Nervosität machte ihm mehr zu schaffen, als er wahrhaben wollte. Er saß hier wie auf einem Präsentierteller. Janning hatte zwar gebetsartig betont, die Rakete besitze eine zuverlässige Zielerfassung und treffe ganz bestimmt das angepeilte Ziel. Doch Menschen feuerten das Ding ab, und Menschen begingen Fehler. Es war wirklich kein gutes Gefühl, genau hinter einem Schlepper zu sitzen, der innerhalb der kommenden 60 Sekunden das Opfer eines Raketenangriffs werden sollte.

15.15 Uhr – Die Augen brannten. Aber die Wasseroberfläche blieb leer. Graf schwenkte hin und her. Da! Er glaubte, einen Blitz gesehen zu haben. Im nächsten Moment stieg zu seiner Linken ein Feuerball empor. Augenblicklich lag der Schlepper in einer dichten Qualmwolke. Die Druckwelle der Explosion spürte Graf sogar hier auf der Brücke. Wie im Ablaufplan vorgesehen, schaltete er den AIS-Sender aus und schaute anschließend wieder zu einem der Frontfenster hinaus. Was er dort sah, ließ ihm das Blut in den Adern gefrieren. Die Rauchwolke zog ab und gab die Blicke nach vorn frei. Die Rakete hatte den Schlepper offenbar auf der Back getroffen. Die stand in hellen Flammen. Heck und Deckshaus schienen beinahe unversehrt. Graf sah die Besatzungsmitglieder drüben auf der Brücke beieinander stehen. Die würden ihnen die gesamte Meute der Einsatzkräfte an den Hals hetzen.

Havariekommando Cuxhaven

Die Tür zu Uta Bendlers Dienstzimmer ging auf, und die Pressesprecherin erschien. »Wir haben eine kritische Lage. Sie schreiben!« Sie reichte ein Blatt herein. »Der erste Eintrag.«

Das Mitschreiben der Meldungen und Maßnahmen während einer Krisensituation gehörte zu Utas Aufgaben. Sie ließ alles stehen und liegen, marschierte in das Nebenzimmer des Lageraums und eröffnete auf dem PC ein neues Tagebuch; sofort tippte sie die soeben erhaltene Nachricht ab:

+++ 23.08.2011 – 15.19 Uhr: MRCC Bremen meldet dem Maritimen Lagezentrum (MLZ): »Schlepper VIKING 36 in Seenot. Lage unklar. Spruch der VIKING 36: ›Mayday! Mayday … Mayday! … Raketen … angriff! Mayday!‹« +++

23 – AUF DEM SCHLACHTFELD

An Bord der JUNO – 15.20 Uhr

»Was mach ich bloß?« Unschlüssig starrte Pit auf den Fahrhebel, der die Fahrtstufe der JUNO bestimmte. Seine Blicke wanderten wieder nach vorn, wo eine Rauchsäule himmelwärts strebte.

Was spielte sich dort drüben ab? Wenige Minuten zuvor hatte auf einmal eine rußig schwarze Wolke oberhalb des Schleppzugs gestanden. Pit hatte geglaubt, einen Feuerstrahl wahrgenommen zu haben, der auf die Schiffe niedergegangen war.

Seither schwebte er im Widerstreit seiner Gefühle: Ich muss hinfahren, mahnte der Verstand, vielleicht brauchte Ludger Hilfe. Und! Gab es tatsächlich eine Story, liefen gerade die entscheidenden Minuten ab. Doch in der Nähe der 575 präsentierst du dich den Verbrechern auf dem Silbertablett, widersprach Pits Selbsterhaltungstrieb.

Während er Für und Wider beider Optionen gegeneinander abwog, wanderte sein Blick immer wieder zu der Gewitterfront, die als dunkle, Unheil verheißende Wand über der

575 emporwuchs. Schickte Petrus ihm ein Zeichen – ein Zeichen, das ihn zum Handeln ermutigen sollte? Er würde es versuchen. Ruckartig schob er den Fahrhebel nach vorn an den Anschlag. Der Motor heulte auf und die JUNO machte förmlich einen Sprung.

*

An Bord der 575 – 15.21 Uhr

Ofzschak und drei andere Männer wuselten um das Bordgeschütz herum. In der vergangenen Nacht hatten sie es aufmunitioniert, um für den Ernstfall gerüstet zu sein. Dieser Ernstfall war jetzt eingetreten. Die Besatzung des Schleppers schlug garantiert Alarm.

»Nun macht doch was!«, flehte Graf. Er presste seine Stirn gegen die mittlere Frontscheibe auf der Brücke. »Schießt endlich!«

Nach weiteren Augenblicken der Ungeduld platzte ihm der Kragen – warum sollte er hier die Stellung halten, wenn da draußen nichts klappte? Graf sprang den Niedergang nach unten und rannte durch den Hauptverkehrsgang auf die Back hinaus. An Backbord stand Ofzschak neben der offenen Luke des Bordgeschützes. Graf stürzte hin und zerrte ihn an der Schulter herum.

»Versenkt die da vorn!«

»Du Arschloch, klugscheißen kann ich selbst.«

»Der Schlepper hetzt uns …«

»Wir haben Ladehemmungen«, schnauzte Ofzschak. »Scher dich wieder auf deinen Posten und steh nicht im Weg rum.«

Graf wich zurück. Jedes weitere Wort konnte eine Explosion auslösen. Ängstlich wanderten seine Blicke in Richtung Schlepper, dessen Back lichterloh brannte. Eine Windböe lichtete gerade den Vorhang aus Rauchschwaden über dem Achterdeck und gab den Blick auf zwei Männer frei, die mit Vorschlaghämmern auf den Schlepphaken eindroschen. Die türmen, schoss es Graf durch den Kopf. Die wollen die Leinenverbindung kappen und abhauen.

Das Heck des Schleppers verschwand wieder hinter der Wand schmutziggrauen Qualms, dessen beißender Gestank bis zu ihnen herüberwehte. Hilfe suchend blickte Graf zum Buggeschütz, das immer noch nicht einsatzbereit schien – Ofzschak und seine Leute wuselten wie eine Schar gieriger Möwen drum herum.

Graf starrte auf die Poller am Bug. Das Schleppseil hing jetzt sogar durch. Hatte der Schlepper gestoppt? Noch ehe er über die Frage nachdenken konnte, schnippte die Trosse, einem Gummiseil gleich, nach oben. Die 575 riss es vorwärts. Gleichzeitig fegte der Wind die Rauchwolke drüben wieder fort. Die beiden Kerle hoben ihre Vorschlaghämmer. Die Hecksee des Schleppers brodelte wie kochendes Wasser. Da wusste Graf, was wirklich vorging.

»Aaachtung!«, schrie er aus Leibeskräften. Die Vorschlaghämmer sausten auf den Schlepphaken nieder. »Volle …« Weiter kam er nicht. Beinahe in Zeitlupe sah Graf das Schleppseil vom Haken springen, in die Höhe schießen und auf sie zufliegen. In einem Reflex der Selbsterhaltung warf er sich hinter den Wellenbrecher am Spill und schlang die Arme um den Kopf. Dem Zischen einer Riesenpeitsche gleich jagte das Unheil heran. Kurz darauf herrschte Stille.

Zögernd, als fürchte er einen zweiten Schlag, schob Graf die Augen über den Rand des Schutzwalls vor sich. Der Schlepper hatte die Distanz zur 575 um einiges vergrößert. Graf wandte den Blick zum Buggeschütz. Wie ein unbeteiligter Passant stand Ofzschak völlig regungslos einen Meter daneben und starrte auf den Boden. Zu seinen Füßen lagen zwei Körper. Graf robbte nach Backbord, hielt aber plötzlich inne. Sein Magen krampfte sich zusammen, rebellierte und er erbrach sich auf das Deck. Den beiden Leibern da vorn fehlten die Köpfe. Die Blutlachen unter den Toten wuchsen unaufhörlich.

Ofzschak schaute auf die Getöteten, glotzte Graf an und richtete dann die Augen auf den flüchtenden Feind. Er schien um die Erkenntnis zu ringen, was eben passiert war. Erneut betrachtete er die Leichen, stierte schließlich das Bordgeschütz an und stürzte plötzlich auf dessen Luke zu.

»Los, alle raus«, schrie er. »Den Arschlöchern zeige ich's.«

Graf stand auf und ging hinüber.

Ofzschak rackerte im engen Innenraum.

»Kann ich helfen?«

Ohne innezuhalten, brüllte Ofzschak heraus: »Geh auf die Brücke und sorg dafür, dass die Maschinen klargemacht werden. Ich kläre das hier.«

*

An Bord der Juno – 15.25 Uhr

Je näher er dem Schlachtfeld kam, umso kräftiger pochte das Herz in Pits Brust. Das Radar bezifferte die Distanz zur 575 noch auf 4,3 Seemeilen. Pit drosselte die Fahrt, um den Abstand nur langsam zu verringern. Bei dem ungetrübten Sonnenschein steuerte er wie auf dem Präsentierteller in das Gemetzel hinein. Der lichterloh brennende Bugschlepper hatte die Schleppverbindung gekappt und versuchte offenbar zu fliehen. Auf der Back der 575 herrschte rege Betriebsamkeit. Garantiert setzten die alles daran, das Bordgeschütz klarzumachen, um dem Flüchtling den Gnadenschuss zu versetzen. Und anschließend? Anschließend nahmen die die gute alte Juno als den einzigen Zeugen aufs Korn.

Der Gedanke bereitete Pit ziemliches Unbehagen. Sehnsüchtig starrte er zum Himmel hinauf. Würde von dort tatsächlich Hilfe kommen? Die tiefblaue Gewitterfront kroch immer höher. Noch nie hatte er ein Unwetter so herbeigesehnt. Hoffentlich brachen die Regengüsse rechtzeitig über das Schlachtfeld herein.

*

An Bord der 575 – 15.26 Uhr

Graf trat auf der Brücke an die Frontfenster. Der fliehende Schlepper war in einer Entfernung von ungefähr einer Seemeile nach Backbord gedreht und lief nun einen Kurs, der seine Distanz zur 575 zwar vergrößerte, ihn gleichzeitig mehr und mehr querab brachte. Was sollte das? Graf schaute zum Radargerät, das nicht funktionierte. Sie hatten das blöde Ding in den vergangenen Monaten zweimal durch neue Geräte ersetzt, die jedoch beim ersten Einschalten sofort durchgebrannt waren. Den Fehler in der Spannungsversorgung hatten die Elektriker nie gefunden. Sie hätten die Fehlersuche ernster nehmen sollen – jetzt fehlte das Radar an allen Ecken und Enden. Mit dessen Hilfe hätte er die Bewegung des Flüchtlings besser kalkulieren und die kommenden Manöver abschätzen können. Die Leitzentrale im fernen Moskau konnte doch nicht das Radar an Bord ersetzen. Durfte man den Gerüchten Glauben schenken, überwachte dieser Harvardjüngling, der damals in Bremen mit am Tisch gesessen hatte, die Operation Baltic-Jump über Satellit. Da überblickte der mühelos die gesamte Ostsee. Bei Bedarf erhielten sie eine verschlüsselte Lagemeldung. In solchen prekären Lagen wie jetzt nutzte die Hightech-Überwachung in der Ferne aber wenig.

Graf hastete auf das Signaldeck und peilte den Schlepper an. Der wanderte weiter in Richtung querab aus. Die wollen eine achterliche Position erreichen, wo sie das Buggeschütz nicht mehr erfasst, fiel ihm plötzlich auf. Wir müssen Fahrt aufnehmen, um denen zu folgen. Verdammt, er sollte die Turbinen klarmachen lassen. Graf hastete zur Brücke, an die Sprechanlage und rief den Maschinenraum.

»Leitstand«, kam die Meldung.

»Gefechtsmäßig besetzt?«

»Ja.«

»Turbinen klarmachen. Uns bleibt keine andere Möglichkeit, als schnellstmöglich zu verschwinden – am besten sofort.«

»Sieben, acht Minuten; wir mussen arbeiten.« Der leitende Ingenieur tat sich mit der deutschen Sprache schwer – doch er verstand sein Fach. Wenn er acht Minuten sagte, brauchten die wirklich acht Minuten.

Graf schaute auf die Uhr – 15.28 Uhr. »Also, um 15.36 Uhr sind Sie klar.«

»Okay.«

In dem Augenblick krachte draußen ein ohrenbetäubender Donner. Graf stürzte zu den Fenstern. Das Buggeschütz war nach Backbord gerichtet und hatte gefeuert. Den Schlepper konnte er von hier aus nicht sehen. Aber offensichtlich hatte Ofzschak daneben geschossen – er richtete nach.

Graf stürmte auf das Signaldeck. Da grollte vorn auf der Back erneut ein Schuss. Die Granate heulte durch die Luft und schlug knapp eine Kabellänge vor dem Bug des Gegners in die See ein. Graf peilte. Die Kerle standen mittlerweile bereits 25 Grad achterlicher als querab. Das Bordgeschütz erreichte maximal 53 Grad. Im nächsten Moment zeigte der Kompass schon 30 Grad. Unaufhörlich drehte Graf den Peilaufsatz nach und behielt das Ziel im Visier, als könne er es selbst abschießen.

»Los, Ofzschak, wo bleibt die nächste Mumpel?«, fieberte er halblaut.

Die Sekunden verstrichen. Der Schlepper erreichte 38 Grad,

da krachte ein weiterer Schuss. Die Granate heulte dem Flüchtenden hinterher und schlug unmittelbar hinter dessen Heck ein.

»Zu kurz. Noch mal.«

Vielleicht ist ja der Propeller beschädigt, hoffte Graf, sah sein Bangen jedoch sofort enttäuscht – das Ziel wanderte unvermindert schnell nach achtern aus und stand bereits bei 45 Grad.

Panisch starrte Graf auf die Uhr – 15.32 Uhr. Erst in vier Minuten konnten sie die Turbinen starten. Der Schlepper würde ihnen zwar kaum entkommen, doch je länger sie ihn jagen mussten, umso mehr blieben sie hinter ihrem Zeitplan zurück, und umso mehr wuchs die Gefahr, entdeckt zu werden.

»Was ist, Ofzschak? Schieß …«

Neuerlich jaulte eine Granate gen Himmel. Dieses Mal schlug sie auf dem Heck des Gegners ein. Der schien unter dem Schmerz des Treffers zu scheuen, machte dann aber einen Sprung nach vorn und stand nun bei 49 Grad.

Da krachten Schüsse im Sekundentakt von der Back her, erfüllte das Jaulen der Geschosse die Luft wie ein startendes Geschwader Jagdflugzeuge.

*

An Bord der Juno – 15.34 Uhr

Mit zugehaltenen Ohren verfolgte Pit das Inferno. Dem Einzelfeuer hatte sich der flüchtende Schlepper stets entziehen können, aber dem Stakkato des Dauerfeuers entkam er nicht mehr – die Treffer zersägten ihn von vorn nach achtern. Die beiden Hälften sanken binnen 60 Sekunden. Aus den Reihen der Besatzung schien niemand überlebt zu haben. Nur leere Rettungsringe und zwei unbemannte Rettungsflöße trieben inmitten einer riesigen Öllache und anderer Trümmerteile.

Was machen die jetzt? Pit stoppte die Fahrt und warf einen Blick auf das Radargerät – gerade mal 2,4 Seemeilen maß die Entfernung zur 575, die auf ihrer Position verharrte, als müsse sie nach dem siegreichen Gefecht ausruhen.

Pit schaute in den Himmel. Die vordere Kante der tiefblauen Gewitterfront schwebte genau über ihm. In einiger Entfernung zuckten bereits Blitze ins Meer, und schwarze Schlieren, die von West nach Ost den gesamten Horizont überspannten, zeugten vom Regen. Doch hier schien die Sonne und beleuchtete die JUNO wie auf einer Theaterbühne.

Ängstlich hob Pit das Fernglas an die Augen und riss es augenblicklich wieder herunter. Auf der Back der 575 stand dieser verfluchte Gorilla und spähte zu ihm herüber. Allerdings nur kurz, denn plötzlich ging der Kerl um das Bordgeschütz herum und verschwand aus Pits Sichtfeld.

Jetzt bin ich dran. Die Wolkenfront war zwar weiter heraufgezogen und bedeckte inzwischen die Sonne, der ersehnte Platzregen blieb weiterhin aus. Ruckartig stieß Pit den Fahrhebel nach vorn – die JUNO nahm sofort Fahrt auf. Er riss das Ruder herum, um schnellstmöglich von der 575 wegzukommen. Dort drüben drehte das Geschütz in seine Richtung. Plötzlich kam Pit eine Idee – er musste der tödlichen Waffe entgegenfahren; die stetig schrumpfende Schussdistanz erforderte ein stärkeres Nachrichten als bei einer Flucht. Außerdem lief er so auf die Wetterfront zu.

Pit änderte neuerlich den Kurs und steuerte direkt auf die 575 zu. Mittlerweile konnte er durch das Fernglas dort drüben jede Einzelheit erkennen. Das Geschützrohr bewegte sich noch hin und her und blieb plötzlich stehen. Auf den Moment hatte er gewartet – schwungvoll wirbelte er das Ruder nach Backbord. Die JUNO parierte sofort und fuhr einen engen Bogen. Einen Wimpernschlag später flog ein Blitz auf Pit zu. Er drückte das Steuerrad gegen den Anschlag. Dann jaulte ein Dröhnen heran, und Steuerbord voraus, keine Kabellänge entfernt, stieg eine Fontäne zwischen den Wellen empor. Die erste Attacke war abgewehrt.

Vereinzelt klopften große dicke Regentropfen an die Frontscheibe.

Du musst durchhalten, beschwor sich Pit. Er kurbelte das Ruderblatt in Mittschiffslage und beobachtete die Kanone drüben. Das neuerliche Ruckeln erkannte er mittlerweile mit bloßem Auge. Na warte, mein Freundchen! Er zählte bis drei und riss erneut das Ruder herum – doch nicht nach Steuerbord, wie bei einem klassischen Zickzackkurs, sondern wieder nach Backbord. Im selben Augenblick jagte das zweite Geschoss heran und schlug deutlich weiter querab ein als das erste. Der Bluff hatte geklappt.

Welches Ausweichmanöver fahre ich während des folgenden Angriffs?, grübelte Pit und starrte zu seinem Gegner hinüber. Genau in dem Moment verschluckte ein grauer Schleier die 575. Sekunden später prasselte der Regen auch auf sein Schiffchen nieder.

Instinktiv riss Pit das Ruder nach Steuerbord. Ich muss hier weg, schoss es ihm durch den Kopf. Vorn auf der 575 krachte erneut ein Schuss, die Granate ging allerdings irgendwo ins undurchsichtige Nirwana. Bestimmt besaßen die kein Funkmess, um ohne Sicht auf ihn zu schießen; aber die verfolgten die JUNO garantiert im Radar, um sie bei nächster Gelegenheit aufzubringen. Was konnte er tun? Pit starrte in sein Radargerät, das die Entfernung zur Raketenkorvette mit 0,9 Seemeilen angab. Die brauchten nur ein schnelles Schlauchboot ausbringen, das würde ihn problemlos stellen. Doch Moment mal! Verduftete er jetzt, verlor er möglicherweise den Kontakt zur 575. Ludger stand dann allein gegen die Gauner. Und Stoff für eine Story gab's ebenso keinen. Wäre es wirklich so schlecht, falls die Kerle ihn erwischten? Dann kam er drüben an Bord; erlebte das Geschehen aus nächster Nähe und traf auf Ludger. Je länger er über die Idee nachdachte, umso verheißungsvoller erschien sie ihm.

Um die JUNO herum prasselte der Sturzregen in die See. Pit erkannte gerade noch die Bugspitze, die keine zehn Meter entfernt war. Er beschloss, das Schicksal herauszufordern. Er kontrollierte im Radar Entfernung und Kurs und steuerte auf die Korvette zu, die weiterhin fest auf ihrer Position zu liegen schien.

Eine Viertelseemeile vor der 575 stoppte er, stellte den Motor ab und öffnete die Seitentür des Ruderhauses. Außer dem Prasseln des Regens war nichts zu hören. Wenn die ihn aufspüren wollten, musste irgendwann ein Außenbordmotor schnarrend näherkommen. Pit beschloss, zu warten.

*

An Bord der 575 – 15.44 Uhr

Ofzschak stürzte den Niedergang herauf. »Wann hauen wir endlich ab?«, schnauzte er sofort los. Wasser tropfte von seinen Haaren und Kleidern.

Der Herr Kommandant macht mir aber Spaß, entgegnete Graf in Gedanken, bekommt draußen nichts in den Griff und schreit hier rum. »Warum schwimmt der Kutter noch?«

»Wäre der Scheißregen nur zwei Minuten später runtergekommen, hätte ich den zu Neptun geschickt.«

»Hätt der Hund nicht geschissen …«

»Halt's Maul, du Großkotz. Warum beharken wir den blöden Fischer eigentlich? Die Schlepperbesatzung hat uns längst verpfiffen. Wir müssen schnellstens verschwinden. Außerdem …«, er starrte zur Uhr über dem Ruderstand, »liegen wir 15 Minuten hinter dem Zeitplan.«

»Der Kutter dieses blöden Fischers besitzt einen roten Rumpf und gelbe Aufbauten«, hielt Graf dem Boss entgegen, »so einer lief hinter uns aus Peenemünde aus. Zufall? Ich denke, nein. Ich konnte den Kerl am Ruder zwar nicht genau erkennen, aber bekannt kam er mir irgendwie vor. Die kleben uns an den Fersen. Wir sollten den erledigen.«

Ofzschak schoss heran und schüttelte seinen Kopf, sodass Graf Wassertropfen ins Gesicht spritzten. »Ach ja, du Schlauberger? Wie denn? Das verdammte Radar streikt, was der Herr wohl wissen dürfte. Wollen wir mit dem Schlauchboot eine Suchaktion starten? Und dafür die Versorgung platzen lassen?«

»Irgendwann hört der Scheißregen auch wieder auf«, konterte Graf kleinlaut. Er wusste genau, Ofzschak hatte recht.

»Und so lange legen wir die Füße hoch.« Ofzschak ging zum Kommandantensessel, fläzte sich hinein und schwang seine Stiefel auf den Tubus des Radargeräts. »Weckst du mich, wenn wir weitermachen?« Er verschränkte die Arme auf der Brust und senkte den Kopf.

Völlig perplex starrte Graf ihn an.

Plötzlich sprang Ofzschak auf. »Sind die Turbinen klar?«

»Ja.«

»Dann scher dich an deine verfluchte Karte und gib mir Kurs und Geschwindigkeit zur Position V. Aber ein bisschen dalli. Und damit wir keine weitere Zeit vertrödeln, legen wir erst einmal los.« Ofzschak nickte dem Mann am Ruder zu. »Maschinen 18 Knoten Fahrt voraus. 330 Grad steuern.«

»18 Knoten und 330 Grad«, gab Constantinescu zurück.

Graf blieb nichts anderes übrig, als den Schwanz einzuziehen. Er ging nach nebenan in den HBS, orientierte sich in der Karte und koppelte die notwendigen Angaben aus, um genau um 17.00 Uhr die Position V zu erreichen. Schließlich marschierte er auf die Brücke. »14 Knoten und 328 Grad.«

»Na also, lag ich ja goldrichtig mit meiner Schätzung.« Ofzschak grinste. »Eigentlich brauch ich deine Künste gar nicht.« Er wandte sich an den Rudergänger. »14 Knoten und 328 Grad.«

Constantinescu wiederholte den Befehl.

Danach herrschte Schweigen.

*

An Bord der Juno – 15.49 Uhr

Verwundert starrte Pit auf den grauen Rumpf, der mittlerweile aus dem Regenschleier hervorlugte. Die hatten drüben die Turbinen angeworfen und nahmen Fahrt auf. Die verdufteten. Niemand setzte ihm nach. Warum das denn? Erst feuerte der Gorilla auf ihn, und als er sich förmlich aufdrängte, dampften die ab?

Pit betrachtete das Radarbild. Der Punkt, der für die 575 stand, strebte in nordwestlicher Richtung und legte … er stoppte die Zeit … drei Kabellängen pro Minute zurück; 18 Knoten konnte die Juno jederzeit mithalten. Pit steuerte auf 330 Grad ein und folgte in langsamer Fahrt. Der Regen ließ nach, da sollte er wohl einen ausreichenden Sicherheitsabstand halten. Immer wieder ging ihm das Geschehen von vorhin durch den Kopf. Und plötzlich wusste er es – die hatten kein Radar! Bei schlechter Sicht waren die blind wie ein Maulwurf. Er grübelte und rief sich das Bild der 575 vor der Unwetterfront ins Gedächtnis. Falls er nicht irrte, hatte die Radarantenne tatsächlich stillgestanden.

*

An Bord der 575 – 15.59 Uhr

Graf koppelte im HBS den Kurs mit. Wenn der Regen nachher aufhörte, musste er unbedingt den Standort bestimmen.

Die Versorgungsposition genau anzulaufen, erforderte die Präzision der Schleuseneinfahrt eines Ozeanriesen am Panamakanal.

»Die Schweinehunde haben tapfer gekämpft und ihre Haut teuer verkauft.«

Graf richtete sich von der Karte auf. Ofzschak stand im Durchgang zur Brücke und redete in einem Plauderton, als habe er gerade einen spannenden Kinofilm genossen.

»Die vom Schlepper?«

Ofzschak nickte. »Die Schleppleine als Guillotine. Hat uns drei Leute gekostet.«

»Drei?«

»Zwei tot – einer halb tot.«

»Die fehlen nachher bei der Versorgung«, gab Graf zu bedenken.

»Musst du halt die anderen mehr rannehmen.«

Scheiße. Für die Übernahme der Versorgungsgüter trug der zweite Mann an Bord, also er, die Verantwortung. Würden die verbliebenen Männer alles schaffen? Graf zweifelte. Je mehr Hände zupackten, umso eher befanden sich die Versorgungsgüter an Bord. »Ich spanne den Rotgerber ein«, schlug er vor.

»Vergiss es. Der bleibt, wo er steckt.«

»Der spielt mit. Ansonsten geht seine Firma hoch.«

Ofzschak rückte an Graf heran. »Begrab deine Schnapsidee. Unsere eigenen Leute ziehen die Sache allein durch. Stell dich nicht so an.«

»Wie du willst.« Was sollte Graf machen? Er musste hoffen, dass alles klappte.

Ofzschak wandte sich zum Gehen. »Ich mache einen Rundgang in alle Stationen – die Gemüter unserer Leute auflockern.«

»Schau auch beim Rotgerber vorbei. Der sitzt …«

»Pst!« Ofzschak legte den Zeigefinger an die Lippen.

»Wenn ich keine Ahnung habe, wo er steckt, bleibt er vor mir verschont. Nachher vergess ich mich und lege den Kerl um. Der soll mal ruhig bis morgen schmoren.« Er nickte in Richtung des Rudergängers. »Erklär dem Constantinescu unsere kleine Ampel hier oben. Das Video liegt auf dem Laptop.« Ofzschak setzte ein breites Grinsen auf und verschwand.

Scheiße. Daran hatte er keinen Gedanken mehr verschwendet. Hoffentlich kippte der Zigeuner nicht aus seinen Latschen. Graf nahm das Notebook, das gestern die Szenen aus Konstanza aufgezeichnet hatte, und ging nach nebenan auf die Brücke. Dort deutete er Constantinescu, sich einmal umzudrehen, und zeigte auf das Kästchen mit den drei farbigen Leuchtdioden.

»Das gelbe Blinken bedeutet, dass die Ladung scharf geschalten ist. Rot – der Sprengstoff wurde gezündet und Grün signalisiert ›Entschärft, keine Gefahr.‹«

»Was für eine Ladung?«, fragte Constantinescu.

»Die den Berg auf diese Baracke stürzen lässt.« Graf klappte das Notebook auf, stellte es auf die Konsole der Fahrstufenhebel und startete die Wiedergabe. Der Zigeuner verfolgte mit leerem Blick, wie Frauen und Kinder in das Holzhaus einzogen, und wie kurz darauf dicke Läden die Fenster verschlossen. Mit jeder Sekunde, die er das Video verfolgte, kniff Constantinescu immer mehr die Lippen zusammen, die sich schließlich kaum noch vom blassen Gesicht abhoben. Das Ende der Sequenz zeigte die verriegelte Eingangstür und eben solch eine Ampel, wie sie hier an der Wand hing, samt blinkender gelber Leuchtdiode.

Graf schaltete aus. »Hast du sie erkannt?«

Constantinescu nickte.

»Wir haben alle erwischt. Niemand fehlt. Wenn ihr nicht spurt, geht das rote Licht an.«

Havariekommando Cuxhaven

Oh, diese Meldung hätte Uta Bendler beinahe übersehen. Sie trug sie schnell nach:

+++ 23.08.2011 – 15.24 Uhr: Wachhabender Nautiker des MLZ beordert die Rufbereitschaft A in den Sonderlageraum des Havariekommandos. Meldekette eingeleitet. +++

Kaum fertig, schaute die Pressechefin herein. »Schreiben Sie bitte gleich mit.«

»Gern.« Uta legte die Finger auf die Tastatur, nickte und notierte:

+++ 23.08.2011 – 15.42 Uhr: Havariekommando übernimmt die Gesamteinsatzleitung. +++

»Haben Sie?«

»Ja.«

»Dann noch das hier.«

+++ 23.08.2011 – 15.45 Uhr: Havariekommando blockt verfügbare Hubschrauber an der Küste und versetzt die Einsatztaucher der Bundespolizei in Bereitschaft. +++

Die Pressechefin ging zurück in den Lageraum. Uta überprüfte ihre Eintragungen und schaute anschließend selbst nach nebenan. In konzentrierter Arbeit verfolgte die Runde die Lage auf See und veranlasste weitere Maßnahmen – Uta musste wieder an ihr Tagebuch gehen:

+++ 23.08.2011 – 15.55 Uhr: Start eines Hubschraubers von Neustadt mit Kurs auf die Unglücksstelle. +++

24 – UNDURCHSICHTIGE LAGE

Glücksburg – 16.01 Uhr

Marschmann schwebte in einem Zustand zwischen Erahnen und Wissen. Arbeitete das Havariekommando bereits? Eine entsprechende Bestätigung fehlte noch. Ohne bereits die Hintergründe zu kennen, rätselte er über die Ursachen für seine Beobachtungen am Lagebild. Er blickte auf die wenigen Zeilen seiner Aufzeichnungen: 15.15 Uhr war das AIS-Signal der HANS BEIMLER erloschen, und um 15.23 Uhr musste die Schleppverbindung gebrochen sein – der Schlepper hatte sich mit Höchstgeschwindigkeit in Richtung Westnordwest bewegt, als flüchte er. 15.28 Uhr war der dann allerdings auf Gegenkurs gegangen, bevor um 15.33 Uhr auch dessen Kennung vom Monitor verschwunden war.

Marschmann sah zu Kernler hinüber, der wieder einmal telefonierte. Lief hier wirklich eine Überprüfung durch das Ministerium? Wenn ja, ging der Kontrolleur verdammt geschickt vor. Seine Legende, basierend auf diesem Janning und dessen Stasi-Vergangenheit, der das Museumsschiff überführte, klang wenig glaubhaft, aber Marschmann hatte schon schlimmere Übungsszenarien erlebt. Der Schleppzug war tatsächlich am Morgen in Peenemünde ausgelaufen, wie er eruiert hatte. Dann später die AIS-Kennungen einiger Schiffe verschwinden zu lassen, bedeutete wahrlich kein Problem. Mal sehen, welche Überraschungen Kernler als Nächstes bereithielt.

Der legte gerade auf, kam zu Marschmanns Platz und deutete auf das Lagebild. »Mein Chef möchte umgehend wissen, was passiert ist.«

Das würde ich auch gern, grummelte Marschmann in sich hinein und beschloss, hinhaltend zu agieren, eben in der Art eines Prüflings mit schwachem Faktenwissen. »Mir liegen noch keine Meldungen vor. Im Falle eines Seeunfalls erhalten wir Informationen vom Havariekommando.«

»Wer – wir?«

»Meine Kollegen im Kontrollzentrum. Die leiten eine Lageeinschätzung anschließend an mich weiter.«

»Wir bekommen die Brosamen, die irgendwann abfallen?«, empörte sich Kernler. »Ich möchte alles aus erster Hand erfahren.«

Der Regierungsmann schien richtig in Fahrt zu kommen, da sollte man ihn lieber nicht bremsen. »Das müssten Sie über Fregattenkapitän Lüders klären.«

Marschmann nannte die Nummer seines Chefs und ließ Kernler telefonieren. Anscheinend gab's wenig zu diskutieren – nach einigen Augenblicken reichte der Regierungsbeamte den Hörer weiter.

»Marschmann?«

»Ja, Herr Fregattenkapitän?«

»Sie kümmern sich vollverantwortlich um den Schleppzug. Alle Meldungen vom Havariekommando gehen zu Ihnen, und Sie entscheiden eigenständig.«

»Arbeitet der Stab in Cuxhaven bereits?«

»Ja.«

Scheiße! »Wissen Sie mehr?«

»Nichts Konkretes. Sie erhalten nachher direkt erste Informationen.«

»Ich soll auf mich gestellt handeln?«

»Ja. Herr Kernler verlangt das. Sie können sich mit ihm beraten. Die Befehle geben aber einzig Sie.«

Marschmann sah zu Kernler, der ihn interessiert zu beobachten schien. »Glauben Sie immer noch an eine Überprüfung?«, fragte Marschmann offen.

»Ja.« Die Antwort kam ohne Zögern. »Nach allem, was ich weiß, wäre dieses Museumsschiff das ideale Objekt. Und Sie sind der ideale Mann für die Operation.«

Die Blumen des Chefs nutzten Marschmann wenig.

»Halten Sie einfach Richtlinien, Befehle und Gesetze ein. Viel Glück.« Das Besetztzeichen erklang – Lüders hatte aufgelegt.

»Alles geklärt?«, erkundigte sich Kernler.

Marschmann legte den Hörer auf das Telefon. »Ja. Ich koordiniere alle Maßnahmen und bekomme jede Meldung direkt hier herein. Offensichtlich gab's einen Seeunfall, denn das Havariekommando arbeitet bereits.«

»Wie sieht die Lage aus?«

»Da müssen wir die Information unseres Verbindungsmanns abwarten. Der wird mich schnellstmöglich kontaktieren.«

»Na hoffentlich bald.« Kernler starrte auf das Lagebild, das an der fraglichen Unfallstelle völlig leer gefegt aussah, als wäre dort nie ein Wasserfahrzeug vorbeigefahren. »Was denken Sie?«

Marschmann spürte das Minenfeld, in das ihn der Beamte führen wollte. Da half nur absolute Vorsicht. »Das Verschwinden der AIS-Signale beider Schiffe kann viele Ursachen haben. Zum Beispiel technisches Versagen.«

»Das glauben Sie doch selbst nicht? Zwei unabhängige Systeme gehen kurz nacheinander …« Kernler brach ab – das Telefon klingelte.

»Gleich wissen wir mehr«, bemerkte Marschmann erleichtert, nachdem er die Rufnummer gesehen hatte. »Das Havariekommando.« Bevor er abnehmen konnte, hielt Kernler ihn am Unterarm fest.

»Sie tappen völlig im Dunkeln, und ich schleiche hier lediglich als unwissender Geist herum. Klar?«

Für Fragen blieb wohl keine Zeit. »Verstanden.«

Kernler gab Marschmanns Arm frei; der nahm das Gespräch entgegen, meldete sich und stellte auf Mithören.

»Wir haben einen Seenotruf«, informierte der Verbindungsoffizier aus Cuxhaven. »Betrifft einen Schleppzug nördlich Kap Arkona.«

»Was ist passiert?«

»Wissen wir nicht. Mit dem Seenotruf kamen nur Wortfetzen rein. Irgendwas von Raketenangriff. Kann sich hier niemand vorstellen. Woher sollen mitten auf der Ostsee Flugkörper kommen?«

»Welcher Dampfer hing denn da am Haken?«, mimte Marschmann den Ahnungslosen und schaute auf Kernler, der wohlwollend nickte.

»Ach irgend so ein altes Ost-Raketen-Schiff; sollte nach Dänemark gehen.«

»Da hast du deine Raketen. Vielleicht war das geschleppte Objekt gemeint?«

»Könnte sein.«

»Laufen bereits Maßnahmen?«

»Ja. Ein Hubschrauber der Bundespolizei ging vor zehn Minuten raus. Der gibt uns eine erste Lageeinschätzung. Das MRCC hat zwei DGzRS-Kreuzer rausgejagt. Aber die brauchen noch eine Weile. Die ARKONA läuft auch schon ins Unglücksgebiet. Soweit die gegenwärtige Lage – wir warten jetzt auf Ergebnisse.«

»Danke für die Infos. Du hältst mich auf dem Laufenden. Tschüss.« Marschmann legte auf.

»Die ARKONA, was ist das für ein Schiff?«

»Offiziell ein Schadstoffunfall-Bekämpfungsschiff; in Fachkreisen die Wunderwaffe gegen Havarieszenarien aller Art. Die geht stets raus, wenn's ernst wird.«

»Hm«, brummte Kernler wie ein unzufriedener Firmenchef. »Wann können wir mit weiteren Informationen rechnen?«

»Der Hubschrauber braucht 40 Minuten reine Flugzeit – ich denke, in einer knappen Stunde wissen wir mehr.«

»So lange wollen Sie hier untätig rumsitzen?«

›Halten Sie sich an Richtlinien, Befehle und Gesetze‹, hatte Lüders gewarnt. »Was soll ich tun?«

»Schiffe auslaufen lassen, die nach dem Rechten sehen.«

»Schicke ich mit dem vorhandenen Lagebild zwei oder drei

Einheiten los, tauchen Fragen nach dem *Warum* auf. Selbst Fregattenkapitän Lüders könnte die kaum ignorieren.«

»Welche Gründe rechtfertigen Ihr aktives Eingreifen?«

»Wenn das Havariekommando unsere Hilfe anfordert, um …« Marschmann überlegte. »Wir dürften beispielsweise zur Suche rausgehen, falls die 575 entführt worden wäre. Oder …« Mal sehen, was der Herr dazu sagt? »Oder! Mir liegt ein schriftlicher Befehl der Bundesregierung vor, die BEIMLER zu bekämpfen. Sind Sie vielleicht deshalb hier, um im Fall eines Falles eine Entscheidung herbeizuführen? Sie arbeiten doch im Bundeskanzleramt.«

»Da haben Sie völlig falsche Vorstellungen von meinem Auftrag.« Kernler nickte, als habe er einen Entschluss gefasst. »Also gut, warten wir.« Er ging zu seinem Platz im Besprechungsbereich, setzte sich und zog das Telefon heran, nahm den Hörer aber nicht sofort ab. »Kann ich irgendwo vertraulich telefonieren? Am besten mit meinem verschlüsselten Handy.«

»Da müssten Sie kurz nach draußen gehen. Ich werde die Wache oben informieren, Sie raus und wieder rein zu lassen.«

*

Zitterpenningshagen – 16.10 Uhr

Löffler fuhr über eine holprige Landstraße. Svenja hockte auf dem Beifahrersitz. Ihren eigenen Wagen hatte sie auf dem Hof der SSK zurücklassen müssen, um damit nicht erkannt zu werden. Der Exkommissar hatte ihr das Auto seines Neffen angeboten, falls sie mobil sein musste; Ivo weilte gerade zu einer Weiterbildung in München.

Sie passierten das Ortseingangsschild. Zitterpenningshagen, eine Ansammlung von höchstens zehn Häusern, taugte wirklich hervorragend als Versteck – weiträumige Grundstücke, verwinkelte Wege und praktisch kein Mensch auf der Straße. Mitten im Ort bog Löffler auf eines der Anwesen ein. Der graue Putz verlieh dem Gebäude ein altbackenes Aussehen, das sich auf diese Weise unauffällig in die Umgebung einpasste. Aber neue Fenster und Türen ließen auf Modernisierungsarbeiten schließen. Auf der Rückseite lag ein riesiger Garten in den Ausmaßen eines Fußballplatzes mit majestätischen Rosskastanien darauf.

Löffler hielt, und Svenja stieg aus – sie wollte schleunigst wieder an einen PC, um einen Blick auf den Schleppzug zu werfen. Löffler folgte ihr gemächlich zur Haustür, schloss auf und bat sie herein.

Im Korridor erschien eine kleine, rundliche Frau, die die Besucherin eingehend musterte. Löffler lief zu ihr, küsste sie auf die Wange und deutete auf Svenja. Die Erklärung für ihren Besuch hatten sie im Auto abgesprochen. »Eine alte Freundin aus meinen Bremer Zeiten«, erklärte er. »Sie recherchiert bis Freitag in der Gegend und wird bei uns wohnen.« An Svenja gewandt, ergänzte er: »Meine Frau Elisabeth.«

Elisabeth schüttelte den Kopf. »Es gibt genug Hotels.«

»Ich habe Frau Itzig aber eingeladen.«

»So, so.« Elisabeth schien zu überlegen. »Na, wenn du sie eingeladen hast. Wir essen pünktlich, junge Frau – um acht, halb eins und um sieben. Wir warten nicht.«

»Ja, ja, kein Problem«, erwiderte Svenja schnell. Die resolute Frau verunsicherte sie wie eine gestrenge Politesse, die ihr gerade ein Knöllchen verpasste. Am liebsten wäre sie sofort weitergezogen, um sich ein anderes Versteck zu suchen.

»Ich zeige Frau Itzig das Gästezimmer«, sagte Löffler.

»Die Handtücher liegen oben im Wäscheschrank.« Einen letzten Blick auf Svenja verschwendend ging die Frau.

»Meine Lisbeth besitzt ein krankhaftes Misstrauen«, erklärte Löffler und bat Svenja in das Obergeschoss. »Aber ansonsten kann man mit ihr Pferde stehlen.«

Gegenwärtig plagten Svenja andere Sorgen: »Ich müsste dringend an einen PC – die Position des Schleppzugs überprüfen.«

Löffler deutete auf eine Tür weiter vorn. »Da im Arbeitszimmer. Den Rechner einfach einschalten; der braucht kein Passwort. Ich benutze ihn nur für meine Fischzüge im Internet, wenn ich in der Nacht keinen Schlaf finde. Lassen Sie sich ruhig Zeit, ich richte derweil Ihre Unterkunft her.«

Nachdem der PC lief, rief Svenja die Internetseite der AIS-Überwachung auf und zoomte in das Seegebiet nördlich Kap Arkona. Die wenigen Schiffe erlaubten einen schnellen Überblick – aber die Symbole des Schleppzugs fehlten. Svenja fiel im Bürosessel zurück; ihr Herz wummerte in der Brust. Sie schob die Seekarte Stück für Stück hoch und runter, vor und zurück, betrachtete den Hafen von Peenemünde und graste die Gewässer um Rügen ab, suchte entlang des Darß und auf Reede Warnemünde. Nichts. Janning hatte wohl Taten sprechen lassen. Svenja geriet in Panik. Sie rannte in das Zimmer nebenan, wo Löffler gerade das Fenster schloss.

»Ich brauche mein Telefon.« Löffler hatte ihr das Ding abgenommen, damit sie nicht in Versuchung geriet, irgendjemandem ihren Aufenthaltsort mitzuteilen.

»Warum?«

Svenja erklärte, die AIS-Signale des Schleppzugs seien verschwunden – offensichtlich habe Janning sein Vorhaben durchgezogen und die 575 entführt. Für Ernstfälle habe sie eine Informantin im Havariekommando in Cuxhaven. Die müsste eine Nachricht hinterlassen haben.

»Also gut.« Löffler zog das Handy aus der Innentasche des Jacketts und reichte es Svenja.

Sie schaltete das Gerät ein und schaute auf das Display. »Vier Anrufe in Abwesenheit – drei davon von Romy?«

»Das ging ja schnell.« Löffler sah auf die Uhr. »Vor eineinhalb Stunden sind wir bei Ihnen weg. Die Kollegen müssen kurz danach aufgetaucht sein.« Er wischte mit seinem Taschentuch über den Kopf. »Zum Glück kann Ihre Schwester die Ahnungslose geben. Das sollte auch so bleiben.«

»Ja, ja, ich rufe sie keinesfalls an. Was mich wundert, Uta hat nicht versucht, mich zu erreichen.«

»Von wem stammt der vierte Anruf?«

»Pit, mein Mann.«

»Wo steckt der eigentlich?«

»Auf …« Svenja stockte. Sie hatte Pits *Ausflug* gegenüber Löffler unerwähnt gelassen. »Auf Recherchereise, im Ausland«, log sie. »Er hat auf Band gesprochen, darf ich mal reinhören?«

»Aber bitte nur die Mailbox anrufen.«

Svenja wählte die gespeicherte Rufnummer. »Hallo, Schatz«, erklang Pits Stimme vor dem Hintergrundgeräusch des Dieselmotors der JUNO. »Mir geht's gut. Kann dem Objekt problemlos folgen. Ansonsten ruhige Reise. Muss mein Handy ausknipsen – Akku ist leer. Habe Ladestation vergessen. Halt die Ohren steif. Küsschen und tschüss Pit.«

»Was Besonderes?«, wollte Löffler wissen.

»Nein, nein. Er musste wieder mal sein Handy abschalten.« Svenja sah ungläubig auf ihr Telefon. »Dass Uta sich nicht gemeldet hat?«

»Rufen Sie sie an.«

Svenja wählte die Nummer.

»Ja?«

»Svenja. Gibt es Neu…«

»Da hast du mir wohl einiges vorgemacht«, schimpfte Uta sofort los. »Von wegen altes Schiff, das 20 Jahre an der Pier lag, und du mich nur mal eben vorwarnst.«

»Was ist passiert?« Svenja verspürte kaum Lust, mit Uta zu streiten.

»Hier steht alles Kopf.«

»Gab's Tote?«

»Uns fehlen bisher die Lagemeldungen.« Am anderen Ende der Leitung erklangen unverständliche Worte. »Du, mein Job ruft.«

»Warte, Uta! Im Internet gibt's keine …«

»Tut mir leid. Machs gut.«

Das Display zeigte: ›Hat aufgelegt‹.

»Und?« Löffler wischte mit seinem Taschentuch erneut über den Kopf.

Svenja zuckte die Achseln – passiert sei etwas, aber das Havariekommando arbeite noch an einem ersten Überblick.

»Ihre Freundin steckt vorerst im Stress«, resümierte Löffler. »Müssen wir halt warten.« Er streckte die Hand aus.

Svenja gab ihr Handy zurück. Um das Asyl hier nicht zu gefährden, blieb ihr keine andere Wahl, als die Bedingungen des Kommissars zu akzeptieren.

»Wir warten noch genauere Informationen Ihrer Freundin aus Cuxhaven ab und schreiten dann zur Tat.« Löffler bemühte neuerlich sein Taschentuch. »Sie ruhen sich jetzt ein Stündchen aus, und ich überleg mir, wie wir vorgehen.«

Mist. Mischte Löffler sich jetzt tatsächlich ein, blieb Svenja kein Handlungsspielraum mehr. Ihr musste dringend etwas einfallen.

*

Berlin – 16.25 Uhr

»Herr Kernler wünscht Sie zu sprechen«, meldete die Sekretärin am Telefon. »Aus Glücksburg. Darf ich durchstellen?«

Der Referatsleiter bejahte und wartete. Bereits bei der Begrüßung klang Kernlers Stimme nervös.

»Wir hatten vereinbart, dass Sie nur im Notfall anrufen«, brachte der Referatsleiter seine Verwunderung zum Ausdruck.

»Gewissermaßen liegt ein Notfall vor.«

»Ach so? Erklären Sie.«

Entsprechend des abgesprochenen Plans habe Janning vorgesehen, die Zielinformation zur Entführung der Raketenkorvette gedeckt über eine ahnungslose Bezugsperson in Umlauf bringen zu wollen. Dazu habe Janning eine Frau Svenja Itzig gestern in einem Gespräch behutsam vorbereitet. Heute habe er ihr die entscheidenden Hinweise zuspielen wollen, die sie mit hoher Wahrscheinlichkeit an die Sicherheitskräfte weitergegeben hätte.

»Ja und?« Dem Referatsleiter geriet Kernlers Schilderung ein wenig zu ausführlich.

»Frau Itzig ist verschwunden. Allem Anschein nach, um sich dem Zugriff der Polizei zu entziehen.«

»Polizei?«

Bei der Kieler Kripo sei am Vormittag eine anonyme Anzeige eingegangen, die genau diese Frau Itzig und ihre Firma SSK mit dem Brand auf der LISCO GLORIA in Verbindung bringe. Gleichzeitig weise der Anzeigeerstatter darauf hin, dass die SSK an der Überführung der HANS BEIMLER beteiligt sei, die entführt werden solle. »Weil der Schleppzug tatsächlich unterwegs war, gingen die Beamten der Sache nach.«

Der Referatsleiter erschrak. »Und weil sie das Wort *Entführung* hörten, alarmierten die übereifrigen Staatsdiener umgehend ein SEK? Ist unser Vorhaben schon gescheitert, bevor es richtig losgeht?«

»Nein. Unser Mann, der in Bad Bramstedt der Bundespolizei auf die Finger schaut, rief bei mir an und informierte mich über den Sachverhalt. Zu dem Zeitpunkt lief die BEIMLER noch völlig planmäßig nach Norden. Ich empfahl allen Beteiligten, erst einmal Dampf rauszunehmen. Für den Schleppzug bestehe keinerlei Gefahr.« Kernler schwieg für einen Augenblick. »Um Zeit zu gewinnen, schlug ich vor, diese Frau Itzig auszuquetschen.«

Idiot. So langsam ahnte der Referatsleiter das Problem. »Die Gesetzeshüter wollten gleich eine Festnahme draus machen, und die Dame verschwand. Kernler! Wie konnten Sie nur so leichtsinnig sein?«

»Zu dem Zeitpunkt kannte ich noch nicht die Rolle, die Janning der Frau zugedacht hatte. Dieses Detail erzählte er mir gerade eben während eines Telefonats.«

»Funktioniert unser Plan denn auch ohne das in Umlauf gebrachte Scheinziel?«

Am anderen Ende der Leitung erklang ein tiefer Seufzer. »Nein. Im Moment passiert nichts. Hier weiß niemand, was los ist. Das kann noch Stunden dauern, bis die die Entführung bemerken und reagieren. Unternimmt die Marine nichts, können wir ihr niemals Versagen unterstellen. Im entscheidenden Moment muss mindestens ein Kriegsschiff an der BEIMLER dran sein.«

Na klar, von den Sicherheitskräften konnte niemand die Pläne dieses Janning erahnen. »Wann wird das Kidnapping offensichtlich?«

»Falls die Itzig verschwunden bleibt, wohl niemals. Janning weigert sich, irgendetwas über andere Kanäle verlauten zu lassen.«

»Was man verstehen kann. Bei dem heutigen Stand der Kriminaltechnik fällt es ja schon schwer, ein anonymes …« Dem Referatsleiter war eine Idee gekommen. »*Wir* formulieren ein Bekennerschreiben, das hier im Bundeskanzleramt auftaucht.«

»So in etwa hatte ich mir das auch vorgestellt. Wenn wir behaupten, der Absender sei nicht feststellbar, wird die Presse das erst einmal schlucken.«

Den Referatsleiter nervte die Besserwisserei seines Mitarbeiters. »Da Sie diesen Gedanken ebenfalls verfolgt haben, schlagen Sie gleich einen Text vor.«

»Vielleicht in der Art: ›Tarantul 575 nach Sankt Petersburg

entführt. Keine Verfolgung – andernfalls sterben die Geiseln.‹ Ohne Unterschrift.«

Idiot, dachte der Referatsleiter. »Am besten, Sie geben gleich noch die Kurse des Schiffes an, dann nimmt niemand das Schreiben ernst.« Er machte eine Pause und wartete auf eine Erwiderung, die sich Kernler aber wohlweislich zu verkneifen schien. »Ich kümmere mich darum. Wichtig ist wohl erst einmal, dass die Entführung bekannt wird, und die Marine eingreift. Oder?«

»Jawohl.«

Der Referatsleiter legte auf. Wenn Kernler jetzt schon überfordert schien, würde er die Operation bis in die heiße Phase bringen? Dem Referatsleiter kamen Bedenken. Er musste im Hintergrund aktiv werden.

Havariekommando Cuxhaven

Svenjas Unverschämtheit geisterte Uta pausenlos durch den Kopf: Gestern spielte die die ahnungslose Geschäftsfrau, und heute brach die Hölle los. Und dann traute die sich auch noch, hier anzurufen. Wenn der Chef erfuhr, was Svenja ihr zugeraunt hatte, warf der sie achtkantig raus. Weiter kam Uta in ihrem stillen Groll nicht – der nächste Meldezettel landete auf dem Tisch. Sie erschrak. Beim Schreiben zitterten ihr die Finger:

+++ 23.08.2011 – 16.35 Uhr: Einsatzhubschrauber erreicht Unglücksstelle – ist verlassen. Vereinzelt treiben Öllachen, Rettungsringe und Rettungsflöße auf dem Wasser. Meldung an Havariekommando: »Deutliche Anzeichen einer Versenkung entdeckt.« +++

Beinahe zwangsläufig wirkte die Nachricht als Alarmzeichen. Umgehend schneiten zwei neue Lagemeldungen herein:

+++ 23.08.2011 – 16.39 Uhr: Zweiter Einsatzhubschrauber mit den Ermittlungstauchern an Bord startet. +++

+++ 23.08.2011 – 16.40 Uhr: Einsatzkräfte alarmiert und zur Unglücksstelle entsandt. Für Sucheinsatz drei Schnellboote der Marine angefordert. +++

Was passierte denn jetzt? Draußen im Lageraum ging ein Zettel am Lagetisch herum, wie Uta durch die große Scheibe beobachtete. Und eine wilde Diskussion setzte ein, von der sie kein Wort verstand.

Auf einmal stand die Pressechefin in der Tür. »Bitte notieren Sie sofort.«

Uta tippte:

+++ 23.08.2011 – 16.44 Uhr: Bekennerschreiben liegt vor – Museumsschiff 575 entführt; 7 Geiseln an Bord. +++

25 – Marder, Luchs und Panther gehen in See

An Bord der 575 – 16.45 Uhr

»Schiff Steuerbord achteraus.«

Graf schreckte von der Seekarte hoch. Das fehlte gerade noch – ein zufällig ihren Kurs kreuzender Dampfer spürte sie auf. Aber um das Problem musste sich Ofzschak kümmern. Mal sehen, was passierte? Graf arbeitete auf dem Koppeltisch weiter.

»Ziel kommen näher«, drang erneut ein Ruf des Ausgucks zu ihm herein. Auf der Brücke nebenan schien niemand zu reagieren.

»Dem Arschloch zeig ich's«, flüsterte Graf, warf seinen Bleistift auf den Tisch und rannte durch den Hintereingang des HBS hinaus auf das Signaldeck. Die stets wiederkehrenden Regenschauer trübten die Sicht; milchiger Dunst verschluckte den Horizont in einiger Entfernung.

»Wo steht das Ziel?«

Der ausgestreckte Arm des Ausguckpostens wies auf die graue Silhouette eines Schiffes, das ihrem Kurs vielleicht in einem Abstand von sechs Seemeilen folgte.

Graf hob das Fernglas an die Augen. Der Dampfer schob wie ein Schneeflug eine mächtige weiße Bugwelle vor sich her – das untrügliche Zeichen für eine hohe Geschwindigkeit. Die traute man dem Schrotthaufen da hinten gar nicht zu.

Das Problem unterschätzt unser *Herr Kommandant* wohl? Graf lief zur Brücke. Ofzschak hing dort in seinem Sessel, unbekümmert, als genieße er eine Kreuzfahrt in die Sommerfrische.

Den bringe ich jetzt auf Trab.

»Von achtern kommt einer stark auf. Hat der Posten mehrfach gemeldet. Wann unternimmst du endlich etwas?«

Ofzschak griente in der Art eines Gangsterbosses. »Hast du Vorschläge?«

Die Frage überraschte Graf; verbissen suchte er nach einer Antwort, da ging die Bordsprechanlage: »Leitstand an Brücke – Turbinen klar für volle Fahrt. Aber …«

»Ich weiß, Schwarzkittel«, konterte Ofzschak, der an die Sprechstelle getreten war, »der Treibstoff geht vorzeitig aus. Doch was nutzt der Diesel, wenn wir auf der V-Position entdeckt werden? Dann endet unser Ausflug schmachvoll. Also: fünf Minuten höchste Wellendrehzahl und anschließend wieder Marschgeschwindigkeit.« Er schaltete den Bordfunk ab und wandte sich Graf zu. »Du hattest eine Empfehlung für mich?«

Am liebsten wäre Graf im Boden versunken. »Ich meine … ich wollte … oben, da haben …«

»Arschloch!« Ofzschak hievte seinen Hintern auf den Kommandantensessel. »Anstatt mir etwas anzuhängen, solltest du dich um deinen Job kümmern, ich habe den Dampfer hier im Griff.« Er nickte in Richtung HBS. »Scher dich an die Karte und sieh zu, dass wir pünktlich die V-Position erreichen.«

*

Glücksburg – 16.49 Uhr

Immer wieder sah Marschmann zu Kernler hinüber, der unentwegt telefonierte. Für einen Mann in Diensten des Bundeskanzleramts wohl gewöhnlicher Alltag. Im Gegensatz zu dem emsigen Beamten kam er sich mittlerweile in seiner Rolle ziemlich überflüssig vor. Auf dem Lagebild des Monitors passierte nichts mehr, die AIS-Signale des Schleppzugs blieben verschwunden. Inzwischen müsste doch eine Meldung vom Aufklärungshubschrauber vorliegen. Marschmann überlegte gerade, beim Havariekommando anzurufen, da klingelte das Telefon – der Kollege aus Cuxhaven, wie das Display verriet.

»Ja?«

»Richte dich auf eine lange Nacht ein.«

»Ach so?«

»Den Schlepper müssen wir wohl als Totalverlust abschreiben.«

»Keine Zweifel?« Marschmann schielte zu Kernler hinüber, der aufmerksam geworden war. Er stellte das Telefon auf Mithören.

»Der Heli konnte unbemannte Rettungsmittel im Wasser sichten. Ein zweiter Heli ist mit einem Untersuchungsteam raus. Deren Ergebnisse werden uns weiterhelfen.«

»Und die Hans Beimler?«

»Verschwunden.« Der Kamerad in Cuxhaven räusperte sich. »Wurde allem Anschein nach gekidnappt. In Berlin ging ein Bekennerschreiben ein, ohne Absender. Den Text müsstest du mittlerweile vorliegen haben.«

Marschmann sah auf einen zweiten Monitor, der den Eingang einer Mail vom Havariekommando meldete. Er öffnete das Dokument und las die wenigen Worte:

›Tarantul 575 entführt. 7 Geiseln an Bord. Bei Verfolgung oder Angriff stündlich Hinrichtungen. Pjotr‹

»Wer hinter Pjotr steckt, wisst ihr nicht?«

»Nein. Die Spezis in Berlin gehen erst an die Arbeit, machen uns aber kaum Hoffnung auf Ergebnisse. Da waren Fachleute am Werk, die anonyme Mail-Absender zu ihrem Standardrepertoire zählen.«

Marschmann blickte auf Kernler, der mittlerweile vor ihm stand und keine Miene verzog. Er wirkte wie ein Skatspieler, der alle Trümpfe auf der Hand hielt und seine Gegner in dem Glauben ließ, sie besäßen zumindest eine kleine Chance gegen ihn. Ging das wirklich mit rechten Dingen zu? Eine gute halbe Stunde zuvor hatte der Regierungsbeamte sich beschwert, dass die Sicherheitskräfte nicht sofort gezielt eingriffen. Marschmann hatte daraufhin das Wort *Entführung* als Grund für zielgerichtetes Handeln genannt, und prompt lag ein Erpresserschreiben auf dem Tisch. Zufall? Oder Übungseinlage?

»Was gibt's für uns zu tun?«, fragte Marschmann ins Telefon.

»Ihr schickt drei S-Boote raus und versucht, den Museumsdampfer zu finden. Alle übrigen Einsatzkräfte suchen nach Überlebenden des gesunkenen Schleppers. Bei den warmen Wassertemperaturen durchkämmen wir das Seegebiet mindestens 24 Stunden lang.«

»Mit wie vielen Verunglückten rechnet ihr?«

»Die Schlepperbesatzung zählte drei Seeleute. Auf dem Museumsschiff fuhren vier Leinenposten. Die müssen außenbords gegangen sein.«

»Wie kommt ihr darauf?«

Die HANS BEIMLER habe in den letzten 20 Jahren ein FanKreis von sechs ehemaligen Volksmarine-Offizieren gepflegt. Die Kameraden seien wohl mit an Bord. Zusammen mit den Leinenposten wäre wohl von zehn Geiseln die Rede gewesen. Wer den FanKreis als siebente Geisel ergänzt, versuche man gerade zu klären. »Auf alle Fälle dürften die sich der Leinenposten entledigt haben.«

»Auf welche Art verschwand der Schlepper von der Wasseroberfläche? Doch wohl nicht, weil die HANS BEIMLER sich vom Haken gerissen hat?«

»Den Hergang der Geschehnisse müssen die Einsatzkräfte noch klären.«

»In welcher Richtung sollen wir suchen?«

»Auf Generalkurs Ost.«

»Warum sollten die in östlicher Richtung abhauen? Weil das Erpresserschreiben die Unterschrift Pjotr trägt?«

»Nein. In der Ostsee bleibt denen doch nur Russland als Ziel. Sollten die einen Durchbruch in die Nordsee planen, helfen uns die dänischen und schwedischen Kameraden, die die Ostseeausgänge im Auge behalten.«

»Was habt ihr als Grund für die Jagd auf die HANS BEIMLER angegeben? Die Wahrheit? Falls hier eine Nachfrage reinkommt.«

»Mit Rückendeckung durch die Bundesregierung bemühen wir eine Legende: Die an Bord mitreisenden Exoffiziere hätten das Schiff in ihre Gewalt gebracht. Sie wollten es nach Wilhelmshaven zum Deutschen Marinemuseum bringen, um die Überführung ins Ausland zu verhindern. Das Schiff sei vollständig demilitarisiert und stelle so keine Gefahr dar.«

Marschmann sah erneut Kernler an, der nach wie vor sein Pokerface präsentierte. »Ich alarmiere die Einheiten«, bestätigte er dem Kameraden am Telefon.

»Wann gehen die raus?«

»In gut 20 Minuten. Ich melde mich dann.«

»Bis dahin legen wir hier die Marschroute für die S-Boote fest.«

Marschmann beendete das Gespräch und alarmierte MARDER, LUCHS und PANTHER.

Ohne ein Wort gesprochen zu haben, verschwand Kernler wieder auf seinen Platz.

*

An Bord der 575 – 16.51 Uhr

Graf überprüfte in der Karte die Werte für die Restlaufstrecke bis zur Versorgungsposition – eine neue Blamage wollte er sich ersparen. Schließlich warf er einen letzten Blick auf seine Berechnungen und ging auf die Brücke. »Bei zehn Knoten erreichen wir die V-Position in neun Minuten.«

Ofzschak nickte. »Von Navigation scheinst du etwas zu verstehen.« Er trat ans Mikrofon des Bordfunks und gab die geänderte Geschwindigkeit an den Maschinenleitstand durch.

»Du meinen das gut«, kam die lapidare Antwort aus dem Lautsprecher, »aber wir nur drei Minuten haben Diesel – danach Turbinen stopp, damit wir haben Strom noch für halbe Stunde.«

»Was redest du da?«, schimpfte Ofzschak.

»Die Strecke bei Highspeed waren zu viel.«

»Dann überleg mal! Ihr Schwarzfüße kennt doch allerlei Tricks. Ende.« Ohne eine Erwiderung abzuwarten, schaltete Ofzschak den Sprechfunk ab.

Blitzartig überlegte Graf – jetzt bot sich die Chance, den *Kommandanten* als Idioten zu entlarven. »Der Ing kann keinen Sprit herbeizaubern.«

»Ist mir egal.«

»Braucht er auch nicht.«

»Ach nein?«

»Sechs Minuten Restlaufzeit bedeuten lediglich eine Meile Abweichung. Aber in dem Moment, in dem der Ing die Turbinen abstellt, stoppt der Dampfer keineswegs abrupt – wir laufen noch drei bis vier Kabellängen. Da findet uns der Versorger problemlos.«

»Falls man deiner Koppelei trauen darf«, muffelte Ofzschak.

»Jetzt verstehe ich nichts mehr von Navigation?«

Der Hauch einer Röte huschte über Ofzschaks Gesicht. Er ging an das Mikrofon und betätigte den Sprechfunk. »Also gut, Maschinen abschalten, wenn's sein muss.«

»Nach 90 Sekunden«, kam die Antwort vom Ingenieur aus dem Leitstand.

*

Glücksburg – 17.08 Uhr

»MARDER, LUCHS und PANTHER abgelegt – nehmen Kurs auf Seekanal.«

»Danke. Und gute Fahrt.« Marschmann notierte die Meldung des Kommandanten im Wachtagebuch. Seinem Gast konnte er die Neuigkeit nicht übermitteln – der telefonierte. Also rief Marschmann den Kameraden in Cuxhaven an und informierte ihn über das Auslaufen der drei Einheiten. »Welche Marschroute ins Einsatzgebiet befehlt ihr?«

»Wir vermuten, der Flüchtling geht südlich Bornholm vorbei, um dem Verkehr auszuweichen. Ihr marschiert durchs Bornholmgatt und versucht, ihn von Norden her abzufangen. Wann können die S-Boote dort oben sein?«

»Bei 30 Knoten ...«, Marschmann rechnete, »stehen sie gegen 21.00 Uhr auf Höhe Hammerknuden.«

»Sehr gut. Anschließend grast ihr in Suchformation das Seegebiet bis hinüber zu 17 Grad Ost ab.«

»Die HANS BEIMLER hat drei Stunden Vorsprung und könnte längst über alle Berge sein.«

»In Peenemünde gab's in der vergangenen Woche keine Tankerbewegungen und keine Versorgungen. Die müssen in See Treibstoff übernehmen; das dauert. Danach dürften die kaum Höchstgeschwindigkeit laufen – das hält der Dampfer nicht aus, außerdem würden sie auffallen.«

»Ihr denkt wirklich mit.«

»Wie immer.«

»Ich instruiere die Kommandanten.« Marschmann legte auf.

Kernler stand vor seinem Platz. »Sie beherrschen Ihren Job.«

Was lief hier ab? Konnten die vom Ministerium eine Überprüfung so aufwendig inszenieren? Irgendwann kamen die Karten auf den Tisch. »Danke.«

Kernler nickte. »Das Havariekommando hat direkten Zugriff auf Ihre Einheiten?«

»Ja. Wir dürfen aber nur technische Amtshilfe ohne Waffeneinsatz leisten – Verwundete transportieren, Versorgungsgüter zu operierenden Sicherungskräften rausbringen und bei Sucheinsätzen helfen, entsprechend unserer jetzigen Aufgabenstellung. Es sei denn, ich bekomme den Befehl der Bundesregierung die HANS BEIMLER ...«

Kernler winkte gelangweilt ab. »Ersparen Sie mir Ihr Generve. Ich sag's Ihnen, wenn Sie zum Kampfeinsatz übergehen sollen.«

»Wie Sie wünschen.«

»Wo sollen Ihre Schiffe suchen?«

Marschmann zeigte auf dem Lagebild den Weg, auf dem die S-Boote ins Einsatzgebiet marschierten.

»Und östlich Bornholm beginnt der Einsatz?«

»Genau, Sie konnten ja mithören.«

»Wie stelle ich mir das vor?«

»Die Einheiten bilden einen Fächer und laufen …«

Kernler schüttelte den Kopf. »Sie vertun Ihre Zeit. Die 575 verschwindet mit Höchstgeschwindigkeit in Richtung Russland. Da sollten Sie hinterhergehen.«

Marschmann beschloss, sich einzuigeln. »Die Kollegen im Havariekommando schätzen die Lage anders ein. Ich halte mich an deren Weisungen.«

»Versorgung in See? Die können den Diesel auch schon Wochen zuvor gebunkert haben. Wie kamen die von der Leine? Warum sank der Schlepper? Da gibt's doch Helfershelfer. Geht den ganzen Fragen jemand nach?«

»Der zweite Einsatzhubschrauber samt Ermittlungstauchern ist unterwegs, wie Sie hören konnten. Gegen halb sechs erreichen die den Unglücksort und versuchen, die Ursachen des Untergangs zu klären.«

»Wie lange dauert das?«

»Das Seegebiet besitzt zwischen 40 und 50 Meter Wassertiefe – kein Problem, aber auch kein Schnorcheltauchgang. Die Gewitter, die immer wieder runtergehen, verzögern die Suche. Und um 20.20 Uhr verschwindet die Sonne unter den Horizont.«

»Sparen Sie sich Ihre Schwarzmalerei. Wann wissen die was?«

»Wenn's dumm kommt, erst morgen Vormittag.«

»Und in der Zwischenzeit gurken Ihre Schiffe östlich Bornholm herum?«

»Falls Cuxhaven keine anderen Befehle gibt, ja.« Worauf wollte Kernler hinaus?, überlegte Marschmann.

»Wie schnell läuft der Museumsdampfer?«

»Theoretisch 50 Knoten. Die schafft er aber nicht mehr.«

»Wie viel?«

»35 bis 40 Knoten.«

»Um die 70 Stundenkilometer? Das wären in … sagen wir 15 Stunden?«

Erst jetzt verstand Marschmann die Frage des anderen. »Über längere Zeit dürfen wir nur mit allerhöchstens 30 Knoten im Durchschnitt rechnen.«

»Und wo landen die damit?«

»450 Seemeilen – kurz vor Tallinn.«

»Also beinahe in Russland.« Kernler lachte glucksend. »Und Ihre S-Boote kurven östlich Bornholm herum. Na klasse.«

»Vielleicht suchen weitere Einheiten in der mittleren Ostsee?«

»Ach ja? Der Klabautermann, der ein halbes Dutzend Schiffe kapert?«

Havariekommando Cuxhaven

Oh, die Marine greift ein, stellte Uta Bendler anhand der nächsten Meldung fest:

+++ 23.08.2011 – 17.08 Uhr: Die Schnellboote MARDER, LUCHS und PANTHER verlassen Stützpunkt Warnemünde und verlegen östlich Bornholm (voraussichtliche Ankunftszeit im Suchgebiet: 21.00 Uhr). +++

26 – VERSORGUNG AUF SEE

An Bord der 575 – 17.10 Uhr

Die 575 trieb antriebslos auf den Wellen. Die Sicht hatte sich verschlechtert – tief hängende Gewitterwolken, immer wieder einsetzender Regen und Dunst verschluckten die Wasseroberfläche bereits in zwei Seemeilen Entfernung. Eigentlich eine ideale Situation für ein Schiff auf der Flucht, doch wie sollten sie so den Versorger entdecken, noch dazu ohne Radar?

Graf stand neben dem Ausguck an Steuerbord und starrte in die milchige Ferne. Ein zweiter Mann beobachtete die Backbordseite.

»Was zu sehen?« Ofzschak hatte sich zu ihnen gesellt. »Wir sind elf Minuten über der Zeit.«

Das weiß ich selbst, begehrte Graf im Stillen auf.

»Liegen wir überhaupt auf der richtigen Position?«

»Nach den GPS-Daten trennen uns nur eineinhalb Meilen vom Zielpunkt.«

»Na klasse! Navigation ist halt, wenn man trotzdem ankommt.«

Graf ärgerte der Spruch, zumal ja Ofzschak mit seinem Zwischenspurt die Antriebsanlage lahmgelegt hatte.

»Schiff an Steuerbord querab.«

Der Ruf des Ausgucks unterbrach das Geplänkel der beiden Rivalen. Graf sprang an die Reling und riss das Fernglas hoch. Was er da sah, verschlug ihm für einen Augenblick die Sprache.

»Schiff von vorhin«, meldete der Ausguckposten.

»Scheiße«, stieß Ofzschak hervor. »Verfolgen die uns?«

»Sieht so aus.« Als zögen sie das fremde Schiff mit einem Gummiseil an, rollte dessen gewaltige Bugwelle genau auf sie zu.

»Ich mach das Geschütz klar.« Ofzschak wandte sich zum Gehen.

»Die morsen«, rief der Ausguck.

Graf erkannte die Lichtsignale ebenfalls. »Kurz, kurz, kurz, lang, Trennung, kurz, kurz, kurz, lang, Trennung, kurz, kurz, kurz, lang; drei Mal Victor – das ist unser Versorger.« Er nahm das Glas von den Augen und sah auf Ofzschak, der ihn entgeistert anglotzte.

»So ein Seelenverkäufer?«, fragte der.

»Die beste Tarnung.«

»Na dann kümmere dich. Und …«, Ofzschak blickte

demonstrativ auf seine Armbanduhr. »Haltet die vorbestimmte Zeit ein – Punkt sieben verschwinden wir hier – in genau 107 Minuten. 107 Minuten und keine später. Verstanden?«

Graf durfte die Scheiße ausbaden: Ofzschaks unnötiger Zwischenspurt hatte sie eine Viertelstunde gekostet, und die musste *er* aufholen, mit vermindertem Personalbestand. Ginge die kleinste Kleinigkeit bei der Übernahme von Treibstoff und Waffen schief, träfe ihn die Schuld. Schön ausgedacht, *Herr Kommandant*. Aber warte, dich kriege ich irgendwann am Arsch.

»Du solltest runtergehen und nicht noch mehr Zeit vergeuden.« Dieses Grinsen, das abgrundtiefe Verachtung ausdrückte, lag wieder auf Ofzschaks Gesicht.

Am liebsten hätte Graf zugeschlagen. Schweren Herzens schluckte er den Groll herunter und stapfte zum Niedergang.

»106 Minuten und keine länger«, rief Ofzschak ihm hinterher.

Auf dem Hauptverkehrsgang hielt Graf inne – im Offiziersvorraum ein Deck tiefer schien ein Specht seine Höhle zu bauen. Aber Spechte fuhren bekanntermaßen nicht mit. Da saß nur der Rotgerber im Loch. Graf kletterte abwärts und staunte: Der obere und untere Vorreiber am Stahlschott standen waagerecht, also offen; der mittlere schlug just in dem Moment hoch, und das Schott sprang einen Spalt auf. Na warte, mein Freundchen, dich erwische ich auf frischer Tat. Graf schlich den Niedergang wieder hinauf und ging an der nächsten Ecke in Deckung. Die kleine Jagd konnte er zeitlich noch erübrigen. Für die Übernahme der Güter waren die Männer eingeteilt, und der Versorger musste ja auch erst längsseits gehen.

Was fummelst du da unten nur rum?, klagte Graf etwas später ungeduldig. Komm schon. Er trat aus dem Versteck heraus, beugte den Oberkörper nach vorn und blinzelte in die Tiefe. Rotgerber schloss gerade die Tür des Gefängnisses von außen. Deutlich hörbar klapperten wenig später Tritte. Rotgerber kam endlich. Graf zog sich in seinen Schlupfwinkel zurück. Schritt für Schritt tappten Schuhe auf den stählernen Stufen.

Zum Glück hatte nicht Ofzschak den Fluchtversuch entdeckt – der hätte Graf wie einen Meuterer außenbords geworfen und kielgeholt. Er hätte das Schott am Morgen fest verschließen müssen. Aber festgeklemmte Vorreiber von innen zu öffnen, galt als unmöglich. Wie hatte Rotgerber die Sperrriegel nur losschlagen können? Egal. Am Niedergang tauchte dessen Haarschopf auf; ganz langsam, Zentimeter um Zentimeter.

Graf sprang vor, griff in die Haare des Flüchtlings und riss ihn nach oben. »Wohin des Wegs?«

Rotgerber glotzte aus großen Augen und bewegte den Mund wie ein Fisch auf dem Trockenen. Offensichtlich versagten ihm die Beine den Dienst – Graf spürte das Gewicht in seiner Hand.

»Was ist los?«, höhnte er. »Keinen Mumm in den Knochen?« Er zerrte Rotgerber in die Höhe. »Immer schön aufrecht bleiben.« Mit dem letzten Wort hieb er Rotgerber die Faust in den Leib. Dessen Gesicht gefror zu Stein. Ruckartig schob er ihn rückwärts an den Niedergang.

»Ich schicke dich jetzt dahin, wo du hingehörst.« Graf sprach leise, aber eindringlich. »Brichst du dir das Genick – Pech gehabt.«

Ein Schubs und Rotgerber strauchelte die Stufen hinunter. Mit der Geschmeidigkeit eines Artisten hielt er den Kopf oben und stürzte unten der Länge nach hin.

Graf hüpfte beinahe übermütig abwärts und öffnete das Stahlschott. In Rotgerbers Gefängnis sah es wie in einer Tischlerwerkstatt aus – den Boden übersäten Holzspäne, und dazwischen lagen unzählige Stofffetzen herum. Der Kerl hatte offensichtlich hier drinnen verstautes Leckwehrmaterial als Werkzeug benutzt. Graf ging zu Rotgerber, der zusammengerollt vor sich hinstöhnte, und trat ihn in die Seite. »Los, ab ins Körbchen.«

Mühsam robbte Rotgerber vorwärts.

»Schneller!« Neuerlich stieß Graf mit dem Fuß zu. Gleich darauf ein drittes und viertes Mal.

Gehetzt wie ein weidwundes Tier schleppte Rotgerber seinen Körper über die Schwelle und blieb in der Mitte der Gefängniszelle liegen.

Graf ging zu ihm und zerrte seinen Kopf hoch, sodass Rotgerber ihm in die Augen sehen musste. »Beim nächsten Versuch erschieße ich dich auf der Flucht – einzige Geisel hin oder her.«

*

An Bord der Juno – 17.13 Uhr

Pit zog den Fahrhebel zum hinteren Anschlag. Der Motor tuckerte nur noch leise. Der Kutter verlor an Fahrt und schaukelte schließlich im Takt der Wellen. Pit hob das Fernglas an seine Augen und beobachtete die 575, die lediglich als grauer Scherenschnitt aus dem Dunst herausschimmerte.

Etwas seitlich versetzt kam ein Seelenverkäufer auf, der direkt auf die Steuerbordseite der 575 zuhielt. Die Radarantenne des Ankömmlings stand ebenso still wie die der Raketenkorvette. Also konnte der Schrottdampfer ihn ebenfalls nicht anpeilen. An dessen Bug erkannte Pit den Namen Beluga. In einem Abstand von einem halben Kabel flogen Leinen von der Beluga zur 575 hinüber, und kurz darauf ging sie längsseits. Sofort setzte dort drüben betriebsame Hektik ein.

Die rüsten sich für die Weiterfahrt, überlegte Pit und beobachtete das Treiben eine ganze Weile. Alle Männer schienen mit der Übernahme der Versorgungsgüter beschäftigt. Niemand beobachtete den Seeraum. Eine Gelegenheit, um an Bord der 575 zu gelangen? Die beiden Traversen an deren Heck, nur wenig oberhalb der Wasserlinie, luden regelrecht zu einem kleinen Abenteuer ein. Die Versorgung dürfte einige Zeit in Anspruch nehmen. Wenn er im Abstand von fünf Kabeln die Schiffe passierte, unerkannt ins Wasser ging und die JUNO unbemannt weiterfuhr, konnte der Plan gelingen.

Pit stoppte den Motor, um das Treiben genauer zu beobachten. Plötzlich stutzte er: Am Kranhaken schwebte eine Rakete samt eines darunter hängenden Gestells zur 575 hinüber. Er stellte die Schärfe am Fernglas nach. Die übernahmen tatsächlich eine Flügelrakete. Svenja hatte gestern doch *lediglich* eine Entführung erwähnt. Wozu brauchten die dann den Vogel? Pits Jagdfieber erwachte. Da drüben lauerte eine Enthüllungsstory. Bevor er überstieg, galt es, einige Aufnahmen zu machen. Er holte die Kamera mit dem Spiegellinsenteleobjektiv hervor und schoss seine Fotos.

Anschließend startete er den Motor und korrigierte den Kurs um einige Grad nach Backbord. Der Bug deutete jetzt in eine Richtung, die die JUNO in sicherem Abstand am Heck der 575 vorbeiführen würde. Pit arretierte das Ruder und stieg ein Deck höher, wo er neuerlich das Fernglas auf die beiden anderen Schiffe richtete. Dort drüben wurden gerade Schläuche von Bord zu Bord verlegt, und vor dem unteren Raketencontainer der 575 mühten sich mehrere Männer, das einschwebende Geschoss auszurichten. Die waren alle beschäftigt, da sah keiner zu ihm herüber.

Pit beobachtete noch ein bisschen das Treiben, kletterte dann in den Fahrstand hinunter, kontrollierte die Lage im Radar und streifte seinen Trockentauchanzug über. Es erleichterte ihm die erste Zeit auf der 575, wenn er drüben in trockenen Sachen agieren konnte. Einsatzbereit überprüfte er neuerlich den Kurs, verringerte leicht die Motorendrehzahl und ging an Oberdeck. Auf dem Weg nach achtern warf er noch einmal einen Blick auf sein Ziel. Plötzlich blieb er stehen. Was war das denn? Drüben auf dem Signaldeck stand ein Kerl, der direkt herüberglotzte.

Pit lief in den Fahrstand zurück und griff nach dem Fernglas. Scheiße! Der Ausguck auf der 575 musterte seinen Kutter mit aller Aufmerksamkeit. Schließlich verschwand der Bursche in Richtung Brücke. Der erstattete Meldung. Damit konnte Pit seinen Plan begraben. Wenn er nicht sogar in Gefahr schwebte. Für einen Augenblick erwog Pit neuerlich, in Gefangenschaft zu gehen, um endlich näher ans Geschehen zu kommen, zumal die jetzt eine Rakete an Bord nahmen. Aber nachher verfrachteten die ihn auf diese BELUGA und verluden ihn sonst wohin. Nein, er musste abhauen. Vielleicht bot sich in der Nacht eine neue Gelegenheit?

Enttäuscht legte Pit das Ruder nach Steuerbord und erhöhte die Geschwindigkeit. Der Kutter reagierte wie eine schnittige Rennjacht und schwenkte in einen Bogen ein, weg von den beiden anderen Schiffen, die Minuten später im Dunst des trüben Nachmittags verschwanden.

*

An Bord der 575 – 17.43 Uhr

Die erste Rakete schwebte an einem Kranhaken zur 575 herüber. Graf stand in einiger Entfernung auf der Back und beobachtete den Vorgang. Der Kranführer auf der BELUGA schien sein Handwerk zu verstehen; geschickt glich er auch das kleinste Schwanken der beiden Schiffe aus und vermied so jegliches Pendeln der Last. Die Übernahme von Diesel und Öl lief ebenso reibungslos. Während Graf sich um den Gefangenen Rotgerber *gekümmert* hatte, hatte der Ing erwartungsgemäß alle Vorbereitungen in die Wege geleitet.

Das Gerüst, das unter der Rakete hing, setzte vor den Containern an Steuerbord auf. Jetzt brauchten die Männer den Flugkörper nur noch rückwärts in die Startanlage schieben. Graf sah auf seine Stoppuhr – keine 30 Minuten waren vergangen. Blieben ihnen Komplikationen erspart, würde er den vorgeschriebenen Zeitrahmen locker einhalten.

»Da … ein Kutter … kommen und verschwunden da.« Der Ausguck vom Signaldeck stand auf einmal neben Graf. Obwohl sie jede Hand für die Versorgung benötigten, war der auf dem Posten geblieben.

»Was wollen Sie hier?«, herrschte ihn Graf an. Musste der Trottel herunterkommen und ihn in dem gebrochenen Kauderwelsch anquatschen. Ihn nahm schon die Übernahme der Versorgungsgüter voll in Anspruch. »Melden Sie das dem Kommandanten.«

»Kommandant nix da.«

»Wie? Der Kommandant ist nicht auf der Brücke?«

»Nein. Ich Kommandant suchen … nix finden.«

Nix finden, nix finden, äffte Graf den Mann im Stillen nach. Den wurde er wohl erst wieder los, wenn er ihn anhörte. »Was gibt's?«

Der Ausguck ging zur Reling an Steuerbord und deutete achteraus. »Da hinten kommen Fischboot. Drehen zu unser Schiff … fahren nah an vorüber, biegen weg und hauen ab. Du sehen.« Der ausgestreckte Arm des Burschen zeigte auf das Meer hinaus. Dort war nichts weiter zu erkennen als die milchige Suppe, die den Fischkutter verschluckt haben mochte, falls es ihn überhaupt gegeben hatte. »Müssen nachfahren.«

»Tolle Idee. Und warum?«

»Ich sehen Name am Heck … JUNO … Hafen Stralsund. Haben rot unten und gelb oben. Selbe Ding wie Nachmittag, wie Chef haben geschossen.«

Verflucht. Der Kahn bereitete ihnen noch richtigen Ärger, fühlte Graf im Innersten seiner Seele.

»Wir können JUNO folgen, mit Radar.«

»Na klar.« Graf tippte dem Kerl den Zeigefinger an die Stirn. »Nachdenken! Wir haben kein Radar.«

»Aber BELUGA.«

»Na, dann schau mal hin, du Experte. Radar ist abgeschaltet. Unsere Schiffe sind zwei Löcher auf dem Meer. Niemand sieht uns, niemand hört uns und niemand peilt uns an.« Für die Zeit der Versorgung bestand absolute Funkstille. Selbst das Radar der BELUGA hatte deren Besatzung stilllegen müssen, um keine Strahlung auszusenden.

»Wir *Löcher*?« Das Unverständnis sprach aus dem Gesicht des Zigeuners.

»Ja, Löcher.« Graf tätschelte ihm die Schulter. »Danke für die Meldung. Halten Sie weiter die Augen offen. Und nun wieder ab auf Ihren Posten.«

»Na, hast du eine kleine Plauderstunde eingelegt?« Als sei er vom Meeresboden aufgetaucht, stand Ofzschak neben ihnen.

Der spioniert mir hinterher, schoss es Graf durch den Kopf. Na warte, dir werd ich's zeigen, schwor er sich und beschloss, das Auftauchen der JUNO vorerst zu verschweigen – zumindest bis zur Telefonkonferenz nachher.

»Die Übernahme läuft planmäßig, ohne Probleme«, gab er zurück und vermied dabei jegliche Schärfe.

»Ach so?« Ofzschak schielte zum Raketencontainer. »Deine Leute versuchen ein wenig kopflos und deshalb wohl auch vergebens, den ersten Vogel unterzubringen.« Das Grienen verriet die Schadenfreude.

27 – DER BRIEF DES ENKELS

Zitterpenningshagen – 17.50 Uhr

»Wann meldet sich denn nun Ihre Freundin vom Havariekommando?«, fragte Löffler wohl zum zehnten Mal. »Wir vertrödeln hier wertvolle Stunden, während Arno ungehindert seinen schmutzigen Geschäften nachgeht.«

Die ganze Zeit überlegte Svenja, unter welchem Vorwand sie verschwinden konnte, um Janning aufzusuchen. Die Funkstille von Uta kam ihr gerade recht, da Löffler deren Informationen abwartete, bevor er etwas gegen seinen Bruder unternehmen wollte.

»Können Sie diese Uta nicht anrufen? Wir brauchen eine ungefähre Lagebeschreibung, um gegen Arno vorzugehen.«

Die Bitte des Kommissars brachte Svenja auf eine Idee. »Sie haben ja erlebt, was in Cuxhaven los ist. Uta lässt mich abblitzen. Aber ich kenne jemanden im Wasser- und Schifffahrtsamt. Da fahr ich mal schnell hin. Garantiert wissen die etwas. Sie wollten mir ja den Wagen Ihres Neffen leihen.«

»Nicht notwendig – ich komme mit.«

Verflucht. Sie musste allein verschwinden.

»Nach dem Besuch im Wasser- und Schifffahrtsamt kann ich gleich in der Polizeiinspektion reinschauen«, erklärte Löffler im Aufstehen, »und dort die neuesten Infos einholen.«

»Ihre Kollegen ziehen mich dann gleich aus dem Verkehr«, wandte Svenja ein.

Löffler blieb stehen und schien zu überlegen. »Mir fällt schon etwas ein. Fahren wir erst einmal zu Ihrem Bekannten.«

»Der wird kaum mit der Sprache rausrücken, wenn ich da in Begleitung reinschneie.«

»Sie haben doch ein berechtigtes Interesse, immerhin reist einer Ihrer Mitarbeiter auf der 575 mit. Geben Sie mich halt als Herrn Rotgerbers Vater aus. Oder so. Wir bekommen das schon hin.« Löffler schien fest entschlossen – er verließ das Zimmer und ging nach unten. Svenja folgte ihm. Sie kannte tatsächlich jemanden im Wasser- und Schifffahrtsamt, und der würde ihnen auch das sagen, was er wusste; aber den Abstecher zu Janning konnte sie in Löfflers Begleitung vergessen. Unten angekommen, nahm der Kommissar den Autoschlüssel vom Brett neben der Haustür.

»Wo willst du hin?« Elisabeth stand in einer der Türen, die vom Flur abgingen.

Löffler erstarrte mitten in der Bewegung, drehte sich langsam herum und bemühte ein gequältes Lächeln. »Ich begleite Frau Itzig bei einer Recherche.«

»Vergiss es. Du bleibst. Ansonsten sitze ich wieder allein beim Abendessen.«

»Aber Frau Itzig braucht meine Hilfe. In der Inspektion …«

»Stimmt das?« Elisabeth stemmte die Hände in ihre Hüften und schaute Svenja prüfend an.

Die dankte insgeheim der resoluten Frau und leistete Löffler gegenüber heimliche Abbitte. Aber diese Chance durfte sie keineswegs verpassen. »Wenn ich genauer darüber nachdenke, komme ich erst einmal allein klar. In die Inspektion können wir morgen fahren.«

»Na also.« Elisabeth schien's zufrieden.

Deutlich verärgert gab Löffler seinen Widerstand auf. Er hängte den Autoschlüssel ans Brett, nahm einen anderen und reichte ihn Svenja.

Sie trat auf ihn zu und flüsterte in sein Ohr: »Entschuldigen Sie. Ich wollte Ihre Frau nicht gegen mich aufbringen. Ich beeile mich auch. Und danke für das Auto.«

Svenja fuhr auf den Parkplatz an der Schwedenschanze und stellte den Motor ab. Sie stieg aus und drehte gedankenverloren Jannings Visitenkarte in den Händen. Ihr Handy steckte in Löfflers Jacketttasche, und so hatte sie ihren Besuch bei Janning nicht ankündigen können. Vielleicht half ihr aber das Überraschungsmoment, dem Kerl ein paar Informationen zu den Vorgängen auf der 575 zu entlocken. Dann los. Sie steckte das Kärtchen ein und ging zum Hotel.

Am Empfang versah ein junger Mann seinen Dienst, der sie freundlich begrüßte.

»Ich möchte bitte Herrn Janning sprechen – Arno Janning.«

»Oh, er verließ soeben das Haus«, entgegnete der Empfangsmensch verblüfft. »Sie hätten ihm eigentlich begegnen müssen.«

Svenja rannte vor die Tür, lief einige Schritte auf und ab, entdeckte jedoch nirgends eine Spur von Janning.

Enttäuscht kehrte sie zur Rezeption zurück. »Bleibt er lange weg?«

Der Mann am Empfang hob bedauernd die Arme. »Davon sagte er nichts.«

Was tun? Pit hatte sein Handy abgeschaltet, war unerreichbar. Er folgte der 575, hätte Auskunft geben können. Sollte sie tatsächlich zum Wasser- und Schifffahrtsamt fahren? Nein, dort weckte sie nur schlafende Hunde – offiziell redete bestimmt noch niemand von einer Entführung. Nein, ihr blieb einzig Janning, um ihre Fragen zu beantworten. Ratlos steckte Svenja die Hände in die Taschen und spürte die Visitenkarte. Na klar, sie rief ihn jetzt an.

»Darf ich kurz telefonieren?« Svenja bemühte ihr charmantestes Lächeln.

»Bitte.« Der Empfangsmensch stellte den Apparat auf den Tresen.

Sie zog das Kärtchen mit der Nummer hervor und wählte. »Ich muss Sie dringend sprechen«, eröffnete Svenja das Gespräch, als Janning sich meldete.

»Ist denn irgendwas passiert?«

Ob der Arglosigkeit in der Stimme des Kerls traute Svenja kaum ihren Ohren. Sie schimpfte los – die 575 und dessen Schlepper seien verschwunden und sie verlange Auskunft.

»Eine Urlaubsreise hatte ich nicht versprochen«, entgegnete Janning ruhig.

Svenja geriet in Rage. »Auf die Art speisen Sie mich keineswegs ab. Ich erwarte umgehend Aufklärung. Und so lange belagere ich die Rezeption.«

»Dann wünsche ich Ihnen eine gehörige Portion Geduld. Im Moment treffe ich einen Geschäftsfreund und komme erst gegen Mitternacht zurück.«

»Erklären Sie mir am Telefon, was vorgeht.«

»Wie stellen Sie sich das vor? Meinen Sie, ich weiß jede der Aktionen auf der 575 auswendig? Um eine profunde Auskunft geben zu können, muss ich in meine Unterlagen schauen.«

»Die auf Ihrem Zimmer liegen?«

»Genau.«

»Also gut – dann komme ich um Mitternacht wieder.«

»Wie Sie wollen.« Und schon hatte Janning aufgelegt.

Svenjas Armbanduhr zeigte gerade 17.59 Uhr – sechs Stunden in der Rezeption rumhängen, das hielt sie nie aus. Sie verabschiedete sich vom Empfangsmenschen, verließ das Hotel und lief in Richtung Parkplatz. Mit jedem Schritt schwand die Zuversicht, von Janning eine Auskunft zu erhalten. Der spielte doch nur seine Spielchen und benutzte sie und die SSK. Janning wusste genau, was auf der 575 vorging; der gab den Unwissenden, um sie zu vergraulen. Der benötigte keine ... Janning verwahrte Dokumente zum gerade ablaufenden Coup im Zimmer? Musste er wohl, um die Operation zu überwachen und bei auftretenden Problemen richtig zu entscheiden. Svenja kramte in ihrer Handtasche – ihr Besteck im handlichen Lederetui steckte gewohnheitsgemäß in der Seitentasche. Sollte sie Jannings Unterkunft allein einen *Besuch* abstatten? Vielleicht stieß sie auf irgendetwas? Wie bekam sie aber die Zimmernummer raus? Das würde sich finden.

Svenja drehte um, lief zum Hotel zurück und betrat die Rezeption. Niemand da. Unweigerlich fiel ihr Blick auf das Regal mit den zahlreichen kleinen Fächern, in denen Schlüssel hingen und die am unteren Rand Nummern trugen. Dort fand sie keinen Hinweis. Der Monitor hinter dem Tresen schimmerte im dunklen Grau; aber der Lüfter des PCs summte. Ohne zu zögern, ging Svenja um die Balustrade herum und bewegte die Maus. Der Bildschirm leuchtete auf, und vor einem blauen Hintergrund erschien das Eingabefeld für ein Passwort. Welchen Code sollte sie ausprobieren? Doch bevor sie überhaupt nur einen Versuch starten konnte, tappten Schritte über den Korridor. Hastig flüchtete Svenja sich zurück in den Besucherbereich. Im nächsten Augenblick kam der Empfangsmensch herein.

»Oh entschuldigen Sie, ich war grad kurz in der Küche. Warten ...« Der junge Mann stutzte. »Sie?«

»Ja, ich wollte ...« Unwillkürlich wanderten Svenjas Augen zum Schlüsselregal – zwei Fächer enthielten Zettel, die sie auf eine Idee brachten. »Ich wollte eine Nachricht für Herrn Janning hinterlassen. Möglicherweise schaffe ich die Verabredung um Mitternacht nicht. Können Sie mir Stift und Papier geben?«

Der Hotelmitarbeiter reichte ihr beides. Svenja setzte sich an einen der Tische und schrieb ein paar Worte: Falls sie den Treff verpasse, werde sie erneut anrufen oder komme am Morgen vorbei. Das Briefchen faltete sie zusammen und schob es über den Tresen.

»Bitte händigen Sie Herrn Janning die Mitteilung unbedingt aus – gleich, wenn er kommt.«

»Selbstverständlich.« Der Empfangsmensch legte das Blatt auf den Schreibtisch neben den Monitor.

»Da bleibt der Brief noch liegen«, protestierte Svenja. »Bestimmt löst Sie ein Kollege ab. Nachher liest der ihn womöglich. Bitte legen Sie meine Nachricht in Arnos Fach.« Die vertrauliche Anrede schien den Mann kurz zu irritieren. Also ergänzte Svenja. »Arno könnte sonst unwirsch reagieren.« Sie beugte den Oberkörper vor und flüsterte in der Art einer Verschwörerin: »Seine Schimpfkanonaden lassen niemanden unbeeindruckt.«

Das überzeugte den Empfangsmenschen wohl. Er wandte sich dem Schlüsselregal zu und legte die Mitteilung in das Fach 214, an dem ein Schlüssel hing, den sie aber nicht brauchte.

»Vielen Dank.« Svenja schenkte dem Hotelangestellten ihr schmeichelhaftestes Lächeln. »Tschüss.« Sie verließ die Rezeption.

Auf der Straße ging sie nach links und erreichte wenig später den Parkplatz. Ihre Handtasche blieb vorsichtshalber im Auto, die störte nur bei der kleinen Entdeckungstour. Sie verstaute das Lederetui in der Gesäßtasche ihrer Jeans und lief zurück zum Hotel. Wie erhofft lag der Empfangsraum wieder verlassen da. Die 214 fand sie bestimmt auf dem oberen Korridor. Lautlos huschte Svenja ins Treppenhaus, die Stufen hoch und schlich bis zu Jannings Zimmer. Der Anblick des Schließsystems freute sie. Kurz entschlossen setzte sie einen Pick an und knackte das Schloss in weniger als 30 Sekunden. Der Raum wirkte größer, als sie erwartet hatte. Mit der in vielen Berufsjahren angeeigneten Routine durchsuchte Svenja den Nachttisch, tastete das Bett ab, warf einen Blick in den Kleiderschrank und überprüfte das Jackett an der Garderobe. Nichts. Also richtete sie ihre Aufmerksamkeit auf den Schreibtisch. Die beiden Fächer auf der rechten Seite enthielten lediglich diverse Stifte, Schreibpapier, einen Locher und andere Bürountensilien. Links die Schubladen boten Interessanteres: Ganz unten lag ein Stoß alter Zeitungen, aus deren Mitte sie einen braunen A4-Briefumschlag ohne Beschriftung hervorzog. Die Lasche stand offen. Svenja schüttete den Inhalt des Kuverts auf den Tisch; dabei zitterten ihr die Finger. Zum Vorschein kamen drei Fotos und ein Bogen Papier. Zuerst griff sie nach dem Blatt, das mit kyrillischen Buchstaben beschrieben war. Das Format des Textes glich einem Brief. Svenja versuchte, sich an ihren lange zurückliegenden Russischunterricht zu erinnern.

Die Anrede lautete: ›Дорогие Дедушка Ханс!‹

»Dorogie Deduschka Hans!«, las sie leise. Dorogie Deduschka hieß doch lieber Großvater? Na klar, und am Ende das ›Твой Внук Беимлер‹ stand für Dein Enkel Beimler.

Aber was schrieb der? Um das alles zu entziffern, würde sie Tage brauchen. Hastig überflogen ihre Augen das Schriftstück. An einer Zeile blieben sie hängen:

›Меня тянет домой в твой новой дом: док петровский 294545‹

Was steckte hinter der Zeile? Меня hieß *ich*, oder so; тянет wusste sie nicht; домой mochte wohl mit *nach Hause* oder *zu Hause* übersetzt werden und в твой новой дом konnte nur *in dein neues Haus* ausdrücken. Wollte der Enkel zum Großvater in dessen Haus kommen? Und док петровский 294545 musste irgendwie die Adresse sein. Obwohl, eine Hausnummer aus sechs Ziffern? Oder verbarg sich dahinter eine Postleitzahl?

Svenja betrachtete die drei Fotos auf dem Tisch: Das erste zeigte einen Leuchtturm, einen viereckigen weißen Leuchtturm, der in der Art eines Pyramidenstumpfes nach oben hin enger werdend auslief. Er stand auf einer Pier, rechts daneben lag ein Schiff, und links wuchs ein Baum – ein großer prächtiger Baum, der dem Leuchtturm beinahe bis an die Schultern reichte. So etwas hatte Svenja noch nie gesehen.

Das nächste Bild stellte ein Hafenbecken samt Marineschiffen dar, die über das Heck angelegt hatten. Da die Aufnahme aus einiger Entfernung aufgenommen worden war, konnte man keine Details erkennen. Ebenso wenig auf dem letzten Foto: Vor der untergehenden Sonne zeichnete sich scherenschnittartig der Umriss eines Kampfschiffes ab, wie der Mast mit seinen Antennen, das Geschütz auf der Back und die schmalen Aufbauten verrieten. Nur, was bedeuteten die rundlichen Wülste an den Seiten – beinahe mittschiffs und übereinander angeordnet?

Habe ich das so oder so ähnlich nicht schon einmal gesehen?, überlegte Svenja. Unschlüssig legte sie die Fotos aus der Hand und starrte abwechselnd auf den Brief und die Aufnahmen. Dann fiel es ihr auf: Las man den Namen *Hans* des Großvaters und den des Enkels *Beimler* in einem Zug ergab das *Hans Beimler* – HANS BEIMLER hieß die 575. Und die 575 würde in das neue Haus des Großvaters kommen. Na klar, der Schatten auf dem einen Foto stammte von einem Schiff wie die 575. Die Ziffern codierten garantiert die Adresse, und der Leuchtturm markierte die Hafeneinfahrt, wohin die 575 unterwegs war.

Svenja starrte auf die Bilder und versuchte, sie in ihr Gehirn zu brennen; dazu die vermeintliche Adresse: док петровский 294545. Immer wieder betete sie »dok petrowskiie 29 45 45«.

Als sie keinen Zweifel mehr hatte, dass jedes Detail dauerhaft wie eine Gravur in ihrem Gedächtnis haftete, packte Svenja die Unterlagen in den Umschlag zurück, legte den zwischen die alten Zeitungen, schob die Schublade zu und schloss den Schreibtisch. Mit dem Ärmel wischte sie über dessen Arbeitsplatte und stand auf; schnell raus aus der Bude. Sie drehte sich um und … Der Schock lähmte all ihre Muskeln und Gedanken.

»Habe ich Sie erschreckt?« Janning lehnte am Türrahmen, die Arme vor der Brust verschränkt, die Beine lässig gekreuzt. »Ich hätte mich bemerkbar machen sollen, was? Aber Sie schnüffelten so eifrig in meinen Sachen – ich wollte keineswegs stören.«

Langsam kehrten Svenjas Lebensgeister zurück. Leugnen nützte nichts. Jetzt half nur Angriff. »So frühzeitig wieder hier?«

»Das dürfte Sie kaum etwas angehen.«

»Da Sie anscheinend Zeit mitgebracht haben, können Sie in Ihre Unterlagen schauen und mich über das Schicksal der 575 aufklären.«

»Ach so?«

»Dahingehend einigten wir uns am Telefon.«

»Ihr Ludger Rotgerber wird morgen unversehrt heimkehren. Ich halte mich an Absprachen.«

»Ihre Gorillas ebenso?«

»Meine Leute führen Befehle aus – oder es sterben Menschen.« Er ging zur Seite und nahm auf einem der beiden Sessel Platz. »Und einer dieser Befehle lautete, Herrn Rotgerber wie einen Ehrengast zu behandeln und ihm keinen Kratzer zuzufügen. Obwohl er es nicht verdient hat.«

»Warum?«

»Weil er meine Operation sabotiert. Die Männer vom Fan-Kreis, die er *betreuen* sollte, hat der Kerl einfach ausgeladen; die sind in Peenemünde zurückgeblieben.«

Im Stillen bewunderte Svenja ihren Mitarbeiter – hatte er sein Vorhaben also umsetzen können. Gleichzeitig beschlich sie aber auch die Angst, Ludger hätte diese Eigenmächtigkeit mit dem Leben bezahlen müssen; egal, was Janning ihr weismachen wollte. Aus Furcht vor der Antwort traute sie sich nicht, die entscheidende Frage zu stellen; stattdessen wich sie aus. »Was wurde aus Ludgers Kameraden?«

»Die kosten mich eine Stange Geld. Um sie dennoch von der Bildfläche verschwinden zu lassen, habe ich ihnen einen

Flug in die Staaten verschafft. In Fall River liegt ein Schwesterschiff der BEIMLER, die HIDDENSEE, im Museum.« Janning griente. »Was denken Sie, wie begeistert die Kameraden meinen beiden Mitarbeitern nach Frankfurt zum Flughafen gefolgt sind. Keiner von ihnen wollte vorher noch nach Hause.«

Das Schwein. »Dann haben Sie Ihre Geiseln ja doch noch in Ihrer Gewalt?«

»Natürlich.« Das Grinsen verschwand und die beiden Nase-Mund-Falten gruben sich tief in die Wangen ein. »Oder meinen Sie, ich lasse mir von einem Rotgerber in die Suppe spucken?«

Jetzt musste Svenja Klarheit haben. »Lebt Ludger noch? Oder haben ihn Ihre Schergen beseitigt?«

Das Lächeln kehrte in Jannings Gesicht zurück. »Ich halte meine Versprechen – nach dem Abschluss der Operation bekommen Sie den Kerl unversehrt zurück.«

»Das kann man glauben, muss es aber nicht. Ich möchte Ludger sprechen.«

Janning schaute auf seine Uhr. »Im Moment leider unmöglich. Es herrscht Funkstille. Erst in einer halben Stunde werde ich Kontakt mit dem Schiff aufnehmen.«

»Dann warte ich.« Svenja setzte sich auf den Stuhl am Schreibtisch und verschränkte die Arme vor der Brust. »Ich habe Zeit.«

Janning nahm ebenfalls Platz. »Lassen Sie uns die Warterei sinnvoll nutzen. Vielleicht erklären Sie mir Ihr Eindringen in mein Zimmer.«

Verflucht. In ihrem Eifer hatte Svenja völlig ihre Schnüffelei vergessen. Krampfhaft suchte sie nach einem Ausweg.

»Bitte schießen Sie los!« Janning schlug ein Bein über das andere und wippte mit dem oberen Fuß.

Aus dieser Haltung würde er kaum schnell genug hochkommen. Svenja sprang auf, stürzte zur Tür, riss die Klinke nach unten und zerrte daran – jedoch erfolglos. Janning musste zugeschlossen haben.

»Bevor Sie wieder Ihr Werkzeug bemühen, benutzen Sie vielleicht den Schlüssel.« Er hielt ihn provokant hoch. »Vorher beantworten Sie aber meine Frage.«

Wie lange hatte Janning hinter ihr gestanden? Was hatte er beobachtet? Dass sie den ominösen Brief kannte, konnte ihm möglicherweise verborgen geblieben sein. »Ich habe nach Informationen gesucht.«

»Die Sie nichts angehen.«

»Doch. Die Polizei sucht mich. Sie haben mich angezeigt, obwohl ich auf Ihre Forderungen eingegangen bin.« Svenja unterdrückte mit aller Kraft ihre aufsteigenden Tränen.

»Wie Sie das nur von mir denken können? Auch wenn ich mich wiederhole – ich halte mich an meine Versprechen.«

»Ach ja? Wer hat mich dann angeschwärzt?«

»Woher soll ich das wissen?«

»Ist ja auch egal.« Svenja ging zwei Schritte auf Janning zu. »Bitte sagen Sie mir, wo die 575 gerade operiert.«

»Sie wollten doch Herrn Rotgerber sprechen.« Janning stand auf. »Die verbleibende Zeit bis zum Telefonat muss ich mich kurz um einen Gast kümmern.«

»Jetzt?« Ungläubig starrte Svenja ihr Gegenüber an.

Dessen Nase-Mund-Falten gaben dem Gesicht plötzlich den Ausdruck eines Inquisitors. »Wären Sie mir nicht, sagen wir einmal, so gut bekannt, hätte ich Sie vorhin einfach über den Haufen geschossen.« Er zog ein Paar Handschellen aus der Tasche. »Bitte nehmen Sie wieder Platz und legen Ihren Arm auf den Tisch.«

Ohne auch nur einen Gedanken an Widerstand zu verschwenden, folgte sie der Anweisung. Janning fesselte sie an das Rohr, das von der Heizung bis an die Zimmerdecke lief.

»Sie kennen das Ziel der 575.«

»Nein …« Svenja verschluckte ihren Protest. Wenn Janning ihr diesen Vorwurf so an den Kopf knallte, hatte er vorhin garantiert alles beobachtet. Das bedeutete, sie musste mit offenem Visier kämpfen. »Ja, ich habe den Brief und die Fotos gefunden. Leider verstehe ich kein Wort Russisch, und den Hafen habe ich noch nie gesehen.«

»Das soll ich glauben?« Janning ging zur Tür. »Wir werden sehen. Auf eine Knebelung kann ich wohl verzichten – Sie vermeiden bestimmt weiteres Aufsehen.«

28 – VERDÄCHTIGE KONTAKTE

An Bord der 575 – 18.40 Uhr

Graf schwitzte, als hätte er die gesamten Versorgungsgüter allein übernommen. Aber jetzt trieben ihm Ärger und Panik das Wasser aus allen Poren. Die zweite Rakete wollte einfach nicht in den unteren Container auf der Backbordseite hineingleiten. Nachdem das erste Geschoss bereits unerwartete Schwierigkeiten heraufbeschworen hatte, lief es inzwischen eher schlecht als recht. Nach dem Ende der Betriebsstoffübernahme hatte Graf die frei gewordenen Zigeuner an das Ladegestell vor dem Raketencontainer geschickt. Wohl der entscheidende Fehler, weil sich die Leute offensichtlich gegenseitig mehr behinderten als halfen.

In 20 Minuten sollte die 575 weiterfahren, und die Rakete lag noch immer gänzlich außerhalb der Startvorrichtung.

»Nun reißt euch mal am Riemen, sonst könnt ihr euer blaues Wunder erleben«, trieb Graf die Männer an, die auf dem Ladegestell wie eine Schar emsiger Erdmännchen herumturnten.

»Wann seid ihr fertig?« Ofzschak kam vom Achterdeck her und starrte verärgert auf das Treiben.

»In der verbleibenden Zeit schaffen wir es«, versuchte Graf zu beschwichtigen.

»Wir müssen jetzt weg. Sofort.«

»Warum?«

»Unsere Leitstelle hat eine Warnung geschickt – drei Schnellboote laufen in unsere Richtung.«

»Genau auf uns zu? Sind wir entdeckt?«, krächzte Graf, dem der Schreck den Hals zuschnürte. Hatte diese verdammte JUNO sie verraten? Hätte er Ofzschak bloß Meldung erstattet.

»Nein. Behalten die ihren jetzigen Kurs bei, passieren sie unsere Position gut 12 Seemeilen südlich.«

Unwillkürlich sah Graf auf die See hinaus. Die Sicht hatte sich zwar etwas verbessert, reichte aber kaum fünf Seemeilen. Dennoch gab es keinen Grund, aufzuatmen. Schnellboote beobachteten das Seegebiet nicht nur optisch. »Und jetzt?«

»Wir laufen ab, dem Dampfer mit unserem AIS-Signal entgegen. Die Turbinen sind gleich klar.«

»Die Rakete?« Graf deutete auf seine Männer, die immer noch rackerten, um das sperrige Ding in den Container zu versenken.

»Müsst ihr während der Fahrt machen.«

»Du spinnst.« Wie stellte Ofzschak sich das vor? »Hat der Alte die Planänderung überhaupt genehmigt?«

»Spaßvogel. Glaubst du, ich breche das Sendeverbot? Wenn wir nachher den Boss anrufen, will ich die Sache bereinigt haben.«

»Aber die BELUGA?« Der Versorger lag immer noch längsseits. »Wollen wir so flüchten?«

»Die spielt unsere Tarnkappe, bis wir das AIS-Signal übernommen haben – wir laufen im Päckchen ab.«

Ein toller Schachzug, musste Graf in seinem Innersten eingestehen. Bord an Bord und über Leinen verbunden wirkten BELUGA und 575 auf dem Radar der sich annähernden Schnellboote wie ein Ziel.

In dem Moment hob ein Dröhnen vom Inneren des Schiffes an. Über dem Schiff stieg schmutziggrauer Rauch auf.

»Wir starten«, kommentierte Ofzschak.

»Achtung!«, schrie Graf den Männern auf dem Ladegerüst zu. »Festhalten!«

»Zieh die Kerle da ab und besetzt die Leinen. Auf mein Zeichen werft ihr die los.«

»Bis dahin vergeht doch noch einige Zeit«, protestierte Graf. »Wir müssen die Rakete in den Container bringen.«

Ofzschak neigte seinen Kopf zu ihm herunter. Ihre Nasen berührten sich beinahe. »Du machst jetzt, was ich sage. Verstanden? Zuerst bedient ihr die Leinen.« Ohne eine Antwort abzuwarten, verschwand er in Richtung Achterdeck.

*

Glücksburg – 18.45 Uhr

Die Untätigkeit zerrte an Marschmanns Nerven. Immer wieder wanderten seine Augen auf den Monitor, der das Lagebild darstellte. Die drei S-Boote zogen gleichmäßig ihre Bahn in Richtung Nordost. Mittlerweile standen sie auf Höhe Zingst. Erst gegen 21.00 Uhr würden sie die Meerenge zwischen Bornholm und dem schwedischen Festland erreichen, wo der eigentliche Sucheinsatz begann.

Kernler schien das alles wenig zu interessieren. Der saß am Besuchertisch und quälte das Telefon.

Ein Alarmlämpchen forderte Marschmanns Aufmerksamkeit – der Kommandant vom MARDER meldete sich. Sie hätten 17 Seemeilen nördlich einen verdächtigen Radarkontakt ohne AIS-Kennung ausgemacht.

Marschmann überlegte: Nach genau solchen Auffälligkeiten suchten sie. Aber dort oben, in dem Seegebiet? Nahm die HANS BEIMLER tatsächlich Kurs auf den Öresund, bekämen die

Kameraden in Dänemark oder Schweden den Kontakt sehr bald auf den Radarschirm. Doch wozu hatten sie die eigenen S-Boote rausgeschickt? Klärte eines von ihnen das fragwürdige Fahrzeug auf, verlor es maximal eine Stunde. Die anderen beiden liefen unbehelligt weiter.

Um sich später keine Vorwürfe einzuhandeln, befahl Marschmann der taktischen Nummer drei des kleinen Verbandes, das dubiose Objekt anzulaufen. Der PANTHER bestätigte die Weisung, und Marschmann beendete die Verbindung.

»Gibt's was Neues?« Kernler musste aufmerksam geworden sein – er stand vor Marschmanns Platz.

»Ein verdächtiger Kontakt, der wohl zum Öresund läuft.« Marschmann schilderte die Meldung vom MARDER und erklärte seine Anweisung.

»Bestand nicht eine Übereinkunft zwischen uns, die Suche ausschließlich in östlicher Richtung durchzuführen?«

»Zwei Schnellboote verlegen ohne Verzögerung in das eigentliche Einsatzgebiet.«

»Und das dritte hängt anschließend hinterher.«

»Das Seegebiet östlich Bornholm ist eng. Die vorauslaufenden MARDER und LUCHS erreichen auch zu zweit eine größtmögliche Radarabdeckung.«

»Warum ging dann das dritte Boot überhaupt raus, wenn es niemand braucht?«

Weil das Havariekommando genau drei Einheiten angefordert hat, wäre die schlichte Antwort gewesen; aber Kernler ließ sich mit solchen Plattheiten kaum abspeisen. »Eben für solche Fälle, wie wir jetzt einen erleben.«

»Sie revidieren Ihre Anweisung also nicht?«

Verschärfte der Kontrolleur die Prüfung? Egal. Marschmann würde einfach so handeln, wie er es vertreten konnte. »Nein.«

»Gut, ich möchte Sie gewarnt haben. Entgeht uns durch Ihre Eigenmächtigkeit die entführte Raketenkorvette, werden

Sie die Panne höchstpersönlich vor dem dann fälligen Untersuchungsausschuss vertreten müssen.«

Kernler verstand es, Drohungen wirkungsvoll wie ein Chefankläger auszudrücken. Fregattenkapitän Lüders hatte ihm geraten, den gesunden Menschenverstand zu gebrauchen.

»Wollen Sie das?«, fasste Kernler nach.

»Ich stand bisher noch immer für meine Entscheidungen ein.«

*

An Bord der 575 – 18.55 Uhr

»Tilmann?«, quakte Ofzschaks Stimme aus dem Lautsprecher.

Graf ging an die Sprechstelle des Achterdecks. »Ja?«

»Info von Leitstelle: Ein Schnellboot nimmt Kurs auf uns. Damit wir durchs Netz schlüpfen, muss jetzt alles klappen. Verstanden?«

»Verstanden.«

»In 60 Sekunden geht's los. Ende.«

»Verstanden. Ende.«

Bereits einige Minuten zuvor war der Frachter ANNA in Sicht gekommen, von dem die 575 das AIS-Signal übernehmen würde. Irgendwann am Nachmittag hatte die den Hafen Kopenhagen mit dem vermeintlichen Ziel Gdynia verlassen. Um in die Rolle der ANNA zu schlüpfen, musste die 575 parallel zu ihr laufen und deshalb auf Gegenkurs gehen. Zuvor hieß es allerdings, im richtigen Moment die Leinen zur BELUGA loszuwerfen.

»Achtung!«, kam das nächste Kommando aus dem Oberdeckslautsprecher.

»Achtung!«, wiederholte Graf und hob die linke Hand für die Männer als Signal, sich bereitzuhalten.

»Zehn Sekunden … fünf … jetzt.«

Graf riss seinen Arm herunter. Die Leinenkommandos reagierten sofort und warfen die BELUGA los.

»Ruder hart Backbord.«

Dieses Hinweises aus dem Lautsprecher hätte es nicht bedurft. Der Schwung der Kursänderung stieß Graf von den Füßen. Wie ein Trunkenbold taumelte er nach Steuerbord und fand erst an der Reling wieder Halt. Unaufhörlich strebten 575 und BELUGA auseinander. Der Versorger lief auf dem alten Kurs weiter, stellte jetzt das verdächtige Ziel ohne AIS-Kennung dar und zog so das Interesse des anlaufenden Schnellboots auf sich – so zumindest der Plan.

Einen Streifen schäumender Hecksee im Schlepptau vollendete die 575 einen Halbkreis und jagte der knapp eine halbe Seemeile vorausfahrenden ANNA hinterher. Um die Zeit nicht untätig zu vergeuden, trieb Graf seine Männer an die Rakete, damit die endlich im Container verstaut wurde.

Er selbst lief zur Reling und sehnte das Aufschließen zum Frachter herbei. In diesen wenigen Minuten waren sie nackt und ungeschützt wie ein Baby nach der Geburt. Mit dem Trennen von der BELUGA dürften die Verfolger auf ihren Radarschirmen auf einmal zwei leuchtende Punkte sehen; die ANNA hinzugerechnet, sogar drei. Das musste doch auffallen, fürchtete Graf. Der Fortgang der Ereignisse beendete sein Grübeln – die 575 erreichte das Heck der ANNA und schwenkte auf einen Kurs circa 50 Meter querab ein. Hörbar ging die Drehzahl der Turbinen herunter. Die Geschwindigkeit der beiden Schiffe glich sich an. Schon liefen sie genau parallel zueinander.

»Klar zum Umschalten«, dröhnte es überdeutlich aus allen Oberdeckslautsprechern. Drüben auf der ANNA hob jemand in der Nock den Arm.

»Fünf … vier … drei … zwo … eins … Jetzt!«

Der Mann gegenüber senkte den Arm so heftig, als werfe er eine Handgranate ins Wasser.

»AIS sendet.« Ofzschaks Stimme klang zufrieden.

Im selben Moment drehte die ANNA bei und folgte einem südwestlichen Kurs. In gut einer Stunde würde sie ihren *vorübergehend ausgefallenen* AIS-Sender wieder einschalten und dann als normales Küstenmotorschiff von Kopenhagen nach Lübeck unterwegs sein, während die 575 scheinbar mit Zielhafen Gdynia weiterlief.

Jetzt musste endlich die Rakete verstaut werden. Graf wechselte vom Achterdeck zur Back. An der Verladestelle herrschte das gleiche Gewusel wie vor der Unterbrechung. Aber die Arbeiten waren vorangekommen. Zu Grafs Erleichterung schaute nur noch der Gefechtskopf des Flugkörpers heraus.

»Los! Versenkt das Ding.«

Als hätte sein Anfeuern die letzte Bremse gelöst, rutschte das Geschoss in den Container. Erschrocken sprangen die Männer vom Ladegerüst. Einer, an der Außenseite hantierend, verlor das Gleichgewicht, schlug der Länge nach auf das Oberdeck, prallte zurück und stürzte in die See.

Graf stürmte an die Reling. Der Verunglückte trieb im Wasser, fuchtelte mit den Armen und schrie unverständliche Worte. Schnell geriet er achteraus. Seine Kollegen starrten ihm hinterher.

Blitzschnell besann sich Graf. Er riss den Rettungsring in unmittelbarer Nähe aus der Halterung und warf ihn außenbord. Dann jagte er aufs Achterdeck und schleuderte einen zweiten und dritten Ring ins Meer. Über die Sprechfunkanlage rief er die Brücke: »Mann über Bord! Mayday! Mayday! Mann über Bord!« Hastig kehrte er zu den Männern zurück, die ihrem in Seenot geratenen Kameraden nachsahen.

»Los, an die Arbeit!«, schrie Graf. »Rakete seefest machen! Die Rettung läuft.« Als gälte es, seine Worte zu überprüfen, starrte er auf die Wellen hinaus. Das Schiff lief immer noch den geraden Kurs mit unverminderter Geschwindigkeit. »Verflucht.« Ofzschak hätte längst auf Gegenkurs gehen müssen. Ohne groß nachzudenken, stürmte Graf auf die Brücke.

Der *Herr Kommandant* hockte auf seinem Sessel und studierte irgendeinen Scheißzettel.

»Sitzt ihr auf den Ohren?«, brüllte Graf. »Mann über Bord. Einer von der Crew ging außenbord.«

Ofzschak blickte verständnislos auf. »Schrei nicht so rum.«

»Los, beidrehen! Einer …«

»Schnauze. Hier wirf da mal 'nen Blick drauf.« Ofzschak drückte Graf das Blatt in die Hand.

Der las: »S-Boot nimmt Kurs auf BELUGA.« Er schaute auf. »Ja und?«

»Wir haben Glück gehabt. Die lassen uns in Ruhe.«

»Na umso besser. Dann können wir den Mann retten.«

»Und dabei den Marine-Fritzen vor den Bug geraten. Du spinnst. Unser Zielhafen lautet Gdynia, und dahin laufen wir unbeirrt. Es gibt kein Zurück.«

Ofzschak musste wahnsinnig geworden sein. »Wir verlieren einen weiteren Mann. Soll ich am Ende die Raketen starten?«

»Wenn du unbedingt willst. Vorher könntest du aber die verbliebenen Kerle härter rannehmen.« Ofzschak klang kaltschnäuzig wie ein Metzger beim Schlachten altersschwacher Gäule. »Aber das klären wir morgen. Scher dich wieder runter zu den Zigeunern, dass die endlich fertig werden. Hättet ihr euch beeilt, wäre niemand zu Schaden gekommen.«

Die Wut im Bauch loderte wie Feuer. Am liebsten würde Graf die Pistole ziehen und die Ausgeburt eines Arschlochs dort im Sessel über den Haufen knallen.

»Hau ab«, wiederholte Ofzschak seine Forderung. »Mach deinem Kindergarten Beine. Ich muss Janning anrufen.«

»Ich will den Boss sprechen.«

Ofzschak hüpfte vom Stuhl und baute sich wenige Zentimeter vor Graf auf. »Ach so?« Sein Atem roch verbraucht.

»Während der Versorgung gab's ein Vorkommnis.«

Ofzschak griente. »Da musst du früher aufstehen, du Schleimscheißer, um mich anzuscheißen. Willst mich doch wie ein verpisster Pennäler beim Chef verpfeifen? Aber vergiss es. Die Story mit der JUNO kenne ich bereits. Die bringe ich dem Alten schonend bei; wir sollten ihn nicht unnötig beunruhigen. Deshalb behalte ich auch deine Stümpereien für mich.«

Versteinert starrte Graf auf den Dreckskerl. Die Runde ging an ihn.

»Und jetzt sorge für Klarschiff an Oberdeck. Anschließend will ich dich hinten im HBS an der Karte sehen.«

*

Glücksburg – 18.57 Uhr

»Ihr S-Boot hat wohl das Piratenschiff erreicht.« Aus Kernlers Stimme klang unverhohlener Spott.

Marschmann ignorierte den Mann in seinem Rücken einfach und prüfte das Monitorbild. Tatsächlich, die Markierung des PANTHER lief in unmittelbarer Nähe des Ziels auf Parallelkurs. In dem Moment meldete sich auch der Kommandant.

»Höre.«

»Entwarnung …«

Marschmann sprang das Gefühl an, als träfe ihn jeden Augenblick ein Nackenschlag.

»… Der Kahn heißt BELUGA. So 'ne Art Kümo mit Heimathafen Monrovia. Hatte wohl Wackelkontakt im AIS-Sender, wenn wir den Käpt'n richtig verstanden haben. Müsste wieder funktionieren.«

Marschmann sah auf den Monitor. Tatsächlich, die bisher vermissten Informationen standen mittlerweile dort: Die BELUGA lief von Swinemünde nach Göteborg.

»Wir beenden die Aktion?«, erkundigte sich der Kommandant des PANTHER.

Marschmann überlegte. Vorhin war für zwei, drei Minuten eine unübersichtliche Situation entstanden, wie das Radarbild des PANTHER angezeigt hatte: Aus dem einen verdächtigen Kontaktsignal ohne AIS war ein weiteres entsprungen. Das schipperte jetzt in südwestlicher Richtung – ebenfalls ohne irgendwelche Daten zu senden.

»Was ist? Können wir hier die Zelte abbrechen?«

»Nein.« Marschmann hatte entschieden.

»*Nein*?«

»Nehmt euch den zweiten unbekannten Kontakt auch noch vor. Ihr habt den ja auf eurem Schirm.«

»Der läuft nach Südwest. Wenn wir dem folgen, wirft uns das hoffnungslos zurück«, erklang der berechtigte Einwurf vom PANTHER.

»Na klar, bravo. Boykottieren Sie ruhig weiterhin die Suchaktion.« Kernler klatschte Beifall.

Der Spott löste Marschmanns Anspannung. Beinahe gelassen drehte er sich herum. »Sie werden meine Entscheidungen hinnehmen müssen.«

»Wie der Herr befehlen.« Kernler deutete einen Bückling an und kehrte in den Gästebereich zurück.

»Also«, befahl Marschmann dem PANTHER, »den zweiten Kontakt ohne AIS aufklären.«

*

Stralsund – 18.59 Uhr

Unwiderstehlich hatten die Leuchtziffern am Fernsehapparat Svenjas Blicke immer wieder angezogen … 18.39 … 18.46 … 18.53 … 18.56 … 18.59. Hoffen und Bangen verschmolzen mit der dahinschleichenden Zeit – Jannings Rückkehr würde Gewissheit bringen, konnte sie aber auch ins Unglück stürzen. Immer wieder war Andreas hasserfülltes Gesicht vor Svenjas

Augen erschienen; ›Wird Ludger auch nur ein Haar gekrümmt, bringe ich dich hinter Gitter‹, hatte sie geschworen.

Die Zeitanzeige sprang auf 19.00. Als hätte er auf diesen Augenblick gewartet, ging die Zimmertür auf, und Janning kam herein. Das aufblitzende Lächeln in seinem Gesicht schüchterte Svenja noch mehr ein. Er nahm im Sessel neben ihr Platz und legte sein Handy auf den Tisch.

»Die 575 meldet sich jede Sekunde; dann können Sie Herrn Rotgerber sprechen.«

»Danke.« Svenjas Hals schmerzte wie bei einer Erkältung.

Die nächsten Minuten verstrichen in gespanntem Schweigen. Svenja wollte die Situation nicht unnötig verschärfen, und Janning sah wohl keinen Grund, mit ihr Konversation zu üben.

Da endlich, das erlösende Klingeln erfüllte den Raum. Janning nahm das Gespräch entgegen. Schweigend lauschte er den Worten des Anrufenden, von denen Svenja nur ein unverständliches Wispern vernahm. Unentwegt wanderten Jannings Augen hin und her, als lese er einen Text. Schließlich nickte er. »Gut. Die kleine Planänderung genehmige ich im Nachhinein. Ab sofort befolgen Sie strikt meine Anweisungen. Verstanden?« Er schwieg kurz. »Und jetzt holt mir den Rotgerber, aber zügig! In vier Minuten schließt das Funkfenster.« Er blickte Svenja an und fragte dann ins Telefon: »Wie hieß der Kutter? JUNO?«

Svenja stieg Hitze in den Kopf.

»JUNO aus Stralsund. Ich kümmere mich darum.«

Svenja glaubte, einen Albtraum zu erleben. Hatten die Pit erwischt?

»Ja? Herr Rotgerber? Ihre Chefin möchte Sie sprechen.« Janning reichte das Handy über den Tisch, das Svenja mit der freien Hand nahm.

»Ludger?«

»Hallo. Geht's gut?«

»Das wollte ich dich fragen.«

»Ich genieße eine geruhsame Seereise«, entgegnete Ludger in bissigem Ton.

»Wirklich?«

»Janning hat befohlen, mir kein Haar zu krümmen, und die Jungs parieren, scheinen mächtigen Dampf vor ihrem Boss zu haben. Was machst du eigentlich bei dem?«

Svenja warf einen Blick auf ihren Gegenüber, der keine Miene verzog. »Ich musste dich sprechen. Von der 575 war jegliche Spur verschwunden, und das Havariekommando hüllt sich auch in Schweigen.«

»Wissen die nichts, oder warum?«

»Weil …«

»Genug.« Janning langte nach dem Handy.

Blitzschnell zog Svenja den Kopf zurück. »Ist Pit bei euch?«

»Pit?«, fragte Ludger verwundert. »Pit sitzt in seiner Redaktion. Oder?«

Janning riss ihr das Telefon aus der Hand. »Geben Sie mir Herrn Ofzschak.« Nur einen Augenblick später fuhr er fort. »Sie wollten doch das Problem von gestern Abend einer endgültigen Lösung zuführen?«

Janning lauschte.

»Offensichtlich nicht. Aber das klären wir ein andermal. In den kommenden Stunden halten Sie sich strikt an die Planung. Ende.« Er drückte eine Taste und steckte das Gerät ein. »Zukünftig unterlassen Sie die Eigenmächtigkeiten.«

»Was haben Sie mit Pit gemacht?«

»Ihr Mann fährt also auf diesem Kutter JUNO? Treibt ihn die Neugierde da raus auf die Ostsee, in unmittelbare Nähe der 575?«

Svenja suchte krampfhaft nach einer Ausrede.

»Haben Sie eine Erklärung dafür? Einen Zufall werden wir wohl ausschließen können.«

Sie erfand einen Streit mit Pit, der darüber ausgebrochen

sei, dass sie ihn nicht in die Unternehmung um die 575 habe einweihen wollen.

»Der Herr Journalist wollte schnüffeln?«

Svenja zuckte die Achseln. In einem günstigen Augenblick habe Pit vermutlich den Schlüssel des Kutters gestohlen.

»Nehmen wir einmal an, Ihre kleine Geschichte entspräche der Wahrheit. In dem Fall sollten Sie Ihren aufmüpfigen Ehemann zurückpfeifen.« Er streckte ihr das Handy entgegen.

»Pit hat sein Telefon abgestellt.«

»Dann dürfte er aber zumindest Sprechfunk benutzen. Ich organisiere das.« Janning wählte und verlangte, auf einen Sprechfunksender geschaltet zu werden. Er legte auf. »Wenn es jetzt klingelt, sollten Sie einige passende Worte finden, damit er über Handy anruft. Das ist meine Nummer.« Janning schrieb einige Ziffern auf einen Zettel. »Bieten Sie Ihrem Mann einen Köder an.«

Was denn für einen Köder?, überlegte Svenja.

Jannings Telefon klingelte. Er drückte die Sprechtaste und reichte Svenja das Gerät. »Kurz, aber eindringlich, bitte.«

Sie räusperte sich: »Musst mir helfen. Bin bei Janning. Ruf an – 0163 / 173 7743. Sofort.«

Janning nickte zufrieden.

Hoffentlich reagierte Pit.

Glücklicherweise klingelte kurz darauf das Handy, und auf dem Display stand die vertraute Nummer. Svenja nahm das Gespräch entgegen und schaltete auf Mithören.

»Hat er dich geschnappt?«, sprudelte Pit heraus.

Durch ein schnelles »Nein, nein« versuchte Svenja, möglichst jede Aufregung bei Pit im Keim zu ersticken – andernfalls spielte er womöglich den Helden. »Wir besprechen Ludgers morgige Heimkehr.«

»Weißt du etwas von ihm?«

Sie hätten gerade miteinander telefoniert, berichtete Svenja. Es gehe ihm gut.

»Wenn dir nichts fehlt, weshalb dann dein Hilferuf?«

Janning nahm das Telefon. »Arno Janning hier – ich hatte Ihre Frau gebeten, Ihnen einen Köder anzubieten, damit Sie zurückrufen.«

»Das hat ja geklappt. Was wollen Sie?«

»Ich fordere Sie auf, sofort nach Stralsund zurückzukehren.«

»Warum sollte ich?«

»Weil ich sonst Ihre Ehefrau erschieße.«

Jannings unverhohlene Drohung weckte in Svenja unbändigen Hass auf dieses Schwein. Wie hatte sie nur auf dessen Forderungen eingehen können?

»Soweit ich weiß, verfügen Sie über ein gerüttelt Maß an Kaltblütigkeit, aber«, Pits Stimme verriet seine Erregung, »ein Mord dürfte Ihre gegenwärtigen Pläne gefährden.«

»Anerkennung. Aus Ihnen spricht große Sachkenntnis. Doch bitte vergessen Sie nicht, Ihr Freund Ludger Rotgerber befindet sich in der Hand meiner Männer. Und die müssen kaum Rücksicht nehmen.«

»Wenn Sie ihn umbringen, verlieren Sie Ihr Druckmittel gegen mich.« Pit klang weniger entschlossen, als die Worte wohl ausdrücken sollten.

»Andersherum wird ein Schuh draus. Mit dem Tod Rotgerbers dürfte Ihr Interesse an meinem Schiff versiegen.« Janning starrte Svenja an. »Zu dessen Schutz kurven Sie ja wohl da draußen rum?«

»Bitte komm zurück!«, rief Svenja dazwischen.

»Svenja! Hier läuft eine Riesensauerei ab. Die haben Ra...«

Blitzartig schaltete Janning das Mithören ab. »Ra...? Was meinen Sie?« Er lauschte kurz. »*Laufen Sie Stralsund an!*«

Nach einem Knopfdruck von Janning konnte Svenja Pit wieder hören: »... dürfte einige Stunden dauern.«

»Okay. Ich gebe Ihnen bis morgen Zeit. Liegt die JUNO um acht hier im Hafen, gebe ich mich zufrieden.«

»Und wenn nicht?«

»Nimmt das Schicksal seinen Lauf.«

Svenja empfand Jannings Drohungen als eigene Niederlage – sie hatte allen Beteiligten diese vertrackte Situation eingebrockt. Pit blieb der Einzige, der irgendetwas unternehmen konnte. Sie kam notfalls allein klar. Sie riss Janning das Handy aus der Hand.

»Nimm auf mich keine Rücksicht. Mach so schnell du kannst.«

Janning schlug ihr mit dem Handrücken ins Gesicht und nahm das Telefon.

»Punkt acht Uhr liegt die JUNO im Stralsunder Hafen. Haben Sie das verstanden?« Janning beendete das Gespräch und wandte sich an Svenja, der die Wange brannte, als habe sie ein Schwall kochendes Wasser getroffen. »Bis zur Ankunft der JUNO werden Sie mein Gast bleiben müssen.«

*

Glücksburg – 19.15 Uhr

Die aufleuchtenden AIS-Daten auf dem Monitor trafen Marschmann wie ein bösartiges Omen für seinen bevorstehenden Niedergang. Besorgt sah er zu Kernler hinüber, der telefonierte. Wenn der die abermalige Pleite mitbekam, dürfte er aus dem Anzug springen.

Jetzt meldete sich auch der Kommandant des PANTHER und erbat weitere Befehle. Der Geisterfahrer sei offenbar wach geworden und habe sein Inkognito aufgegeben.

In dem Fall konnte Marschmann nur noch Schadensbegrenzung betreiben. »Bis auf Sichtweite annähern und Identifikation des Zieles prüfen.«

»Ach, sind wir neuerlich einem Phantom hinterhergejagt?« Kernler stand wieder neben dem Lagemonitor.

Krampfhaft stierte Marschmann auf den Bildschirm. In

zwei, drei Minuten bekam der PANTHER Sichtkontakt. Die Zeit musste er aushalten. Kernler schien ihm diese Pause zu gönnen – er verschränkte die Arme vor der Brust. Die Sekunden schlichen wie durch knietiefen Schlick dahin.

Dann endlich erlöste ihn die Meldung des Kommandanten. »Daten des Ziels stimmen.«

Kernler legte die Unterarme auf den oberen Rand des Monitors und sah Marschmann an: »Und nun?«

Marschmann zögerte.

»Wenn Sie diesem verdammten Boot jetzt noch eine andere Aufgabe zuweisen, rufe ich augenblicklich Ihren höchsten Boss an. Danach können Sie Feierabend machen – vielleicht für immer.«

Nicht die Angst, sondern tiefe Beschämung bestimmte Marschmanns Tun. »PANTHER?«

»Ja?«

»MARDER und LUCHS folgen. Schnellstmöglich aufschließen.«

Havariekommando Cuxhaven

Die Betriebsamkeit im Lagezentrum war einer geschäftigen Routine gewichen. Gerade eben kam die lang ersehnte Lageeinschätzung der Ermittlungstaucher. Uta Bendler notierte:

+++ 23.08.2011 – 19.35 Uhr: Wrack des Schleppers an der Unglücksstelle gesichtet; wurde mit Waffengewalt versenkt – drei Leichen an Bord gefunden. Weitere vier Tote in weißen Overalls zwei Meilen südöstlich der Untergangsstelle gesichtet; offensichtlich keine Überlebenden. +++

Schrecklich! Gebannt wartete Uta auf die Konsequenzen der grausamen Meldung. Kurz darauf erhielt sie die Notiz und übertrug sie ins Tagebuch:

+++ 23.08.2011 – 19.40 Uhr: Rettungsaktion abgebrochen. Polizeikräfte beginnen Fahndung nach flüchtiger HANS BEIM-

LER in Gewässern um Bornholm. Marine-Schnellboote verlegen weiter östlich in Zielgebiet bei 55° 40‹ N und 17° 17‹ O. +++

29 – ДОК ПЕТРОВСКИЙ?

An Bord der Juno – 19.20 Uhr

Krachend flog das Handy hinters Funkgerät. Voller Wut stoppte Pit den Motor. Musste er sich gegenüber diesem Verbrecher auch noch verquatschen. Der wusste jetzt, dass Pit die Übernahme der Rakete auf der 575 beobachtet hatte. Janning würde nun erst recht keine Gnade walten lassen, wenn Pit hier draußen auf See blieb. Er lehnte die Stirn an eine der Frontscheiben. Die Kälte tat gut, brachte ihm aber keinen vernünftigen Einfall. Blieb ihm eine andere Wahl, als dem *Wunsch* des feinen Herrn Janning nachzukommen? Wohl kaum. Er überlegte hin und her, doch ihm fiel keine brauchbare Alternative ein.

Pit startete den Motor und ging auf Südostkurs. Um ihn herum herrschte wenig Verkehr, wie ein Blick auf das Radar verriet. Das Echo der 575 leuchtete oben am Rand des Sichtfeldes. Aber Moment mal! Pit arretierte das Ruder, bestimmte die Position der Juno, übertrug die auf die Seekarte, peilte die 575 an und markierte deren Standort. Das Resultat erstaunte ihn. Seine Begegnung mit denen hatte viel weiter nördlich stattgefunden. Also steuerten die einen Südkurs. Was sollte denn das? Wollten die in Richtung Russland abhauen, mussten sie …

Hastig breitete Pit die Karten der umliegenden Seegebiete im Fahrstand aus. Er steckte Kurse ab, maß Entfernungen, rechnete und schaute immer wieder auf das Radarbild. Schließlich stand sein Ergebnis fest: Die 575 lief tatsächlich vor der Ostküste Rügens nach Süden. Und wenn die den Kurs beibehielten, konnte er ihnen noch einige Zeit folgen.

*

Stralsund – 20.15 Uhr

Da saß sie nun in dieser stinkenden Baracke in der Nähe des ehemaligen Hafens an der Schwedenschanze. Einer von Jannings Bodyguards hatte Svenja vorhin hierher gebracht und eingesperrt – fernab jeglicher Zivilisation. Nebenan musste einmal eine Kneipe gewesen sein, das Beck's-Bier-Schild hing noch über der Tür. Die Hoffnung auf Gäste, die sie befreien könnten, durfte wohl vergebens sein.

In ihrem winzigen fensterlosen Gefängnis herrschten Staub und Dreck und Gerümpel, soweit Svenja das in der Dunkelheit hatte feststellen können. Der Bodyguard war mit dem Tipp abgezogen, sie möge sich in dem eher wenig komfortablen Gästezimmer heimisch einrichten, er hole sie erst am Morgen wieder ab. Um acht sollte Pit im Hafen ankommen. Hatte sie richtig gehandelt, ihm einen Spielraum einzuräumen? ›Nimm auf mich keine Rücksicht. Mach so schnell du kannst.‹ Die Worte standen in Svenjas Kopf eingemeißelt wie die Inschrift auf einem Grabstein. Zweifellos konnte Pit daraus gewisse Freiheiten ableiten. Was passierte, wenn die JUNO nicht rechtzeitig an Ort und Stelle lag? Ludger befand sich in Jannings Hand. Sie selbst aber auch. Gab's eine Möglichkeit, diesem verdammten Loch zu entfliehen? Da blieb lediglich die Tür, und die schien aus festen Bohlen zu bestehen.

Svenja sah hinüber. Das helle Schlüsselloch zog ihre Blicke magisch an, erschien ihr auf einmal als Licht am Ende des Tunnels. Warum merkte sie das erst jetzt? Ihre Hand fuhr in die Tasche. Janning hatte ihr nichts abgenommen, nur nach einem Handy gefragt, das sie schon an Löffler hatte abtreten müssen. Svenja holte das Einbruchsbesteck hervor, das ihr bereits den Weg in Jannings Hotelzimmer geebnet hatte. Jetzt würde es zum Ausbruchswerkzeug werden. Sie ging an die Tür, bückte sich, prüfte das Schloss und setzte ihr Werkzeug an. Sie zögerte. Vielleicht bot ihr die Dunkelheit bessere Chancen zur Flucht?

*

Caputh nahe Potsdam – 21.15 Uhr

»Besten Dank für Ihren Anruf. Herrn Kernler werden die Nachrichten freuen.« Der Referatsleiter beendete das Gespräch und legte das Telefon, zwar schnurlos, doch höchsten Sicherheitsansprüchen genügend, auf den kleinen Tisch neben dem Liegestuhl ab. Genüsslich langte er nach dem Glas Rotwein und genoss einen Schluck. Ein brauchbarer Mann, dieser Janning – Kernler hatte ein gutes Näschen bewiesen, den einzuspannen. Der Referatsleiter mahnte sich, seine Begeisterung im Zaum zu halten. Vorerst galt es, äußerste Vorsicht walten zu lassen; noch flog die Rakete nicht auf Oskarshamn, noch konnte einiges schiefgehen. Er musste weiterhin im Hintergrund bleiben, um Kernler im Fall des Scheiterns der Presse und den parlamentarischen Untersuchungsausschüssen als übereifrigen Beamten zum Fraß vorwerfen zu können. Doch neigte sich die Waage auf die Seite des Erfolgs, schlug seine Stunde.

Der Referatsleiter nippte erneut am Rotwein und blinzelte in die untergehende Sonne. Der Dienst ließ ihm viel zu wenig Gelegenheit, auf dem idyllischen Anwesen hier draußen Ruhe und Entspannung zu tanken. Und so hatte er heute das Nützliche mit dem Angenehmen verbunden: Nach Kernlers Anruf war er auf die Datsche am Ufer des Schwielowsees gefahren, um in der Abgeschiedenheit den richtigen Zeitpunkt für sein Eingreifen abzuwarten. Niemand störte ihn oder schaute ihm auf die Finger, stellte hinterher komische Fragen, und an Kommunikationsmitteln stand ihm alles Notwendige zur Verfügung.

Das klingelnde Telefon riss den Referatsleiter aus seinen Gedanken – Kernler, wie das Display verriet. Der Referatsleiter nahm das Gespräch entgegen. »Na, neuerliche Probleme?«

»Da muss etwas passieren«, polterte Kernler los.

»Vielleicht erklären Sie mir erst einmal Ihre Aufregung.«

»Die Marine hat S-Boote rausgeschickt. Um ein Haar hätten die die 575 schon erwischt – gleich nach der Versorgung.«

»Aber es ging gut?«

»Ja. Jetzt beordert das Havariekommando die Einheiten allerdings genau in das Operationsgebiet für morgen. Die 575 läuft denen in ein paar Stunden vor den Bug.«

Ohne das Telefonat mit Janning wäre dem Referatsleiter bei dieser Nachricht bestimmt flau in der Magengegend geworden; so konnte Kernler noch ein wenig im eigenen Saft schmoren. Sollte der ruhig seine Hilflosigkeit herausposaunen.

»Die Sicherheitskräfte müssen das Scheinziel der Entführung erfahren.«

»Warum? *Sie* sitzen im Flottenkommando doch direkt im Brennpunkt des Geschehens. Spielen Sie Ihren Einfluss aus und führen die S-Boote in die Irre.«

»Der renitente Kerl, der mir zur Seite steht, nervt mich langsam.«

»Lassen Sie ihn auswechseln.«

»Dazu ist es zu spät. Seine Eigenmächtigkeiten bieten zu wenige Angriffspunkte, um ihn rauszuwerfen. Im Gegenteil, er agiert sehr umsichtig. Durch forsches Auftreten konnte ich ihn lediglich ein wenig einschüchtern.«

»Na, sehen Sie.«

»Das reicht nicht, die S-Boote umzulenken. Wir brauchen

einen zweiten Bekennerbrief, der das Scheinziel preisgibt.« Kernler klang resignierend.

Die Hilflosigkeit, die der durchblicken ließ, genügte dem Referatsleiter. »Immer mit der Ruhe. Herr Janning kehrt zu seinem Plan zurück. Obwohl diese Frau Itzig sich weiterhin verstecken muss, woran Sie ein gerüttelt Maß Mitschuld tragen, besitzt sie jetzt die entscheidenden Hinweise.«

»Die sie aber kaum der Polizei mitteilen dürfte. Hoffentlich merkt sie nichts und bringt die Falschmeldung auch unter die Leute.«

»Herr Janning hat sie hart angepackt, wie er mir erklärte. Die Gute sitzt noch in einem dunklen Loch, hat sich allerdings schon für eine Fluchtmöglichkeit interessiert, wie die eingebaute Infrarotkamera verriet.«

»Und wann spuckt die Frau ihr Wissen aus?«

»Bis Mitternacht. Ansonsten greifen wir ein.«

*

Stralsund – 21.35 Uhr

Der Ausbruch aus dem Gefängnis gelang Svenja problemlos. Erwartet schnell hatte das Schloss nachgegeben. Im Schutz der Dunkelheit huschte sie nun durch das weitläufige Gelände von Fachhochschule und Berufsbildungswerk. Am Ausgang hinter dem Hotel wandte sie sich nach rechts und stand kurz darauf an dem Wagen, den Löffler ihr geliehen hatte. Sollte sie den nehmen? Garantiert kontrollierten Jannings Leute den Parkplatz und bemerkten ihre Flucht. Na und. Die wussten ja nicht, wohin sie verschwand. Noch in ihrem Verlies hatte Svenja entschieden, zum Vater zu fahren. Als Ökonomieprofessor zu DDR-Zeiten war er oft in die Sowjetunion gereist. Vielleicht kannte er diesen viereckigen Leuchtturm, den sie auf den Fotos gesehen hatte.

Bis nach Grünhufe hinaus, wo die Eltern wohnten, waren

es fünf Kilometer. Busse fuhren von hier aus eher selten, also nahm sie doch das Auto.

Auf Stralsunds Straßen herrschte wenig Verkehr, und so brauchte Svenja nur eine Viertelstunde. Der Vater freute sich über den Besuch, als er die Tür öffnete.

»Ist Mama zu Hause?«, wollte Svenja zuerst wissen.

Der Vater kam in das Treppenhaus, küsste seine Tochter auf die Wange. »Guten Abend erst einmal.«

»'n Abend. Ist Mama da?«

»Nein. Die besucht deine Schwester in Cuxhaven. Aber eine Abordnung Gesetzeshüter fragte nach dir.«

»Nein!« Svenja machte auf dem Absatz kehrt.

»Das stimmt doch nicht, was die behaupten? Oder?« Vaters Stimme klang ernst.

Svenja blieb zwei Stufen tiefer stehen und hob langsam den Kopf. »Glaubst du denen?«

»Warum läufst du dann davon?«

»Weil ich dir Scherereien in der Sache ersparen will. Die Polizei kommt bestimmt wieder vorbei, wenn die schon hier rumgeschnüffelt hat.«

»Du spinnst. Den Beamten habe ich mächtig eingeheizt – wie sie mich mit solch abstrusen Verdächtigungen behelligen können. Die nerven erst einmal andere Leute.«

Svenja stieg nach oben. »Ich bleibe auch nur kurz.«

»Das liegt allein bei dir.«

Der Vater schob die Tochter in sein Arbeitszimmer, kochte ihnen einen Pfefferminztee und setzte sich zu ihr. Svenja berichtete über Ludgers Einsatz auf der 575.

»Du hast dich erneut mit Janning eingelassen?«, fragte der Vater am Ende ihres Berichts. »Ich denke noch immer an die Geschichte von vor vier Jahren. Lernst du eigentlich nie dazu?«

»Uns blieb keine andere Wahl, als mitzumachen. Janning drohte, Ludger zu entführen.«

Der Vater tippte an seine Stirn. »Gar nichts müsst ihr. Erst recht nicht einem Erpresser ins Netz gehen.«

»Papa! Das diskutieren wir ein anderes Mal. Ich brauche deine Hilfe. Möglicherweise weiß ich, wohin Janning die 575 bringen lässt.«

»Ach so?«

Sie schilderte den Einbruch in das Hotelzimmer und erwähnte die Unterlagen, die sie gefunden hatte.

»Du hättest den Brief an den Großvater mitbringen sollen.«

»Ging nicht. Aber vielleicht geht's so? Pass auf: Zwei Fotos zeigten Marineschiffe – Kriegsschiffe. Eins im Gegenlicht der untergehenden Sonne. Der Schattenriss gehörte zu einem Schiff vom Typ der 575. Deshalb denke ich …«

»Weiter. Marinestützpunkte gibt's in Russland wie Sand am Meer. Wenn wir überhaupt von Russland reden. Die kyrillische Schrift kann eine Ablenkung sein.«

»Bestimmt hilft uns das dritte Bild: Auf dem stand ein viereckiger Leuchtturm auf einer Mole, ganz weiß, und daneben ein stattlicher Baum.«

»Habe ich noch nie gesehen.«

»Papa? Ich dachte, du kennst dich aus.« Svenjas Optimismus bekam einen Dämpfer. Hoffentlich half die vermeintliche Adresse. »Sagt dir diese Anschrift etwas, die im Brief vorkam: Dok Petrowskiie 294545. Das soll irgendwie das neue Haus vom Großvater sein.«

Der Vater notierte die Anschrift in kyrillischen Buchstaben und daneben die Ziffern. »So?« Er deutete auf die beiden Worte док петровский.

»Ja. Aber die Zahl?«

»Was die bedeuten soll, weiß ich auch nicht.« Der Vater sah Svenja an und stand auf. »Aber ein док петровский kenne ich.« Er ging an seinen Rechner, verscheuchte mit einer Mausbewegung den Bildschirmschoner und rief eine Karte auf. Die scrollte er in Richtung Osten, hielt inne und rief ein Foto auf, das sich hinter einem kleinen Viereck verbarg.

Svenja staunte; das Bild zeigte ein Schiffsdock, auf dem deutlich sichtbar der Name док петровский stand.

»In Kronstadt ist beinahe alles nach Peter dem Großen benannt – eine Pier, ein Park und eben das док петровский.« Der Vater starrte auf die Karte. »Und da hast du auch die Erklärung für die Zahl: 29 Grad 45 Minuten und 45 Sekunden Ost – der Längengrad des Hafens von Kronstadt.«

»In Russland.«

»Seit ewigen Zeiten ein Stützpunkt direkt vor Leningrad; ich meine Sankt Petersburg.« Der Vater sah die Tochter an. »Da fällt dein Dampfer, deine 575, noch nicht einmal auf. Und mit seinen Beziehungen kommt Janning dort auch problemlos unter.« Er gab in die Suchmaschine die Begriffe *Kronstadt* und *Leuchtturm* ein, klickte zweimal und präsentierte Svenja das Ergebnis: »Da hast du ihn.«

Der viereckige weiße Kegelstumpf ragte auf dem Foto in den Himmel. Die Gedanken schossen durch Svenjas Kopf. Sie kannte jetzt das Ziel der 575. Doch was nutzte ihr dieses Wissen? Löffler unternahm etwas, wenn sie ihm alles erzählte. Aber wie reagierte er auf ihren Alleingang? Entweder warf er sie raus oder sperrte sie ein. Beide Varianten boten keine guten Aussichten.

»Gehst du zur Polizei?«

»Janning wird Geiseln umbringen, wenn ich ihm Verfolger auf den Hals hetze.«

»Die Behörden gehen in solchen Fällen äußerst zurückhaltend vor. Die haben viel gelernt.«

»Sechs Geiseln befinden sich nicht einmal an Bord. Die hat Janning zusammen mit zwei seiner Häscher auf eine Reise in die USA geschickt. Und ich muss Ludger schützen. Vielleicht glaubt die Polizei mir auch kein Wort – immerhin fahnden die nach mir.«

»Du willst den Schuft gewähren lassen? Einfach so? Warum bist du in sein Hotelzimmer reinspaziert? Nur um deine Neugierde zu befriedigen?«

Das Kopfschütteln des Vaters schmerzte Svenja mehr als eine Ohrfeige.

»Wenn du den Bullen nicht traust, ruf irgendwo anders an und sag denen, wohin die Reise geht.«

»Meinst du wirklich?« Die Zweifel nagten in Svenja wie beißende Säure.

»Setz diesen Janning unter Druck. Treib ihn in Fehler.«

Na gut, ich rede mit Löffler. Svenja seufzte.

»Ruf die Hafenbehörden in Cuxhaven an. Da kennst du doch Hinz und Kunz.«

Cuxhaven. Na klar, sie rief Uta an. Die dürfte weiterhin ihren Groll gegen Svenja hegen, aber das Wissen um das Ziel der 575 mochte dem Havariekommando vielleicht helfen. »Darf ich dein Telefon benutzen?«

»Selbstverständlich.«

Im Internet suchte sie die Nummer des Havariekommandos heraus, wählte und verlangte Uta Bendler zu sprechen.

»Mensch Svenja, ich kann nichts verraten«, wehrte die sofort ab, noch ehe Svenja ein Wort hatte sagen können.

»Ich will *dir* was erzählen.«

»Ach so?«

»Ich weiß, wohin das entführte Raketenschiff, die 575, läuft.«

»Ja, und?« Die beiden Worte klangen so genervt, als hätte Svenja jede Stunde in Cuxhaven angerufen und nach Neuigkeiten gefragt. Am liebsten würde sie auflegen, besann sich aber. »Das Schiff steuert Kronstadt an – ein Hafen in der Nähe von Sankt Petersburg.«

»Wer sagt das?«

»Der Entführer höchstpersönlich.«

»Der erzählt dir solch brisante Details?«

»Nein, ich bin bei ihm eingestiegen und habe Unterlagen über die Operation eingesehen.«

Havariekommando Cuxhaven

Was sollte sie nun mit dieser Information anfangen? Uta Bendler starrte auf das Telefon. Hätte Svenja nicht jemand anderen anrufen können?

»Wir machen langsam Schluss.«

Erschrocken schaute Uta auf. »Entschuldigen Sie. Wie bitte?«

Die Umstände des Seeunfalls seien weitestgehend bekannt, erklärte die Pressechefin, die in der Tür stand. Die Strafverfolgung der Verbrechen falle in die Zuständigkeit der Bundespolizei. Das Havariekommando gebe die Einsatzführung ab und konzentriere fortan alle Maßnahmen ausschließlich auf die Bergung des Schleppers und der Toten. »Sie halten hier noch bis Mitternacht die Stellung.«

Uta nickte und notierte ins Tagebuch:

+++ 23.08.2011 – 22.25 Uhr: Entschluss: Ab 23.00 Uhr übernimmt Bundespolizei Einsatzleitung. +++

Wenn sich der Stab des Havariekommandos auflöste, musste Uta jetzt reden. Sie berichtete der Pressesprecherin von Svenjas Anruf.

»Wann rief Ihre Bekannte an?«

»Vor zehn Minuten. Ich dachte … Nachher stimmt die Information gar nicht.«

»Ich kümmere mich darum.«

30 – LECK IM SCHIFF

An Bord der 575 – östlich Rügen – 22.35 Uhr

Die ruhige Fahrt und das beinahe tatenlose Verharren am Kartentisch empfand Graf wie eine psychische Folter. Ofzschak kehrte immer mehr den Chef heraus und strafte Graf mit Nichtachtung. Passierte nicht noch irgendein Wunder, jagte Janning ihn nach dem Einlaufen der 575 zum Teufel.

»Hier, eine neue Lage aus der Leitzentrale.« Ofzschak reichte einen Zettel mit Positionsangaben und Kursbeschreibungen in den HBS. »Übertrag die in die Karte.«

Froh, seine Grübeleien vorerst zur Seite schieben zu können, machte sich Graf sofort an die Arbeit. Zehn Minuten später legte er den Bleistift weg und betrachtete zufrieden sein Werk. Offensichtlich hatten alle Ablenkungsmanöver verfangen – von den suchenden Marine-Einheiten drohte wohl keine Gefahr mehr; die Schnellboote steuerten das Seegebiet südlich Gotland an, und die Polizeikräfte operierten nördlich der polnischen Küsten, ebenfalls mit Generalrichtung Nordost. So konnten sie ungestört ihrem vorbestimmten Kurs entlang der Ostküste Rügens nach Süden folgen.

»Na, wie sieht's aus?« Ofzschak drängte seine bullige Statur an den Kartentisch.

»Die Schwierigkeiten scheinen hinter uns zu liegen.« Graf erläuterte die Eintragungen.

»Leck im Schiff!«, erklang die Sprechanlage auf der Brücke.

»Hättest du es mal nicht beschrien.« Ofzschak ging nach nebenan und fragte via Mikrofon zurück: »Was heißt das?«

Graf lehnte sich an den Rahmen des Durchgangs und lauschte dem Wortwechsel – mal sehen, ob der *Kommandant* die Sache meisterte.

»Mussen Stopp machen«, kam die Information vom Ing aus dem Leitstand über den Lautsprecher.

»Vergessen Sie's.«

»Dann legen Turbinen lahm.«

»Los, kommen Sie hoch, Ing«, befahl Ofzschak und schaltete die Wechselsprechanlage ab. An Graf gewandt fragte er: »Wo stehen wir?«

»Östlich Rügen – Höhe Sellin – 30 Meilen querab. Kursänderungspunkt in …« Graf sah auf die Uhr »… in 67 Minuten. Wenn wir weiterlaufen.«

Ofzschak nickte. Für einige Augenblicke herrschte Schweigen auf der Brücke. Constantinescu am Ruder starrte konzentriert auf den Kompass. Es schien, als würde er lieber unsichtbar werden, anstatt hier oben eine neuerliche Krisensitzung mitzuerleben.

Endlich klapperten Schritte auf dem Niedergang, und kurz darauf erschien der Ing.

»Mussen Stopp machen, Kapten«, wiederholte er seine Forderung.

»Warum?«

»Unter Flurplatten kommen Wasser raus – warmes Seewasser von Kühlung. Marschturbinen überhitzen bald.«

»Vergessen Sie's. Ein Zwischenhalt bringt den Zeitplan durcheinander.«

»Ohne Stopp wir am Ende – Turbinen gehen Schrott. So Plan für Zeit ganz egal.«

»Wie lange braucht ihr für die Reparatur?«

»Nix wissen. Leck unter Wasser. Müssen erst finden. Viele Kollegen, dann wir schneller.«

»Wie lange?«

»Eine Stunden? Zwei?«

»Wir haben Wind aus Nordwest«, warf Graf ein, »der treibt uns halbwegs in die richtige Richtung. Das verringert den Zeitverlust.«

»Also gut, eine Stunde«, entschied Ofzschak. »Eine Stunde und keine Minute länger.«

»Ich kriegen Leute?«

»Du sammelst alle ein«, befahl Ofzschak an Graf gewandt. »Ich betone, *alle*! Du gehst selbst mit runter, und ich halte hier die Stellung.« Er trat an die Hebel zum Einstellen der Fahrstufen und stellte sie auf Null. Das Geräusch der Turbinen ebbte ab, und die 575 verlor merklich an Fahrt.

»Setzt aber die richtigen Lichter, damit wir nicht auffallen.«

*

An Bord der Juno – 22.45 Uhr

Ihm blieb kaum noch Zeit. Die 575 stand bereits auf Höhe der Halbinsel Mönchgut. Irgendwann änderten die den Kurs nach Osten, und er musste in den Greifswalder Bodden, um Stralsund anzulaufen.

In regelmäßigen Intervallen kontrollierte Pit die Entfernung zur 575 auf dem Radargerät und variierte seinen Abstand zwischen fünf und sieben Seemeilen. Da die Raketenkorvette lediglich 13 Knoten lief, konnte er einige *Umwege* fahren, um heimliche Beobachter zu täuschen. Die 575 besaß zwar kein Radar, aber wer wusste schon, welche elektronischen Augen den Kahn und dessen Umfeld unter Kontrolle hielten?

Ein neuerlicher Kontrollblick ließ Pit aufmerken. Die Distanz zur 575 nahm rapide ab. Lag die auf Stopp oder vor Anker? Ein zweiter geheimer Treffpunkt? Pit hob das Fernglas an die Augen. Im Mast leuchteten die Laternen eines manövrierunfähigen Fahrzeugs. Gab's da Probleme an Bord?

Die Sache musste er sich ansehen. Pit löschte alle Lichter, bis nur noch die wenigen Kontrolllämpchen auf dem Armaturenbrett eine schummrige Helligkeit ausstrahlten. Über den Fahrhebel stellte er eine mittlere Drehzahl ein und steuerte auf die 575 zu. In einer Entfernung von gut einer Seemeile schwenkte er auf einen Rundkurs um die HANS BEIMLER ein und betrachtete sie mit dem Fernglas – da stand kein Schwein an Oberdeck. Und selbst wenn jemand auf dem Signaldeck Ausschau hielt, müsste die JUNO ohne Beleuchtung unbemerkt in die Nähe der 575 kommen.

Doch was nutzte es? Spätestens um acht erwarteten ihn Jannings Leute am Liegeplatz. Verflucht! Konnte nicht ein Sturm aufziehen und die JUNO in Seenot bringen, so gelangte er als Schiffbrüchiger auf die 575, und das Stelldichein in Stralsund fiel ins Wasser. Aber Moment mal, so klappte das doch auch – er täuschte einen Seenotfall vor und verschwand spurlos. Irgendwie sollte er allerdings die Behörden alarmieren, damit Janning vom Unglück erfuhr und morgen seinem Empfangskommando den Weg in den Hafen ersparte.

Ohne lange überlegen zu müssen, stand Pits Plan fest; er stellte den Motor ab, ging an das Funkgerät und programmierte einen automatischen Spruch für 23.11 Uhr. Anschließend öffnete er die Luke zum Maschinenraum und verschwand darin. Ein Blick in die Runde und er wusste, wie eine vermeintliche Panne den Kutter lahmlegen konnte: Auf der kleinen Werkbank lag eine A4-große Stahlplatte. Die platzierte Pit so auf dem Antriebsmotor, dass eine der scharfen Kanten auf eine Gummimuffe des Kühlsystems drückte. Er schob die Platte einige Male hin und her, bis ein Wasserrinnsal heraussickerte. Nach spätestens 20 Minuten schaltete sich die Maschine wegen Übertemperatur ab.

Pit kletterte in den Fahrstand zurück, ließ krachend den Deckel zum Maschinenraum zufallen und blickte rüber zur 575. Im Schutz der Dunkelheit brauchte er nur seinen Plan vom Nachmittag umzusetzen. Pit zog seinen Trockentauchanzug an und nahm Fahrt auf. Durch feine Ruderausschläge dirigierte er den Kutter auf den gewünschten Kurs. Immer wieder prüfte er im Radar die Richtung und blockierte im richtigen Moment das Ruder.

Mit ein paar Schritten hastete er an Oberdeck und hangelte sich auf die Back vor. Unaufhaltsam rückte das Heck der 575 an Backbord näher.

Pit stieg über die Reling und lehnte den Oberkörper außenbords. Die 575 kam immer schneller auf ihn zu. Unentwegt musterte Pit den Abstand. Dann stand der Heckspiegel der Raketenkorvette querab, und Pit sprang in die pechschwarze See. Nach einer kurzen Strecke unter Wasser tauchte er auf und schaute zur JUNO zurück, die die Dunkelheit wenig später verschluckte. Nur noch eine hauchdünne Spur aus Schaumbläschen kündete von deren Fahrwasser. »Machs gut, alte Tante.«

Jetzt musste er aber rüber auf die 575, die konnten jederzeit wieder Fahrt aufnehmen. Mit kraftvollen Armzügen schwamm er auf sein Ziel zu und erreichte schließlich die Arbeitsplattformen an dessen Heck. Pit verschnaufte, atmete tief durch und zog sich auf die Stahlplatte. Die kreisrunde Öffnung des Abgasschachts, bedrohlich wie der Schlund eines Drachens, lag direkt vor ihm. Wenn die in dem Moment die Turbinen starteten, würde ihn ein Orkan heißer Abgase zurück ins Meer schleudern. Bloß schnell weg hier.

Seitlich führten Stahlstufen an Oberdeck. Pit kletterte ein Stück nach oben, hielt inne, lauschte, blinzelte auf das Achterdeck und kraxelte hinauf. Mit der Gewandtheit eines Wiesels glitt er hinter einer Tautrommel in Deckung. Dort streifte er den Trockenanzug ab und warf ihn über die Reling. Schließlich orientierte Pit sich. Rechts an Steuerbord sah er die beiden Raketencontainer neben den Aufbauten. Zumindest unten steckte ein Geschoss, das er bei der Übernahme gesehen hatte. Er kämpfte den Drang nieder, sofort dorthin zu kriechen, um nachzusehen. Zuerst musste er Ludger finden – gemeinsam konnten sie dem Geheimnis der Rakete besser nachgehen.

Im Schutz der Ausrüstungsgegenstände auf dem Achterdeck huschte Pit zum Eingang des Hauptverkehrsgangs, in dem Licht brannte. Lauschend verharrte er und stieg dann über die Schwelle. Rechter Hand an der Luke zur Mannschaftsmesse hing ein monströses Vorhängeschloss – hatten die Gangster dort unten Ludger eingesperrt? Hoffentlich nicht – wie sollte er dort reinkommen? Pit beschloss, zuerst woanders zu suchen. Er schlich vorwärts. Glücklicherweise hatte er gestern die Lage der Räumlichkeiten ausgekundschaftet.

Auf einmal waren da Stimmen. Die drangen undeutlich aus dem Gang heraus, der links in den Maschinenleitstand führte. Pit rückte näher. Die gedämpften Laute von unten klangen nach einer fremden Sprache. Hockte Ludger mit in den Maschinenräumen, musste Pit zunächst allein klarkommen – niemand durfte seine Anwesenheit an Bord bemerken. Er stand auf und pirschte in Richtung Vorschiff.

Plötzlich tappten Schuhgeräusche auf ihn zu. Ängstlich schaute Pit in die Runde. Aber nirgends bot sich ein geeigneter Schlupfwinkel. Die Schritte kamen näher. Er huschte zurück und hielt auf Höhe des Hochfrequenzraums inne. Die Schritte folgten. Pit floh ans Ende des Gangs und verschwand hinter einem Vorsprung.

»Wie weit seid ihr?« Die kräftige Männerstimme klang verärgert. Das musste der Gorilla sein, der den trottligen Fischkopp gegeben hatte. »Muss ich erst runterkommen?«

Feste Schritte stiegen eine Leiter abwärts. Pit kroch aus seinem Versteck, schlich auf allen Vieren zur Luke des Maschinenleitstands und blinzelte nach unten.

Der Gorilla stand vor dem Durchgang zum Bugmaschinenraum. »Was trödelt ihr?«

Die Antwort war nicht zu verstehen.

»Komm her, wenn du mit mir sprichst.«

Im Maschinenraum klapperten Schritte. Der Gorilla trat zurück, und kurz darauf schlüpfte das Männlein in den Leitstand.

»Wir haben's gleich«, erklärte der. »Die Dichtung liegt

bereits drin. Die Jungs schrauben gerade den Kopf fest. Ein Seekasten war undicht geworden.«

»Das ist mir egal«, schnauzte der Gorilla. Er schaute auf seine Uhr. »In sechs Minuten will ich die Klarmeldung für die Turbinen, und in sieben Minuten geht's weiter. Schick mir die Leute wieder hoch. Und du sieh zu, dass du schnellstens an deinen Kartentisch kommst.«

Das Männlein deutete ein Kopfnicken an. Sein verkniffenes Gesicht brüllte den Protest geradezu heraus. Aber der Gorilla sah das nicht mehr – der stand bereits unten an der Leiter.

*

Glücksburg – 23.25 Uhr

Marschmann nahm den Anruf vom Havariekommando entgegen. »Ja?«

»Es gibt Neuigkeiten.«

»Habt ihr die HANS BEIMLER entdeckt?« Marschmann schaltete auf laut, sodass Kernler mithören konnte.

»Leider nicht; aber wir wissen, wohin sie läuft.« Der Kollege am anderen Ende der Leitung räusperte sich. »Wir glauben, es zu wissen. Die Information stammt von Svenja Itzig.« Sie behaupte, erklärte der Kamerad, in das Hotelzimmer eines Managers des Instituts für Entwicklungshilfe und Kooperation eingedrungen zu sein und dort entsprechende Unterlagen eingesehen zu haben.

»Hat sie was Schriftliches beigebracht?«

»Nein. Deshalb mussten wir den Wahrheitsgehalt des Hinweises auch erst prüfen.«

»Und?«

»Scheint glaubwürdig zu sein.«

Kernler machte Handzeichen, Marschmann möge kurz das Telefonat unterbrechen.

»Du warte mal«, bat er seinen Kameraden und hielt die Sprechmuschel zu.

»Fragen Sie, welche Informationen eingeholt wurden«, zischte Kernler.

Marschmann nickte und nahm den Hörer wieder ans Ohr. »Was habt ihr gecheckt?«

»Das Bundeskanzleramt hat die Angaben durch Geheimdienste überprüfen lassen. Die sehen eine hohe Wahrscheinlichkeit, dass Frau Itzigs Darstellung der Wahrheit entspricht.«

»Ihr habt Kontakte zum Bundeskanzleramt?«

Nein, nicht direkt, lautete die Antwort. Aber bei der Bundespolizei in Bad Bramstedt sitze ein Verbindungsmann, der die Überprüfung veranlasst habe.

Kernler nickte und flüsterte: »Mein Kollege. Wenn der den Fall geprüft hat, stimmt die Information.«

»Okay, wohin soll die HANS BEIMLER gehen?«

»Nach Russland. Die steuert den Hafen von Kronstadt an.«

»Und das bedeutet jetzt, ihr weist uns ein geändertes Zielgebiet zu. Anstatt in die mittlere Ostsee, jage ich die Einheiten …?«

»Findest du das so ungewöhnlich, die Einsatzpläne einer veränderten Lage anzupassen?«

»Nein, nein, entschuldige. Ist mir nur so rausgerutscht.«

»Also, die S-Boote verlegen schnellstmöglich in den Finnischen Meerbusen und suchen östlich der Linie Helsinki-Tallinn.«

»Was nützt das? Wenn wir die HANS BEIMLER da aufspüren, dürfen wir sie allerhöchstens eskortieren. Die Sache liegt doch klar auf der Hand: Die haben den Dampfer einfach entführt und bringen ihn nach Russland. Von kastrophischer Ausnahmesituation kann keine Rede sein, die ein aktives Eingreifen rechtfertigen würde.«

»In Berlin werden die dann aber über die diplomatischen

Kanäle tätig. Mit handfesten Beweisen zum Verbleib des Schiffes lässt sich ein ordentlicher Druck aufbauen.«

»Tolle Aussichten.«

»Vielleicht können wir doch direkt einwirken. Die 150 Seemeilen von Tallinn bis Kronstadt legt die HANS BEIMLER auch nicht in ein, zwei Stunden zurück. Wir haben die GSG 9 bereits alarmiert. Die müssen lediglich wissen, wo der Dampfer steckt, um einzugreifen.«

»Wer behält die mittlere Ostsee im Auge?«

»Die Polizeikräfte. Ach übrigens, das hätte ich beinahe vergessen. Die Bundespolizei übernimmt ab 23.00 Uhr das Kommando. Wir hier kümmern uns um die Bergung der Toten und des versenkten Schleppers.«

»Verstanden.« Marschmann besprach noch einige Details mit seinem Kollegen und legte auf. An Kernler gewandt, fragte er: »Haben Sie etwas dagegen, die Boote entsprechend der Weisung zu verlegen?«

»Nein.«

*

An Bord der 575 – östlich Rügen – 23.30 Uhr

Wo mag Ludger stecken? Achtern, die verschlossene Mannschaftsmesse wollte Pit erst einmal außer Betracht lassen. Vielleicht wurde er in einer der anderen Abteilungen fündig, die nicht gerade am Hauptverkehrsgang lagen. Zum Beispiel dort unten im Offiziersvorraum. Pit schlich den Niedergang abwärts. Die Türen der achterlich liegenden Kammern standen offen. Behutsam schaute er hinein und fand beide verlassen vor. Auch in der Offiziersmesse und im Funkraum traf er niemanden an. Da war jetzt nur noch im Boden die Luke, die zum Funkmessraum ein Deck tiefer führte. Möglicherweise arbeiteten dort unten irgendwelche Leute, und Ludger saß daneben. In dem Fall musste Pit ebenfalls allein klarkommen. Enttäuscht trat er an den Niedergang, der ihn zurück nach oben brachte, und setzte einen Fuß auf die unterste Stufe, hielt jedoch inne. Hatte es da hinter der Stahltür geraschelt? Das musste das frühere Handfeuerwaffenhellegatt sein. Pit trat näher und presste das Ohr an den kalten Stahl. Hockte da drinnen einer? Eingesperrt? Die Vorreiber verriegelten den Raum wie eine Gefängnistür. Pit sah auf den Boden und bückte sich. Vereinzelt lagen Holzspäne herum, und Fußspuren schimmerten auf der braunen Farbe des Fußbodens. Er wischte darüber. Die Abdrücke mussten frisch sein. Pit stand wieder auf und horchte erneut am Schott. Er mochte schwören, dahinter die Bewegungen eines Menschen zu hören. Aber wer saß bei zugerammelter Tür in solch einem Verlies? Ein Gefangener. Ein Gefangener wie Ludger?

Egal was passierte, Pit wollte nachsehen. Er öffnete zuerst den mittleren Vorreiber, dann den unten und, er atmete noch einmal tief durch, schließlich den oberen. Die Stahltür sprang einen Spalt auf. Vorsichtig schob Pit seinen Kopf vor. Da kauerte tatsächlich ein Mensch in dem finsteren Schapp.

»Ludger?« Er hauchte das Wort.

»Pit!«

Sein Name klang wie eine Erlösung – auf diesem Schiff kannte den nur einer. Pit riss das Schott auf, während Ludger sich aufrappelte und ihn ungläubig anstarrte. Dann fielen sie einander in die Arme. Pit klopfte den Rücken des Freundes. »Schön, dich zu sehen.«

»Welcher Weg führt dich hierher?« Ludger stand die Verwunderung ins Gesicht geschrieben.

»Erzähle ich gleich.« Pit legte den Zeigefinger an seine Lippen. »Leise!« Er trat wieder in den Vorraum, schaute den Niedergang nach oben und lauschte. »Alles ruhig.« Er sah zu dem Raum gegenüber, deutete darauf, zerrte Ludger aus seinem Gefängnis, schloss dessen Tür und zog den Freund auf die andere Seite des Vorraums. Dort öffnete er das Schapp, das kaum größer war als das Handfeuerwaffenhellegatt.

»Was willst du hier?«, schnaufte Ludger.

»Schlafen.«

Ludger glotzte, als habe Pit ihm den Untergang des Schiffes offenbart.

»Idiot! Verstecken natürlich.«

»Drüben, in der O-Messe oder im Funkraum, da haben …«

»… wir mehr Platz – ich weiß. Aber da sitzen wir auf dem Präsentierteller. Meinst du, in das Kabuff hier schaut jemand rein, wenn er deine Flucht bemerkt?«

Ludger boxte Pit auf die Brust. »Kluger Junge.«

Die beiden zwängten sich in den engen Raum, und Ludger schloss die Tür, die in diesem Fall auch innen einen Griff besaß. »Wie kommst du hierher?«

»Das ist eine lange Geschichte.« Pit fasste Ludger ans Kinn und wendete dessen Kopf hin und her. Das Gesicht ähnelte dem eines unterlegenen Profiboxers nach zwölf Runden. »Welche Prügel musstest du denn einstecken? War das der Gorilla?«

Ludger winkte ab. »Ich hab's ja überstanden.« Er erwähnte kurz seinen Fluchtversuch und Grafs Tritte, als der ihn erwischt hatte. »Woher wusstest du von meinem Gefängnis?«

»Ich habe halt systematisch gesucht.« Was sollte er da groß erklären?

»Wir müssen verschwinden. Lass uns abhauen.«

»Wohin?«

»Runter vom Schiff, einfach weg. Wenn du hergekommen …«

Pit tippte Ludger an die Stirn. »Du spinnst. Bis Rügen sind's 30 Seemeilen, und die polnische Küste liegt noch weiter entfernt.«

»Wie bitte?«

»Ja. Die 575 läuft seit Stunden in Richtung Süden.«

»Verstehe ich nicht. In Polen wird Janning den Dampfer niemals los. Ich dachte, der haut nach Russland ab?«

»Vielleicht hängt's damit zusammen, dass die Verbrecher zumindest eine Rakete an Bord genommen haben.«

»Du spinnst.«

»Ich hab's selbst gesehen. Ein Versorger …« Der Lärm der anlaufenden Turbinen erstickte seine Worte. »Es geht weiter.«

»Scheint so.«

Pit hielt den Mund an Ludgers Ohr. »Wir müssen rausbekommen, was die vorhaben. Du kennst dich doch mit Raketen aus. Oder?«

»Ich bin auf einem Raketenschnellboot gefahren.«

»Als verantwortlicher Waffenoffizier für die Vögelchen.«

»Vor 20 Jahren.«

»Aber solche Sachen vergisst man nicht. Wenn du dir die Dinger hier mal ansiehst, erinnerst du dich wieder.«

»Und was bringt uns das?« Ludger kniff die Augen zusammen. »Du jagst einer Story hinterher?«

Das auch, dachte Pit, bemühte jetzt aber lieber Svenjas Notlage: »Meine bessere Hälfte sitzt bei Janning fest. »Falls wir etwas rausfinden, können wir ihr helfen. Alle rechnen mit einer Entführung der 575. Kennen wir die wahren Pläne von einem möglichen Raketenangriff, haben wir Janning in der Hand.«

Ludger schüttelt den Kopf. »Wie willst du Svenja informieren? Wir schwimmen an Land und laufen zur nächsten Telefonzelle. Oder hast du ein Handy dabei?«

»Nein.« Seins lag auf der Juno; das hatte er aus Wut hinters Funkgerät gepfeffert und dort liegen lassen. »Aber ich habe doch eins versteckt. Für den Notfall – vorn auf der Back.«

»Im Feuerlöschkasten? Zwischen den Schlauchlagen?«

»Ja.«

»Ob das Ding noch funktioniert? Die haben mit dem Geschütz gefeuert.«

»Werden wir nachher ja feststellen. Zuerst sehen wir uns die Raketencontainer an. Los, vorwärts.« Pit öffnete den Verschlag einen Spalt und horchte nach draußen.

»Warte.« Ludger zog ihn zurück und schloss die Tür wieder. »Jetzt, nachdem die Fahrt aufgenommen haben, wuseln überall Männer herum. In einer Stunde kehrt wieder Ruhe ein.«

»Wenn du meinst?« Pit behagte die Zwangspause wenig, aber vielleicht sollten sie wirklich erst später losziehen.

Havariekommando Cuxhaven

Was war das denn? Unerwartet landete nun trotzdem noch ein Meldezettel auf Utas Tisch. Ihre Augen wurden von einem einzigen Wort angezogen. Verflucht! Das durfte nicht wahr sein. Beinahe mechanisch übertrug sie den Text in den PC:

+++ 23.08.2011 – 23.11 Uhr: Automatischer Notruf vom Kutter JUNO eingegangen; Heimathafen Stralsund. Position: 54° 16' N; 14° 10' O. ARKONA steht am nächsten, läuft zur Unglücksstelle. +++

Auf der JUNO war Uta das eine oder andere Mal während ihrer Praktika bei der SSK mitgefahren.

31 – JUNO VERWAIST AUFGEFUNDEN

Stralsund – Mittwoch, der 24.08.11 – 00.05 Uhr

Beinahe unbewusst sah Svenja auf ihre Uhr. »Oh, kurz nach Mitternacht. Ich muss gehen.«

»Wohin willst du jetzt?« Der Vater richtete den Oberkörper auf, als wolle er aus seinem bequemen Bürosessel aufstehen.

Die Zeit war wie im Flug vergangen. Svenja hatte das

Gespräch mit dem Vater genossen. Sie kam viel zu selten hierher. Ein wenig hatte sie der Abend an jenen Rosenmontag vor vier Jahren erinnert, als sie ebenfalls in der Not zu Hause Zuflucht gesucht hatte. Damals wie heute hatte der Vater eine feste Meinung vertreten; damals wie heute hatte er sie nicht vollends überzeugen können. Damals hatte er im Nachhinein recht behalten. Und heute? Der gerade angebrochene Tag würde es zeigen.

»Bleib hier, schlaf dich aus, und morgen sehen wir weiter.« Das Angebot klang verlockend. Aber bestimmt wartete Löffler auf sie. Jetzt, nachdem ihr der Vater den Weg gewiesen hatte, konnte sie auch dem Kommissar wieder gegenübertreten.

»Nein, lass mal«, wehrte Svenja ab. »Nachher bekommst du meinetwegen Ärger.« Sie stand auf.

»Was soll ein Rentner befürchten?« Der Vater lächelte, erhob sich ebenfalls und folgte der Tochter in den Korridor.

An der Wohnungstür blieb Svenja stehen. »Kannst du mir dein Handy leihen? Bis morgen oder übermorgen?«

»Hast deins wohl auf der Flucht vor der Polizei verloren?«

»So ungefähr.«

Der Vater ging ins Wohnzimmer, kam mit einem altmodischen Gerät zurück und gab es Svenja. Nein, ein Ladegerät brauche sie nicht.

»Pass auf dich auf«, bat er. »Wäre ich kein Atheist, würde ich für Ludgers gesunde Rückkehr beten.«

Die Bemerkung brachte Svenja auf eine Idee. »Du musst mir einen Gefallen tun.« Sie berichtete von Andreas Verschwinden. »Bei all der Hektik den ganzen Tag über habe ich sie einfach vergessen.«

Der Vater schüttelte missbilligend den Kopf. »Mensch Mädchen! Den Mann schickst du in ein Harakiri-Abenteuer, und die Ehefrau …«

»Bitte, Papa.« Svenja legte dem Vater eine Hand auf den Unterarm. »Morgen kannst du mir meine Fehler um die Ohren hauen. Jetzt muss ich erst die nächsten 24 Stunden über die Runden bringen.«

»Wenn ich etwas herausfinde, melde ich mich.«

Svenja dankte für die Hilfe, verabschiedete sich mit einem Wangenkuss und verließ die Wohnung.

Bestimmt saß Löffler zu Hause und wartete auf sie. Also würde sie nach ZPH rausfahren. Svenja öffnete die Haustür. Ihr Wagen stand auf der gegenüberliegenden Straßenseite. Aber was war das? Aus den Augenwinkeln heraus glaubte sie, eine Bewegung drei oder vier Autos weiter links bemerkt zu haben. Die Polizei? Nein. Die brauchten sie nicht zu beschatten – bei dem Aufwand, den die bereits betrieben hatten, würden die sofort zuschlagen und sie festnehmen. Vielleicht hatte Janning zwischenzeitlich ihre Flucht bemerkt und seine Häscher ausgesandt?

Svenja wollte es wissen. Möglichst unauffällig musterte sie die Nummernschilder der links stehenden Fahrzeuge: HST … HST … NVP … HST … HH. Der fünfte Wagen aus Hamburg zog sie magisch an. Svenja wechselte die Straßenseite und lief auf der Rückseite der parkenden Pkw bis zum *Hamburger*. Zu sehen war keine Menschenseele. Dennoch beschlich sie das Gefühl, als verstecke sich da jemand und weiche immer weiter zurück. Ein Blick auf die Heckscheibe des fremden Autos bestätigte ihren Verdacht – Europcar; das kleine grün-weiß-gelbe Logo leuchtete deutlich im Schummerlicht der Straßenlaternen. Das besagte jedoch gar nichts.

Svenja ging zu ihrem Auto, startete den Motor und fuhr los. Zunächst folgte ihr niemand. Auch nach zweimaligem Abbiegen tauchten im Rückspiegel weder Scheinwerfer noch ein unbeleuchteter Verfolger auf. In einer der Nebenstraßen stellte sie ihren Wagen ab und wanderte quer durch das Wohngebiet zum Block der Eltern zurück. Immer wieder richtete Svenja ihren Blick nach links und rechts und nach hinten. Aber nirgends zeigte sich jemand. Zu dieser nächtlichen Stunde streifte sie scheinbar allein in der Gegend herum.

In der Mitte des elterlichen Wohnblocks führte ein Durchgang auf die Vorderseite. Eng an die Mauer gedrückt, wie ein Einbrecher auf Fischzug, schlich Svenja zur Straßenfront. Vorsichtig schob sie den Kopf um die Ecke, schaute auf den Parkplatz und … Der *Hamburger* fehlte in der Reihe gegenüber. Sie sah noch einmal genau hin: Dort hatte ihr Wagen gestanden und dann folgte HST … HST … NVP … HST … *Lücke*. Das konnte gegen Mitternacht unmöglich Zufall sein. Svenja trat den Rückweg an, lief kreuz und quer zwischen den Blocks hindurch und hielt Ausschau nach einem Europcar-Leihwagen. Warum hatte sie sich bloß nicht den Typ gemerkt? War es ein Daimler oder BMW oder VW gewesen? Überall stöberte Svenja herum und landete schließlich wieder in der Nähe ihres Autos, ohne auch nur ein einziges Fahrzeug mit Hamburger Kennzeichen gesehen zu haben. Sie stieg ein. Hatte sie sich geirrt?

Das Klingeln des Handys erschreckte sie. Das Display zeigte die Rufnummer der Eltern. Svenja nahm den Anruf entgegen. Vater sei von einer Uta Bendler aus Cuxhaven angerufen worden. Sie habe auf Svenjas Handy lediglich deren Mailbox erreicht und es dann eben auf der Festnetznummer von vorhin versucht.

»Du sollst diese Uta unbedingt zurückrufen«, erklärte der Vater in gewichtigem Tonfall. »Schnellstmöglich. Hörst du?«

»Ja.« Suchten die Bullen sie jetzt mithilfe des Havariekommandos?

»Vergiss es nicht! Du erreichst die Frau unter 04721…«

»Warte.« Svenja kramte ihr kleines Notizbuch aus der Handtasche und notierte die Ziffern. »Hast du ihr deine Handynummer verraten?«

»Nein. Ich bin zwar 70, aber keineswegs senil. Was meinst du, warum ich dir die Nachricht durchgebe? Übrigens: Ich habe das Weiterleiten der Nummer an meinem Handy abgeschaltet.«

Svenja lächelte. »Danke, du umsichtiger Vater. Gute Nacht. Und morgen klärst du Andreas Verbleib.« Sie beendete das Gespräch und wählte neu.

»Havariekommando, Uta Bendler. Mit wem spreche ich?« Uta leierte die Worte ohne Betonung herunter, als hätte sie sie schon hunderte Male gebraucht.

»Svenja hier. Gibt's Ärger um meinen Hinweis?«

»Nein, nein, wir haben die Suche entsprechend modifiziert. Ich rufe wegen etwas anderem an.« Uta klang auf einmal weinerlich, als müsse sie eine schlechte Nachricht überbringen und scheue sich davor.

Beklemmung befiel Svenja. »Geht's um Ludger? Habt ihr seine Leiche aus dem Wasser gefischt?«

»Um Gottes willen, nein!«

»Was dann?«

»Die JUNO, habt ihr die noch in eurer Firma?«

Oh Gott. Uta redete über Pit. Als könne sie die niederschmetternde Nachricht aufhalten, fragte Svenja hinhaltend: »Ja, warum?«

»Um 23.11 Uhr erhielten wir einen automatischen Seenotruf von der JUNO.«

»Vor beinahe eineinhalb Stunden. Da rufst du erst jetzt an?«

»Dem Spruch fehlten fast alle Informationen – lediglich die Position konnten wir feststellen. Es wusste niemand, was los ist.«

»Und, jetzt?«

»Die ARKONA fand euren Kutter vorhin – verlassen.«

»Ohne jemanden darauf?«

»Ja. Trieb einfach auf den Wellen, mit ausgefallenem Antrieb.

Ansonsten lagen die üblichen Utensilien herum. Sah so aus, als sei der Schiffsführer nur mal schnell für ein paar Minuten von Bord gegangen, um Zigaretten zu holen.«

Schreckliche Gedanken plagten Svenja wie plötzlicher Kopfschmerz. Hatte Pit sich noch einmal der 575 genähert? Hatten Jannings Schergen ihn entführt? »Was fehlte dem Motor?«

»Ein Kühlwasserschlauch soll durchgescheuert sein.«

»Sonst irgendwelche Anzeichen einer Havarie?«

»Nein. Das gibt uns auch zu denken«, erklärte Uta. »Wer war mit der JUNO unterwegs? Warum? Wohin?«

Welche Details durfte sie preisgeben? Svenja überlegte krampfhaft.

»Bitte sag etwas«, flehte Uta. »Das Ding schipperte nie und nimmer unbemannt da draußen rum. Du hilfst den Rettungskräften, eine zielgerichtete Suche einzuleiten. Wir haben eh fast alle im Einsatz, wegen dieses dussligen Raketenschiffes.«

Trieb ihr Kutter verlassen auf dem Meer, konnte er keinesfalls um acht im Hafen ankommen. Das musste Janning einsehen. Er musste sein Ultimatum aufheben. Dazu bedurfte es jedoch einer Benachrichtigung durch die Behörden.

»Bitte Svenja, lass mich nicht hängen.«

»Wenn du mir versprichst, in Stralsund, im Hotel an der Schwedenschanze anzurufen und einem Herrn Arno Janning von der verwaisten JUNO auf der Ostsee zu berichten.«

»Die nackte Information kann ich ihm geben, kein Wort mehr.«

»Das reicht. Melde dich als Mitarbeiterin des Havariekommandos.«

»Mach ich. Jetzt rede endlich. Für uns zählt jede Minute.«

»Wo habt ihr die JUNO gefunden?«

»18 Meilen nordöstlich der Greifswalder Oie.«

»Ja, das passt. Pit befand sich auf dem Rückweg nach Stralsund.«

»Von wo aus?«

»Nördlich Kap Arkona.«

»Wie bitte?« Uta schien zu überlegen. »War er etwa wegen der 575 draußen? Na klar. Du hast mir doch erzählt, dass Ludger auf dem Dampfer mitfährt. Hast du deinen Mann rausgeschickt, den Schleppzug zu beobachten?«

»Nein! Spinnst du?«

»Was denn? Ich will alles wissen.«

Svenja bemühte neuerlich die Ausrede, Pit habe die JUNO gestohlen, weil er eine Story um die 575 zu finden hoffte. Pit sei wohl irgendwie von der 575 aus gesehen worden, und der Boss des Instituts für Entwicklungshilfe und Kooperation habe ihn nach Stralsund zurückbeordert.

»Dein Pit wusste, wo das entführte Schiff steckt? Ich glaub's nicht. Wir schicken jeden Seelenverkäufer raus, den wir loseisen können. Und ihr? Ihr fahrt gemütlich hinterher.«

»Ich hatte keine Ahnung von Pits Eigenmächtigkeit, verfluchte Scheiße«, schrie Svenja. »Beschwert euch bei ihm, falls ihr ihn findet.« Kaum hatte sie die Worte ausgesprochen, schämte sie sich dafür.

»Wir sollten an dieser Stelle das Gespräch abbrechen. Du hast mir alles gesagt?«

Svenja zögerte kurz. »Ja.«

»Na gut. Tschüss.«

»Meldest du dich, wenn du etwas erfährst?«, fragte Svenja kleinlaut wie ein Teenager, den die Polizei beim Ladendiebstahl erwischt hatte.

»Auf welcher Nummer erreiche ich dich?«

Blitzschnell fasst Svenja einen Entschluss. »Über mein Handy. In einer Stunde habe ich es zurück.«

»Okay.« Uta beendete das Telefonat.

Sie musste schnellstmöglich zu Löffler. Svenja startete den Motor, fuhr aus der Parklücke und jagte durch die nächtlich verwaisten Straßen. Dennoch dauerte es unendlich lange bis nach Zitterpenningshagen hinaus. Dann endlich rollte sie auf Löfflers Grundstück.

Natürlich war die Haustür verschlossen – mittlerweile ging die Uhr beinahe auf halb zwei. Zu klingeln traute sich Svenja nicht; was, wenn Löfflers Frau an die Tür kam? Svenja trat zurück und schaute an der Fassade hoch. Hier vorn an der Straßenseite glänzten die Scheiben im kalten Widerschein des Halbmondes – dahinter überall Dunkelheit. Sie lief zur Rückseite auf den Hof, wo ihr das Glück hold zu sein schien. Eines der Fenster leuchtete im warmen Licht einer Glühlampe. Da lag doch Löfflers Arbeitszimmer? Dort hatte sie am PC gesessen. Und der Kommissar hatte über Schlafstörungen geklagt.

Svenja sah auf den Boden und suchte nach Steinchen. Sie hockte sich hin und sammelte einige auf. Plötzlich hörte sie Schritte in ihrem Rücken. Hastig richtete sie den Oberkörper auf. In dem Moment traf sie ein Schmerz an der Schulter – heftig wie ein Schwerthieb drang er tief in ihren Körper ein und lähmte jeden Muskel.

32 – RAKETENCHECK

Glücksburg – 01.50 Uhr

Kernler war irgendwann eingenickt. Marschmann musste auch langsam gegen den Schlaf ankämpfen. Es passierte einfach nichts, was sein Eingreifen verlangte. Die S-Boote verlegten wie vorgeschrieben in das neue Operationsgebiet, und die Polizeikräfte durchpflügten die mittlere Ostsee zwischen Polen und Schweden; allerdings mit viel zu wenig Einheiten, um eine systematische Suche zu organisieren. An der Havariestelle herrschte soweit Ruhe – eine Bergung des gesunkenen Schleppers und der Leichen dürfte wohl erst mit Sonnenaufgang beginnen.

Das Klingeln des Telefons verscheuchte Marschmanns Müdigkeit. Der Kamerad vom Havariekommando rief an.

»Ich denke, die Bundespolizei kümmert sich? Oder gibt's was Neues?«

Offensichtlich hatte das Telefonklingeln Kernler geweckt. Er hob neugierig den Kopf.

»Ja. Viertel nach elf war ein Seenotruf reingekommen – von einem Kutter namens JUNO. Vor einer Stunde haben sie das Ding verlassen und mit abgestelltem Motor gefunden. Eigner der JUNO ist die SSK aus Stralsund.«

»Die Firma taucht immer wieder auf.«

»Deshalb rufe ich auch an. Aufgefunden haben sie die JUNO 18 Meilen nordöstlich der Greifswalder Oie. Erst gab ich wenig drauf, schien ein Routinefall der zivilen Kollegen zu sein. Aber! Die JUNO soll wegen des entführten Museumsschiffs draußen gewesen sein – ein Journalist hatte sich an den Schleppzug gehängt. Jetzt fehlt von ihm jede Spur.«

»Dazu passt nur nicht die Position des Kutters. Die HANS BEIMLER dürfte Viertel nach elf bereits viel weiter östlich gestanden haben.

»Genau. Deswegen warten wir zunächst ab. Die Bundespolizei schleppt die JUNO in den nächsten Hafen und durchleuchtet sie da. Falls sich was ergibt, hörst du von mir.«

»Also, dann halt mich auf dem Laufenden.« Marschmann legte auf.

»Eine veränderte Lage in unserer Angelegenheit?« Kernler war an seinem Platz sitzen geblieben.

»Nein. Lediglich der Seenotruf eines Fischers um Mitternacht. Die haben den inzwischen gefunden.«

Kernler nickte, verschränkte die Arme vor der Brust, hob die Beine auf einen der Sessel und senkte den Kopf. »Ich mach ein kleines Nickerchen.«

»Und ich gehe schnell auf die Toilette«, erklärte Marschmann. Beim Blick auf das Lagebild war ihm eine Idee gekommen, von der der Ministerialhengst vorerst nichts wissen musste – ein zweites Mal wollte Marschmann sich die Drohung mit einem Untersuchungsausschuss ersparen. Er überprüfte am Monitor noch einige Distanzen, stand auf und wechselte in die Operationszentrale, wo er sonst seinen Dienst versah. Dort stellte er Verbindung zum Kommandanten des PANTHER her.

»Wir hängen nach wie vor ein gutes Stück hinter den Kameraden, stehen erst auf Höhe der Südspitze Öland«, gab der gleich zu Beginn eine kurze Lagemeldung.

»Ich weiß. Das brachte mich auf eine Idee.«

»Ach so?«

»Macht bitte eine Kursänderung auf 100 Grad und lauft die nächsten drei Stunden mit 25 Knoten.«

»Was soll das?«

»Muss sich erst zeigen. Ich möchte mir eine zusätzliche Handlungsoption offen halten. Könnte sein, dass ihr anschließend auf südwestlichen Kurs geht. Doch dazu brauche ich noch weitere Informationen.«

»Versteh ich zwar nicht, aber Befehl ist Befehl.«

»Und bitte, zu niemandem ein Wort.«

*

An Bord der 575 – nördlich Kolberg – 02.00 Uhr

»Jetzt gehen wir hoch und sehen uns als Erstes die Rakete an!« Pit platzte der Kragen.

In den vergangenen Stunden hatten sie bereits drei Versuche unternommen, um an die Raketencontainer heranzukommen. Noch bevor sie das Oberdeck erreicht hatten, tappten irgendwo Schritte oder tönten Stimmen und sie waren wieder in ihr Versteck geflüchtet. Pit wollte nicht die ganze Nacht tatenlos vertrödeln. Kurz vor acht brauchten sie handfeste Fakten, um Svenja wenigstens ein kleines Faustpfand gegen Janning an die Hand zu geben.

»Los, vorwärts«, kommandierte er, »hast du das Werkzeug?«

»Ja.« Ludger griff das Bündel, das sie in der Werkstatt des ehemaligen Funkraums zusammengeklaubt hatten, und folgte Pit hinauf zum Hauptdeck.

Im Hauptverkehrsgang herrschte nächtliche Ruhe, abgesehen vom Lärmen aus dem Maschinenraum, der jedoch ob der geringen Geschwindigkeit des Schiffes gedämpft hervordrang.

»Komm hier entlang.« Ludger wandte sich nach achtern.

»Halt.« Pit packte ihn am Arm. »Wir holen zuerst das Notfallhandy.«

»Ist aber riskant«, gab Ludger zu bedenken.

»Wir brauchen das Ding; nachher müssen wir wieder abtauchen und kommen dann nicht mehr ran.«

»Wie du willst.« Ludger drängelte an Pit vorbei und lief einige Schritte in Richtung Back. Am Niedergang, der zur Brücke hinauf führte, drückte er seinen Körper an die Bordwand, um für die Leute oben unsichtbar zu bleiben. Pit tat es ihm gleich. Am vorderen Quergang wandte er sich nach rechts. Bevor Ludger den Ausstieg öffnete, hielt er inne.

»Worauf wartest du?«, flüsterte Pit.

»Wenn ich jetzt die Tür aufmache, könnte die Besatzung das am Durchzug bemerken.«

»Wenn wir hier noch lange rumstehen, kriegen die uns am Arsch.« Pit drängte Ludger beiseite, schob das Schott auf, lauschte kurz und huschte hinaus. Der mäßige Fahrtwind wirkte erfrischend nach den Stunden in dem engen Raum unter Deck. Pit schlich um die Ecke des Deckshauses, klappte den Deckel des Löschkastens herunter und kramte den roten

Lederbeutel zwischen den Schlauchlagen hervor. Ludger nahm ihn ihm aus der Hand, pulte das Handy heraus und fingerte nach der Einschalttaste.

Pit erschrak. »Hör auf«, zischelte er.

»Ich will das Ding ausprobieren.«

»Spinnst du?« Pit schnappte sich das Handy, steckte es in den Lederbeutel zurück und verstaute es in einer seiner Taschen. »Das wird erst eingeschaltet, wenn wir was wissen. Oder sollen die uns vorher aufspüren? Womöglich überwacht irgendjemand die Mobilfunknetze. Ich würde es jedenfalls tun, falls einer von der Besatzung auf dumme Gedanken kommt.«

»Ist ja gut«, maulte Ludger, »ich dachte nur, weil gestern die Druckwellen des Bordgeschützes …«

»Schluss mit der Diskussion, vorwärts.«

Ludger wandte sich der Steuerbordseite zu, und Pit folgte. Zwischen Aufbauten und Raketencontainern führte ein schmaler Gang hindurch zum achteren Ende der Starteinrichtungen.

»Wie kommen wir da rein?«, wollte Pit wissen und zeigte auf die beiden übereinander angeordneten Röhren.

»Durch die Montageluke.« Ludger deutete auf eine viereckige, knapp einen Quadratmeter große Metallplatte in Kopfhöhe, die diverse Bolzen sicherten.

»Warum nicht hier?« Pit tätschelte den gewölbten Deckel, der den Container verschloss und den eine schwarze ›3‹ zierte.

Die Klappen vorn und hinten seien nur hydraulisch zu öffnen. Kontrolllampen auf dem HBS zeigten den Vorgang an.

»Na gut. Wir schrauben erst die Platte ab, du kletterst rein und schaust dir die Rakete an.« Pit sah am Container hinauf. »Ich schraube oben auf und kontrolliere, ob da ebenfalls ein Geschoss drin steckt.«

»Kommst du da ran?«

»Ich steige auf den Handlauf, dann wird's schon gehen.«

»Behalt aber auch die Umgebung im Auge.« Ludger deutete nach vorn und achtern. »Nicht, dass uns jemand erwischt.«

»Aye-aye, Sir.«

Gemeinsam begannen sie ihre Arbeit. Die Bolzen am Metalldeckel ließen sich leicht lösen. Offensichtlich hatte Jannings Team sie in Peenemünde gewartet. Wenige Minuten später hob Ludger die Abdeckplatte aus der Öffnung und setzte sie auf dem Boden ab.

»Klasse.« Pit tätschelte ihm die Schulter. »Na nun rein da. Die Taschenlampe reiche ich dir.«

Ludger hangelte durch die Montageluke ins Innere des Containers und nahm Lampe und Werkzeugbündel entgegen. »Setz den Deckel drauf, damit niemand den Lichtstrahl sieht.«

Pit gehorchte und heftete die Platte mit einer Schraube an. Anschließend kletterte er hoch und begann, die obere Luke zu öffnen. Die Bolzen saßen hier wesentlich fester als unten. Regelmäßig unterbrach er die Arbeit und kontrollierte rechts und links das Oberdeck. Zum Glück tauchte kein Besatzungsmitglied auf, und Pit konnte sich weiter seiner Knochenarbeit widmen. Schon nach Kurzem rann ihm der Schweiß von der Stirn. Schließlich zog er die letzte Schraube heraus. Mittels eines Schraubendrehers hebelte er den Deckel los. Ein Blick genügte – der obere Container enthielt kein Geschoss. Pit verschloss die Montageöffnung wieder und stieg auf das Deck hinunter.

Von Ludger fehlte noch immer jede Spur. Pit legte das Ohr an das Blech der Außenhaut – drinnen herrschte absolute Stille. Er nahm die Platte der Montageluke ab. Die Taschenlampe an der Spitze verlosch. »Wie lange dauert das?«, raunte er in die Dunkelheit. »Machst du ein Nickerchen?«

Schlurfende Geräusche kamen näher und Ludger tauchte auf. »Willst du weitermachen?«, fauchte er.

»Nein. Ich bin oben schon fertig – ist nichts drin.«

»Am Gefechtskopf sind an die 30 Schrauben zu lösen, bevor ich überhaupt etwas sehen kann.«

»Entschuldige.«

»Lass mich in Ruhe arbeiten und sperr die Klappe zu.« Ohne eine Antwort abzuwarten, rutschte er ins Dunkel des Innenraums.

Die Zeit schien kaum zu vergehen. Immer wieder kämpfte Pit gegen den Drang an, selbst in den Container zu kriechen. Ludger würde ausflippen. Also blieb er auf seinem Posten und schaute links, schaute rechts, schaute links, schaute rechts …

Da endlich – Ludger klopfte von innen an den Deckel der Montageluke.

Pit öffnete. »Na, steckt da eine echte Rakete zum echten Schießen drin?«

Ludger schob Pit zur Seite und kletterte auf den Boden.

»Sag etwas.«

»Ja. Der Vogel trägt einen scharfen Gefechtskopf und ist für den Einsatz soweit vorbereitet.«

»Was soll das?«

»Die entführen das Schiff nicht nur, die wollen es einsetzen.«

»Scheiße.« Pit trat einige Schritte zurück und deutete auf die gegenüberliegende Bordseite. »Da sollten wir auch noch nachsehen.«

Ludger nickte. »Kaum vorstellbar, dass die sich auf ein einziges Geschoss verlassen.«

»Dann aber fix.« Pit zeigte auf seine Uhr. »Wir haben's bereits nach drei. Der Dampfer läuft in östlicher Richtung. In spätestens einer Stunde dürfte die Dämmerung beginnen.«

»Also los. Mach du hier allein zu, da sparen wir Zeit.«

»Wenn ich fertig bin, kontrollier ich schon mal den zweiten Container an Backbord.«

Ludger verschwand, und Pit begann zu schrauben. Kurz darauf hatte er es geschafft und wechselte auf die andere Seite. Die untere Montageluke stand offen – also arbeitete der Freund bereits im Inneren. Pit riskierte einen flüchtigen Blick und erkannte die Flügel eines Leitwerks. Hier steckte ebenfalls solch ein Vogel drin. Den zu untersuchen würde Ludger einige Zeit kosten. Pit heftete das Abdeckblech auf die Öffnung und machte sich am oberen Deckel zu schaffen. Jetzt ging ihm die Arbeit zügiger von der Hand, und bereits zehn Minuten später wusste er, dass dieser Container keine Rakete enthielt. Schnell verschloss er die Luke wieder und sprang aufs Deck. Routinemäßig blickte er nach achtern und erschrak. Blitzartig huschte er unter die Startvorrichtung. Auf dem Achterdeck lungerte jemand herum – ein Besatzungsmitglied, das eine Zigarette rauchte. Mist. Hoffentlich wollte Ludger nicht gerade in dem Moment herausgelassen werden. Wenn Pit nicht reagierte, nicht reagieren konnte, ohne entdeckt zu werden, dürfte Ludger ziemlich rebellisch klopfen. Und dann? Zu allem Unglück hatten sie kein Warnsignal vereinbart.

Glücklicherweise zog der Kerl hastig am Glimmstängel, wie die kurz hintereinander aufleuchtende Glut verriet. Immer wieder wanderten Pits Augen zum Container – lass dir Zeit, Ludger!

Kurz darauf erlöste der Raucher Pit aus seinen Ängsten – er schnippte die Kippe über Bord und verschwand ins Deckshaus.

Pit atmete durch. Aber ein Blick aufs Meer hinaus weckte neue Ängste – am Horizont zeugte ein breiter dunkelblauer Streifen vom heraufdämmernden Tag. Jetzt wurde es allerhöchste Eisenbahn. Pit nahm den Deckel von der Montageluke, lehnte den Oberkörper hinein und zischelte zum zappelnden Taschenlampenstrahl hin: »Was ist? Es wird schon hell.«

»Ich komme«, gab Ludger zurück. Er schob irgendetwas über die Rakete, befestigte einige Schrauben und kam schließlich in Pits Richtung geklettert. Der hopste herunter. Ludger folgte ihm.

»Und?«

Ludger sah Pit an. Selbst bei der Dunkelheit glaubte er zu erkennen, dass dessen Gesichtshaut weißem Pergament ähnelte.

»Was hast du?«

»Lass uns erst zumachen, dann berichte ich.«

Gemeinsam setzten sie die Schrauben ein und verschwanden kurz darauf in ihr Schlupfloch unter Deck.

»Erzähle.«

Die Backbordrakete trage ebenfalls einen Sprengkopf mit einer konventionellen Ladung. Aber damit stimme etwas nicht. »Die Kabel der Zündeinrichtung für das Triebwerk verlaufen zum falschen Klemmkasten. Die haben die direkt auf den Gefechtskopf geklemmt und ein Zählwerk dazwischengeschaltet. Das steht auf vier Minuten.«

Immer diese technischen Spitzfindigkeiten, maulte Pit im Stillen. »Was bedeutet das?«

»Ich denke mal, die Rakete wird in ihrem Container explodieren und so das Schiff in die Luft jagen – vier Minuten nach dem Startsignal.«

»Nein.«

»Ich fürchte doch.«

»Aber der Janning hat versprochen, dass du unversehrt nach Hause kommst.«

Ludger schienen die Worte zu fehlen, er zuckte nur mit den Schultern.

»Wir müssen sofort Svenja informieren.« Pit holte den Lederbeutel hervor und zog das Handy raus. »Soll ich?«

Ludger nickte.

Pit schaltete ein und starrte auf das Display. »Na, nun mach schon.« Nach einiger Zeit hob er den Arm, senkte ihn wieder und wiederholte den Vorgang. »Ich bekomme kein Netz.«

»Na klar, wir sitzen hier in einem Faradayschen Käfig. Und auf See ist per se ein schlechterer Empfang als an Land. Hoffentlich kommt auf der Position überhaupt etwas an.«

»Also müssen wir an Oberdeck?«

»Genau.«

Gemeinsam stiegen sie hoch und schlichen nach achtern, wo Gischt und Wind über sie herfielen. Aus Sorge, das Nothandy könnte Schaden nehmen, steckte Pit es in den Lederbeutel.

»Komm hierher.« Ludger winkte ihn hinter eine Leinentrommel.

Im Schutz seines Körpers zog Pit das Gerät ein Stück hervor. Ein einziger Balken der Netzanzeige kletterte um Millimeter empor; kurz darauf erschien die Anzeige eines Anbieters.

»Svenja hat ihre Nummer einprogrammiert«, erklärte Ludger.

»Aua«, schrie Pit plötzlich auf. Das Handy wurde ihm aus der Hand geschlagen und fiel auf die Planken. Eine Schuhspitze kickte den roten Beutel über die Bordwand.

»Unser Ehrengast auf Abwegen? Und wer ist denn dieser junge Mann? Ein Doppelgänger, oder von den Toten auferstanden?« Ein breites Grinsen überzog das Gesicht des Gorillas. »Los, ab auf die Brücke.«

33 – VON JANNING MISSBRAUCHT

Zitterpenningshagen bei Stralsund – 04.20 Uhr

Der Kopf brummte, und in der Schulter brannte ein dumpfer Schmerz. Svenja blinzelte und öffnete die Augen. Sie saß auf der Rückbank eines Autos. Rechts schimmerte draußen ein dunkles Blau am nächtlichen Himmel. Svenja brauchte einige Zeit, um ihre Gedanken wieder in Gang zu bringen. Als erlebe sie den stechenden Schwerthieb von vorhin erneut, kehrte die Erinnerung zurück. Da bereits die Dämmerung eingesetzt hatte, musste sie länger als eine Stunde bewusstlos gewesen sein. Sie wollte die malträtierte Stelle massieren, aber ihre Hände hingen fest aneinander – ein Kabelbündler umschlang die Gelenke. Wo steckte sie hier überhaupt?

»Na, endlich aufgewacht?«

Hinter dem Lenkrad hockte eine Figur mit schwarzer Wollmaske über dem Kopf. Die Stimme gehörte einer Frau.

»Wo bin ich?«

»Ist doch egal. Jetzt reden wir erst einmal.« Die Frau öffnete die Fahrertür und stieg aus.

Svenja richtete den Oberkörper auf und suchte außerhalb des Autos einen Orientierungspunkt. Erleichtert fiel sie in die Rückenlehne zurück – 50 Meter entfernt erkannte sie den Findlingspark von Zitterpenningshagen. Zumindest war sie nicht in eine unbekannte Gegend entführt worden. Und ihre Handtasche lag auch neben ihr auf der Sitzbank.

Die Fremde setzte sich auf den rechten Rücksitz, knallte die Tür zu und lehnte ihren Oberkörper halb dagegen. So bewahrte sie eine gewisse Distanz zu Svenja und konnte ihre Gefangene dennoch unter Kontrolle halten.

»Wer sind Sie?«

»Das spielt keine Rolle. Ich habe nur ein paar Fragen, dann kannst du verschwinden.«

»Was haben Sie mit mir gemacht?«

Svenja kam es so vor, als grinse die Frau unter ihrer Maske. Sie zog einen pistolenähnlichen Gegenstand aus der Tasche. Da, wo bei einer echten Waffe die Mündung war, saßen zwei Drähte – ein Elektroschocker. »Einfach und wirkungsvoll.« Erneut schien ein Feixen hinter der Wollmütze die Worte zu begleiten.

»Das Ding stürzte mich weit mehr als eine Stunde in tiefe Bewusstlosigkeit?«, wunderte sich Svenja.

»Du wurdest zu schnell wach, Herzchen. Da musste ich dir eine über den Schädel ziehen. Wohl etwas zu fest.«

Svenja hob die gefesselten Hände an den Kopf und fühlte dort eine ausgewachsene Beule.

»Aber jetzt Schluss mit dem Gewäsch. Was gab's bei Janning? Warum bist du in sein Hotelzimmer reinspaziert?«

»Sie wissen davon?«

»Das gehört zu meinem Job. Also, mach den Mund auf.«

»Vergessen Sie's.«

»Ach, die Dame möchte noch einmal mein Spielzeug kennenlernen?« Die Fremde hielt die Elektroden an Svenjas Schulter. »Für jedes Nein bekommst du einen Stromstoß, gewissermaßen als Anregung zum Sprechen. Überleg's dir. Du hast zehn Sekunden. Zehn … neun …«

Die maskierte Frau würde ihre Drohung in die Tat umsetzen, das wusste Svenja. Was vergab sie sich, wenn sie alles erzählte.

»Drei … zwei …«

»Ich rede.«

»Ist besser so.« Die Fremde nahm den Elektroschocker herunter. »Ich hätte sonst noch die Möglichkeit gehabt, die Geschichte eures Sprengstofftransports auf der LISCO GLORIA an die Presse zu lancieren.«

»Da sind wir geleimt worden«, protestierte Svenja.

»Das müsstest du der Öffentlichkeit und den Strafverfolgungsbehörden erst glaubhaft machen.«

Woher wusste die Frau von den Vorgängen des vergangenen Herbstes?

Die Fremde langte in ihren Parka und holte Notizbuch und Stift hervor. »Du wolltest reden – dann los.«

Svenja kam die Situation unrealistisch und makaber vor. Doch sie berichtete vom Schleppzug, der nach Dänemark unterwegs sei, von dessen Verschwinden, und dass sie vom Havariekommando keine Auskunft erhalten habe. Deswegen habe sie Janning aufsuchen wollen; der sie aber telefonisch vertröstet habe. Und so sei sie in dessen Hotelzimmer eingedrungen. »Da fand ich Hinweise zum Ziel der 575.«

»Ach ja? Wohin geht denn die Reise?«

»Kronstadt.«

Die Fremde lachte. »Kronstadt hat der Herr Janning also als Tarnziel gewählt. Wenig einfallsreich, aber na ja.« Sie notierte ein paar Worte. »Dieses Detail fehlte mir noch.«

Svenja horchte auf. »Was heißt *Tarnziel*?«

»Anscheinend tappt die Detektivin Svenja Itzig im Dunkeln. Nimm's mit Fassung – bist halt nur Chefin einer Sicherheitsfirma und nicht die einer Detektei.« Die Maskierte beugte den Oberkörper vor. Svenja versuchte, sich den Geruch ihres Deos einzuprägen, um sie möglicherweise später wiederzuerkennen.

»Janning hat dich für seine Zwecke eingespannt.«

»Nein!«

»Doch. Du hast die Unterlagen gelesen und meinst, das Ziel der 575 zu kennen. An wen hast du die Info weitergereicht?«

»Ans Havariekommando.«

Die Maskierte notierte erneut etwas, hob den Kopf und schien laut zu überlegen. »Daraufhin haben die Behörden garantiert die Suche neu organisiert und ihre Kräfte von der 575 abgezogen – liegt ja weit ab vom Schuss, dieses Kronstadt. Clever!«

Schlagartig verstand Svenja, was ihre Kidnapperin da behauptete. »Wie soll Janning mich benutzt haben? Ich bin aus freien Stücken zu ihm gefahren und in sein Zimmer eingebrochen.«

»Überleg mal, warum Janning erst den unabkömmlichen Geschäftsmann mimte und dann plötzlich in der Tür stand und dich erwischte?«

»Hat er mich beobachtet?«

»Die ganze Zeit. Wärst du nicht von selbst aufgetaucht, hätte Janning dich am Abend unter irgendeinem Vorwand angerufen, damit du bei ihm antrabst; er lässt dich einen Augenblick allein, der Augenblick dauert länger, und deine Neugier siegt. Alter Trick … kennen wir.« Die Fremde winkte ab.

»Unmöglich!« Trotz sprudelte wie Wasser über ein Flutwehr in Svenjas Kopf. Der Gedanke, auf diese Weise hintergangen und ausgenutzt worden zu sein, bereitete ihr tiefste Pein.

»Hast du mal überlegt, warum er dir dein Einbruchswerkzeug gelassen hat? Janning beherrscht die Festnahme einer unliebsamen Person aus dem Effeff. Der wollte, dass du abhaust. Und er wollte, dass du die Infos weiterleitest.«

»Woher wissen Sie das?«

»Ich blieb Jannings Leuten auf der Spur, als sie dich beschatteten.«

Was habe ich da angestellt? Svenja wünschte, die Fremde würde sie erneut betäuben und in eine tagelang andauernde Ohnmacht stürzen. Ihr Übereifer dürfte Ludger in noch größere Gefahr gebracht haben. Svenja sah die Kidnapperin an. Offensichtlich wusste die einiges von der Entführung der 575. »Unser Firmenschiff kreuzt auf der Ostsee, die JUNO. Das Havariekommando hat ein Seenotsignal empfangen und den Kutter anschließend verlassen aufgefunden. Wissen Sie etwas darüber? Mein Ehemann ist verschwunden.«

Der Stift der Fremden zuckte erneut über das Papier des Notizbuches. Das Blinken eines Anhängers am Ring des Mittelfingers der Frau erregte Svenjas Aufmerksamkeit. Eine winzige goldene Handschelle zierte das Schmuckstück.

»Kam die JUNO in die Nähe der 575?«

»Ja. Zumindest vermute ich das.«

»Wo haben die deinen Kahn aufgefischt?«

»18 Meilen nordöstlich der Oie. Um 0.45 Uhr.«

Die Fremde schien zu überlegen. »Soviel ich weiß, dürfte es in dem Fall keinen Zusammenhang mit Jannings Plänen geben.«

Bedeutete diese Auskunft nun Hoffnung? Aber wo steckte Pit? Ertrunken? Svenja graute vor dem heranbrechenden Tag. Das Havariekommando würde bei Sonnenaufgang eine Suche nach Pit beginnen und irgendwann den Leichnam … Svenja krampften sich Herz und Magen zusammen. Sie hatte alles falsch gemacht.

Unvermindert emsig kritzelte die Maskierte in ihrem Büchlein herum.

»Wohin will Janning die 575 denn wirklich entführen?«, fragte Svenja eher beiläufig.

Die Fremde hielt mit dem Schreiben inne und schaute auf. »Entführen? Von wegen. Der Kahn …« Unvermittelt schlug sie die Hand auf die Stelle der Maske, hinter der der Mund sitzen musste. »Was geht's dich an?«

»Auf der 575 sitzt einer meiner Mitarbeiter als Geisel. Ich muss wissen, wo das Schiff hinfährt.«

Die Kidnapperin klappte ihr Notizbuch zu. »Das hättest du vorher bedenken sollen, bevor du dich mit Janning eingelassen hast.« Sie öffnete die Autotür. »Die Firma dankt für deine Auskünfte. Und jetzt raus hier. Sonst …« Sie hob den Elektroschocker.

Svenja quetschte sich in ihre Ecke.

Die Wollmaske lachte; kurz darauf stieg die Fremde aus und ließ den Wagen offen.

Svenja wollte ihre Tür aufmachen, aber die schien verschlossen. Sie nahm ihre Handtasche, rutschte auf die andere Seite und kletterte nach draußen.

Die Kidnapperin trat auf sie zu. »Nichts für ungut.« Sie riss den Arm hoch, und im selben Augenblick spürte Svenja wieder diesen stechenden Schmerz an der Schulter, bevor ihr schwarz vor Augen wurde.

34 – GEREIZTE ATMOSPHÄRE

An Bord der 575 – nördlich Köslin (Polen) – 04.25 Uhr

Der Gorilla dirigierte Pit und Ludger durch den Hauptverkehrsgang in Richtung Bug.

»Los, hoch da«, kommandierte er, als sie den Niedergang zur Brücke erreichten.

Ludger parierte und erklomm die Stufen. Pit tat es ihm gleich. Der Wachhund folgte.

»Was soll der hier oben?«, echauffierte sich das Männlein, das neben dem Rudergänger vor dem Fenster herumlümmelte. »Und wer ist der andere Knabe?«

»Hab die beiden beim Telefonieren erwischt«, antwortete der Gorilla, der seinen Hintern an Backbord in den hohen Sessel hievte. »Ich kenne den Namen des blinden Passagiers zwar, wüsste aber gern, auf welch wundersame Weise der auf mein schönes Schiff kam. Wo kommt dein Kumpel her, Rotschopf? Erst verjagst du unsere Geiseln und schleust dann deinen Kompagnon ein.«

Ludger schaute Pit kurz an, presste die Lippen aufeinander und blickte trotzig zum Gorilla.

Der stand auf. »Willst wohl den Helden mimen?« Er ging auf Ludger zu, hielt ihm die Pistole an die Schläfe und sah Pit mit eiskalten Augen an. »Verrat zuerst meinem Kollegen deinen Namen, oder ich drücke ab.«

»Peter Itzig.«

»Und wie kommst du auf unser schönes Schiff? Hat er dich eingeschmuggelt?« Der Gorilla presste die Pistolenmündung fester an Ludgers Kopf.

»Nein!« Pit überlegte blitzschnell. Die Wahrheit schadete niemandem. »Ich bin eurem Dampfer gefolgt und beim letzten Zwischenstopp an Bord gekommen. Über das Heck war das eine Leichtigkeit. An Oberdeck gab's wohl keine Wachen.«

Das Männlein griente. »Was der Umsicht unseres Kommandanten geschuldet war.«

Der Gorilla ließ von Ludger ab und bedrängte das Männlein. »Halt die Schnauze.« Dann kam er auf Pit zu. »Wie du aus der Hölle entkommen konntest, erklärst du mir mal in einer ruhigen Minute. Klappt dein Trick auch, wenn wir den Stunt hier auf offener See wiederholen?«

»Moment.« Das Männlein drängte sich neben den Gorilla und musterte Pit vom Scheitel bis zur Sohle. »Die Sportschuhe – schwarze Sportschuhe; je ein weißer Streifen an den Seiten, und der Markenname fehlt. Das ist das Arschloch, das mich überfallen hat.« Er stieß den Gorilla fort und packte Pit am Kragen.

Der Gorilla fuhr dazwischen. »Hände weg. Der Kerl gehört mir.«

»Mich hat er aber niedergeschlagen.« Das Männlein bedachte seinen Kumpanen mit einem hasserfüllten Funkeln.

»Und damit der Unternehmung einen Dienst erwiesen«, konterte der Gorilla. Ohne den Blick von der Szenerie zu lassen, ging er zu seinem Sessel zurück und nahm Platz; den Lauf der Pistole ließ er im Sekundentakt auf den Oberschenkel plumpsen.

»Ach ja, welchen denn?« Die brüchige Stimme des Männleins überschlug sich beinahe.

»Indem er half, dich als Versager zu entlarven. Janning hat dich viel zu lange protegiert.«

»Ich verstehe einiges mehr von Seefahrt – mir hätte die Rolle des Kommandanten zugestanden.«

Pit staunte über den Rudergänger, der keine Regung zeigte, verbissen auf den Kompass starrte und ungerührt Kurs hielt. Entweder den ging das alles nichts an, oder er verstand kein Wort.

»Du und Kommandant?« Der Gorilla lachte. »Den Posten warst du los, als du diese Steigleder im schönen Rom ins Bett gezerrt hast.«

Das Männlein wollte auf den Gorilla zustürmen, doch der richtete seine Pistole auf ihn. »Bleib, wo du bist und lass ja deine Knarre stecken.«

»Rita hilft euch nicht nur, sie gehört sogar zu euch?« Ludgers Worte ließen tiefe Verwunderung erahnen.

Die plötzliche Reaktion des Freundes wunderte Pit. Bisher hatte er teilnahmslos zwei Schritte neben ihm gestanden. Aber der Name Steigleder weckte wohl dessen Erinnerungen an die Misere auf der LISCO GLORIA. Diese Krimi-Tante hatte sich ja damals an ihn rangemacht.

Niemand reagierte auf Ludgers Frage. Das Männlein nagelte den Kumpan durch seine Blicke auf dem Sessel fest. »Du hast Janning die Sache gesteckt?«

»Na klar. Was denkst du, warum ich der Kleinen bei ihrer Romreise geholfen habe, denselben Flug wie du zu buchen und im selben Hotel abzusteigen. Und da du so schön angebissen hast, musste ich das dem Alten doch erzählen. Nachdem du dich hattest übertölpeln lassen, bot sich dafür eine gute Gelegenheit.«

Das Männlein schniefte wie ein wütendes Äffchen.

Der Gorilla fuhr ihm in die Parade. »Schluss jetzt mit dem Palaver vor den Galgenvögeln hier.« Er schaute wieder Pit an. »Wen wolltet ihr anrufen?«

Die Zwietracht der beiden bot Pit wohl die Gelegenheit, in dieser Hölle der Animositäten erst einmal die nächste Stunde zu überleben. Dazu galt es, die Initiative an sich zu reißen – mal sehen, ob eine deftige Überraschung half.

»Wir wollten der Chefin der SSK die letzten Neuigkeiten durchgeben«, erklärte er im Ton eines naiven Landeis.

»Die da wären?«

»Bestimmt kennen Sie als Kommandant den Zustand Ihrer Raketen?«

»Was soll die blöde Frage?« Sein wachsendes Unbehagen konnte der Gorilla nur schwer verbergen.

»In den unteren Containern 3 und 4 steckt je einer dieser Vögel samt Gefechtskopf.«

»Tolle Neuigkeit.«

»Ein wesentliches Detail unterscheidet die beiden Waffen aber.«

Mit den geübten Augen eines Journalisten erfasste Pit die Reaktion auf seine Worte: Während der Gorilla voller Neugier den Oberkörper aufrichtete und die Pistole fest gegen den Oberschenkel presste, blinzelte das Männlein lediglich kurz, als wüsste er Bescheid. Ludger hingegen schien völlig in sein Inneres gekehrt, als lauschte er Musik aus einem Kopfhörer.

»Die Backbordrakete trägt eine Leuchtanzeige, deren Ziffern auf 04 Punkt 00 stehen – nicht wahr?« Pit schaute das Männlein an.

»Eine Uhr? Was soll das? Und du weißt davon?« Der Gorilla bedrängte seinen Kumpan.

»Eine Zeitverzögerung für den Angriff«, verteidigte der sich. »Janning hat's mir vor dem Auslaufen erklärt. Als du dem Arschloch da hinterhergejagt bist.«

Ein wenig Spannung würde die zwei Ganoven weiter von ihrem Groll gegen ihn ablenken, überlegte Pit. Anstatt die Tatsachen einfach auf den Tisch zu knallen, fragte er den Gorilla: »Wie führen Sie Ihren Angriff aus? Wann schießen Sie welche Rakete ab?«

»Sag's nicht«, polterte das Männlein dazwischen.

Mit einer Handbewegung tat der Gorilla die Bemerkung ab. »Warum willst du das wissen?« Er starrte Pit misstrauisch an.

»Ich erklär's Ihnen«, entgegnete der. »Zuerst geht der Steuerbord-Vogel raus und dann der an Backbord. In der Reihenfolge.«

Der Gorilla schien verblüfft. »Ja. Als Salve, in zehn Sekunden Abstand.«

Also entsprach Ludgers Vermutung von vorhin den Tatsachen. »Die zweite Rakete hebt nicht ab – sie wird im Container explodieren und Ihren schönen Dampfer zerreißen; genau vier Minuten und zehn Sekunden nach dem Start der ersten.«

Der Gorilla glotzte wie ein Seehund, dem der Pfleger den hingehaltenen Hering wieder wegzog. »Wer behauptet das?«

»Mein Kumpel hat's gesehen.«

Der Gorilla sprang auf Ludger zu und hielt ihm erneut die Pistole an den Kopf. »Stimmt das?«

»Ja. Der Startzündkreis geht nicht in das Triebwerk, sondern zum Gefechtskopf.«

Der Gorilla wirbelte herum und bedrängte das Männlein mit seiner Waffe. »Du wusstest das alles? Wolltest nach dem Angriff stiften gehen und mich absaufen lassen?«

»Nein, verdammt noch mal. Der Chef hat's mir und Constantinescu erklärt: Das sei eine Verzögerung für den Einschlag, die Sprengladung soll später hochgehen.«

Alle starrten den Rudergänger an. Der schien erst jetzt die Diskussion zu verstehen; er nickte. »So hat's Herr Janning gesagt.«

Ludger bekam einen Lachanfall. »Ich versuche gerade, mir diesen Unsinn vorzustellen: Die Rakete jagt mit rund 1.000 Kilometern pro Stunde auf ihr Ziel zu, landet dann sanft, damit der Resttreibstoff nicht explodiert und die ominöse Zeituhr ohne Schaden loslaufen kann.« Von einem glucksenden Lachen begleitet, schüttelte er den Kopf.

Pit staunte über den Heiterkeitsausbruch des Freundes. Man konnte meinen, er verliere den Verstand, aber seine Worte folgten einer schlichten Logik.

»Das Gefasel des Kerls klingt einleuchtend«, fauchte der Gorilla.

»Ich habe mir keine Gedanken darüber gemacht«, greinte das Männlein.

»Und du?« Der Gorilla bedrängte den Rudergänger. »Du verstehst doch was davon.«

»Ich war nautischer Offizier und kein Raketentechniker«, verteidigte der sich.

Bevor die Situation außer Kontrolle geriet, musste er sie auflösen, beschloss Pit. »Lassen Sie's überprüfen.« Alle sahen ihn verblüfft an. »Ich meine, Sie haben bestimmt jemanden an Bord, der Ihre Vögel zum Start vorbereitet.«

»Eine sehr gute Idee.« Der Gorilla nickte bedächtig. »Ruft unseren Raketen-Spezi auf die Brücke.«

*

Glücksburg – 04.30 Uhr

Was mache ich? Mit zunehmendem Unbehagen beobachtete Marschmann den Kurs des PANTHER. In spätestens einer Viertelstunde musste er dessen Kommandanten eine Kursänderung befehlen. Doch wohin? Folgte das S-Boot den anderen beiden, dürfte Kernler die vorübergehende Umdisponierung kaum bemerken. Schickte Marschmann ihn aber an der polnischen Küste entlang auf Gegenkurs, stieß der Ministerialbeamte früher oder später auf die Eigenmächtigkeit. Und wenn Marschmann dann keine triftige Begründung vorweisen konnte, erledigte zukünftig einer der Kameraden seinen Job. Er sah zu Kernler hinüber. Der schien putzmunter und traktierte wieder das Telefon.

Auf einmal ging die Tür auf, und einer der Kollegen des Lagezentrums kam herein. »Wir haben einen Funkspruch der Polen aufgefangen. Ein Grenzschutzboot meint, eine Fata Morgana gesichtet zu haben.«

»Ja, und?«

»In der Dämmerung wollen die die Silhouette eines Kriegsschiffes gesehen haben, wo laut AIS-Signal ein Kümo mit Namen ANNA stehen müsste.«

»Gibt's was Neues?«, fragte Kernler von seinem Platz aus.

»Nein, nein, nur eine kurze Frage des Lagezentrums«, beruhigte Marschmann den neugierigen Gast, der prompt wieder den Telefonhörer ans Ohr nahm.

»Der Pole meint, eine Tarantul erkannt zu haben.«

Marschmanns Puls dröhnte ihm in den Ohren. »Wo war das?«

Der Kamerad reichte ihm einen Zettel. Gierig faltete er den auseinander.

›54° 34' 26'' N; 16° 06' 54'' O‹

Bingo!, jubelte Marschmann innerlich, ohne einen Blick auf sein Lagebild werfen zu müssen. Dem Kameraden flüsterte er zu: »Danke! Du hast mir sehr geholfen. Geh bitte wieder, bevor der Klugscheißer da hinten seine Nase noch in die Angelegenheit reinsteckt.«

»Hängst du wegen *des Dampfers* hier mit dem rum?«

»Ja.«

»Sollen wir den Polen was durchgeben? Dass die sich zurückhalten?«

Keine schlechte Idee, überlegte Marschmann. »Ich geb euch noch Bescheid. Bis dahin hört bitte weiter den polnischen Kanal ab, ob die etwas unternehmen.«

Der Kamerad nickte. »Bis gleich.« Er verließ das Kabinett.

Marschmann verglich blitzartig die Position vom Zettel mit dem Lagebild. Wenn die Information stimmte, kurvte die gesichtete Tarantul im Moment nordöstlich Köslin herum. Er checkte die aktuellen AIS-Daten auf dem Monitor: Wenige Meilen von den angegebenen Koordinaten entfernt, lief diese ANNA in Richtung Gdynia. Die kam aus Kopenhagen. Beinahe automatisch wanderte Marschmanns Blick auf der Karte nach oben. War da nicht eine ANNA in die Wuling nördlich Arkona involviert gewesen? Er rief die Situation des gestrigen Tages noch einmal auf den Bildschirm und bekam seinen Argwohn bestätigt. Jetzt kontrollierte er den zurückgelegten Kurs – die ANNA hatte östlich Rügen in der Nacht für eine Stunde auf Stopp gelegen. Um Diesel zu bunkern?

Da passte einfach alles zusammen – der PANTHER würde sich die Sache genauer ansehen. Kurzerhand befahl Marschmann die Kursänderung des S-Bootes in Richtung Südwest und erteilte den Befehl zur Aufklärung des verdächtigen Frachters.

»Anscheinend gibt es doch Neuigkeiten?« Kernler stand vor Marschmanns Arbeitsplatz.

Der entschloss sich, offen mit dem Regierungsbeamten umzugehen. Das Lagezentrum habe einen Funkspruch der Polen aufgefangen, der von einer getarnt laufenden Tarantul berichtete.

»Wo?«

Marschmann reichte dem Beamten den Zettel, der die Koordinaten verzeichnete, und deutete am Lagebildschirm auf die entsprechende Position. »Ich denke, die HANS BEIMLER tarnt ihre Flucht mittels der AIS-Daten des Frachters ANNA.« Sein Finger wanderte einige Zentimeter weiter. »Gestern Nachmittag kreuzte der den Kurs der anderen beiden Schiffe, die ohne AIS liefen. Die ANNA hatten wir nicht überprüft.«

Nur für Sekundenbruchteile schien Kernler irritiert. »Wer hat das gemeldet?«

»Ein Grenzschutzboot der Polen.«

»Und wenn die sich irren?« Kernler reckte den Kopf vor, als müsse er das Lagebild genauer betrachten. »Die gemeldete Position passt niemals zu dem Plan einer Flucht nach Kronstadt. Dieser Hinweis war als glaubwürdig eingeschätzt worden.«

Das stimmt, musste Marschmann insgeheim eingestehen. »Sie kennen Ihren Kollegen, der die Information hat chekken lassen?«

»Ja. Ein alter erfahrener Hase. Ich erinnere mich an keinen groben Schnitzer, den er sich jemals geleistet hätte.« Kernler legte die Unterarme auf dem oberen Monitorrand ab und schaute Marschmann aus den Augen eines verständnisvollen Ermittlers an. »Aber eine der beiden Mitteilungen muss verkehrt sein – die der Flucht nach Kronstadt oder die von der falschen ANNA.«

Der Mann hatte vielleicht eine Art, einen zu verunsichern. »Ich würde das gern überprüfen.«

»Wie?«

Marschmann saß auf einmal ein Kloß im Hals. Mit krächzender Stimme wies er auf den PANTHER hin, der ohnehin hinter den anderen S-Booten zurückgeblieben sei. Die schicke er der ANNA entgegen.

»Wann erhalten wir ein Ergebnis?«

»Zur Aufklärung muss der PANTHER bis auf Sichtweite heran. Das Ziel …«

»Wann?« Kernler klang ungeduldig.

Marschmann überprüfte die Distanzen und berechnete Kurse und Geschwindigkeiten. »In drei Stunden.«

»Das wäre gegen 07.45 Uhr?«

»Ja.«

»Wie sieht's mit anderen Kräften aus?«

»MARDER und LUCHS stehen zu weit nördlich, und der Stützpunkt Warnemünde liegt über 200 Seemeilen entfernt.«

»Und die Bundespolizei?«

»Die sucht gegenwärtig in Richtung Gotland.« Marschmann deutete auf die entsprechenden Symbole seines Lagebildes. Auf einmal empfand er es als glückliche Fügung, diesen Regierungsbeamten hier zu wissen. Der half ihm, die nächsten Schritte richtig abzuwägen.

»Also weiter weg als unser S-Boot«, stellte Kernler fest. »Stehen Fliegerkräfte zur Verfügung?«

»Die könnten wir anfordern. Aber …« Plötzlich spukte

Marschmann ein Gedanke durch den Kopf. »Warum jagen wir die HANS BEIMLER eigentlich?«

»Bei ihrer Entführung wurde ein Schlepper versenkt und dessen Besatzung getötet.«

»Das meine ich nicht. Dort, wo sie jetzt steht, gibt es so schnell kein Entrinnen. Eile wäre nur geboten, wenn von dem Schiff eine akute Gefahr ausginge. Brauchen wir da wirklich Luftunterstützung? Es sei denn, Sie halten sie für unumgänglich. Wir wirbeln jede Menge Staub auf und provozieren unbequeme Nachfragen.«

Kernler richtete den Oberkörper auf und hob die Hände. »Ich weiß genau so wenig wie Sie. Im Zweifelsfall jagen wir ein Phantom, weil die Polen eine Raketenkorvette mit einem Frachter verwechseln.«

Verflucht, schalt Marschmann seine Vergesslichkeit. »Mein Kamerad aus dem Lagezentrum fragte vorhin, ob sie den Polen eine Nachricht übermitteln sollen, damit die sich raushalten.«

»Unbedingt. Unser entflohenes Museumsschiff gehört allein in unsere Verantwortung. Und bevor wir etwas wissen, gibt's keine Meldung an irgendjemanden anderen. Auch nicht an die Bundespolizei.«

»Ich veranlasse das.« Marschmann stand auf. »Ansonsten warten wir das Aufklärungsergebnis des PANTHER ab?«

»Einverstanden.«

»Wir verzichten auch auf Luftunterstützung?«

»Ja.«

*

An Bord der 575 – nördlich Köslin (Polen) – 04.35 Uhr

Auf der Brücke erschien ein junger Mann von Mitte 20. Er meldete sich mit einigen Worten in ausländischer Sprache.

»Versteht der kein Deutsch?«, fragte der Gorilla genervt.

»Nein«, erklärte der Rudergänger.

»Also übersetzen Sie.«

»Zu Befehl.«

»Wie heißt du?«

»Peter Kromskarowiak.«

»Peter wie?« Der Gorilla lachte. »Bleiben wir bei Peter. Du gehst jetzt runter und kontrollierst die Rakete im Backbordcontainer.« Er machte eine Pause und wartete die Übersetzung ab. »Ich will wissen, ob du etwas Verdächtiges feststellst. Verstanden?«

Der Rudergänger übersetzte, und Peter nickte.

»Ach, kontrolliere auch, ob jemand an dem Vogel rumgefummelt hat. Ebenso an dem an Steuerbord.«

Pit warf Ludger einen Seitenblick zu und flüsterte ihm lautlos zu, nur die Lippen bewegend: »Hast du was verändert?«

Sein Freund schüttelte den Kopf.

»Also los, vorwärts. Und sieh zu, dass du fertig wirst.«

Ohne eine Übersetzung abzuwarten, verschwand Peter. Kurz darauf kam ein anderes Besatzungsmitglied vom HBS und reichte dem Gorilla einen Zettel.

»Danke«, gab der zurück, woraufhin der Bote sofort wieder nach nebenan verschwand. Der Gorilla studierte die Nachricht und schaute das Männlein an. »Es scheint ernst zu werden.«

»Warum?«

»Lagemeldung aus der Leitzentrale: Eines der S-Boote läuft mit über 30 Knoten auf unser Schiff zu.«

Pits Herz schlug schneller, und seine Hände begannen zu schwitzen. Kam dort Hilfe? Was aber, wenn die 575 beschossen und versenkt wurde?

»Plan B?«, fragte das Männlein in einem ruhigen Ton, als habe er diese Situation erwartet.

»Ist noch zu früh. Komm, wir kontrollieren das mal auf der Seekarte.« Seine Pistole deutete auf Pit und Ludger. »Vorwärts, rüber in den HBS, da hab ich euch unter Kontrolle.«

Die beiden gehorchten und betraten vor ihren Bewachern den Raum hinter der Brücke. Gleich links saß ein Mann an irgendwelchen Schaltschränken. Einen Platz weiter achtern hockte der Typ, der eben den Zettel gebracht hatte; offensichtlich sorgte er für die Nachrichtenverbindungen zu dieser ominösen Leitstelle.

»Los, da hin.« Der Gorilla wies auf die Stelle neben der kleinen Leiter, die an Oberdeck führte. Dem Funker trug er auf, die *Gäste* im Auge zu behalten. Dann beugte er sich über die Seekarte und begann, mit dem Männlein zu diskutieren. Leider verstand Pit kein Wort.

»Wohin läuft die 575?«, flüsterte er Ludger zu.

Der zuckte die Schultern. »Keine Ahnung.«

»Wir müssen verhindern, dass die die Raketen einsetzen.«

»Das würde ich gern, um anschließend nicht in die Luft zu fliegen.« Ludger seufzte. »Aber wie? Kurz vor dem Angriff sperren die uns weg, programmieren das Ziel ein und hauen ab. Der erste Vogel startet, der zweite reißt uns in die Tiefe und wir ersaufen jämmerlich in einem finsteren Loch.«

»Klappe halten!« Der Gorilla drehte sich zu ihnen um und kam heran. »Ich hasse das, wenn ohne meine Erlaubnis gequatscht wird. Verstanden?« Er legte Ludger die Pistole an die Stirn. »Verstanden?«

»Ja, Mensch!«, fauchte Pit dazwischen.

»Dein Kumpel redet wohl ständig für dich?« Der Gorilla zog Ludger mit dem Lauf der Waffe den Scheitel nach.

*

Caputh nahe Potsdam – 04.48 Uhr

Um 03.55 Uhr war der Referatsleiter aufgestanden, um sich in Ruhe fertigzumachen – Punkt 05.00 Uhr wollte er losfahren. Als er unter der Dusche gestanden hatte, hätte er beinahe den Anruf von Janning mit den neuesten Informationen zum Verlauf der Operation verpasst: Nach dessen Auskunft gehe die Irrfahrt dieser Raketenkorvette in ihre entscheidende Phase. Alles verlaufe planmäßig. Und so hatte der Referatsleiter genügend Zeit für ein ausgiebiges Frühstück gefunden. Zu früh in Glücksburg einzutreffen, würde nur zusätzliche Probleme schaffen.

Das Telefon verlangte erneut nach ihm. Der Referatsleiter warf einen Blick auf das Display und nahm dann den Hörer ans Ohr. »Kernler? Gibt's schon wieder Probleme?«

»Im Gegenteil – das Rennen geht in die letzte Runde.«

Der Referatsleiter versuchte, überrascht zu klingen. »Ist Großalarm ausgelöst worden?«

»Nein, das konnte ich verhindern. Gegenwärtig läuft nur ein S-Boot der Marine auf die BEIMLER zu. Das liefert frühestens in drei Stunden ein Aufklärungsergebnis. Dann dürfte es für alle anderen Kräfte zu spät sein.«

»Und das S-Boot selbst?«

»Das brauchen wir. Die Marine muss auf Tuchfühlung herankommen. Und wenn die erfahren was los ist, sozusagen die katastrophische Ausnahmesituation zu Tage tritt, wird es für eine Entscheidung der Bundesregierung zu spät sein; was den Anschlag der Verbrecher erst möglich macht.«

Genau darauf kommt es uns an, dachte der Referatsleiter. Sollen die roten Roben aus Karlsruhe mal sehen, was sie Deutschland für ein faules Ei ins Nest gelegt haben. Aber es blieb noch ein Risiko! »Und wenn das S-Boot unseren Dampfer doch unter Feuer nimmt?«

»Da passe ich auf. Der Offizier hier frisst mir inzwischen aus der Hand.«

»Sind Fliegerkräfte einbezogen?«

»Die … die konnte ich raushalten.«

Was stammelt Kernler da?, überlegte der Referatsleiter.

»Viel kann nun nicht mehr schiefgehen«, versicherte der.

»Wann erfolgt voraussichtlich der Angriff?«

»Das lässt sich schwer abschätzen«, grummelte Kernler.

»Wann?«

»Ich denke, in sechs Stunden.«

»Okay. Sie erstatten erst danach Meldung. Bis dahin herrscht Funkstille. Ich schalte das Telefon ab. Verstanden?« Nach Kernlers Bestätigung legte der Referatsleiter auf. In sechs Stunden würden bereits alle Messen gelesen sein.

An der Tür klingelte es. Das musste die Streifenwagenbesatzung sein, die ihn unter Blaulicht an die Küste eskortieren sollte.

*

An Bord der 575 – nördlich Köslin (Polen) – 04.55 Uhr

Der Raketenspezialist Peter betrat den HBS.

Der Gorilla hob seinen Kopf vom Kartentisch und wandte sich dem Ankömmling zu. »Alles kontrolliert?«

Peter schaute in Richtung Rudergänger, der nebenan durch die schmale Türöffnung zu sehen war.

»Richtig«, stöhnte der Gorilla genervt, »der versteht ja nichts. Los, alles auf die Brücke.«

Wie eine Karawane zogen die Beteiligten in den Nebenraum. Als hätten sie die Positionen abgesprochen, nahm jeder wieder den Platz ein, an dem er vorhin gestanden hatte: Pit und Ludger an Steuerbord neben dem Fahrpult, der Gorilla lehnte am Kommandantensessel, das Männlein blieb im Durchgang stehen, während Peter sich vor dem Niedergang zum Hauptverkehrsgang platzierte, einen Meter von Ludger entfernt. Der Rudergänger hockte auf seinem Stuhl und bediente ungerührt das kleine Steuerrad.

»Fragen Sie«, sprach der Gorilla ihn an, »ob Peter alles kontrolliert hat.«

Der Rudergänger übersetzte, und sein Kamerad nickte.

»Mit welchem Ergebnis?«

Pits Nervosität wuchs ins Unerträgliche.

Peter redete ruhig in ganzen Sätzen und sah dabei auf Pit.

Ihm wurde heiß.

»Ja, es stimmt, was der Mann gesagt hat«, gab der Rudergänger die Antwort wieder. »Die Rakete an Backbord besitzt eine Sprengfalle. Das Startsignal löst die Zündverzögerung aus, und nach Ablauf der Zeit explodiert die Sprengladung.«

Das Gesicht des Gorillas verfinsterte sich. »Vier Minuten und zehn Sekunden nach dem Abheben der ersten Zigarre?«

»Wenn der Abstand für die Salve auf zehn Sekunden eingestellt ist«, übersetzte der Rudergänger jetzt beinahe simultan, »ja.«

»Warum hast du das bei deiner Inspektion gestern nicht festgestellt?«

Noch ehe er die Übersetzung hörte, zuckte der Angeklagte die Schultern.

Pit spürte auf einmal eine Spannung von 100.000 Volt in der Luft. Er wich einen Schritt zurück in die Ecke, als der Gorilla auf sein Opfer zutrat. Ein finsteres Grinsen saß auf seinem Gesicht.

»Ich weiß es«, flüsterte er und steckte die Pistole in den Hosenbund. »Du hast die Scheiße bemerkt und kein Wort verlauten lassen. Stimmt's?«

Alle schwiegen.

Der Gorilla wandte sich zum Rudergänger um. »Los, übersetze!«

»Ja, ich habe die Konstruktion entdeckt«, sagte Peter auf einmal in gut verständlichem Deutsch.

»Na schau mal an, unser Knabe versteht mich sogar und spricht beinahe ein gepflegteres Deutsch als ich. Wo hast du das gelernt?«

»In der DDR als Kind und später an der Universität.«

»Aber erst den dummen Ausländer markieren.« Ansatzlos

drosch der Gorilla seinem Gegenüber die Faust in den Magen. Der presste die Lippen aufeinander, als könne er den Schmerz so mildern. Nur einen Augenblick später klappte er zusammen. Der Gorilla zerrte ihn am Hemdkragen in die Höhe. »Los, hoch, du Arschloch.«

Peter rappelte sich mühsam wieder auf, blieb gebückt stehen und hielt die Hände auf den Bauch gepresst.

»Sieh mich an«, forderte der Gorilla.

Sein Opfer hob den Kopf.

»Ihr sprecht wohl alle Deutsch? Wolltet uns verarschen und aushorchen?«

Schweigen.

»Du sollst mich anschauen«, mahnte der Gorilla erneut. Mit den Fingerspitzen schob er das Kinn des Opfers empor, während seine rechte Hand lässig in die Tasche glitt. »Du wusstest also Bescheid. Wolltest meinen Kameraden und mich ins Jenseits befördern, was? Die ganze Bagage steckt doch unter einer Decke.«

Peter schwieg.

»Gerade plauderte er noch in fließendem Deutsch, und jetzt hat's ihm die Sprache verschlagen. Unglaublich.« Der Gorilla schüttelte den Kopf und stieß blitzartig seine Stirn auf Peters Nase. Ein grässliches Knirschen erfüllte den Raum. Peter schlug die Arme hoch. Im selben Augenblick zuckte die Rechte des Gorillas aus der Hosentasche, Stahl blitzte auf und drang oberhalb des Gürtels in Peters Leib. Der riss die Augen auf, japste nach Luft und sackte zusammen.

In diesem Moment krachte ein Schuss. Pit sah einen Blitz. Seine Ohren summten. Ein zweiter Knall peitschte durch die winzige Brücke. Pit langte nach Ludgers Arm, griff aber ins Leere. Ein dritter Schlag knallte irgendwo. Pit warf sich in die Ecke hinter das Fahrpult. Weitere Schüsse folgten. Dann stürzte ein Körper auf seine Seite – Ludger.

Irgendwann herrschte Ruhe.

35 – BITTE AUFMACHEN – POLIZEI!

Zitterpenningshagen bei Stralsund – 05.05 Uhr

Dieses Mal dürfte ihre Ohnmacht lediglich einige Minuten angedauert haben, die Sonne schickte sich an, jeden Augenblick über den Horizont zu steigen. Die Schmerzen in Svenjas Schulter ähnelten denen nach der ersten Attacke, nur der Schädel brummte nicht. Glücklicherweise fehlten auch ihre Handfesseln. Svenja hob den Kopf – das Auto und die maskierte Kidnapperin waren verschwunden. So hatte die Fremde es wohl gedacht; Svenja sollte von deren Flucht keinerlei Einzelheiten mitbekommen. Sie stand auf, klopfte den Staub aus den Sachen, nahm die Handtasche auf, die kaum einen Meter entfernt lag, und ging zu Löfflers Haus. Das Licht im Arbeitszimmer leuchtete noch immer oder schon wieder. Vorsichtig schaute Svenja in die Runde, klaubte dann einige Steinchen auf und warf sie gegen das Fenster. Bereits nach zwei Versuchen bemerkte Löffler sie.

Kurz darauf hockte Svenja mit ihm zusammen in der Küche, jeder einen heißen Kaffee vor sich. Bruchstückartig berichtete Svenja von ihrem Einbruch in Jannings Hotelzimmer, der Flucht aus dessen Gefängnis, Utas Nachricht über Pits Verschwinden und dem Überfall hier in Zitterpenningshagen. Löffler hörte aufmerksam zu und schüttelte am Ende missbilligend den Kopf.

»Sie fahren nur mal schnell zum Wasser- und Schifffahrtsamt. Stattdessen ziehen Sie in einen Feldzug gegen einen Profi. Sie kennen doch Arno.«

»Was sollte ich machen? Die Verschlossenheit des Havariekommandos um die Entführung der 575 hat mich völlig fertiggemacht. Und jetzt ist auch noch Pit verschwunden.« Svenja überlegte kurz. »Bitte geben Sie mir mein Handy zurück. Ich rufe nicht bei meiner Schwester an.«

Löffler grinste. »Ihr Leben im Untergrund neigt sich dem Ende zu. Die Kollegen suchen Sie mittlerweile nur als Zeugin.«

»Nein?«

»Pst.« Löffler hielt den Zeigefinger an die Lippen. »Ich habe die Nacht genutzt, um in Arnos Vergangenheit zu schnüffeln. Jetzt, wo er wieder unter den Lebenden weilt, interessiert mich mein Bruderherz schon. Und während dieser Recherche bin ich einem Hinweis auf die Spur gekommen, der Sie entlastet.«

»In welcher Weise?«

»Um Definitives sagen zu können, brauche ich einiges mehr an Informationen. Mit den Kollegen habe ich aber bereits gesprochen, die wollen Sie wirklich nur als Zeugin vernehmen. Sie sollten schnellstmöglich in der Inspektion vorbeischauen.«

»Die Herren Kommissare arbeiten bestimmt noch nicht. Bitte geben Sie mir mein Handy wieder. Uta wollte zurückrufen, wenn sie etwas zu Pits Verschwinden erfährt.«

Löffler stand auf, verließ die Küche und kehrte kurz darauf zurück. »Hier ist irgendetwas gekommen.«

Svenja stockte der Atem. »Was?« Sie sprang auf und langte nach dem Telefon – das Display verriet einen Anruf in Abwesenheit. Sie öffnete den Hinweis und starrte Löffler entgeistert an. »Das Nothandy hat sich gemeldet; genau das, das Pit vorgestern auf der 575 versteckt hatte. Allerdings dauerte der Kontakt nur Sekunden, wohl zu wenig für die Mailbox.«

»Dann steckt Ihr Ehemann auch auf dem Schiff.«

Die aufkeimende Freude verging Svenja sofort wieder. »Ludger weiß ebenfalls von dem Versteck.«

»Rufen Sie zurück.«

Svenja versuchte es. Unendlich lange erklang der Rufton, bevor die freundliche Computerstimme vermeldete, der Teilnehmer sei nicht erreichbar. »Geht niemand ran.«

»Vielleicht wurde das Telefon nur mal zum Test eingeschaltet?«

Angst und Nervosität ließen ihr Herz schneller schlagen. »Was mache ich jetzt?«

»Wenn Ihnen diese Uta einen Rückruf versprochen hat, falls es zu Ihrem Mann Neuigkeiten gibt, sollten wir das so akzeptieren. Arno scheidet als Informant für uns ebenfalls aus – wie Sie leidlich erfahren mussten.«

Dass Löffler in der Mehrzahl sprach und sich einbezog, stärkte Svenjas Hoffnung wieder ein wenig.

»Also bleibt lediglich eins zu tun: Wir quetschen Ihre Peinigerin aus.«

Die Antwort des Kommissars verblüffte Svenja. »Die erst gefunden werden will.«

»Sie erwähnten diesen Ring samt goldener Handschelle. Als Kommissar gehören Handschellen zu meinem Alltag.«

»Auch solche an Schmuckstücken?«

»Das, was die Dame da trägt, ist kein einfacher Schmuck. Den Ring verleiht eine Autorenvereinigung als Ehrenzeichen an Kriminalschriftsteller für gute Verkaufszahlen – in Silber für eine Gesamtauflage von 100.000 Büchern und in Gold …«

»… für 200.000?«, schätzte Svenja.

Löffler nickte.

»Also muss es eine erfolgreiche Autorin sein; deshalb auch die vielen Notizen.«

»Genau. Die Fremde besaß doch detaillierte Kenntnisse zum Vorfall auf der LISCO GLORIA.«

»Rita Steigleder? Janning hatte sie auf Ludger angesetzt. Und die soll mich gepiesackt haben?«

»Denke ich mir.«

»Aber warum sollte sie mich ausquetschen?«

»Weil sie einen Bestseller riecht, und Arno ihr nichts zur Entführung der 575 verraten hat. Die gehört zwangsläufig als

Fortsetzung zu den Vorgängen vom Oktober. Ihr Herr Rotgerber schippert unerreichbar auf der Ostsee herum, und da hält sie sich an dessen Chefin.«

»Wo finden wir sie?«

»Warten Sie.« Löffler verließ die Küche. Durch die geöffnete Tür hörte Svenja, wie er telefonierte, ohne jedoch etwas zu verstehen. Schließlich kam er zurück.

»Die Dame logiert im Hotel oben an der Schwedenschanze.«

»Dort, wo auch Janning wohnt. Aber woher wissen Sie das?«

»Ich habe es vermutet, dass sich die Dame in unmittelbarer Nähe des Drahtziehers eingenistet hat. Und so brauchte ich nur dort anzurufen – der Meldeschein der Krimiautorin liegt in besagtem Hotel vor.«

»Sie rufen einfach so an und die erzählen Ihnen, wer im Hotel wohnt.«

Löffler griente und holte sein Taschentuch heraus, um damit über seinen Kopf zu fahren. »Die Polizei darf die Meldescheine einsehen.«

»Auch telefonisch? Und Exkommissare gehören wohl nicht mehr zur Polizei?«

»Wollen Sie mich aushorchen? Oder wollen wir uns die Steigleder vorknöpfen?«

Löffler hatte recht. Aber Svenja bewegte noch eine andere Frage: »Und falls sie mich nicht überfallen hat?«

»Entschuldigen wir uns und gehen.«

An der Rezeption begrüßte Löffler den jungen Mann vom Empfang per Handschlag, als seien sie alte Bekannte. Deshalb hatte er wohl auch die telefonische Auskunft erhalten. Der Kommissar nahm den Mann zur Seite und flüsterte einige Worte in dessen Ohr. Daraufhin warf der einen Blick auf den PC-Monitor und nannte Löffler die Zimmernummer 212. Mit der Versicherung, es werde keinen Ärger geben, verabschiedete Löffler sich und folgte Svenja ins Obergeschoss hinauf.

»Gibt Ihnen in dieser Stadt jeder jede gewünschte Auskunft?«, wollte Svenja wissen.

»Nein. Nur in diesem Fall hatten wir Glück – Hajo kennt mich. Sein kleiner Bruder drohte auf die schiefe Bahn zu geraten.«

»Und Sie haben ihn gerettet«, vermutete Svenja. »Was, wenn ein Neuling an der Rezeption gestanden hätte?«

Löffler schmunzelte. »Dann wären wir gar nicht erst hierher gefahren, weil ich den Aufenthaltsort der Steigleder nicht erfahren hätte. Aber jetzt Schluss mit der Fragerei. Lassen Sie uns zur Tat schreiten.«

»Da hinten, da muss 212 sein.« Svenja deutete auf das Ende des Korridors zur Rechten. »Janning wohnt gleich daneben.«

»Den suchen wir ja erst einmal nicht«, wandte Löffler ein, holte sein Tuch aus der Tasche und wischte damit seinen Kopf. »Jetzt wecken wir die Frau Künstlerin. Zehn vor sechs kann sie ruhig aufstehen; selbst nach dem kleinen Talk mit Ihnen in der Nacht.« Er lief den Flur entlang und blieb am letzten Zimmer stehen.

»Frau Steigleder?«, rief er gedämpft und klopfte kräftig. »Machen Sie bitte auf. Polizei.« Löffler legte das Ohr an die Tür und lauschte. Dann pochte er erneut dagegen. »Es dauert nicht lange, wir benötigen nur einige Angaben.«

Svenja staunte, wie leicht dem Exkommissar die Lüge über die Lippen kam.

»Jetzt rührt sich etwas«, vermeldete er, immer noch an der Zimmertür lauschend, die kurz darauf aufging.

Vor ihnen stand eine Frau von vielleicht Anfang 30 mit verwuschelten dunkelbraunen Haaren und eingefallenen müden Augen, die verschlafen blinzelten. »Polizei? Darf ich bitte Ihren Ausweis sehen?«

»Habe ich Polizei gesagt? Oh, verzeihen Sie, Macht der Gewohnheit. Ich möchte mich vorstellen: Exhauptkommissar Otto Löffler. Meine Begleiterin dürften Sie ja kennen.«

Die Steigleder starrte Svenja an und schlug im selben Moment die Tür zu.

»Warum denn nur so unfreundlich?« Löffler hatte den Fuß hinter die Schwelle gestellt und drückte jetzt mit der Schulter die Tür wieder auf.

»Was wollen Sie überhaupt von mir?«, fauchte die Steigleder. »Verlassen Sie augenblicklich mein Zimmer. Oder ich alarmiere die Polizei.«

»Dann bräuchte ich die Kollegen nicht zu bemühen.« Löffler deutete zum Nachtschrank neben dem Bett, auf dem ein Telefon stand. »Am besten, Sie rufen gleich an. Ich gebe Ihnen gern die Nummer der zuständigen Beamten.«

»Verschwinden Sie lieber. Ich habe kein Verbrechen begangen, das Ihnen das Recht gibt, hier einzudringen.«

»Na das sehe ich aber anders, da kommt einiges zusammen; zumindest Freiheitsberaubung, und ich denke wohl auch gefährliche Körperverletzung.« Löffler schaute Svenja an. »Wie durften Sie die Begegnung mit der Dame erleben?«

»Ich bin zweimal von einem Elektroschocker niedergestreckt worden und war wegen eines Schlags auf den Kopf längere Zeit bewusstlos; dazu gefesselt und in dem fremden Auto gefangen.«

»Ein guter Staatsanwalt macht da zusätzlich Geiselnahme und Nötigung draus«, erklärte Löffler. »Und wenn Sie richtig Pech haben, kommt noch versuchter Totschlag hinzu.«

»Was die Frau sich da aus den Fingern saugt, ist völliger Quatsch. Ich kenne sie überhaupt nicht.«

Svenja trat an die Steigleder heran, schnupperte und erkannte den Geruch des Deos. Den goldenen Ring mit der Handschelle trug sie ebenso. »Die Dame hat mich betäubt, gefangen gehalten und ausgequetscht.«

»Das kann ja jeder behaupten.«

»Gute Frau«, hob Löffler an, »als Krimiautorin müsste Ihnen die Prozedur aber vertraut sein. Allein wenn die KTU Ihr Auto auseinandernimmt, entdecken die Kollegen genug Spuren, die die Version von Frau Itzig stützen und Ihrem Leugnen jeglichen Nährboden entziehen dürften. Schauen Sie – ich komme als väterlicher Freund, der Sie vor den unangenehmen Folgen einer Strafverfolgung bewahren will.«

»Warum sollten Sie? Weil Sie ein Menschenfreund sind? Weil Sie vielleicht meine Bücher toll finden?«

»Weil Frau Itzig und ich an Ihrem Wissen teilhaben wollen. Als Gegenleistung gehen Sie ungeschoren aus der Geschichte hervor.«

»Welche Garantien habe ich?«

»Nur unser Versprechen. Lassen Sie es darauf ankommen.«

Die Steigleder schien zu überlegen. Sie blickte zu Boden und scharrte mit einem Fuß auf dem Teppich. Dann sah sie auf. »Also gut, fragen Sie.«

»Wir sollten im Sitzen reden«, schlug Svenja vor. Sie nahm an dem kleinen Tisch in der Ecke Platz, während die Steigleder sich auf ihr Bett setzte.

Löffler blieb neben der Tür stehen, bemühte neuerlich sein Taschentuch, um über die Halbglatze zu fahren, und steckte es umständlich wieder ein. »Zuerst würden wir gern Ihr Motiv erfahren«, forderte er in ruhigem Ton. »Welche Rolle spielen Sie in dem ganzen Drama?«

Die Steigleder berichtete von ihrem kometenhaften Aufstieg als Erfolgsautorin und dem darauffolgenden Absturz. Mit seinem Versprechen einer Recherchereise auf der LISCO GLORIA habe Janning ihr Hoffnung gemacht. Doch die Geschichte habe nicht für einen kompletten Thriller gereicht. So sei sie selbst losgezogen, um zu recherchieren, und sei dabei in die Operation um das entführte Schiff geraten.

»Bei der Gelegenheit kamen Sie auf diese blöde Idee, Frau Itzig zu kidnappen?«

»Ich brauchte Informationen, ob sie Jannings Spiel mitgespielt hat.«

»*Spiel*?« Löffler legte all seine Verachtung in dieses Wort. »Was verstehen Sie unter *Spiel*?«

»Janning wollte Frau Itzig benutzen, um ein Scheinziel für die 575 in die Welt zu setzen.«

»Das hat sie mir in der Nacht auch erklärt«, bestätigte Svenja.

»Und?« Löffler nickte der Autorin zu, weiter zu reden.

Die Steigleder beschrieb aus ihrer Sicht Svenjas Vorgehen, das sie geradewegs in Jannings Falle geführt hatte, ohne dass der hatte aktiv werden müssen.

Svenja beschämte die Schilderung aufs Neue. Warum war sie nur derart naiv auf den Verbrecher reingefallen? »Ich habe die Suche nach der 575 völlig in die Irre geleitet«, beklagte sie, an Löffler gewandt.

»Ich wollte das ja verhindern«, erklärte Frau Steigleder.

»Wie?« Löffler sah die Autorin erstaunt an.

»Indem ich den Behörden eine anonyme An…« Die Steigleder brach abrupt ab.

»Fahren Sie ruhig fort«, forderte er. »Ich weiß schon, was kommt.«

Dem Miststück habe ich die Verfolgung durch die Polizei zu verdanken? Svenja glaubte langsam, in einen schlechten Krimi geraten zu sein. »Nee, ne?« Sie sprang auf und stürmte auf die Schlampe zu.

Blitzschnell stand Löffler neben ihr und packte sie am Arm. »Ich verstehe Ihre Wut, aber wir sollten erst Frau Steigleder zu Ende anhören.«

»Sie meinen, warum ich den Behörden einen Hinweis gegeben habe?«

»Ja, zum Beispiel.«

»In der Nacht von Sonntag auf Montag erfuhr ich von Jannings Plan, die Behörden in die Irre zu leiten, indem er ein Scheinziel für das entführte Schiff durchsickern lassen wollte. Bei der Gelegenheit bekam ich auch heraus, dass Frau Itzig die Fehlinformation in die Welt setzen sollte.«

»Bei einem Schäferstündchen mit Herrn Graf, nehme ich an?« Das Flittchen nervte Svenja. Zog man einfach einen Kerl ins Bett, um an Informationen zu gelangen?

»Ja und? Was geht das Sie an?«, keifte die Steigleder zurück.

»Bitte, meine Damen, wir wollten erst alles anhören. Also weiter.«

»Nachdem ich so ziemlich alle Details der Operation Baltic-Jump wusste, wollte ich unbedingt Jannings Pläne durchkreuzen«, erklärte die Steigleder. »Dazu musste die 575 abgefangen werden. Leider konnte ich deren Weg ins Ziel und den Zeitplan nicht in Erfahrung bringen, weshalb eine direkte Warnung an Bundespolizei oder Marine ausschied. Ich konnte lediglich dafür sorgen, dass Jannings Medium für seine Trickserei von der Bildfläche verschwand, ohne Frau Itzig zu gefährden. Und da fiel mir nur eine Möglichkeit ein – Polizeigewahrsam.«

»Deshalb beschuldigen Sie mich einfach eines schweren Verbrechens«, schimpfte Svenja.

»Na und? Wer sich mit Janning einlässt, geht viel größere Risiken ein.«

»Sie mischen doch auch kräftig mit«, giftete Svenja zurück.

»Ich beschwere mich aber nicht.«

»Dummerweise brachte Frau Itzig die Information vom Scheinziel dennoch in Umlauf«, erklärte Löffler mit ruhiger Stimme.

»Genau. Und sie lief selbst zu Janning. Um mein Bild von den Vorgängen zu vervollständigen, musste ich sie sprechen.«

»Und dazu kidnappten Sie mich einfach?« Svenja könnte diese Schlampe erwürgen.

»Sie erwähnten das Ziel, das die 575 ansteuert«, bemerkte Löffler ruhig wie ein erfahrener Ermittler. »Wohin führt die Reise?«

»Janning hat das Schiff nicht entführt, um es zu verkaufen. Er will ...«, die Autorin zögerte und sah von einem zum anderen, »es in dessen eigentlicher Bestimmung einsetzen.«

»Als Raketenkorvette!«, schlussfolgerte Svenja. »Janning greift irgendwo mit Raketen an?«

»Ja.«

»Wo?«

Die Steigleder blickte Löffler an.

»Reden Sie«, forderte er. »Andernfalls würde es mir ein Vergnügen bereiten, Sie in der Polizeiinspektion abzuliefern.«

»Oskarshamn.« Die Autorin flüsterte ihre Antwort.

»Was für ein Oskar?«, fragte Svenja gereizt.

Löffler holte sein Taschentuch hervor und wischte sich damit über den Kopf. Er kam auf das Tischchen zu, an dem Svenja saß, und fiel in den zweiten Sessel. Sein Atem ging schwer. »Das AKW?«

Die Steigleder nickte.

»Wenn Arno sich etwas ausdenkt, dann einen richtigen Coup.« Löffler schien zu überlegen.

Svenja begriff nur langsam, welche Ungeheuerlichkeit auf einmal im Raum stand. Janning wollte eine Rakete in ein Kernkraftwerk jagen.

»Aber warum Schweden?«, wollte Löffler wissen.

Die Steigleder zuckte die Achseln. »Bei uns in Deutschland ist das Thema doch längst vom Tisch. Ich kenne das Motiv auch nicht, das hinter dem Plan steckt.«

»Das Kraftwerk Oskarshamn gehört zu den unsichersten, soweit ich mich erinnere.« Löffler legte den Kopf an die hohe

Rückenlehne und starrte an die Decke. »Das Ding liegt direkt an der Küste – ideal für einen Angriff von See her.«

»Das hat Ihnen Herr Graf ebenfalls im Bett verraten?«, fragte Svenja.

»Ja.«

»Sie wissen das also seit Montagmorgen und sagen kein Wort. Warnen niemanden. Sie Stück Dreck.« Am liebsten hätte Svenja vor der Schlampe ausgespuckt.

Erneut zuckte die Steigleder die Achseln. »Ich kannte nur das Ziel; keine weiteren Details. Wer hätte mir denn geglaubt?«

»Sie interessiert doch nur Ihr blöder Roman«, explodierte Löffler und sprang auf. »Hätten die Sicherheitsbehörden frühzeitig etwas unternommen, wäre Ihre tolle Story den Bach runtergegangen.« Er packte Svenja beim Arm und stapfte mit ihr zum Ausgang. »Wir gehen.« An der Tür blieb er noch einmal stehen und schaute zur Steigleder zurück. »Sie sollten jetzt unbedingt am Ball bleiben. Wir warnen nämlich die Sicherheitsbehörden. Vielleicht bekommen Sie ja eine turbulente Seeschlacht geboten.« Im nächsten Moment riss er die Tür auf.

Svenja quälte plötzlich ein Gedanke. »Möglicherweise kriechen wir Janning erneut auf den Leim? Falls der die Tussi entsprechend instruiert hat.«

Löffler stoppte abrupt. »Hm, könnte sein.« Er starrte die Steigleder an. »Stimmt Ihre Story?«

»Glauben Sie doch, was Sie wollen.« Die Autorin sandte den beiden hasserfüllte Blicke zu. »Sie haben mir auch keine Garantie gegeben.«

»Zum Glück«, antwortete der Kommissar. »Mit meinem jetzigen Wissen würde ich am liebsten gleich meine Kollegen rufen.«

»Und wenn schon.« Wütend warf sich die Steigleder auf die Seite und drehte den Eindringlingen den Rücken zu.

Svenja stürzte zu ihr und rüttelte deren Schulter. »Hier geht's um tausende von Menschenleben. Sagen Sie uns, ob die 575 wirklich auf dieses AKW zusteuern will, oder ob …«

»Lasst mich in Ruhe!« Die Autorin flog herum, Svenja sprang vor Schreck zurück. »Haut endlich ab. Ich habe alles gesagt. Macht doch, was ihr wollt. Ich habe den Plan nicht ausgeheckt, also darf mir niemand die Folgen anlasten.«

Löffler kam zu Svenja, griff nach ihrer Hand und zog sie aus dem Zimmer. Gemeinsam gingen sie hinunter und verließen das Hotel.

Auf der Straße blieb Svenja stehen. »Und nun?«

»Wir müssen den zuständigen Behörden die Neuigkeiten weitergeben.«

»Auch wenn Janning das bezweckt?« Svenja graute bei dem Gedanken. »Genau das hatte der mit dem blöden Brief an den Großvater ebenso geschafft.« Sie sah die Fassade hinauf. »Janning liegt garantiert in seinem Bett. Sie könnten dem Kerl unsere Informationen entgegenhalten und sehen, wie er reagiert.«

Löffler verzog das Gesicht als plagten ihn Zahnschmerzen. »Mir gibt der keine Auskünfte. Im Gegenteil: Tauche ich da oben auf, schweigt der die nächsten 100 Jahre.«

»Dann gehe ich.« Für Svenja stand der Entschluss fest. »Was soll passieren?«

»Also gut.«

Sie drehte um und betrat die Lobby des Hotels. Ihr Blick fiel in den Frühstücksraum, wo Janning völlig allein saß. Svenja ging zu ihm.

»Ah, Frau Itzig. Meine Leute berichteten bereits von Ihrer Flucht.«

»Sie haben mich benutzt.« Svenja überfiel eine unbändige Wut ob der frechen Teilnahmslosigkeit des Mannes.

»Nicht, dass ich wüsste.«

Svenja schleuderte ihm die Fakten an den Kopf.

Janning lehnte sich zurück und verschränkte die Arme vor der Brust. »Diese Möchtegernautorin brütet schon mal die abstrusesten Geschichten aus. Glauben darf man die aber erst nach eingehender Prüfung. Immerhin kämpft sie um ein Comeback.«

»Sie hatten mich eingesperrt, damit ich diesen Brief ernst nehme.«

»Wovon reden Sie? Ich wollte Ihnen eine Lektion erteilen, um Sie von zukünftigen unangemeldeten Besuchen in meinem Zimmer abzuhalten.«

»Jetzt auf einmal spielen Sie den Ahnungslosen? Warum haben Sie die 575 wirklich entführt?«

»Ich weiß nicht, wie Sie darauf kommen. Mein Institut verliert in der Angelegenheit selbst enorm an Image. *Und Geld!* Wir sollten das Raketenschiff in einen dänischen Hafen überführen. Uns trifft die Entführung außerordentlich hart.«

Svenja kotzte das schmierige Komödientheater an. Janning trieb seinen Spaß mit ihr. Beinahe erübrigten sich alle weiteren Worte. »Sie behaupten also, keine Ahnung vom Ziel der 575 zu haben?«

»Nein.«

»Dann sag ich es Ihnen – das Schiff steuert auf ...« Svenja stieg auf einmal sämtliches Blut in den Kopf. Wie hieß dieser verdammte Ort?

»Na, wohin?« Jannings Nase-Mund-Falten bildeten tiefe Gräben.

»Nach Oskar...«

»Zu welchem Oskar?«

Scheiße! Damit sie diesem Scheusal keinen Triumph bot und vor ihm in Tränen ausbrach, stürzte Svenja aus dem Raum und stieß auf dem Korridor beinahe mit Löffler zusammen.

»Ich habe alles gehört.«

Gemeinsam gingen sie hinaus.

»Entschuldigen Sie, dieser verdammte Standort des Kraftwerks fiel mir einfach nicht mehr ein.«

»Oskarshamn. Aber kein Problem. In Arnos Gesicht konnte ich wie in einem Buch lesen – er kennt den von Ihnen erwähnten *Oskar*.«

»Meinen Sie?«

»Ja. Und deshalb müssen wir die Informationen der Steigleder an die Sicherheitskräfte weitergeben.«

»Ich rufe nirgends an; schon gar nicht bei Uta. Die erklärt mich für verrückt, offeriere ich ihr ein neues Ziel der 575.«

»Na gut, gebe ich eben die Neuigkeiten irgendwie weiter. Nur an wen? Bestimmt weiß jemand in der Polizeiinspektion Rat.«

Oh Gott, schoss es Svenja durch den Kopf – garantiert will mich Löffler mitzerren. Da kam sie die nächsten Stunden nicht wieder weg. Erst wenn die Reise der 575 ihr Ende fand und Ludger keine Gefahr mehr drohte, würde sie den Bullen Rede und Antwort stehen, von ihr aus tagelang.

Als habe er ihre Gedanken erraten, schlug Löffler vor: »Sie sollten gleich mitkommen – zur Inspektion. Ihre Aussage machen.«

Ihr musste schnellstens eine Ausrede einfallen. »Ich … ich …« Was sagte sie nur? »Ich denke … ich meine, wäre das gut, wenn *Sie* da mit mir gemeinsam auftauchen?«

»Warum? Ich arbeite doch an dem alten Fall.«

»Aber Sie haben mich versteckt.«

»Wer weiß das schon?«

»Ihre Frau.«

Wie von einem Pfeil getroffen, zuckte Löffler zusammen.

Hier bot sich ihre Chance. »Ich will ja in der Inspektion vorbeischauen. Sie fahren in Ihrem Wagen vor, und ich folge per Bus. Vorher rufe ich meine Schwester an und erkundige mich nach der Suchaktion der Polizei.«

Löffler nickte. »Klingt unverfänglich. Aber Sie kommen wirklich?«

»Versprochen.« Svenja hakte den Kommissar unter und

begleitete ihn zu seinem Auto. »Zuerst fragen Sie Ihre Kollegen, wem wir am besten unsere Neuigkeiten anvertrauen, und in der Zwischenzeit trudle ich ein.«

»Also gut.« Löffler machte sich frei und stieg ein. »Bis gleich.« Er fuhr los.

Als könne der Kommissar sie beobachten, schlug Svenja den Weg zur nahen Bushaltestelle ein. Auf einmal klingelte ihr Handy – die Nummer der Eltern. Sie nahm das Gespräch entgegen. »Ja Paps?«

»Wo steckt mein Mobiltelefon?«

»In ZPH.«

»In Zitterpenningshagen?«

Löffler habe die Situation schon wieder so weit geklärt, dass die Vorwürfe gegen sie weitestgehend entkräftet seien. Darum habe er ihr auch ihr eigenes Smartphone zurückgegeben und das Monstrum des Vaters derweil in Verwahrung genommen.

»Du gibst mir das gute Stück aber zurück.«

»Selbstverständlich. Rufst du deshalb an?«

»Nein. In Sachen des Gefallens, um den du mich gebeten hattest, melde ich Vollzug.«

Svenjas Herz machte vor Freude einen Sprung. »Wo steckt Andrea?«

»Bei ihren Eltern in Berlin.«

»Woher weißt du? Warum hat sie …«

»Stopp!«, rief der Vater ins Telefon. »Immer der Reihe nach. Lies das Fax, das in der Firma liegt – kam vergangene Nacht.«

»Bitte Papa, nur das Wichtigste.«

»Sie hält dich für den letzten Abschaum – verheizt ihren Ehemann, behandelst sie wie ein dummes Kind. Falls Ludger etwas passiert, bringt sie dich hinter Gitter. Soweit die Zusammenfassung. Aber lies das Fax selbst. Andrea formuliert ihre Anklage sehr deutlich und nachvollziehbar. Als Richter würde ich ihr folgen und dich in den Bau stecken.«

Ein tiefes Schuldgefühl befiel Svenja.

»Aber lies selbst. Die beiden Blätter liegen auf deinem Schreibtisch.«

Svenja wünschte, sie hätte nicht gefragt. »Danke, Paps. Ich schau mir das Fax nachher gleich an.« Sie verabschiedete sich.

TEIL 4
SCHLUSSAKKORD

24. August 2011

36 – GEWITTER IM NORDEN

Stralsund – 06.20 Uhr

Der Alte trinkt noch einen Schluck Kaffee, fährt mit der Serviette über den Mund und legt sie zusammen. »Hans?«

Wie ein dienstbeflissener Butler tritt ein junger Mann im grauen Anzug an den Tisch. »Herr Janning?«

»Wir müssen umdisponieren – die Marine eröffnet bald die Treibjagd. Lass im Hafen alles vorbereiten und informiere Dimitri, er soll die X-Zeit so neu berechnen, dass wir Signal Bravo …«, er blickt auf die Armbanduhr, »um 06.55 Uhr senden. Ich rufe ihn nachher an.«

Hans nickt und entfernt sich. Janning geht in sein Zimmer und kehrt einige Zeit später nach unten vor das Hotel zurück. Hans wartet bereits am Eingang. Gemeinsam schlendern sie rechts die Straße entlang und wählen den Weg, der in unmittelbarer Nähe des Ufers am Strelasund entlangführt. Dichter Baumbestand säumt das schmale Asphaltband und bietet so guten Schutz gegen neugierige Blicke. Die beiden Männer laufen gemächlich im Tempo eines Sonntagmorgens-Spaziergangs. Zu dieser frühen Stunde begegnet ihnen kein Passant.

Jannings Blick wandert zur Südküste Rügens hinüber, die im klaren Licht der frühen Morgensonne liegt. »Wird wieder ein schöner Tag.«

»Am Nachmittag sollen erneut Gewitter aufkommen«, antwortet Hans.

»Die werden niemanden mehr interessieren«, scheint Janning eher zu sich selbst zu sagen. »Noch vor Mittag wird die Welt auf das Gewitter im Norden schauen.«

Das Klingeln seines Handys enthebt Hans einer Antwort. Er nimmt das Gespräch entgegen, hört aufmerksam zu, dankt in russischer Sprache und drückt die Taste mit dem roten Hörersymbol.

»Dimitri erwartet Ihren Anruf. Er hat alles vorbereitet.«

Janning nickt. »Danke.«

Die nächsten Schritte gehen die beiden schweigend nebeneinander. Weiter vorn erscheint wenig später die Grasfläche des ehemaligen Hafens. Die Männer verlassen den Asphaltweg und nehmen die Richtung zur alten verfallenen Holzpier. Auf halbem Weg bleiben sie stehen; ein Stück rechts steht ein Klapptisch mit einem Campingstuhl davor. Mannshohes Gebüsch schirmt den Platz gegen neugierige Blicke vom Uferweg her ab.

»Sehr schön.« Janning läuft hinüber, setzt sich, schiebt den bereitgestellten Laptop zurecht und betrachtet kurz das Handy links daneben. Seine besondere Aufmerksamkeit gilt dem Kästchen zur Rechten. Groß wie eine Zigarrenkiste, zieren drei Leuchtdioden in den Farben einer kleinen Verkehrsampel dessen Oberseite. Das gelbe Signallämpchen in der Mitte blinkt im Sekundentakt. Neben der roten und grünen Lampe sitzt je ein gleichfarbiger Taster.

»Habt ihr die Funktion überprüft?« Janning sieht Hans prüfend an.

»Selbstverständlich. Ebenso die Kontrollkameras aus Konstanza; die senden die Signale auf Ihren Laptop.«

Janning nickt. »Sehr schön.« Er dreht den Oberkörper herum, schiebt einige Äste auf die Seite und wendet den Blick hin und her, als prüfe er das Gebüsch. »Keine Bodyguards. Auch da drinnen nicht. Die nächsten Stunden stört jeder Lauscher. Je weniger Leute die Details kennen, desto besser. Du bleibst in der Nähe, am besten drüben beim Anlegesteg, und behältst die Gegend im Auge. Das muss reichen.«

»Jawohl.«

»Aber zuvor schau bitte noch einmal bei unserer Krimiautorin vorbei. Die hat gesungen. Deshalb gibt's nun die Schwierigkeiten. Rede ihr ins Gewissen; und beeil dich.«

Hans nickt dezent und entfernt sich.

Nachdem sein hilfsbereiter Geist verschwunden ist, greift Janning zum Handy und drückt eine Taste.

»Hallo, Dimitri. Wie ist die Lage?«

Janning hört aufmerksam zu.

Schließlich erklärt er: »Die wollen absolut sichergehen, bevor die Treibjagd einsetzt. Wann kommt das S-Boot auf Sichtweite heran?«

...

»So lange warten wir nicht. Du gibst um 06.55 Uhr Signal Bravo. Zu welchem Zeitpunkt haben wir dann X-Zeit?«

...

»Okay. Signal Charly geht um 07.55 Uhr raus, und die X-Zeit liegt fest bei 08.35 Uhr. Jetzt haben wir also ...«, Janning mustert seine Armbanduhr, »X–122. Pünktlich X–120 sendest du Signal Alpha an die 575. Wir sprechen uns X+60 wieder. Ende.« Er legt das Handy ab.

Versonnen sieht Janning auf das Wasser hinaus, lehnt den Oberkörper zurück und schließt die Augen. Das Klingeln des Handys weckt ihn aus der entspannenden Pose. Er schaut auf das Display, nimmt das Gespräch entgegen und erfragt die Lage an Bord. Während er zuhört, scheint sein Gesicht zu versteinern.

»Auch wenn die beiden Idioten tot sind – am Plan ändert sich nichts. Haben Sie das versiegelte Couvert geöffnet?«

...

»Die Anweisung ist Buchstabe für Buchstabe umzusetzen. Am besten, Sie verschweigen Ihren Kameraden die Details. Verstanden?«

...

»Die Signale für die nächsten Schritte des Angriffs erhalten Sie per Funk.« Er bricht ab und lauscht. »Lassen Sie das Gejammer, Constantinescu!«

...

»Die vier Minuten müssen Ihnen reichen. 60 Sekunden

nach dem Start des ersten Vogels schalte ich die Ampel auf Grün.«

…

»Das ist unumkehrbar, das wissen Sie. Und die Geiseln kommen sofort frei. Für jedes Kind werden 50.000 Euro überwiesen. Sie selbst verwalten das Geld. Alles entsprechend unserer Absprache.«

…

»Nein, es gibt keine Ausnahme. Wen wir erwischen, dem blüht das gleiche Schicksal wie dem Nastase.«

…

»Für Rotgerber gilt dasselbe wie für Ihre Kameraden. Lassen Sie sich etwas einfallen, um den abzuschütteln.« Janning hält kurz inne. »Ach, Constantinescu? Vor Rügen wird der Ehemann einer Freundin vermisst – Peter Itzig. Habt ihr den Kerl oder dessen Kutter JUNO gesehen?«

…

»Das erfahre ich erst jetzt? Darüber reden wir später. Den Kerl müssen Sie sich auch vom Hals schaffen. Verstanden?«

…

»Ich beende das Gespräch jetzt, und Sie vernichten sämtliche Kommunikationsmittel. Nur der Funk bleibt empfangsbereit. Wir sehen uns nach dem Einsatz. Viel Erfolg.«

Janning legt auf und blickt zu Hans hinüber, der kurz zuvor wieder eingetroffen ist.

Er kommt heran und hält seinem Chef in der behandschuhten Hand eine Pistole entgegen. »Haben wir der Frau Steigleder abgenommen.«

»Ach, ein Baby-Browning. Woher stammt das Ding?«

»Angeblich von Frau Itzig.«

»Wie das?«

»Sie habe die SSK-Chefin in der Nacht ausgehorcht und ihr dabei die Waffe abgenommen.«

»Streitet unsere Autorin ihren Verrat ab?«

Hans zupft sich am Ohr. »Ihr sei alles scheißegal. Ihren Roman könne sie vergessen. Die Itzig und dieser Löffler hätten sie unter Druck gesetzt.«

»Unter Druck gesetzt? So, so.« Janning deutet seinem Assistenten, ihm die Pistole zu reichen. »Wir wollen doch nicht, dass irgendwer die Fingerabdrücke der Künstlerin an dem Ding hier findet.« Janning holt ein Taschentuch hervor und reibt den Browning gründlich ab.

»Was wird mit Frau Steigleder? Und der Waffe?«

Janning scheint zu überlegen. Dann steht er auf und geht einige Schritte in Richtung Anlegesteg. Hans folgt ihm wie ein Schatten.

Plötzlich bleibt Janning stehen. »Ich habe da so eine Idee.«

37 – AUF ANGRIFFSKURS

An Bord der 575 – nördlich Ustka (Polen) – X–112 Minuten

Das Gemetzel auf der Brücke lag gute zwei Stunden zurück. Seit der Zeit saß Pit hier in der ehemaligen Kammer der Ingenieure gefangen und bangte um Ludger. Der hatte bei dem Schusswechsel einen Treffer am Oberschenkel abbekommen. Die Leute der Besatzung hatten ihn sofort zur Behandlung in die Kommandantenkammer gebracht. Seitdem fehlte jegliche Nachricht von ihm.

Pit lauschte. Schritte trappelten die eisernen Stufen in sein Deck herunter. Kurz darauf ging die Tür auf.

»Komm mit«, befahl der Mann und machte den Eingang frei.

Pit erinnerte sich an ihn. Er hatte in der Nacht im HBS an den Schaltschränken für die Raketensysteme gesessen.

»Wohin?«, fragte er.

»Zu Brücke; zu Boss.«

»Was ist mit meinem Freund?«

»Kommt auch, aus Kammer von Kommandant.«

Die Aussicht, Ludger wiederzusehen, belebte Pit. Er hastete den Niedergang hinauf und stürzte zu der offen stehenden Tür wenige Meter weiter vorn. Ludger hockte in einem Sessel, das verwundete Bein auf einen Stuhl gelegt. Pit herzte ihn kräftig, als hätte man sie vier Wochen getrennt eingesperrt.

»Aua! Nicht so stürmisch.«

Pit gab ihn frei. »Wie geht's dir?«

»Gut. Die haben mich ordentlich verarztet. Der die Kugel rausgepult hat, versteht sein Handwerk.«

»Schön.«

»Du helfen ihn, und wir gehen zu Boss.« Ihr Begleiter zog Ludger aus dem Sessel. Pit fasste kräftig zu.

Auf der Brücke stand nur der Rudergänger an seinem Platz. Mehrere Blutflecke, die den Boden bedeckten, zeugten vom Gemetzel zwei Stunden zuvor. Der Mann, der Pit und Ludger begleitet hatte, ging in den HBS nach nebenan.

»Ich bin jetzt der Kommandant«, sagte der Rudergänger.

»Und der …?«

»Tot. Ofzschak und Graf sind beide tot.«

Ob der Neuigkeit pochte Pits Herz so stark, dass er den Puls in den Schläfen spürte. Waren sie den Tyrannen entronnen? Aber was bedeutete die Nachricht?

»Wohin fahren wir?«, fragte Ludger. Er humpelte nach Backbord und hievte sich auf den Kommandantensessel, der jetzt verwaist dastand.

»Die Rakete ins Ziel bringen«, erklärte der Rudergänger mit monotoner Stimme, als gebe er lediglich die nächste Station eines Hurtigrutenschiffes bekannt. Sein Blick hing irgendwo in der Ferne jenseits des Bugfensters, durch das er starrte.

Warum? Jannings mutmaßliche Handlanger traktierten inzwischen ihresgleichen in der Hölle – warum dann jetzt noch den Angriff fortsetzen? Pit ging zum Rudergänger und lehnte den Rücken gegen die vordere Bordwand. »Gebt auf«, bettelte er. »Ihr habt nichts weiter getan. Ihr dürft die Rakete keinesfalls abschießen.«

Der Rudergänger blickte Pit nur für einen Sekundenbruchteil an. »Doch, uns bleibt keine andere Wahl.«

»Wer zwingt euch?«, flehte er. »Was habt ihr davon? Geld? Ihr werdet nie wieder glücklich.«

»Wir bekommen unsere Familien zurück – 13 Frauen und 21 Kinder dürfen leben, wenn wir den Job erledigen.«

»Erklär mir das«, forderte Ludger.

Der Rudergänger deutete zu der kleinen Ampel neben dem Durchgang zum HBS und berichtete im Tonfall einer Grabrede vom Schicksal ihrer Familienangehörigen. »Feuern wir die Rakete nicht auf das Ziel ab, sprengt Janning den Felsen.«

»Aber das ist Wahnsinn!«, protestierte Pit.

Der Rudergänger nickte.

»Ich meine etwas anderes.« Pit trat dem Mann entgegen. »Ihr opfert tausende unschuldige Menschen, nur um …« Abrupt hielt er inne.

»*Nur* um *unsere* Frauen und Kinder zu retten?« Der Rudergänger nickte einmal zaghaft, so als erbitte er ein Ja aus Pits Mund. »Meinst du das?«

»Nein oder Ja? Was weiß denn ich.« Tiefe Scham plagte ihn, den Leuten die Sorge um ihre Liebsten vorzuwerfen. Doch er musste den Mann umstimmen, irgendwie.

»Wir kennen niemanden im Zielgebiet und wir lieben unsere Familien. Die Menschen werden ihre Stadt neu aufbauen. Sie werden von Fukushima lernen.«

Pit horchte auf. »Fukushima? Welches Ziel greift ihr an?«

»Kraftwerk Oskarshamn.«

Oh Gott. Pit sah in Gedanken die Bilder des schwedischen Pannenkraftwerks, die vor Monaten seinen zweiseitigen Artikel illustriert hatten.

»Die Rakete richtet größere Verwüstungen an als der Tsunami in Japan«, wandte jetzt Ludger ein.

Der Rudergänger zuckte gleichgültig die Schultern. »Was können wir dafür – hat Janning befohlen.«

Auf diese Art und Weise kam Pit dem Mann kaum bei. »Als Folge des Angriffs sollte die Rakete an Backbord das Schiff sprengen. Ihr habt sie doch entschärft?«

»Nein.«

»Die 575 fliegt in die Luft?«

Der Rudergänger nickte. »Ja. Wir kehren nicht heim.«

Pit drohte, sich der Magen umzudrehen. »Dann lasst ihr eure Familien ohne Ernährer und mittellos zurück.«

»Aber sie erzählen unsere Geschichte und mahnen Europa, das durch die Unterdrückung der Roma Terroristen heranzieht.«

»Ihr seid Roma?«

»Ja. Denkst du auch, Zigeuner können keine Schiffe lenken? Bis 1990 durften wir zu Hause studieren, Arzt, Architekt und Offizier werden. Das, was ihr als Wende, Revolution und Befreiung vom sozialistischen Joch bezeichnet, hat das Volk der Roma zurückgestoßen in den Sumpf der Armut, der Perspektivlosigkeit und der Vertreibung.«

»Und dafür rächt ihr euch jetzt?« Pit sah, wie der Mann innerlich um ein Ja oder Nein kämpfte. Er sollte ihm die Antwort ersparen. »Welche Rolle spielen wir in euren Mordplänen?«

»Ofzschak hat Peter erstochen. Dein Freund nimmt seinen Platz ein.«

»Vergiss es«, protestierte Ludger.

»Dann werdet ihr sterben.«

»Am besten, ihr knallt mich gleich ab.« Ludger breitete die Arme aus. »Los, zück deine Knarre und knall mich über den Haufen.«

»Wir sind keine Mörder.«

»Ach nein? Soll ich hier umkommen, müsst ihr schon Hand an mich legen. Oder was habt ihr vor?«

»Wir sperren dich ein, und du wirst beim Untergang der 575 unser Schicksal teilen. Gemeinsam mit deinem Freund.«

Als treffe ihn ein Peitschenhieb, zuckte Ludger zusammen. »Ihr lasst uns jämmerlich ersaufen?«

»Wenn du das so für euch entscheidest.«

Binnen eines Wimpernschlags überzog hässliches Grau Ludgers Gesicht; er verdrehte die Augen und sackte zusammen. Pit stürzte zu ihm und tätschelte seine Wangen. Zaghaft öffnete Ludger die Lider. »Ich muss wohl zu viel Blut verloren haben.«

Pit nickte und traf innerlich eine Entscheidung. Er wandte sich an den Rudergänger. »Falls mein Freund euch hilft, wie …«

»Ich rühre keinen Finger«, protestierte Ludger.

Auf den Einwand durfte Pit nichts geben. »Wenn ihr nach dem Raketenangriff euch samt Schiff in die Luft sprengt, auf welche Weise sollen wir davonkommen, wenn wir tun, was du verlangst?«

»Ihr habt 240 Sekunden, um im Beiboot zu flüchten.«

Pit versuchte, seine Gedanken zu ordnen. Ihm blieb die Wahl zwischen Skylla und Charybdis – entweder er beendete hier an Bord dieses verdammten Seelenverkäufers sein Leben, oder Ludger half, eine atomare Katastrophe zu entfachen. Pit sah den Rudergänger an. Der hielt dem Blick stand. Mit Sicherheit würde er seine Pläne bis ins Detail umsetzen. Gab es einen Ausweg?

»Also gut, wir helfen, die Steuerbordrakete zu starten, und ihr lasst uns gehen.« Pit streckte die Hand aus.

»Bist du verrückt?«, protestierte Ludger. »Du willst zum Massenmörder werden?«

Der Rudergänger schaute fragend von Ludger zu Pit.

Der ließ die Hand ausgestreckt. »Abgemacht? Schlagen Sie ein.«

»Ihr geht erst nach dem Abheben der Rakete.«

»Ja, verstanden. Aber ich habe ebenfalls eine Bedingung.«

»Welche?«

»Mein Freund und ich dürfen uns ab sofort frei auf dem Schiff bewegen und den Angriff vorbereiten. Wir wollen auch noch einmal den Zeitzünder in der Backbordrakete kontrollieren. Immerhin hängt daran unser Leben.«

Der Rudergänger überlegte und rief dann etwas Unverständliches in den HBS. Es erschien der Mann, der Pit vorhin aus seinem Gefängnis abgeholt hatte. Die beiden tuschelten miteinander. Schließlich tätschelte der Rudergänger dem anderen die Schulter, der daraufhin wieder verschwand. »Also gut.«

»Ich weiß zwar nicht, welcher Teufel dich reitet«, klagte Ludger an Pit gewandt, »aber jetzt muss ich hier raus! Es stinkt mir in diesem Kabuff zu sehr nach Menschenverachtung und Selbstgefälligkeit. Hilf mir.«

Pit fasste den Freund am Oberarm.

»Einer meiner Kollegen begleitet euch zu den Raketen.«

»Du hattest uns freie Bewegung an Bord zugestanden«, protestierte Pit.

»Das war dein Wunsch gewesen«, konterte der Rudergänger, »dem ich nicht zugestimmt hatte.«

Pit hob zu einem Widerspruch an, aber Ludger zerrte ihn vorwärts. »Lass ihn. Die sind so.«

*

Glücksburg – X – 105 Minuten

Marschmann legte auf. Der Anruf dieses Otto Löffler hatte ihm beinahe die Sprache verschlagen und einen überdimensionalen Kloß in den Magen gezaubert. Er sah Kernler an, der mitgehört hatte.

»Vielleicht verbreiten die eine neue Falschmeldung, nachdem die andere geplatzt ist?«

Glaubte Kernler wirklich, was er da sagte? Die erste Information über das Ziel der Entführung war von dieser Frau

Itzig allein gekommen. Jetzt steckte die Kripo aus Stralsund mit drin. Die hatten diesen Löffler irgendwie an ihn verwiesen, wenn er das richtig verstanden hatte. Ungeachtet dessen wünschte Marschmann, der Regierungsbeamte möge recht behalten, und die heraufziehende Gefahr würde sich wie Nebel unter der Morgensonne verflüchtigen.

Die Folgen eines Raketenangriffs auf das Kernkraftwerk dürfte die Katastrophe von Fukushima in den Schatten stellen. Und gerade Oskarshamn hatten die Verbrecher für den Anschlag ausgewählt. Die Reaktoren überstanden nicht einmal den Absturz eines Sportflugzeugs. Die Rakete mit ihren 700 Kilogramm Sprengstoff würde einen der Blöcke freilegen und Unmengen Radioaktivität in die Atmosphäre wirbeln. Zu allem Übel ginge der Angriff von Deutschland aus, von einem Schiff unter deutscher Flagge. Das war doch jetzt eine katastrophische Ausnahmesituation, wie sie Karlsruhe zur Bedingung eines Angriffs gemacht hat. Und der PANTHER würde nicht einmal im Inneren Deutschlands angreifen, sondern auf hoher See. Aber da waren Geiseln an Bord, unschuldige Menschen, die nicht getötet werden durften! Marschmann starrte das Wort Oskarshamn auf seinem Lagebild an. Dort würden in wenigen Stunden tausende von Unschuldigen sterben. Warum unternahm Kernler nichts? Oder hatte er tatsächlich recht und sie saßen einem neuen Fake auf?

Marschmanns Augen wanderten zum Symbol des Küstenmotorschiffes, das ihn irritierte. Der kleine Pfeil strebte noch immer friedlich dem Hafen Gdynia zu. »Warum dümpelt die ANNA eigentlich immer noch nördlich der polnischen Küste herum?«, fragte er mehr sich selbst. Steckte hinter diesem Frachter wirklich die HANS BEIMLER? Wann warf die ihre Tarnkappe ab?

»Was ist eigentlich mit der GSG 9?«, fragte Kernler im Gegenzug.

»Der sollten wir umgehend jede hereinkommende Information weitergeben.«

»Tun Sie das.«

Marschmann rief den Verbindungsmann bei der Bundespolizei an. Um Zeit zu sparen, seien die Männer bereits gegen sechs Uhr in Sankt Augustin gestartet und unterwegs in Richtung Ostseeküste. Drei Stunden vergingen allerdings, bis die Hubschrauber den Einsatzort auf offener See erreichten.

Marschmann dankte und beendete das Telefonat. »Auf jeden Fall müssen wir die Schweden informieren«, schlug er vor.

»Nein!« Kernlers Ablehnung kam prompt und energisch.

»Warum?«

»Wir haben keine gesicherten Erkenntnisse. Weder zum Ziel des Raketenschiffs, noch über dessen Bewaffnung, noch über dessen gegenwärtige Position.«

»Aber die Schweden können helfen, all diese Fragen zu beantworten.«

»Und wenn die Vermutungen sich in Luft auflösen? Frau Itzig hat bereits geirrt und dadurch unsere Gegenmaßnahmen fehlgeleitet. Dem Märchen vom Entführungsziel Sankt Petersburg verdanken wir, dass zwei der S-Boote jetzt außerhalb der Reichweite operieren. Nein, nein, der außenpolitische Schaden wäre irreparabel.«

Die Argumentation überzeugte Marschmann nicht. »Lieber einmal zu viel Alarm schlagen, als ...« Er verstummte und starrte gebannt auf das Lagebild. »Die Daten sind weg.«

»Welche Daten?« Kernler trat in Marschmanns Rücken.

Der deutete zum Monitor. »Die ANNA ist verschwunden.«

»Wie das?«

Für Marschmann gab's nur eine Erklärung. »Da steckt tatsächlich die HANS BEIMLER dahinter. Die haben das gefälschte AIS-Signal abgeschaltet.« Er verfiel in eine konzentrierte Routine, rief den PANTHER und verlangte nach dessen Kommandanten.

Binnen Sekunden war der am Funk. »Ich wollte dich gerade

rufen. Der Kontakt Ex-ANNA läuft plötzlich mit 38 Knoten – auf dem Kurs 13 Grad.«

»Aus welcher Position heraus?«

»54° 49' Nord und 13° 36' Ost.«

Marschmann übertrug die Angaben in das Lagebild. Eindeutiger konnte das Ergebnis nicht sein – die HANS BEIMLER lief direkt zum Zielobjekt. Lediglich 130 Seemeilen trennten sie von einer Angriffsposition auf Oskarshamn. Die Maximalgeschwindigkeit vorausgesetzt dürfte gegen 10.00 Uhr die Katastrophe ihren Lauf nehmen, wenn kein Wunder passierte – oder sie nicht eingriffen.

»Wir brauchen eine Einsatzgenehmigung der Bundesregierung«, wandte sich Marschmann an Kernler. »Informieren Sie umgehend die zuständige Stelle.«

»Dafür ist es längst zu spät.« Der Einwand des Beamten klang, als glaube er selbst nicht daran.

»Uns bleiben noch drei Stunden!«

»Und was ist mit den Geiseln an Bord?«

Verflucht. Marschmanns Gedanken jagten durch den Kopf – natürlich, so könnten wir vorgehen. »Die brauchen wir nicht zu gefährden. Der PANTHER bekämpft die BEIMLER, ohne sie zu versenken – verpasst denen einen Schuss vor den Bug, oder zerstört die Ruder und Propeller.« Er trat an Kernler heran. »Im Notfall holen die Jungs deren Rakete vom Himmel, wenn die Terroristen sie abschießen.«

Der Regierungsbeamte schien zu überlegen. »Okay. Ich versuch's.« Er ging zu seinem Telefon.

Marschmann stürzte an das Mikrofon. »Ihr müsst das Ziel abfangen«, befahl er dem Kommandanten des PANTHER und ermittelte gleichzeitig die Angriffsdaten. »Ihr lauft 305 Grad bei 38 Knoten. Wir besorgen die Erlaubnis zum Angriff von der Bundesregierung.«

*

An Bord der 575 – nordöstlich Ustka (Polen) – X – 102 Minuten

Von Pit gestützt, humpelte Ludger durch den Hauptverkehrsgang, ihr Begleiter folgte. Völlig unerwartet erhöhte die 575 die Fahrt und führte eine scharfe Kursänderung nach Backbord aus.

»Ihr hier warten!« Der Aufpasser machte kehrt und hastete den Niedergang zur Brücke hinauf, tauchte keine Minute später aber wieder auf. »Ihr gehen allein an Raketen. Ich musse auf Station für Gefecht.« Sprach's und verschwand in Richtung Vorschiff.

»Was geht jetzt ab?«, wollte Ludger wissen.

Pit konnte es sich denken. »Das klär ich. Warte hier.« Er hastete zum Niedergang vor und stand nur Sekunden später oben beim Rudergänger. »Wir laufen bereits Angriffskurs?«

»Ja.«

»Wie viel Zeit bleibt bis zum entscheidenden Moment?«

Der Rudergänger zögerte.

»Wir müssen das wissen!«

»97 Minuten.«

»Brechen Sie den Wahnsinn ab«, versuchte Pit, den Mann noch einmal von seinem Vorhaben abzuhalten. »Ihr Boss ist weit weg.«

Der Rudergänger schüttelte entschlossen den Kopf. »13 Frauen und 21 Kinder hoffen auf Rettung.«

»Und wenn Janning sein Versprechen bricht?«

»Das können wir nicht beeinflussen. Wir erledigen unseren Job. Aber das habe ich Ihnen ja schon erklärt. Sie sollten auch an die Arbeit gehen. Jede Sekunde, die Sie hier oben vergeuden, verlieren Sie. Es bleiben …«, er sah zum Chronometer an der Wand, »… exakt 95 Minuten.«

»Ihre Zusage steht?«, vergewisserte sich Pit.

»Ja. Wenn die Steuerbordrakete fliegt und mir meine Kameraden keine Unregelmäßigkeiten beim Start melden, dürfen Sie mit dem Motorschlauchboot von Bord – rechtzeitig, bevor die Backbordrakete explodiert.«

38 – ZURÜCK IM VERLIES

Stralsund – X–87 Minuten

Svenja saß unschlüssig an der Haltestelle, sah Busse kommen und fahren und wusste nicht wohin. Immer mehr spürte sie einen stählernen Ring, der ihr die Brust zuschnürte, und einen Felsbrocken, der sich im Magen ausbreitete. Und im Kopf schwirrte ein Gedanke umher: Hoffentlich kommt Ludger wieder gesund nach Hause. Wenn nicht – Andreas Rache würde sie unbarmherzig treffen, wohl auch zu Recht. Jetzt das Fax der Freundin ansehen, konnte Svenjas Schwermut ins Unerträgliche treiben. Vielleicht kam doch alles zu einem guten Ende; danach lasen sich Andreas Vorwürfe viel leichter. Sie sollte wirklich sofort ins Präsidium fahren und Löffler nach besten Kräften unterstützen. Svenja ging zum Fahrplan, um nach dem nächsten Bus zu sehen. Da klingelte ihr Handy.

Die angezeigte Nummer kannte sie nicht, nahm aber dennoch das Gespräch an. »Ja?«

»Rita Steigleder hier.«

Svenjas Herz pochte. »Ja?«

»Sicher vermisst du dein Spielzeug. Ist wirklich niedlich. Wolltest vorhin bestimmt danach fragen. Aber im Beisein des Bullen? Hast dich hervorragend verstellt.« Die Steigleder plauderte, als rede sie von aufgefundenem Strickzeug. »Ich hab lieber auch kein Wort verlauten lassen. Gut, oder?«

Svenja kramte in ihrer Handtasche – der Browning fehlte tatsächlich. »Sie meinen den Brow…« Sie brachte das Wort nicht über die Lippen, zumal mindestens zehn Leute um sie herum standen.

»Nicht so schüchtern. Na jedenfalls gebe ich dir die Knarre zurück.«

Svenja fühlte Erleichterung. »Wo? Bei Ihnen im Zimmer?«

»Aber Schätzchen. Meinst du, ich lasse die Wumme hier rumliegen, damit sie eine Putze findet?«

»Wo soll ich hinkommen?«

»Du erinnerst dich an das nette kleine Kabuff, aus dem du gestern Abend getürmt bist. Da kannst du das Ding abholen. Bestimmt ergibt sich auch eine Gelegenheit zum ungestörten Plaudern. Also bis gleich.« Im nächsten Moment piepste das Besetztzeichen.

Svenja verließ die Bushaltestelle und ging mit hastigen Schritten zur Schwedenschanze zurück. Unterwegs blieb sie stehen und suchte noch einmal gründlich in ihrer Handtasche – die Pistole fehlte.

Die Tür des heruntergekommenen Häuschens stand weit offen. Jetzt in der Morgensonne wirkte es beinahe wie ein Bunker. Links und rechts lag der Uferweg völlig verlassen da.

»Frau Steigleder?«, raunte Svenja aus sicherer Entfernung in Richtung Eingang.

Keine Antwort.

Vorsichtig ging sie auf das Gebäude zu. Sofort stieg ihr wieder der Geruch von Dreck, Staub und Moder in die Nase. Sollte sie die Waffe hier drin selbst suchen? Aber die Steigleder wollte doch noch *plaudern*? Unschlüssig betrat Svenja den Raum. Das durch die Türöffnung hereinflutende Tageslicht ließ sie die Trostlosigkeit ihres gestrigen Gefängnisses schemenhaft erkennen. Sie wanderte umher und prüfte oberflächlich mögliche Verstecke. Plötzlich fiel ein dunkler Schatten in das Verlies. Svenja fuhr herum und starrte zur Tür hinüber, in deren Rahmen ein Mensch stand. Eine Frau.

»Frau Steigleder?«

»Ja. Sie suchen nach Ihrer Pistole?« Unverkennbar die Stimme der Autorin. Aber sie wirkte so anders, viel angespannter als vorhin am Telefon.

»Haben Sie die hier irgendwo liegen?« Svenja ging zwei Schritte auf den Eingang zu, stolperte, fing sich jedoch gleich.

Die Steigleder kam herein. Dadurch fiel wieder mehr Licht in den Raum. Allerdings nur einen Augenblick später stand erneut jemand im Türrahmen.

»Stehen bleiben.«

Beide Frauen reagierten sofort.

»Frau Itzig, bitte gehen Sie weiter rüber zur Ecke.« Die Stimme gehörte wohl einem jungen Mann, der freundlich, aber bestimmt zu ihr sprach.

Svenja gehorchte und rückte dahin zurück, wo sie gerade noch gesucht hatte. »So?«

»Ja, danke. Und Frau Steigleder bitte einen Schritt nach vorn.«

»Was soll das, Ha...«

Ein Blitz schoss aus der Hüfte des Mannes. Der nachfolgende Knall schien Svenja die Trommelfelle zu zerfetzen. Die Steigleder stand wie eine Steinskulptur da und sackte schließlich in sich zusammen. Im selben Moment herrschte schwarze Dunkelheit.

39 – DIE KATASTROPHE VERHINDERN

An Bord der 575 – nordöstlich Ustka (Polen) – X–85 Minuten

Pit stützte Ludger auf dem Weg nach achtern. Als er von der Brücke gekommen war und vom bald bevorstehenden Angriff berichtet hatte, hatte Ludger erneut die Unterstützung für die *Verbrecher* verweigern wollen. Erst nach einiger Überzeugungsarbeit und sinnlos vertanen Minuten war der Freund zum Weitergehen zu bewegen gewesen. Pit schob seine Schulter wieder unter Ludgers Achsel. Kurz darauf traten sie auf das Achterdeck. Lärm, Wind und Gischt peitschten ihnen entgegen. Pit blickte vorsichtig um die Ecke zu den Steuerbord-Startanlagen. Die Serviceluke, zwei Meter über dem Deck, würde er schon aufbekommen, doch Ludger da reinhieven?

»Du musst dir allein die Sache ansehen«, schien der Pits Gedanken zu erraten. »Ich komme niemals in den Container.«

»Vergiss es. Ohne dich geht da drin gar nichts. Ich blicke in den Gefechtskopf wie ein Schwein ins Uhrwerk.«

»Zumindest kannst du die restlichen Schrauben wieder reindrehen. Ich habe die Abdeckung vorn lediglich angeheftet.«

»Wir müssen den Vogel unschädlich machen. Der Boss dieser Selbstmördergang verlangt nur, dass die Rakete fliegt.«

»Wenn sie abhebt, gibt's kein Zurück mehr.«

»Was ist mit Selbstzerstörung?«

»Besitzt das Ding nicht.«

»Wie wird die Explosion ausgelöst?«

»Was – wie?«

»Woher kommt der Zündimpuls? Von einem Luftdruckmesser auf einer eingestellten Flughöhe? Bei einer bestimmten Geschwindigkeit? Über Fernzündung? Während des Aufschlags?«

»In dem Moment, in dem der Kopf oder die Vorderseiten der Flügel auf ein Hindernis treffen.«

»Die Schaltung würdest du erkennen?«

»Ja. Aber wie gesagt, ich komme da unmöglich rein.«

»Was ist mit den Klappen vorn und achtern?«

»Die öffnet die Hydraulik immer nur beide gemeinsam. Bei der Fahrtstufe kommen wir niemals gegen den Sturm in der Röhre an.«

»Dann müssen die eben langsamer fahren«, schlussfolgerte Pit.

»Die werden dich auslachen.«

»Wir tragen die Verantwortung für den sicheren Start. Davon hängt das Leben der Roma-Familien ab.«

»Geh doch hoch zum Boss«, schlug Ludger vor.

»Das mache ich. Welche Geschwindigkeit dürfen wir laufen?«

Ludger schaute nachdenklich auf die sprühende Gischt der Hecksee. »Allerhöchstens 20 Knoten.«

»Wie lange?«

»Hm. Öffnen können wir schon vorher – von hier unten aus. Auf dem HBS kontrollieren die das über die Anzeige und reduzieren die Fahrstufe. Dann klettern wir rein; dauert zwei, drei Minuten. Danach schließen die oben wieder den Container und erhöhen die Fahrt. Zuvor sollte aber die Serviceluke geöffnet werden, damit wir am Ende rauskommen.«

»Geht das mit dem Bein?«

»Muss. Du fängst mich halt auf.«

In Gedanken ging Pit den gesamten Ablauf noch einmal durch. »Warte hier, ich kläre das.« Er stürmte auf die Brücke und erklärte dem Rudergänger das Problem. Der schüttelte den Kopf – der Angriff laufe. Die X-Zeit stehe bei 08.35 Uhr unumstößlich fest. In genau 76 Minuten verlasse die Rakete das Schiff.

»Wird sie keinesfalls, falls Ludger nicht in den Container kommt«, entgegnete Pit trotzig, merkte aber sofort, dass er so kaum sein Ziel erreichte. »Was verlieren wir, wenn Sie für vier Minuten auf 20 Knoten verringern?«

»Vier Minuten? Wollen Sie da eine ganze Kompanie reinbringen?«

»Also gut; wir bereiten alles ordentlich vor – zwei Minuten.«

Der Rudergänger schien zu überlegen. »Kommen Sie mit.« Er ging in den HBS und beugte sich über die Seekarte. »X–40 gibt's eine Kursänderung, da müssen wir sowieso die Fahrtstufe reduzieren. Warten Sie bis dahin.«

Pit erschrak. »Was? Jetzt haben wir X–76, wie Sie selbst sagten. Sollen wir mehr als eine halbe Stunde rumsitzen? Bitte bedenken Sie, das Leben Ihrer Familien hängt am Erfolg des Raketeneinsatzes.«

Der Rudergänger rieb sein Kinn und starrte auf die Karte. Schließlich schaute er hoch. »Also gut, ich gebe Ihnen 100 Sekunden.«

Besser als nichts, lenkte Pit innerlich ein. »Wir klarieren unsere Sachen und öffnen die Klappen vom örtlichen Bedienstand auf Deck. Dann gehen Sie mit der Fahrtstufe runter, und wir haben 100 Sekunden, bis Sie wieder schließen.«

»Abgemacht.«

Pit hastete nach unten auf das Achterdeck. Ludger hatte schon das Werkzeug vorbereitet. Während er Pit gegen den Fahrtwind stützte, schraubte der die Serviceluke auf.

»Fertig«, erklärte er schließlich und legte den Deckel ab.

»Dann los.« Ludger drückte einen der vier Knöpfe an dem kleinen Bedienpult. Der Sturm riss jegliches Geräusch der Hydraulik hinweg; aber wie von Geisterhand bewegt, öffnete sich die hintere Klappe, ebenso die vorn. Keine zehn Sekunden, nachdem sie in der Endlage einrasteten, verlor das Schiff massiv an Geschwindigkeit.

»Los komm.« Pit kletterte am Ende des Containers hinein und zog Ludger nach oben. Ungeachtet des verletzten Beins klappte das erstaunlich gut. Kaum saß er auf dem Flugkörper, gingen die beiden Verschlussdeckel zu.

»An die Arbeit.« Pit kraxelte voran zum Kopf der Rakete, richtete den Lichtstrahl seiner Handlampe aus und schraubte die Verkleidung des Gefechtskopfes ab.

Dann lag das Innere offen.

»Was ist, erkennst du irgendetwas?« Pit stellte die Handlampe so, dass sie die obere Hälfte des Raketenkopfes in einen hellen Lichtkreis tauchte. Ludger beugte den Oberkörper darüber und leuchtete nacheinander mehrere Teile an.

»Und?«

Ludger schien die Ruhe in Person. »Zehn Sekunden solltest du mir schon gönnen.«

Pit biss die Zähne aufeinander und übte sich in Geduld.

Schließlich sah Ludger ihn an. »Keine Chance.« Er deutete auf einige Drähte, die in einem Schaltkasten verschwanden. »Die kommen von den Sensoren, die den Aufschlag auf ein Hindernis melden.«

»Und wo geht's dann hin?«

»Weiß nicht.«

»Kapp doch einfach die Kabel, damit läuft das Signal ins Leere.«

Ludger zuckte die Schultern; er schien zu überlegen.

»Also los, warum zögerst du?«

»Das dürfte keinesfalls reichen. Garantiert besitzt das Ding noch einen zweiten oder gar dritten Kanal für die Zündung.«

»Den aufzuspüren, haben wir keine Zeit.«

»Selbst wenn wir den Zündkreislauf lahmlegen, entschärfen wir den Vogel hier keinesfalls vollständig – die 700 Kilogramm TNT bleiben. Beim Auftreffen auf das Hindernis gerät der Resttreibstoff in Brand, und der kann wiederum die eigentliche Explosion auslösen.«

»Mehr können wir nicht tun. Kapp die Verbindung zu den Sensoren.«

Ludger nahm eine Zange und knipste die Kabel durch. Pit hielt den Atem an, aber nichts passierte.

»Was Sie machen?«

Pit fuhr der Schreck in die Glieder. An der Serviceöffnung erschien ein Gesicht.

»Wir … wir haben gerade … eh, den Gefechtskopf kontrolliert«, entgegnete er.

»Lassen alles Ruhe. Ich sehe an.«

»Los«, flüsterte Pit, »mach etwas. Wenn der das sieht.«

Mit zitternden Fingern schlang Ludger Isolierband um die aufgetrennten Enden der Kabel und verband sie so scheinbar wieder.

Der Mann, der eben noch draußen gestanden hatte, kletterte bereits auf der Rakete herum.

Nervös schob Pit das geflickte Stück in den Schatten des Klemmkastens und zog seine Handlampe weg.

Der Mann trat hinter sie.

Pit rückte zur Seite. »Kommen Sie, hier können Sie besser sehen.« Wer war das? Ihr Begleiter von vorhin hatte wohl keine Zeit; und der Raketenspezialist war ums Leben gekommen.

Der Fremde hockte sich hin, nahm Ludgers Leuchte und betrachtete den Gefechtskopf. An der Bastelstelle hielt er kurz inne und überflog schließlich den Rest. »Sein alles okay?«

»Ja«, entgegnete Pit zögernd, um nicht allzu forsch zu wirken. Der hat keine Ahnung, frohlockte er.

»Dann, Sie machen Schluss.«

»Warum?«, muckte Ludger auf.

Nach beendeter Arbeit solle er sie in der Offiziersmesse einsperren, bis die Startvorbereitungen beginnen. Er könne unmöglich die ganze Zeit auf sie achtgeben, er müsse wieder zurück in den Maschinenraum.

Der Rudergänger traute ihnen einfach nicht. Nachdem der erste Begleiter verschwunden war, hatten sie jetzt den nächsten am Hals. »Ihr Chef hat uns Bewegungsfreiheit auf dem Schiff zugesichert«, versuchte Pit einen schwachen Protest.

Der Aufpasser hob die Achseln. »Ich haben Befehl. Wenn Sie fertig, alles gut und Schluss.«

»Wir hätten aber noch einiges zu tun«, konterte Ludger. »Der Gefechtskopf muss geschlossen werden, das Leitwerk ist noch nicht kontrolliert …« Plötzlich hielt er inne und schaute an das Ende der Rakete, »… und der Container muss aufgeklart werden.«

»Der Boss sagt, das ihr machen bei Start.«

»Ja«, bestätigte Ludger. »Und falls dann Probleme auftreten?«

»Wie lange Sie brauchen?«

Wir müssen Zeit gewinnen, überlegte Pit. »Ich für meinen Teil …«, er wischte mit der Hand über die Stirn, »ich nehme vorerst eine kurze Auszeit auf dem Achterdeck. Die Enge hier, die Schiffsbewegungen, ich krieg beinahe einen Rappel.« Er wandte sich an den Aufpasser. »Warum die Eile?«

Der Mann habe den Auftrag, sie im Auge zu behalten, sei jedoch im Maschinenraum unabkömmlich.

Pit schlug ihm vor, alle Viertelstunden vorbeizukommen, so könne er den Fortschritt der Arbeiten kontrollieren. »Ich muss jetzt dringend raus.«

»Ich bleibe und ruhe mich hier aus«, erklärte Ludger und streckte sich wie auf einer Liegewiese aus.

Der Aufpasser schien zu überlegen. »Gut. Wir machen so.«

Um weitere Diskussionen zu vermeiden, kletterte Pit sofort in Richtung Montageöffnung. Auf dem Achterdeck stellte er sich in den Windschatten einer Seiltrommel und tat so, als würde er die frische Luft genießen. Der Mann von der Besatzung kam zu ihm und holte eine Zigarettenschachtel heraus.

»Sie auch?«

Pit schüttelte den Kopf. »Nichtraucher.«

»Ich noch fünf Minuten Zeit. Darf ich bei Ihnen stehen?«

»Gern.«

Er fingerte einen Glimmstängel aus dem Päckchen, krümmte den Rücken und zündete die Zigarette im Schutz der Jacke an. Dann nahm er einen tiefen Zug. »Wirklich gut von Sie, uns helfen.« Seine Gesichtszüge bekamen einen ernsten Ausdruck. »Wenn Sie nicht Peters Rolle übernehmen, wir bekommen kein Geld und müssen mit Familie zurück in Slum.«

»Wo haben Sie Deutsch gelernt?« Der Lärm um sie herum machte eine Unterhaltung beinahe unmöglich. Doch vielleicht konnte Pit durch einige Vertraulichkeiten den Mann für sich einnehmen.

»In Schule Deutschunterricht haben viel Freude gemacht, und ich oft DDR besucht. Politik war besser als in Rumänien. Ich wollen in DDR arbeiten. Aber nach 1990 wir Roma wieder Menschen dritter Klasse.« Er schwieg.

»Sie haben Familie?«

»Ja, meine Elena und zwei Kinder – zwölf und neun.«

»Sie sind früher zur See gefahren?«

Der Mann nickte. »1990 ich erst halb Ende in Ingenieursstudium. Konnte nicht fertigmachen. Mob von Straße schmiss uns aus Hochschule.« Er sah Pit an, und plötzlich huschte ein Lächeln über sein Gesicht. »Aber Herr Janning geben uns neue Chance.«

»Ach so?« Wovon redete er? Fünf Minuten nach dem Abschuss der Rakete starb er wie alle seine Kameraden.

»Boss verkauft Schiff an Schweden. Wir machen Arbeit gut. Heute wir zeigen Raketenangriff. Welche Geschwindigkeit wir haben, sehen Schweden schon jetzt.« Er nickte in Richtung der kochenden Hecksee, zog ein letztes Mal an der Zigarette und warf sie außenbords. »Wenn Deal klappen, wir bekommen Job für zwei Jahre. Wir fahren Schiff und lernen Besatzung.« Er sah auf die Uhr. »Oh, ich gehen in Maschinenraum.« Mit einem freundlichen Lächeln verabschiedete er sich. »Ich komme in Viertelstunde wieder. Nehmen Sie genug Zeit, Rakete muss treffen. Dann helfen Sie uns aus Elend raus.«

Der Boss der Roma hatte seinen Leuten die Wahrheit verschwiegen. Das Märchen vom Zweijahresvertrag hielt die Truppe bei der Stange. Nachdenklich blickte Pit dem armen Tropf hinterher, der in eineinhalb Stunden sterben würde. Hoffentlich bescherte ihm die Explosion einen schnellen Tod.

Pit trat ans Ende des Achterdecks. Der stürmische Fahrtwind zerrte an den Sachen und wirbelte ihm die Haare durcheinander. Mit starrem Blick schaute er in die aufsteigende Gischt. Was passierte, wenn er den Männern von der Besatzung die Wahrheit des Selbstmordkommandos vor Augen führte? Auf der 575 ginge alles drunter und drüber. Konnte der Rudergänger in dem Fall die Steuerbordrakete starten? Wer weiß? Womöglich brach eine Revolte nebst unvorhersehbaren Folgen aus. Nein, er durfte keinesfalls ... Unten an der Montageplattform blinkte etwas Rotes. Pit rückte zwei Schritte nach rechts. Tatsächlich. Da hing der rote Beutel, in dem das Handy stecken musste; er hatte sich unter dem Scharnier für die Verschlussklappe des Abgasschachtes verklemmt. Das Nothandy war gar nicht über Bord gegangen. Ob es noch funktionierte? Der Lederbeutel schien es gut abzuschirmen. Die Arbeitsplattform lag zwar nur knapp einen Meter oberhalb des Wasserspiegels, aber während der Fahrt gelangte die See dort unmöglich hin. Lediglich im Fall eines Stopps würde die zurücklaufende Heckwelle die Plattform überspülen.

Kam er an das Handy heran? Schlagartig fielen Pit die Drohungen von Janning ein. In einer guten halben Stunde würde der womöglich am Stralsunder Hafen erscheinen, die JUNO vermissen und sich an Svenja rächen. Pit schauderte bei dem Gedanken. Er musste ihr unbedingt sagen, was hier passierte, damit sie wenigstens etwas gegen den Verbrecher in die Hand bekam. Wie gelangte er aber da runter? Über die Leitersprossen am Heck, außen angebracht, könnte er vielleicht die Arbeitsplattform erreichen. Aber das Scharnier der Verschlussklappe lag innen in Richtung Mittschiffs. Wie sollte er am Abgasstrom vorbeikommen? Ja, wenn die 575 mit kleinerer Fahrt liefe wie vorhin, mochte es gehen. Doch der Rudergänger würde kaum erneut ... Moment mal. Was hatte der vorhin gesagt? Er solle bis X–40 Minuten warten, dann gebe es eine Kursänderung, während der das Schiff sowieso langsamer fahren müsse. Pit schaute auf die Uhr und rechnete: X–57; es blieb noch eine Viertelstunde.

Er rannte zurück zum Raketencontainer an Steuerbord und kletterte durch die Serviceluke.

»Wo bleibst du denn?«, empfing ihn Ludger. Er war mittlerweile ans untere Ende der Rakete gerutscht. »Ich habe da eine Idee, wie wir das Ding unschädlich machen können.« Er klopfte mit dem Fingerknöchel auf die Außenhaut der Rakete.

Pit schluckte seine Neuigkeit herunter. Er wollte erst hören, welchen Gedanken Ludger ausgebrütet hatte. »Ach so?«

»Pass auf.« Er berichtete von der Vorstartkontrolle, die nachher absolviert werden müsse. Dabei werde die Funktion der Ruder kontrolliert. »Danach blockieren wir die Höhenruder auf maximalen Steigwinkel.«

»Was bringt das?«

»Die Rakete nimmt eine steile Flugbahn …«

»… verliert dadurch an Reichweite und stürzt vor dem eigentlichen Ziel ins Meer.« Pit begeisterte der Gedanke in dem Moment, in dem er Ludgers Plan verstand. »Aber wie machen wir das?«

Ludger beugte sich zu den Flügeln herunter. »Wir fertigen zwei Klammern an und arretieren das Leitwerk in dieser Stellung.« Er zog den hinteren Teil des Querflügels in eine Schräglage von vielleicht 15 Grad nach oben.

»Hält das?«

»Zusätzlich setzen wir Keile an den Rändern ein. Im ehemaligen Funkraum liegt genügend Material herum.«

»Aber meldet die Rakete in dem Fall nicht eine Störung?«

»Nein.«

»Worauf warten wir dann noch? Ist am Gefechtskopf alles in Ordnung?«

»Ja, da habe ich zugemacht.«

Gemeinsam kletterten sie nach draußen – zuerst Pit, der anschließend Ludgers Sprung abfing.

»Die Serviceluke lassen wir vorerst offen.« Pit sah auf die Uhr. »In sechs Minuten kommt der Aufpasser.«

»In der Zeit bringst du mich in die Werkstatt. Da bastle ich an den Klammern, und du zeigst unserer Klette, wie toll wir alles vorbereiten.«

»Na dann los.«

Kurz darauf lieferte Pit seinen Freund unter Deck ab und hastete sofort wieder hinauf an Oberdeck. Er hatte beschlossen, Ludger nichts von dem gefundenen Telefon zu sagen – der sollte sich um die Leitwerkhalterungen kümmern. Den Aufpasser musste Pit möglichst schnell abfertigen, um rechtzeitig während der Kursänderung zur Stelle zu sein.

Am Raketencontainer kletterte er durch die Serviceluke und rückte an die Spitze der Rakete vor. Hier hatte Ludger bereits alle Schrauben angezogen. Um Action vorzutäuschen, setzte Pit den Schraubenschlüssel an. Wenig später tauchte der Kopf ihres Aufpassers an der Serviceöffnung auf.

»Sie arbeiten?«, schrie er Pit entgegen.

»Ja.«

»Ich komme später her. Keine Zeit. Machen gleich Manöver.« Und schon verschwand der Mann auch wieder.

Wenn die die Fahrstufe änderten, musste die Besatzung im Maschinenraum wohl auf ihrer Gefechtsstation sein. Umso besser; ersparte Pit sich diverse Ausreden. Er sammelte das Werkzeug ein und verließ den Raketencontainer.

Umgehend strebte er auf das Achterdeck und schaute am Heckspiegel hinunter. Das Handy lag noch immer an Ort und Stelle. Am liebsten wäre Pit sofort losgeklettert – wer weiß, wie viel Zeit ihm nachher blieb. Doch das Risiko schien einfach zu groß, von den siedend heißen Abgasen erfasst und außenbords gedrückt zu werden.

Seine Geduld wurde nicht lange auf die Probe gestellt. Bereits wenige Minuten später ebbte das Dröhnen der Turbinen ab. Eine unsichtbare Kraft zog Pit in Richtung Vorschiff. Er hielt sich am Handlauf der Reling fest und starrte ängstlich zur Arbeitsplattform hinunter – der Wasserspiegel stieg bedrohlich.

Jetzt durfte er keine Sekunde verlieren. Pit überwand die Reling und kletterte auf die eisernen Tritte außen an der Bordwand. Machtvoll traf ihn der glühende Atem der ausströmenden Abgase. Er spürte Pudding in den Knien; wie sollte er unten den Orkan heißer Gase überwinden? Schritt für Schritt hangelte er abwärts. Das Luftholen fiel ihm immer schwerer. Sehnsüchtig wanderte sein Blick hinauf. Vergiss den Stunt, verschwinde hier, hämmerte die Stimme der Vernunft in seinem Kopf. Der Ehrgeiz trieb ihn jedoch weiter. Vorsichtig ertastete ein Fuß die nächst tiefer liegende Stufe. Noch drei trennten ihn von der Plattform. Plötzlich schien eine Riesenhand das Schiff zu kippen – wie in einem Fahrstuhl schoss die Leiter mit Pit ins Bodenlose. Er schlang die Arme durch die Sprossen. Das Heck umspülte ein chaotisches Durcheinander. Pits Augen suchten das Handy. Aus dem Nichts rauschte auf einmal ein weißer Kamm heran.

»Nein!«, schrie er. Da rutschte der rote Beutel den Fluten entgegen und versank.

40 – DER REFERATSLEITER BRINGT SICH IN STELLUNG

Glücksburg – X–38 Minuten

»Ziel macht Kursänderung nach Backbord.« Die Meldung aus dem Lautsprecher vom PANTHER bestätigte die Schiffsbewegung, die Marschmann soeben auf dem Lagebild beobachtete. Seit einiger Zeit besaß der PANTHER Radarkontakt zur HANS BEIMLER, wodurch deren Manöver nun auch hier auf dem Monitor im Flottenkommando dargestellt wurden.

»Was soll das denn?« In Kernlers Aufschrei klang Hysterie mit.

»Ziel steuert 285 Grad«, kam die folgende Mitteilung über Funk.

»Warum weichen die vom Angriffsziel ab?« Kernler sprang auf.

»Die lassen Oskarshamn rechts liegen.« Tödliche Blicke trafen Marschmann, als habe er im Beisein eines hohen Staatsgastes einen schlüpfrigen Witz gerissen.

»Das sehe ich selbst!« Kernler stützte sich auf den Tisch und stierte den Monitor an. »Versteh's aber nicht.«

»PANTHER steht jetzt achteraus – circa 30 Seemeilen. Und die HANS BEIMLER läuft einige Knoten schneller, da werden wir sie kaum einholen.«

»Welches Angriffsziel steuern die an?«

Diese Frage quälte Marschmann auch. »Wenn ich das wüsste«, erklärte er kurz angebunden; im nächsten Moment stutzte er. »Das ist doch egal! Wir greifen sofort an! Näher kommt der PANTHER nicht mehr heran!«

»Die Genehmigung der Bundesregierung liegt noch nicht vor.«

»Wie lange dauert so etwas denn?«

»Inzwischen ist das uninteressant; selbst wenn die Angriffserlaubnis jetzt vorläge, würde sie ausschließlich für die Abwehr des Anschlags auf Oskarshamn gelten. Ich muss den Ministern das neue Ziel präsentieren! So schnell wie möglich.«

Das klang einleuchtend. Marschmann versuchte, in Gedanken die neue Lage einzuschätzen:

Die HANS BEIMLER lief direkt auf die Hanöbucht zu, die die Ostküste der Halbinsel Schonen bildete. Dort gab's keine nennenswerten Ziele.

Plötzlich stockte Marschmann der Atem. Hastig hantierte er mit Maus und Tastatur und vermaß einige Entfernungen auf dem Lagebild.

»Was machen Sie?«, wollte Kernler wissen.

»Ich male mir aus, wo die hinwollen.«

»Und?«

»Für einen Augenblick dachte ich, die greifen Malmö an.«

»Ich verstehe kein Wort.«

Marschmann erklärte kurz seine Gedanken: »Mit ihrem

Westkurs steuern die auf die Hanöbucht zu. Da leben kaum Menschen. Doch an der abgewandten Küste der Halbinsel liegt Malmö. Das würde allerdings 80 Kilometer Flugweite über Land bedeuten – die Maximalreichweite der Rakete.« Er schüttelte den Kopf. »Die Stadt zu zerstören, wäre einfacher gegangen. Die Distanz zwischen der Position, an der die HANS BEIMLER gekapert wurde, und der Metropole beträgt weniger als 50 Seemeilen. Da hätten die praktisch sofort zuschlagen können.«

»Lassen Sie sich etwas einfallen, ich brauche das neue Ziel!« Kernler ging auf seinen Platz. »Inzwischen gebe ich eine Zwischenmeldung nach Berlin durch.« Er griff zum Telefonhörer. Als gelte es, keine Sekunde zu verlieren, begann er zu tippen.

*

Glücksburg – X–37 Minuten

Fregattenkapitän Lüders nickte und gab das Schreiben des Ministers zurück. Seine Gesichtshaut schimmerte blass und wirkte, als habe er drei Nächte in einem verqualmten Zimmer durchgearbeitet. »Sehen Sie wirklich eine akute Gefahr?«

Der Referatsleiter steckte den Bogen Papier in die Innentasche des Jacketts und zuckte die Schultern. »Die Bundesregierung hat mich jedenfalls beauftragt, im Ernstfall einzugreifen. Herr Kernler hat eindeutig strengste Vorgaben verletzt. Der Einsatzbefehl verbot die Mitnahme einer Schusswaffe. Leider bemerkten wir erst gegen Mitternacht diese Eigenmächtigkeit. Und Sie haben ihn wohl beim Betreten des Führungsbunkers nicht kontrolliert?« Dieses Versäumnis der Herren von der Marine hatte dem Referatsleiter ein Vertrauter bei seinem Eintreffen in Glücksburg mitgeteilt. Die Information versetzte ihn jetzt in die Lage, hier aus einer Position der Stärke heraus zu agieren.

Der Fregattenkapitän schüttelte den Kopf. »Nein. Bei Besuchern aus Regierungsbehörden …«

»Ist schon gut«, unterbrach der Referatsleiter generös. »Ich werde die Situation klären, brauche dazu aber völlige Handlungsfreiheit.«

»Selbstverständlich.«

»Wo arbeiten Herr Kernler und Ihr Einsatzoffizier?«

»In einem separaten Kabinett, wo sie ungestört sind. Gut 20 Meter von hier.«

»Können wir uns irgendwo dort in der Nähe unauffällig aufhalten?«

»Sicher. Das Kabinett besitzt eine Pantry. Da passen aber höchstens zwei Personen rein.«

»Beide Räume verbindet eine direkte Tür?«

»Ja.«

Der Referatsleiter fand seine Vorabinformationen bezüglich der lokalen Gegebenheiten bestätigt. »Ich stelle mir das so vor: Ich besetze die Pantry und beobachte das Geschehen nebenan. Für den äußersten Notfall halten wir Feldjäger in Bereitschaft. Stehen die kurzfristig zur Verfügung?«

»Wie viele?«

»Na, ich denke, vier sollten reichen?«

»Zwei Streifen; die können in spätestens zehn Minuten hier sein.«

»Die postieren Sie in unmittelbarer Nähe des Kabinetts. Eingreifen dürfen die aber nur auf meinen Befehl oder in einer kritischen Situation. Dieses Kabinett, wie ist das abgesichert?«

»Außen schließt die Tür ein Zahlenschloss mit vierstelligem Code. Von innen kann man zusätzlich abriegeln.«

»Über einen Schlüssel?«

»Nein, mit einem fest montierten Drehknopf.«

Sehr schön, überlegte der Referatsleiter. »Den Feldjägern geben Sie bitte den Zahlencode, damit sie notfalls eingreifen können.«

»Verstanden.« Lüders ging zu seiner Bürotür. »Darf ich Ihnen die Örtlichkeit zeigen?«

»Gern.«

Die beiden Männer standen auf. Da klingelte Lüders' Telefon. »Sie gestatten?«, fragte er.

»Selbstverständlich.«

Lüders nahm das Gespräch entgegen und hielt den Hörer kurz darauf dem Referatsleiter entgegen. »Ein dringender Anruf für Sie. Auf Ihrem Handy sind Sie jetzt nicht zu erreichen. Ich geh schon mal raus auf den Korridor.«

Der Referatsleiter nahm den Hörer entgegen und wartete, bis der Fregattenkapitän das Büro verlassen hatte. »Ja?«

»Null-Null hier. Eins-Eins rief gerade an. Ist ziemlich nervös. Ihn plagt die Kursänderung des Objekts.«

Zum Glück verfügte Janning über die modernste Verschlüsselungstechnologie, sodass dieser Anruf nicht rückverfolgt werden konnte. Wohingegen die Nachricht selbst für den Referatsleiter wichtig war. »Eins-Null dankt. Ende.« Der Referatsleiter unterbrach die Verbindung. Auf diesen Janning konnte man wirklich zählen. Er ging zu Lüders hinaus.

»Entschuldigen Sie, aber Handys funktionieren hier in diesem Bunker unter der Erde nicht.« Lüders zuckte entschuldigend die Achseln. »Ihr Mitarbeiter hat das bereits zu spüren bekommen. Er musste auf einen Festnetzapparat umsteigen.«

Der Referatsleiter erschrak. »Und das Handy selbst?«

»Trägt er wohl in der Tasche. Wegen der Abschirmung brauchen wir die Geräte nicht einzusammeln.«

»Okay. Ich persönlich brauche nachher keinen Empfang – Telefonieren lenkt nur ab.« Der Referatsleiter steckte sein Smartphone ein und deutete Lüders, vorauszugehen. Nach einem kurzen Weg über verwinkelte Korridore betraten sie die Pantry, die ungefähr zwei mal drei Meter maß, kein Fenster besaß und mit einer hellen Einbauküche ausgestattet war.

»Da hinten geht es ins Kabinett.« Der Fregattenkapitän wies auf eine gepolsterte Tür am gegenüberliegenden Ende.

»Wie wollen Sie eigentlich mitbekommen, was nebenan vorgeht? Der Durchgang ist schallgeschützt.«

Der Referatsleiter holte sein Handy hervor.

»Das funktioniert ...«

»Nicht als Telefon. Aber meins kann noch mehr.« Der Referatsleiter drückte einige Knöpfe.

»Welchen Kurs läuft die HANS BEIMLER?«, war auf einmal Kernlers Stimme zu hören.

»Stabil 285 Grad.« Die andere Stimme musste dem Einsatzoffizier gehören.

»Wanze im Handy?«, wollte Lüders wissen.

»Genau. Funktioniert auch im ausgeschalteten Zustand.« Der Referatsleiter legte sein Handy auf einer der Anrichten ab.

»Weiß Herr Kernler davon?«

»Mitarbeiter müssen nicht alles wissen.«

41 – FLUGKÖRPER KLAR ZUM EINSATZ!

Stralsund – X–35 Minuten

Wie eine Mutter neben ihrem toten Kind hockte Svenja an der Seite von Rita Steigleders Leichnam. Ihre Augen hatten sich längst an die Dunkelheit gewöhnt. Der rote Fleck auf dem Rücken der Kostümjacke war kaum größer als ein Bierdeckel, und dennoch steckte kein Leben mehr in dem schlanken Körper.

Der Schuss und die Finsternis hatten Svenja gelähmt. Erst einige Zeit später war sie zu dem am Boden liegenden Leib gegangen und hatte nach Lebenszeichen gesucht, doch keine gefunden – keinen Puls ertastet und keinen Atem gespürt. Ein einziges Projektil hatte die Autorin ins Jenseits befördert.

Jetzt hockte Svenja hier als Totenwächterin und grübelte,

welches Schicksal ihr wohl selbst blühte. Die Steigleder hatte unzweifelhaft für ihre Redseligkeit bezahlen müssen. Weil sie sie bedrängt hatten? Aber die Autorin hätte Svenja in der Nacht nicht überfallen müssen … sie lauschte. Draußen tappten Schritte. Svenja erhob sich. Kurz darauf klapperte ein Schlüssel im Schloss, schwang die Tür zurück, und eine männliche Silhouette trat in das hereinflutende Licht.

»Kommen Sie bitte.« Dieselbe Stimme wie vorhin. »Herr Janning möchte Sie sprechen.«

All ihre Erwiderungen, Fragen und Anschuldigungen, die Svenja in den Minuten neben der Toten erdacht hatte, waren verschwunden. Sie nickte nur und folgte dem Mann. Aus den Augenwinkeln heraus sah sie zwei Muskelprotze in den Bunker gehen. Ihr Begleiter, ein Jüngling im grauen Maßanzug, lief in Richtung des ehemaligen Hafens. Kurz vor dem Ufer erkannte Svenja halb rechts Janning, der in der Art eines Sommerfrischlers an einem Klapptisch saß. Ein Gebüsch in seinem Rücken schirmte ihn gegen neugierige Blicke ab.

»Schön, Sie zu sehen.« Janning lächelte.

Auf der Svenja zugewandten Tischkante lag ein Baby-Browning – *Ihr* Baby-Browning? Sie ignorierte die Waffe und blickte Janning an. »Was soll ich hier?«

»Zunächst eine Lektion lernen.«

»Wenn ich nicht die Schnauze halte, legen Sie mich um, ja? Lautet so Ihre Lerneinheit?« Svenja erschrak ob der Heftigkeit ihrer Reaktion.

»Beinahe liegen Sie richtig. Doch warum diese Angriffslust? Ich entschuldige mich, dass Sie so lange bei der Verräterin ausharren mussten. Gewisse Vorkehrungen benötigten unerwartet viel Zeit.«

»Was wollen Sie noch?«

»Ihnen Ihr Eigentum zurückgeben.« Janning sah auf die Pistole.

Svenjas Hand zuckte vor, berührte den Browning aber

nicht. »Haben Sie Frau Steigleder damit erschießen lassen?«

»Sieht man das?« Janning betrachtete die Waffe aufmerksam, als überlege er, welchen Preis man dafür zahlen könne. »Die Polizei findet daran bestimmt Schmauchspuren.« Er lehnte den Oberkörper wieder zurück. »Und mit Sicherheit Ihre Fingerabdrücke. Soll ich das Ding für Sie entsorgen?«

Svenja nervte dieses süffisante Machogehabe. »Warum musste Frau Steigleder sterben? Weil sie uns das wahre Ziel der 575 verraten hat?«

Janning zog das Kinn kraus, als überlege er. »Nein, so würde ich das nicht formulieren.« Jannings Gesicht gefror. Die beiden Nase-Mund-Falten gruben sich zentimetertief ein. »Wären Sie nicht aufgetaucht, die Schnüfflerin hätte vielleicht eine Stunde länger gelebt.« Seine Züge entspannten sich wieder zu einem süffisanten Lächeln. »Also, werte Frau Itzig, nur keine Vorwürfe, *Ihre* Neugier kostete der Dame lediglich 60 Minuten ihres Lebens.«

»Warum musste sie sterben?«

»Weil die Gute mir in die Quere kam und meine Pläne durchkreuzte. Die Lady hätte einfach ihre Hände von Graf lassen sollen, und die Anzeige gegen Sie, liebe Frau Itzig, …«

Ein Handy, das auf dem Tisch lag, klingelte.

»Oh, entschuldigen Sie.« Janning nahm es auf und lief einige Schritte weg, sodass Svenja kein Wort verstehen konnte. Wenige Augenblicke später kehrte er zurück. »Entschuldigen Sie die Störung. Wo waren wir stehen geblieben?«

»Ich wollte fragen, ob Frau Steigleder uns die Wahrheit verraten hat.«

»Das kommt darauf an, welches Detail Sie meinen.«

»Kam Ihnen mein Einbruch in Ihr Hotelzimmer und meine Schnüffelei gelegen?«

»Ja. So brauchte ich Sie nicht *einzuladen*. Das Scheinziel Kronstadt funktionierte dann auch prompt. Die meisten der

Jagdhunde stöbern viel zu weit entfernt in den Wellen herum, um die 575 noch aufzuhalten.«

»Wie lautet der Auftrag des Schiffes?«

»Was behauptete Frau Steigleder in diesem Punkt?«

»Die 575 soll einen Raketenangriff auf das Kernkraftwerk Oskarshamn führen.«

»Diese Auskunft stimmt nur zur Hälfte.«

»Und welcher Teil?«

»Ja, die 575 wird eine Rakete abfeuern.«

»Nicht auf das AKW?«

»Nein. Mein Partner, oder nennen Sie ihn Kunde, wollte Oskarshamn in Schutt und Asche legen. Aber ich konnte das unmöglich zulassen. Stellen Sie sich einmal die radioaktive Verseuchung vor. Wenn die der Wind nach Deutschland herüberwehte. Das wäre unverantwortlich.«

»Mit wem stecken Sie unter einer Decke?«

»Hm, ich denke, die Antwort sollten wir uns noch aufsparen. Er rief gerade zum zweiten Mal an und forderte, die 575 auf den ursprünglichen Kurs zu bringen – das Schiff gegen das Kernkraftwerk einzusetzen.«

*

An Bord der 575 – südlich Öland (Schweden) – X–32 Minuten

Erschöpft stapfte Pit den Hauptverkehrsgang entlang. Der mühsame Abstieg, gepeinigt von den Abgasen – deren Hitze, Gestank und Lärm – und vor allem die Enttäuschung des Misserfolgs hatten seine Kräfte beinahe aufgebraucht. Aber er durfte sich unmöglich gehen lassen. Gemeinsam mit Ludger mussten sie den Raketenangriff vereiteln; hoffentlich hatte der die Klammern fertiggestellt.

Pit betrat die Werkstatt. Ludger saß auf einem Hocker an

der Werkbank und drückte mittels einer Art Brechstange auf einem Werkstück herum. Pit trat an ihn heran und versuchte möglichst entspannt zu wirken, um ihn seine Niedergeschlagenheit nicht spüren zu lassen. »Na, kommst du klar?«

»Da bist du …« Ludger schnüffelte. »Wie riechst du denn? Hast du irgendwo in einem Abgasschacht gelegen?«

»Ach … ich stand während der Kursänderung auf dem Achterdeck und habe die ganzen stinkenden Schwaden abbekommen.«

Damit schien für Ludger die Sache erledigt. Er hielt stolz zwei Eisenteile hoch, die überdimensionalen Wäscheklammern ähnelten. Die Schenkel waren zu einer Seite geknickt und besaßen an den Innenseiten Widerhaken.

»Wir müssen die Dinger gleich ausprobieren und anschließend verstecken«, erklärte Ludger. »Zum Verkeilen nehmen wir diese Aluminiumstücke.« Er breitete vier Bremsklötze auf der Werkbank aus.

Ludgers Zuversicht steckte jetzt auch Pit an. Tapfer kämpfte er die Gedanken an seinen Misserfolg nieder. »Na dann los, gehen wir ans Werk.«

Ludger griff nach einem Lederriemen auf der Arbeitsplatte, legte ihn über die Schultern und hängte die Klammern und Aluminiumklötze daran. Pit nahm ihre Werkzeugtasche auf und stützte den Freund. Erstaunlich schnell erreichten sie den Raketencontainer an Steuerbord.

»Dieses Mal klettere ich allein rein.«

»Schaffst du das?«

»Eh du dich da hochquälst, habe ich die Spangen längst probiert. Ich weiß schon, wie sie anzusetzen sind.«

»Aber bevor du etwas verbiegst oder gar zerbrichst, fragst du. Ich sitze hier unten.«

Pit drehte eine der Klammern so, als würde er sie an das Leitwerk ansetzen. »Wie kriege ich die fest?«

»Brauchst du nicht«, winkte Ludger ab. »Pass die Sachen so

an. Erst nachher, wenn's ernst wird, nimmst du einen Hammer.«

Pit hangelte hinauf und nahm die angefertigten Werkstücke entgegen. Am Heck der Rakete zog er die Höhenruder nach oben und schob anschließend die Klammern problemlos darüber; Ludger schien die Maße ganz genau abgenommen zu haben. Die Aluminiumkeile passte Pit an, ohne sie festzuklopfen. Anschließend klaubte er alle Teile zusammen. Doch wo verstecken? Er kroch auf die Unterseite des Geschosses, wo sich tatsächlich ausreichend Möglichkeiten boten, die *Hilfsmittel* zu verstauen. Während der Vorstartkontrolle lagen die Sachen dann auch griffbereit. Es durfte nur niemand mit am Container stehen. Aber in dem Fall könnten sie das Höhenleitwerk schwerlich arretieren, und ihr Plan platzte sowieso. Pit kletterte wieder nach oben, um Klammern und Klemmblöcke zu holen.

»Wo sein Kollege?«, hörte er auf einmal draußen jemanden rufen. Verdammt, der Aufpasser.

Pit traute sich kaum zu atmen. Zögernd legte er das Ohr an die Containerwand.

»Auf Toilette«, antwortete Ludger.

Der Idiot. Warum sagte der nicht, Pit erledige letzte Arbeiten hier drinnen?

Ihre Hilfsmittel mussten blitzartig verschwinden. Ohne lange zu überlegen, schob er sie über das Höhenleitwerk nach unten. Eine der Klammern geriet ins Rutschen und fiel polternd zu Boden.

»Was das?« Schon erschien das Gesicht des Aufpassers in der Öffnung der Serviceluke. »Los, du kommen raus.«

Pit gehorchte und kletterte auf das Deck. Der Aufpasser erwartete ihn wie ein Gefängnisaufseher den ertappten Flüchtling. Er dirigierte Pit mit vorgehaltener Pistole hinter das Deckshaus. Ludger wartete dort bereits.

»Du machen an Rakete Sabotage?«

»Quatsch. Ich habe letzte Handgriffe erledigt.« Pit überlegte, ob er empört reagieren sollte, unterließ es aber. »Damit der Vogel ordentlich fliegt.«

»Warum du lügen?« Er starrte Ludger an.

Der zuckte die Schultern.

»Okay, wir gehen zu Boss.«

*

Glücksburg – X–25 Minuten

Welches Ziel greift die HANS BEIMLER an? Keine Sekunde ging Marschmann diese Frage aus dem Kopf. Je eher er eine Lösung fand, umso eher konnte Kernler eine fundierte Entscheidung aus Berlin einholen. Inzwischen glaubte Marschmann die Antwort in der Person dieses Arno Janning zu finden. Die A-2-Informationen über den Mann und sein Institut für Entwicklungshilfe und Kooperation hatte er bereits gestern erhalten. Das IEK stand routinemäßig unter Beobachtung, weil dort auffallend viele ehemalige Sicherheitsleute aus dem Ostblock verkehrten. Den Papieren nach schien Janning in der Bremer Unternehmung lediglich eine Nebenrolle zu spielen, agierte zu besonderen Anlässen allerdings stets in vorderster Front – so wie im Fall der Überführung der HANS BEIMLER in den dänischen Hafen.

Aber was war das? Marschmann sezierte förmlich die entscheidenden Zeilen: Das zwielichtige Institut entfaltete einige Aktivitäten im Umfeld der neuen Ostsee-Pipeline Nord Stream. Janning war 2008 und 2009 mehrmals nach Karlskrona gereist, um mit der königlichen Marine zu verhandeln. Jetzt fiel es Marschmann wieder ein: Schweden hatte durch sein Veto das Projekt um die Erdgasleitung beinahe zwei Jahre blockiert. Unter anderem hatte die schwedische Marineführung schwere Sicherheitsbedenken ins Feld geführt. Die waren nie ausgeräumt worden, auch wenn das Land zwischenzeitlich zähneknirschend dem Bau zugestimmt hatte. Was lief da hinter der Bühne ab?

Marschmann betrachtete das Lagebild auf dem Monitor

und kannte augenblicklich das Ziel für den Raketenangriff. »Die greifen Karlskrona an.«

»Wie bitte?« Kernler sprang hastig auf und stapfte heran.

»In Karlskrona liegt die Marine, die Jannings Organisation ausschalten will.« Marschmann schaute Kernler an. »Sie können das Ziel nach Berlin durchgeben.«

»Nein!« Kernler verschränkte die Arme vor der Brust. »Ihre Spekulation gebe ich keinesfalls weiter.«

Marschmann verstand nicht. »Wir haben keine Zeit zu verlieren.« Er starrte auf das Lagebild. »In spätestens einer halben Stunde hat die HANS BEIMLER eine Angriffsposition erreicht.«

»Erst wenn die Intensionen der Terroristen eindeutig feststehen, werde ich tätig.«

»Also erst, wenn die Raketen bereits auf Karlskrona fliegen.«

»Wenn Sie das so sehen.«

»Sie spielen mit dem Feuer. Das ist unverantwortlich. Ich werde jetzt etwas unternehmen.«

»Unterstehen Sie sich. Sie verstoßen …«

Marschmann sprang auf und trat auf Kernler zu. Er wollte das Taktieren dieses Bürohengstes nicht mehr erdulden. »Was ich auf unseren Schiffen anweise geht Sie, mit Verlaub gesagt, einen feuchten Dreck an.« Marschmann wandte sich ab, stellte eine Verbindung mit dem PANTHER her und verlangte dessen Kommandanten, der sich umgehend meldete.

»Flugkörper klarmachen zum Einsatz«, befahl Marschmann.

»Welches Ziel?«, kam die nüchterne Rückfrage.

»Genau jenes, das wir seit 24 Stunden jagen.«

»Die Angriffserlaubnis der Bundesregierung hast du sicher vorliegen.« In der Stimme des Kameraden auf dem S-Boot lag eher Neugier als Widerspruch.

»Die besorgen wir gerade«, log Marschmann, obwohl er genau wusste, dass das Okay aus Berlin niemals vorliegen wird, so wie Kernler sich gab. Aber das war ihm jetzt egal. Glücklicherweise stand im Moment der PANTHER der HANS BEIMLER am nächsten; dessen Skipper würde Marschmann auch so zum Handeln bewegen können. »Das Raketenschiff verfolgt einen einzigen Zweck – den Angriff auf Karlskrona.« Und jetzt pokerte er. »Die P-15M kann auch einen Atomsprengkopf tragen.«

»Ich weiß«, blaffte der Kommandant am anderen Ende der Leitung, bevor er in Schweigen verfiel. Unter seiner Führung hatte der PANTHER mehrmals die Hafenstadt besucht. Die Besatzung pflegte bis heute enge Kontakte dorthin.

»Was reden Sie da von einem Atomsprengkopf?«, plärrte Kernler dazwischen.

Marschmann ignorierte den Ministerialhengst und starrte auf sein Mikrofon, als könne er den Kameraden auf See dadurch beeinflussen.

»Na schön – klarmachen kann ich meine Vögel ja«, kam endlich die erlösende Nachricht über Funk. »Meinen Jungs tut eine gefechtsnahe Übung bestimmt gut. Aber bevor ich dem Abschussbefehl folge, brauche ich das Okay unserer Ministerrunde aus Berlin. Ihr seid ja dran, das zu besorgen.«

»Widerrufen Sie den Befehl, sofort«, forderte Kernler. »Sie übertreten Ihre Kompetenzen und verletzen deutsche Gesetze.«

»Hast du es dir anders überlegt?«, fragte der Kommandant des PANTHER noch einmal.

Marschmann blickte Kernler aus zusammengekniffenen Augen an. »Nein. Flugkörper klarmachen. Ende.« Er trennte die Verbindung.

»Sie treiben den Mann mit unverantwortlichen Spekulationen in einen Bruch des Grundgesetzes.« Kernler baute sich vor Marschmann auf und stierte ihn von oben herab an.

Der versuchte, Gelassenheit zu demonstrieren – fest entschlossen, dem Wahnwitz Einhalt zu gebieten. »Sie meinen, ich manipuliere meinen Kameraden?«

»Ja. Den Hinweis auf mögliche Atomsprengköpfe hätten Sie niemals aussprechen dürfen.«

»Die fragliche Rakete zählt zu den Kernwaffenträgern.«

»Wir veranstalten hier kein militärtechnisches Quiz.« Kernler schüttelte den Kopf.

Marschmann richtete den Oberkörper auf, blieb jedoch sitzen und starrte den Regierungsbeamten an. »Ich unternehme alles, um den Wahnsinn zu verhindern.«

»Ach ja?« Aus Kernler schrie der blanke Hass. »Wie kommt die Marineführung eigentlich auf die wahnwitzige Idee, Hasardeuren Ihres Zuschnitts die Befehlsgewalt über Kriegsschiffe zu geben?«

Den persönlichen Angriff konnte Marschmann unmöglich im Raum stehen lassen. »Ihrem Gehabe nach wundere ich mich, dass die Marine in den Auslandseinsätzen noch keinen Krieg vom Zaun gebrochen hat.«

»Pfeifen Sie das S-Boot zurück. Sofort!«

»Da werden in Kürze Menschen sterben – und Sie lassen das zu? Kümmern Sie sich überhaupt um eine Entscheidung der Bundesregierung?« Marschmann erhob sich und trat einen Schritt auf seinen Widerpart zu. »Welches Spiel spielen Sie?«

»Stehen bleiben!« Kernler hielt auf einmal eine Pistole in der Hand und zielte auf Marschmann. »Bleiben Sie stehen, oder ich schieße.«

*

Stralsund – X–24 Minuten

Jeder vorbeikommende Spaziergänger mochte meinen, hier genoss ein ergrauter Vater mit seiner erwachsenen Tochter den sonnigen Morgen am Sund. Vorhin hatte der Jüngling im grauen Anzug einen Campingstuhl bringen müssen, und Svenja hatte Janning gegenüber Platz genommen, den Baby-Browning noch immer in Reichweite auf dem Tisch. Ihr schwirrten die Gedanken wie Bienen in einem Bienenstock durch den Kopf. Immer wieder rang sie ihr Verlangen nieder, die Pistole zu packen und Janning vor den Wanst zu halten. Aber darauf legte er es doch an. Warum nur? Andererseits, was sollte sie von ihm verlangen? Die 575 möge den Angriff abbrechen? Janning würde sich totlachen. Und garantiert geisterten irgendwo dessen Bodyguards herum, die sie eins, zwei, drei erledigten. Also blieb ihr nur, den Kerl in ein Gespräch zu verwickeln, um vielleicht noch das eine oder andere zu erfahren, womit man ihm das Handwerk legen konnte. »Wenn Sie mir schon Ihre Gesellschaft zumuten, müssten Sie auch für Unterhaltung sorgen.«

Janning schaute von seinem Laptop auf und nickte. »Was sagen Sie beispielsweise hierzu?« Er drehte den Rechner ein wenig in Svenjas Richtung. Das Display zeigte eine große und mehrere kleine Webcam-Aufnahmen eines Steinbruchs. Unter einer Felswand stand eine Holzbaracke, die die Ausmaße von drei 40-Fuß-Containern besaß, mit vernagelten Fenstern.

»Achtung.« Janning drückte eine Taste, und das Bild wechselte zu einer Gruppe Frauen und Kinder, die wohl in der Behelfsunterkunft saßen. Lag es nun an der funzligen Beleuchtung, oder beherrschte die Menschen wirklich eine bedrückte Stimmung – die, die zu erkennen waren, blickten leer und verängstigt aus tief liegenden Augen.

»13 Frauen und 21 Kinder – allesamt Familienangehörige der Männer auf der 575. Spuren die Kerle auf meinem Schiff nicht, betätige ich hier den roten Knopf.« Janning deutete auf das kleine Pult mit der blinkenden gelben Leuchtdiode, das neben dem Laptop stand. »Dann explodieren einige Ladungen Dynamit, und der Berg stürzt auf die Baracke.« Bei diesen Worten schaltete er auf die erste Einstellung der Webcam zurück.

Svenja befiel Übelkeit.

»Sind die Jungs brav, drücke ich die grüne Taste, und die Angehörigen im fernen Rumänien gehen unversehrt nach

Hause. Jedes Kind bekommt in dem Fall 50.000 Euro von mir überwiesen. Die Männer auf dem Schiff können das Schicksal ihrer Familienmitglieder jederzeit sehen, dort hängt eine ähnliche Ampel; allerdings ohne Bedienknöpfe. Schön, nicht?«

Svenja bereute, den Kerl zum Sprechen bewegt zu haben.

»Und so werden wir in wenigen Minuten den erfolgreichen Abschluss der Operation erleben.« Er schien kurz zu überlegen. »Wissen Sie übrigens, dass am frühen Morgen meine beiden besten Leute auf der 575 umgekommen sind?«

Svenja horchte auf. »Wie?«

»Erschossen.«

»Warum erzählen Sie mir das?«

»Ich vermute einen Anschlag.«

Das Schwein wollte ihr Angst einjagen oder eröffnen, dass Ludger nicht zurückkommt, weil er … Allein der Gedanke schien Svenja in den Wahnsinn zu treiben. »Was meinen Sie?«

»Ein Unbekannter entert ohne Erlaubnis mein Schiff, und wenige Stunden später sterben zwei meiner Leute.«

Pit, schoss es Svenja durch den Kopf. »Haben Sie meinen Mann umbringen lassen?«

»Um Himmels willen, nein.« Janning hob beschwörend die Hände. »Halten Sie mich für einen Barbaren?«

Svenja schöpfte Hoffnung. »Wenn Pit und Ludger am Ende des Einsatzes nach Hause kommen, helfen sie, den Tod Ihrer Angestellten aufzuklären. Das kann ich versprechen.«

Janning verzog seinen Mund, schien Zweifel andeuten zu wollen. »Leider unmöglich.«

»Warum? Die Polizei wird Untersuchungen aufnehmen.«

»Dazu werden die Behörden keine Gelegenheit finden.«

»Was heißt das?«

»Die 575 fliegt im Anschluss an den Angriff in die Luft.«

Svenja glaubte, ihr würde das Herz versagen.

*

An Bord der 575 – südlich Öland (Schweden) – X–23 Minuten

»Vorwärts, ihr gehen auf Brücke.« Der Aufpasser deutete mit der Pistole in Richtung des achteren Eingangs zu den Aufbauten.

Womöglich übertrug sich das Misstrauen des Mannes auf dessen Chef, und der stellte ihnen bis zum Raketenstart einen Wächter zur Seite; dann konnten sie ihre Manipulation am Leitwerk der Rakete vergessen. Wie konnte Pit ihren Aufpasser von seinem Vorhaben abhalten? Indem er ihm die Wahrheit an den Kopf warf? Er blieb stehen.

»Worauf du warten?«

»Bitte hören Sie«, bat Pit.

»Was?«

»Sie bekommen keinen langfristigen Job auf diesem Schiff.«

»Weil Sie Rakete kaputt montieren.«

»Nein, weil der Dampfer in die Luft fliegen wird – vier Minuten nach dem Raketenstart.«

»Warum erzählst du dem das?«, flüsterte Ludger aufgeregt.

»Sie lügen!« Der Widerspruch kam prompt und heftig, aber die Augen des Mannes sprachen die Sprache des Zweifels. »Sie wollen Trick machen.«

»Ist der Zeitzünder zu sehen?«, wollte Pit von Ludger wissen.

»Ja. Leuchtziffern markieren die Restlaufzeit. Man braucht nur die Haube des Gefechtskopfes runterzunehmen.«

Pit wandte sich an ihren Aufpasser. »Wir können's Ihnen zeigen.«

»Sie mich dabei überfallen.«

»Wir gehen beide allein rein«, schlug Pit vor. »Mein Freund kann eh nicht da hochklettern.«

Ihr Aufpasser blickte von einem zum anderen, schien zu überlegen und sagte schließlich: »Hier warten.« Und schon verschwand er.

»Wo rennt der hin?«, wollte Ludger wissen.

Pit berichtete kurz über das Gespräch, das er vorhin mit dem Mann geführt hatte.

»Da haben die die Jungs von der Besatzung verarscht.«

»Gleich kennt zumindest einer die Wahrheit.«

»Der darf danach aber keinesfalls seinen Kumpels etwas sagen. Sonst bricht Panik aus, und die Lage wird unbeherrschbar.«

Pit nickte. »Mal sehen, wie er reagiert.«

In dem Moment kam ihr Aufpasser zurück. Er deutete auf Ludger. »Ich dich hier festbinden.«

»Was soll ich denn anstellen?« Ludger zeigte auf sein verletztes Bein.

»Wollen wir auf Brücke gehen?« Er schien genervt.

Ludger hockte sich auf den Boden und streckte die Arme hoch zu einem Handlauf, wo er mittels zweier Kabelbündler gefesselt wurde.

Pit wollte die Werkzeugtasche aufnehmen.

»Brauchst du nicht«, wehrte Ludger ab, »die Haube ist nur angeheftet.«

»Okay.« Pit ging zum Backbordraketencontainer, nahm die Serviceluke ab und kletterte hinein. Der Mann von der Besatzung folgte ihm. Gemeinsam rutschten sie auf der Rakete nach vorn, und Pit deutete auf die wenigen Schrauben, die die Haube am Gefechtskopf festhielten.

»Sehen Sie, wir brauchten nicht einmal die Verkleidung wieder fest anschrauben. Das Ding sollte nie fliegen.«

Sein Begleiter sah ihn erstaunt an. »Aufmachen.«

Kurz darauf konnten sie die Haube abziehen. Die Leuchtanzeige stand noch immer auf 04:00.

»Die Zeit stehen still?«

»Ja natürlich. Erst startet die Steuerbordrakete, und dann beginnen die letzten vier Minuten des Schiffes.«

*

Glücksburg – X–19 Minuten

Irritiert starrte Marschmann in die Pistole, die ihm Kernler entgegenhielt. »Was soll das?«

»Wie gut, dass ich hergekommen bin. Anscheinend schenkt die Marine den Gesetzen keine sonderliche Beachtung und riskiert einfach mal einen europäischen Konflikt.«

»Da läuft ein Angriff auf ein befreundetes Land, und wir schauen zu. Ich versteh es nicht. Der PANTHER kann die Katastrophe verhindern.«

»Die Terroristen auf der HANS BEIMLER halten unschuldige Geiseln gefangen. Die wollen Sie umbringen?«

»Das müssen wir nicht.« Marschmann verlegte sich auf's Betteln. »Der PANTHER kann die abgeschossenen Raketen bekämpfen. Darin liegt zwar ein höheres Risiko, als wenn wir das Schiff angreifen, aber wir entsprechen allen gesetzlichen Bestimmungen. Nach meiner Einschätzung brauchen wir nicht einmal mehr die Zustimmung aus Berlin.«

Im Lautsprecher knackte es. »Flugkörper klar zum Einsatz!«

»Widerrufen Sie Ihren Befehl.« Kernler hob drohend den Pistolenlauf und zielte auf Marschmanns Kopf.

Glühende Lava aus Zorn fraß sich durch dessen Bauch und benebelte seine Sinne. Kernler drückt niemals ab, betäubte er die Angst und betätigte die Sprechtaste. »Danke. In Bereitschaft halten. Feuer erst nach ausdrücklicher Freigabe.«

»Pfeifen Sie Ihren Kettenhund zurück.«

»Ich wüsste nicht, warum.«

»Weil Sie eine Geheimaktion gefährden.«

»Ach so?«

Kernler schien kurz zu überlegen. »Also gut. Ehe ich Sie über den Haufen knallen muss, sollen Sie alles erfahren.«

Marschmann spürte die Anspannung, die ihn in entscheidenden Situationen befiel. »Und was?«

»Hätten wir ein Seesicherheitsgesetz, wäre dieser verdammte Terrordampfer schon längst bei den Fischen. Doch ohne müssen wir tatenlos dem Treiben zusehen. Da die Damen und Herren Volksvertreter kneifen, wird es in absehbarer Zeit auch keine zufriedenstellende Lösung geben. Es sei denn …«

Marschmann konnte kaum glauben, was ihm der Kerl da erklärte.

»… die Fernsehnachrichten vermelden der Bevölkerung eine furchtbare Gräueltat.«

»Verübt von der HANS BEIMLER unter deutscher Flagge.«

»Der deutsche Michel braucht Betroffenheit.« Kernler kniff die Augen zusammen. »Ich führe die Mission zu einem erfolgreichen Ende, und Sie funken gefälligst nicht dazwischen.«

»Sie haben sich gar nicht um eine Einsatzerlaubnis von der Bundesregierung bemüht?«

»Nein, warum sollte ich.«

Fassungslos fiel Marschmann in seinem Bürosessel zurück. »Die Regierung lenkt die …?«

»Es gibt ein Stillhalteabkommen mit dem Initiator der Operation.«

Marschmann packte die Wut. Er sprang hoch und stürzte auf Kernler zu. Erschrocken wich der nach hinten und riss die Pistole in den Anschlag. »Sie reden, als stehe die HANS BEIMLER im Auftrag einer Hilfsorganisation. Die startet in Kürze einen 700-Kilo-Sprengkopf mit Zielrichtung Karlskrona.«

»Je martialischer der Terrorangriff, umso eher verlangt die Bevölkerung geeignete Maßnahmen.«

»Aber da werden unschuldige Menschen sterben.«

»Das tut mir auch leid. Diesbezüglich hat unser Partner eigenmächtig den Plan geändert.«

»Verfluchte Scheiße. Dem schulden wir wohl letzten Endes noch Dank, dass er kein AKW in Schutt und Asche legt, sondern nur einige hundert schwedische Kameraden umlegt.«

Kernler schien für einen Augenblick abwesend, als überlege er. »Wir werden die Änderung des Ziels in die Presseschlacht der kommenden Tage einbauen.« Er sah Marschmann an. »Was halten Sie von folgender Schlagzeile? ›Heldenhafter Einsatz der Marine verhinderte den Weltuntergang!‹ Bilder aus Fukushima untermalen die Meldung, und Sie geben Interviews – steigen zum Medienstar auf. Im Angesicht des zerstörten Karlskrona werden die Menschen uns anflehen, ihnen umfassenden Schutz gegen Terroranschläge zu garantieren.« Er grinste feist wie nach einem gelungenen Coup. »Alle ziehen ihren Nutzen – eine echte Win-win-Situation.«

»Der Vorsprung des Ziels wächst.« Die Stimme aus dem Lautsprecher klang ernst.

Marschmann ekelte die Fratze, die ihn da angriente. »Ich erteile dem PANTHER den Angriffsbefehl.«

»Nein! Dann gerät der Zwischenfall binnen Wochenfrist aus den Schlagzeilen. Das Volk braucht ein Mahnmal vor der Haustür.« Kernler hob die Pistole. »Pfeifen Sie den Mann zurück, ehe er einen Fehler macht.«

Für einen Augenblick spielte Marschmann mit dem Gedanken, der Aufforderung nachzukommen – den PANTHER abziehen, den Bunker verlassen und in die Antarktis auswandern. Aber ließ Kernler ihn überhaupt gehen? Er kannte jetzt die Details zu einer Verschwörung der Bundesregierung.

»Geben Sie den Rückzugsbefehl!«, mahnte Kernler erneut.

Nein, die letzte Option eines Eingreifens musste er sich erhalten. Er drückte die Sprechtaste: »Bleiben Sie in Bereitschaft. Einsatz der Flugkörper erst auf ausdrücklichen Befehl! Bestätigen Sie!«

»Flugkörpereinsatz erst auf ausdrücklichen Befehl.«

*

Glücksburg – X – 12 Minuten

Der Referatsleiter stand an der Durchgangstür zum Kabinett und lauschte gebannt den Worten aus seinem Handy. Dass Kernler den Einsatzoffizier offensichtlich mit der Waffe bedrohte, kam seiner Mission entgegen.

»Der Vorsprung des Ziels wächst.« Die Nachricht klang undeutlich. Sie musste aus dem Lautsprecher, vom S-Boot-Kommandanten stammen.

Der Referatsleiter hielt die Luft an und hob die Pistole – kam jetzt der Zeitpunkt des Handelns?

»Geben Sie den Rückzugsbefehl!« Kernlers Stimme wirkte bedrohlich.

»Bleiben Sie in Bereitschaft. Einsatz der Flugkörper erst auf ausdrücklichen Befehl! Bestätigen Sie!«

»Flugkörpereinsatz erst auf ausdrücklichen Befehl.«

Guter Mann, dieser Einsatzoffizier. Der Referatsleiter hatte in den vergangenen Minuten große Hochachtung vor Marschmann bekommen. Schade, dass Kernler ihm die Operation verraten und damit dessen Schicksal besiegelt hatte.

*

Stralsund-Schwedenschanze – X – 11 Minuten

»Und Pit? Und Ludger?« Die Worte kamen Svenja kaum über die Lippen.

»Sagen wir mal so«, begann Janning in der Art eines gütigen Opas. »Bezüglich Ihres Ehemannes bestanden keine Vereinbarungen zwischen uns. Was allerdings Ihren Mitarbeiter betrifft, dessen unversehrte Rückkehr hatte ich versprochen. Aber!« Beinahe schlagartig nahmen die Züge des Mannes einen herrischen Ausdruck an – die zwei Nase-Mund-Falten gruben sich tief in die Haut ein. »Herr Rotgerber hat wegen Vertragsbruch sein Leben verwirkt. Er gewährte dem Eindringling Schutz. Außerdem schmuggelte einer der beiden ein Handy an Bord, das die Operation gefährdete.«

Dieses Schwein! Ludger hatte nie eine Chance gehabt, und Pit würde mit ihm sterben, während Janning hier den vertragstreuen Gentleman gab. Unbändige Wut packte Svenja. Sie griff nach dem Baby-Browning, zielte und schoss sofort.

Janning riss die Augen auf und fasste sich an den rechten Oberarm.

Der Knall der Waffe und der Schlag des Rückstoßes weckten Svenja aus ihrem Schock. Sie zog den Kopf ein, kniff die Lider zu – wann streckte sie ein Schuss nieder? Aber nichts passierte. Vorsichtig öffnete sie die Augen. Janning hielt immer noch mit der Hand seinen Arm.

Sie hob die Pistole erneut in Richtung ihres Widersachers.

»Hätte ich meine Männer nicht weggeschickt, ständen Sie jetzt vor Ihrem Schöpfer.«

»Brechen Sie das Unternehmen ab!«

»Warum sollte ich?«

»Weil ich sonst wieder schieße.«

»Dann zielen Sie aber genau, um mich sofort umzubringen. Andernfalls nutze ich meine letzten Kräfte, um den Berg in Rumänien zu sprengen. Könnten Sie mit der Schuld am Tod von 13 Frauen und 21 Kindern leben?«

»Die töten Sie sowieso.« Svenja wollte mit aller Macht gegen die Psychotricks des Schweins ankämpfen.

»Sie irren.« Er deutete zum Schaltkasten. »Erledigt die Besatzung ihren Job, blockiere ich über die grüne Taste dauerhaft die Sprengung, und die Türen und Fenster der Baracke öffnen sich.«

»Sie bluffen.«

Janning erhob den gesunden Arm, als gebe er den Widerstand auf. »Dann schießen Sie. Aber der Tod der 34 Unschuldigen wird Ihnen ewig anhängen.«

42 – ENTSCHEIDENDE MINUTEN

An Bord der 575 – südöstlich Karlskrona (Schweden) – X–10 Minuten

Ungläubig starrte ihr Aufpasser die Leuchtziffern an. Schließlich wandte er seinen Kopf Pit zu. »Ich wolle meine Kinder gute Zukunft machen. Zu bessere Schule schicken. Ich nicht sterben.«

Wie Pit ihn verstand.

»Und ihr?«

Was sollte er ihm sagen? Hier half nur die Wahrheit. »Wenn die Steuerbordrakete fliegt, dürfen mein Freund und ich gehen. Mit dem Motorboot.«

»Ich komme mit.«

Pit schüttelte den Kopf. »Das wird der Boss kaum erlauben. Um Ihre Frauen und Kinder zu retten, muss das Schiff explodieren, mit der Besatzung an Bord.« Pit richtete den Blick auf den Boden – Tränen traten ihm in die Augen.

»Nichts möglich?«

»Ich fürchte nein.«

In dem Moment verringerte die 575 die Geschwindigkeit.

»Ich gehe in Maschinenraum.« Der Aufpasser erhob sich. »Ihr helft, Rakete starten?«

»Ja. Wir machen alles, was Ihre Angehörigen rettet.«

Für den Mann war soeben eine Welt eingestürzt. Er nickte und kletterte unsicher nach achtern.

»Bitte warten Sie«, rief Pit ihm hinterher.

»Ja?«

»Verraten Sie Ihren Kameraden kein Wort von der Sprengung des Schiffes. Das Chaos könnte auch Ihre Frauen und Kinder gefährden.«

Er nickte.

»Und noch eins. Versuchen Sie nicht zu entkommen, Ihr Boss erschießt jeden Flüchtling.«

Erneut nickte er. »Verstanden. Du machen deinen Freund frei. Ich gehe in Maschinenraum, sonst kommen dumme Fragen.« Er stieg am Ende des Containers durch die Serviceluke und hielt inne. »Gutes Glück.«

»Leben Sie wohl.«

Er verschwand nach draußen.

Pit warf einen letzten Blick auf die Leuchtanzeige, die weiterhin 04:00 anzeigte, und kletterte anschließend an Oberdeck. Im Laufschritt kehrte er zu Ludger zurück.

»Wo steckt der Aufpasser?«, fragte der.

»Im Maschinenraum. Er lässt uns freie Hand.« Pit suchte einen Seitenschneider aus der Werkzeugtasche, knipste die Fesseln durch und schob das Werkzeug in die Gesäßtasche seiner Jeans, um seinen Freund beim Aufstehen zu unterstützen.

»Herr Rotgerber zur Vorstartkontrolle der Steuerbordrakete«, erklang es da aus dem Oberdecklautsprecher.

»Los, du musst mir helfen.«

Pit reichte Ludger die Hand und zog ihn hoch. Schnellstmöglich wandten sie sich nach Steuerbord. Die Klappen der Raketencontainer standen bereits offen. Pit erschrak, ihre Utensilien lagen für jedermann sichtbar auf dem Boden des Containers. Richtig, er hatte diese ja nicht mehr verstecken können. Pit machte Ludger aufmerksam, der winkte aber ab – die Besatzung habe bis zum Abschuss unter Deck zu tun.

In aller Ruhe schaltete er die Bordsprechanlage ein und gab seine Bereitschaft an die Brücke durch. Pit schaute ängstlich in die Runde; es kam tatsächlich niemand zu ihnen heraus.

Schließlich sprach Ludger einige Worte in das Mikrofon, und wie von Geisterhand gesteuert bewegten sich die Leitwerke der Rakete. Ludger bestätigte deren Funktion. Am Ende meldete er den Klarzustand der Waffe und nickte Pit zu. »Action!«

Er stürzte zum Container und steckte die beiden Klammern an die vorgesehene Stelle. Das Höhenleitwerk stand jetzt deutlich nach oben gerichtet.

»Oberdeck freimachen für Raketenstart«, dröhnte es aus den Lautsprechern.

Pit erschrak.

»Los, verkeil das Leitwerk!«, brüllte Ludger und reichte Pit einen Hammer aus der Werkzeugtasche. Der packte das Werkzeug, ergriff den ersten Keil, setzte ihn an und holte aus. Das Ding kippte um. Er stellte es wieder aufrecht, hielt ordentlich fest und schlug zu. Der Knall und das metallische Knirschen erschreckten ihn.

»Achtung! Achtung! Oberdeck verlassen! Raketenstart in zwei Minuten.«

»Mensch Pit, lass alles liegen. Wir müssen weg.« Ludger blickte kreidebleich herauf.

Das kam keinesfalls infrage, widersprach Pit in Gedanken. Dann wäre die ganze Schinderei umsonst gewesen. »Hau du schon ab«, antwortete er und platzierte den zweiten Klemmkeil. Dieses Mal traf der Hieb. Zügig folgten Nummer drei und vier. Geschafft.

»Achtung! Achtung! Raketenstart in 30 Sekunden.«

Nun aber fix. Pit warf den Hammer auf das Deck und sprang vom Rand des Containers herunter. Ein stechender Schmerz durchzuckte seinen Knöchel – der verfluchte Hammer.

»Achtung! Achtung! Raketenstart in 20 Sekunden.«

Die Flammen des Triebwerks würden ihn in Sekundenbruchteilen in Asche verwandeln. Pit stemmte den Oberkörper hoch, setzte den unverletzten Fuß auf, streckte das Knie und belastete das andere Bein. Unerträgliche Stiche fuhren in seinen Fuß und lähmten ihn.

»Achtung! Achtung! Raketenstart in 10 Sekunden.«

Er musste hier weg.

»9«

Pits Blick wanderte zum Lautsprecher, als könne er so dem Unheil Einhalt gebieten.

»8«

Er humpelte einen Schritt.

»7«

An der Ecke des Deckshauses tauchten Ludgers schreckgeweitete Augen auf.

»6«

Er öffnete und schloss den Mund, brachte aber keinen Laut hervor.

»5«

Plötzlich kam Pit die Idee. Er fiel auf die Knie.

»4«

Wie ein Baby, das die Freuden des Fortkommens entdeckt, robbte er zum rettenden Eingang.

»3«

Ludger winkte ihm, umklammerte das Schott.

»2«

Pit erreichte den Zugang des Deckshauses. Ludger fasste seine Arme.

»1«

Ludger zerrte ihn über die hohe Stufe.

»0 – Start.«

Mit lautem Krachen schlug das Stahlschott zu. Draußen setzte ein ohrenbetäubendes Zischen, Jaulen und Dröhnen ein.

*

Glücksburg – X + 10 Sekunden

»Flugkörper auf dem Ziel gestartet.«

Die Meldung schreckte Marschmann aus seinem Wachtraum. Kernler stand vor ihm und hielt weiterhin die Pistole im Anschlag.

»PANTHER? Eigene Raketen noch klar?«

»Sind einsatzbereit. Erbitte Feuerbefehl.«

»Machen Sie keinen Fehler. Denken Sie an die Folgen.« Kernler zog den Sicherungshebel seiner Waffe zurück.

»Erbitte Feuerbefehl.«

»Negativ! Warten.« Er brauchte nur das kurze Wort *Feuer* zu sagen, und schon wäre die Gefahr gebannt. Im selben Augenblick würde er sicherlich dem lieben Gott gegenübertreten, weil Kernler unweigerlich abdrückte.

»Erbitte Feuerbefehl.«

»Ne-ga-tiv!«

»Gut so.« Kernler genoss sichtlich seinen Triumph.

In dem Moment wusste Marschmann, er hatte das Falsche getan. »PANTHER?«

»Ich knall Sie über den Haufen.«

»PANTHER? Melden.«

»Hier PANTHER. Flugkörper außer Reichweite.«

*

Glücksburg – X + 20 Sekunden

»Hier PANTHER. Flugkörper außer Reichweite.«

Der Satz aus dem Handy bescherte dem Referatsleiter eine unbeschreibliche Erleichterung. Die Operation ging erfolgreich zu Ende, und das Zögern hatte sich ausgezahlt. Doch jetzt musste er zur Tat schreiten. Er streifte Handschuhe über und öffnete die Verbindungstür zum Kabinett.

Kernler und der Offizier standen einander gegenüber – Kernler mit der Waffe im Anschlag. Als der seinen Vorgesetzten erblickte, zeichnete zuerst Erstaunen dessen Züge, bevor im nächsten Moment ein breites Grinsen den Mund umspielte.

»Chef? Sie hier? Ich melde …«

Ohne ein Wort zu sagen, drückte der Referatsleiter ab und

traf Kernler in die linke Brust. Der erstarrte für Sekundenbruchteile und sackte dann wie eine Gummipuppe zusammen. Dem Offizier trat blankes Entsetzen ins Gesicht.

Der Referatsleiter lief zur Eingangstür des Kabinetts und verschloss sie mit dem Drehriegel. »Hat der Verrückte Sie verletzt?«, wandte er sich an den Offizier.

Der schien völlig unter Schock zu stehen. »Nein.«

»Jetzt haben Sie's ja überstanden.« Mit schnellen Schritten kam der Referatsleiter zu Kernler zurück, ging in die Hocke und tastete nach der Halsschlagader, konnte aber keinen Puls fühlen. Er steckte die eigene Pistole ein, nahm Kernlers Waffe vom Boden auf und erhob sich wieder. Der Offizier stand immer noch unbeweglich neben ihm und starrte ungläubig auf die Szenerie. Blitzartig hob der Referatsleiter den Arm und schoss dem Mann in die Stirn. An der Tür des Kabinetts wurde gerüttelt. Die Feldjäger hatten die Schüsse gehört. Schnell trat der Referatsleiter an den Platz, an dem Kernler gestanden hatte, und gab einen Schuss in Richtung Pantrytür ab, der im Rahmen einschlug. Die Tür des Kabinetts erschütterte ein mächtiger Aufprall von draußen. Der Referatsleiter legte die Pistole neben Kernler ab und hastete zum Eingang. In dem Moment flog auch schon die Tür auf, und ein Feldjäger brachte seine Waffe in Anschlag.

»Nicht schießen!«, rief der Referatsleiter. »Ich kam auch zu spät.«

*

Stralsund – X + 30 Sekunden

»Die Rakete ist gestartet.« Janning sah vom Laptop auf. »Die letzte Phase des Einsatzes läuft planmäßig.«

Svenja war auf einmal ganz ruhig. Sie hob den Baby-Browning und zielte auf ihren Widersacher. »Dann blockieren Sie die Sprengsätze im Steinbruch und erlösen die armen Frauen und Kinder.«

»Erst nach dem Abschluss der Operation.«

»Was heißt das?«

»Wenn die 575 ...« Janning brach ab.

»Wenn die 575 in die Luft fliegt. Sagen Sie es doch.« Unbändige Wut erfasste Svenja – sie riss den Abzug des Browning durch.

Janning starrte auf seinen Bauch, wo sich ein roter Fleck ausbreitete. In Zeitlupe hob er den Kopf. »Sie hätten mich sofort töten müssen.«

Als wäre sein Rücken an die Lehne gefesselt, hielt er den Oberkörper steif. Während Janning die linke Hand auf den Blutfleck presste, tastete sich die rechte ganz langsam in Richtung Schaltkasten. Seine Augen fixierten Svenja. Wie eine Krabbe kletterten Jannings Finger über die Armlehne und zogen den Unterarm nach. Schon krabbelten sie das Tischbein hinauf.

Svenja drückte erneut den Abzug der Browning; doch lediglich ein metallisches Klicken erklang – das Magazin musste leer sein. Spring hin und reiß das Kästchen an dich, schrie es in ihrem Kopf. Aber eine unbändige Angst lähmte sie: Was, wenn Janning die Bewegungslosigkeit nur simulierte? Was, wenn er bloß auf eine Regung von ihr wartete und dann blitzschnell die Sprengung auslöste?

Schon krabbelten die Finger auf die Tischplatte, nur noch Zentimeter vom Schaltkästchen entfernt.

Unaufhörlich sah Svenja das Unheil kommen. Ihr Kopf meldete Alarm, doch die Muskeln verweigerten jegliche Reaktion.

Jetzt stießen die Fingerspitzen an das Pult, das Unglück oder Rettung verhieß.

»Nein!«, schrie Svenja.

In dem Moment flog ein Schatten aus den Büschen hinter Janning, packte den Stuhl an der Lehne und zerrte ihn zurück.

Janning riss die Augen auf, ruderte wild mit den Armen, als könne er in der Luft Halt finden, und landete auf dem Rasen.

Svenja schnellte vor und drückte den grünen Knopf. Die gelbe Leuchtdiode verlosch, und die grüne ging an. Svenja starrte auf den Monitor des Laptops. Der Berg hing noch immer über der Baracke. Statt einer Explosion fielen die Verkleidungen von den Fenstern, und die zwei Türen sprangen auf. Kurz darauf stürmten Frauen und Kinder ins Freie. Svenja stiegen die Tränen in die Augen.

»Sie darf man einfach nicht allein lassen.«

Svenja schaute auf. »Kommissar Löffler?«

*

An Bord der 575 – südlich Karlskrona (Schweden) – X+70 Sekunden

Ludger saß auf dem Deck und zerrte an dem Schlauchboot, während Pit von der anderen Seite schob.

Plötzlich hielt er inne. »Das wird doch niemals etwas. Wir bringen das Ding nie ins Wasser. Vorher fliegen wir mit dem Dampfer hier in die Luft.«

»Hast du eine bessere Idee? Los weiter.« Pit rackerte nach Leibeskräften.

Ludger fasste wieder zu.

»Wir brauchen nicht zu sprengen!« Der Rudergänger stand auf einmal neben ihnen. »Unsere Frauen und Kinder sind frei. Die Ampel steht auf grün.«

»Sicher?« In Pit sprudelte ein Sturzbach der Gefühle.

»Ja. Ein Funksignal von zu Hause bestätigt die Anzeige.«

»Was sollen wir machen?«

»Entschärfen! Die Backbordrakete entschärfen.«

»Wie?«, fragte Ludger, der auf dem Rand des Schlauchboots hockte.

»Zum Zeitzünder gehen vier Kabel – zwei schwarze und zwei rote. Im äußersten Notfall, hatte Janning verraten, kappt man eines der schwarzen, dann stoppt die Uhr.«

»Durchtrennen wir die roten, fliegt alles in die Luft«, vermutete Ludger.

»Ja. Aber wir müssen uns beeilen, es bleibt kaum noch Zeit.«

»Kommen Sie.« Pit holte den Seitenschneider aus seiner Tasche und deutete dem Rudergänger, ihm zu folgen. Sie rannten auf die Backbordseite, wo die Containerklappen offen standen.

Pit enterte die Rakete an der Vorderseite und starrte wie paralysiert auf die Leuchtziffern: 01:12 – 01:11 – 01:10. Er rückte näher. Vom Anschlusskasten ging ein Kabel weg, das ein Isolationsschlauch umgab. Er zog daran und tatsächlich, darunter kamen vier Drähte zum Vorschein – zwei schwarze und zwei rote.

Die Anzeige lief unaufhörlich weiter: 00:51 – 00:50 – 00:49.

Pit wischte die verschwitzte Hand an den Jeans ab und öffnete den Seitenschneider.

»Sie müssen eine von den schwarzen Leitungen durchschneiden.« Die Stimme des Rudergängers zitterte.

Pit näherte sich mit seinem Werkzeug, zuckte aber wieder zurück. »Definitiv?«

»Ja. Schwarz bedeutet Rettung, und rot Katastrophe.«

00:36 – 00:35 – 00:34.

»Warum hat er Ihnen das verraten?«

»Für den Notfall.«

»Was für ein Notfall?«

00:27 – 00:26 – 00:25.

»Wie meinen Sie das?«

»Welcher Notfall kann eintreten, um die Selbstsprengung zu stoppen?«

»Eine Panik oder so.«

Ach so, überlegte Pit. Janning als Retter in der Not? Das ist absoluter Quatsch.

00:18 – 00:17 – 00:16.

Pit holte tief Luft. Er näherte sich mit dem Seitenschneider einem roten Draht.

»Nein, nicht!«, schrie der Rudergänger.

Pits Hand zitterte so, dass er erst beim dritten Versuch den Draht zwischen die Schneiden bekam.

00:06 – 00:05 – 00:04.

Er hielt den Atem an, kniff die Augenlider zu und drückte – Knips. Der alles zerreißende Knall blieb aus.

Langsam öffnete Pit die Augen. Die Leuchtanzeige stand auf 00:02.

Der Rudergänger starrte ihn fragend an.

»Ihr Widerstand wäre für Janning der Notfall gewesen. Und damit dennoch niemand zurückkehrt …«

»… sollte ich den schwarzen Draht durchtrennen.«

ENDE

WORTE DANACH

»Verdammt!«, mögen Sie empört schimpfen. »Jetzt lässt der uns mit einer offenen Geschichte allein. Traf die Rakete ihr Ziel? Was widerfuhr Pit und Ludger? Wie erging es Svenja?

Überlegen Sie einmal selbst und stellen sich vor, die Irrfahrt der 575 hätte tatsächlich stattgefunden. Welchen Abschluss hätten die Geschehnisse finden müssen, um in die heutige Realität zu passen: Die 575 liegt wohl vertäut in Peenemünde. Berichte über ein Terrorschiff und dessen Angriff auf das benachbarte Schweden blieben Europa erspart. Also mussten Ludgers und Pits Bemühungen von Erfolg gekrönt gewesen sein.

Aber hätte man die 575 nicht verschwinden lassen müssen, um die Affäre zu vertuschen? Während der Überführung verunglückt das Schiff einfach und geht unter. Das hätte allerdings unzählige Taucher angezogen, die womöglich die Wahrheit herausgefunden hätten. So kann jeder versichern, das Raketenschiff habe zu keinem Zeitpunkt den Hafen Peenemünde verlassen. Und um den Vorhang des Schweigens so dicht wie möglich zu weben, kehrten alle Beteiligten, zu strengster Verschwiegenheit verpflichtet, in ihren Alltag zurück. Svenja und Ludger gehen ihren Aufgaben beim SSK nach, und Pit schreibt Artikel für seine Zeitung. Und Janning? Wer weiß, möglicherweise taucht er überraschend als *Held* einer neuen Unternehmung auf.

Selbst wenn die Geschichte um die 575 nicht wahr ist, weil sie vielleicht nicht wahr sein darf – wahr ist, dass Deutschlands Seegrenzen verletzlich sind. Daran ändert auch der Präsidiumsbeschluss des Bundesverfassungsgerichts vom Juli 2012 zum Einsatz der Bundeswehr im Inneren nichts. Die heile Welt der Fernsehserie ›Küstenwache‹ existiert nicht. Um Deutschland von See her zu bedrohen, bedarf es keiner gekaperten 575. Was können Polizeischiffe und Beamte mit Handfeuerwaffen schon ausrichten, falls Terroristen einen 100.000-Tonnen-Gastanker in ihre Gewalt bringen und in die Elbmündung steuern?

ANHANG

Seemanns-Latein

Aufgeführt sind die wichtigsten seemännischen und militärischen Begriffe, die im Buch vorkommen.

Achtern	alles, was auf einem Schiff hinter der Mitte, also achterlicher liegt.
AIS	Automatic Identification System. Jedes Schiff muss einen AIS-Sender an Bord mitführen, der im Abstand von einigen Sekunden Name, Kurs, Geschwindigkeit und Position sowie Zielhafen des Schiffes sendet. Näheres und Beschreibung der AIS-Tarnung der 575 siehe unten.
Back	Oberdeck direkt am Bug; erstreckt sich bei Kriegsschiffen bis zur Vorderkante der Aufbauten.
Backbord	vom Heck zum Bug betrachtet, die linke Schiffsseite – gekennzeichnet durch ein rotes Positionslicht.
Bug	Vorderteil eines Schiffsrumpfes.
Deck	die »Schiffs-Etagen«; werden auf zivilen Schiffen mit Zahlen aufwärts und auf Kriegsschiffen mit Buchstaben vom Hauptdeck (H-Deck) nach unten und oben gezählt.
Deckshaus	die Aufbauten, die verschiedene Decks beherbergen.
DGzRS	die Deutsche Gesellschaft zur Rettung Schiffsbrüchiger ist eine nicht-staatliche Seenotrettungsorganisation, die 20 Seenotkreuzer und 41 Seenotrettungsboote unterhält.

Gischt — zerstäubtes Wasser, das ein Schiff bei der Fahrt durch die See aufwirbelt und das der Wind wegweht.

Gräting — Gitterrost aus Metall (ähnlich eines Fußabstreichers), das auf Schiffen als durchsichtiger Fußbodenbelag dient und den freien Blick auf darunterliegende Räume (wie z. B. der Bilge) erlaubt.

Hauptverkehrsgang — Gang auf dem Hauptdeck, der Back und Achterdeck miteinander verbindet und von dem aus die meisten Räumlichkeiten (ggf. über Niedergänge) zu erreichen sind.

HBS — Hauptbefehlsstand der Volksmarineschiffe, auf dem alle Kommunikationswege zusammenliefen. Die Raketenkorvetten der Tarantul-Klasse verfügen über einen HBS, der von der Brücke getrennt ist. Letztere dient ausschließlich der Schiffsführung.

Heck — hinterer Teil eines Schiffsrumpfes. Findet auch Verwendung für andere Fahrzeuge.

Heckspiegel — eine von den Seiten und dem Boden abgegrenzte Fläche als hinteres Ende des Schiffes.

Kabellänge — 0,1 Seemeile = 185,2 m. Auch kurz Kabel genannt.

Knoten — Maß für die Geschwindigkeit auf See; 1 kn = 1 sm/h = 1,852 km/h.

Leckwehrmaterial — Balken, Bretter, derbe Stoffkissen und Schraubzwingen, die zur Erstbekämpfung von Lecks eingesetzt werden und überall an Bord lagern.

Lotsenluke — ein ca. einen Meter über der Wasserlinie in die Bordwand eingelassenes Schott, über das Lotsen auf See von ihren kleinen Zubringerbooten auf ein hochbordiges Schiff gelangen.

MRCC Maritime Rescue Coordination Centre – international vernetzte Leitstellen zur Koordination der Seenotrettung. Die deutsche Station liegt in Bremen und wird von der DGzRS betrieben.

Niedergang Treppe auf Schiffen, die nach unten oder oben führt.

Pantry kleine Küche oder Anrichte; meist als Nebengelass von Offiziersmessen.

Schanzkleid massive, brüstungs- oder wandartige Begrenzung eines freiliegenden Schiffsdecks, die oftmals als Fortsetzung der Bordwand ausgeführt ist.

Schott eiserne Tür, die meistens Vorreiber zum Verschließen besitzt.

Schapp kleine Kammer.

Schwarzkittel abfällige Bezeichnung des Oberdeckspersonals für einen Maschinisten.

Seelenverkäufer nicht mehr voll seetüchtiges Wasserfahrzeug, das die Seelen der Besatzung (und Passagiere) riskiert beziehungsweise verkauft.

Seemeile Entfernungsmaß auf See; 1 sm = 1,852 km = 1/40000 des Erdumfangs am Äquator.

Skipper im eigentlichen Sinn der Kapitän in der Freizeitschifffahrt. Wird umgangssprachlich aber auch für Kapitäne der Berufsschifffahrt verwendet, insbesondere für kleine Fahr zeuge.

Stelling Zugang eines Schiffes, der nur aus einem schmalen Brett und Tauen als Handläufen besteht. Wird häufig auf Kriegsschiffen benutzt.

Steuerbord vom Heck zum Bug betrachtet, die rechte Schiffsseite – gekennzeichnet durch ein grünes Positionslicht.

Tarantul	Nato-Bezeichnung für die Klasse der Raketenkorvetten vom Typ der HANS BEIMLER
Trockenanzug	ein Tauchanzug, der den Taucher völlig gegen das Wasser abschirmt und ihn trocken hält.
Vorreiber	Hebel, der um einen Zapfen drehbar ist und so zum Verriegeln von Schotten, Türen oder Luken dient. Das Wirkprinzip ähnelt dem der früher gebräuchlichen Fensterreiber.
Waffenhellegatt	Raum auf Schiffen, der zum sicheren Verschluss von Handfeuerwaffen dient.
Wuling	Begriff für Gedränge, Durcheinander.

INTERVIEW MIT TINO SEMPER ZU DEN WURZELN DER GESCHICHTE

Den eigentlichen Anstoß zu dem Ostsee-Thriller »Gekapert« gab Tino Semper. Freundlicherweise war er bereit, dem Autor einige Fragen zu beantworten:

Hans-Jürgen Rusch: Wie wurde dein Interesse für die Hans Beimler *geweckt? Du bist ja bei der 6. Grenzbrigade Küste gefahren und hattest so keine Verbindungen zu den Schnellbooten und nach Dranske.*

Tino Semper: Auf die Hans Beimler bin ich durch unseren gemeinsamen Freund Holger Neidel und das Buch »Raketen über See« aufmerksam geworden, das er mitgeschrieben hat. Als Offiziersschüler wurden wir ja an der Rakete P-15 ausgebildet. Da hat mich Holgers Buch schon interessiert. Ist doch eine faszinierende Technik, oder? Außerdem gibt es auf youtube.com Videos über die Tarantul-Klasse. Wer einmal auf einem Kriegsschiff gefahren ist und dieses Schiff durch die See peitschen oder den Start einer Rakete sieht, kriegt doch nostalgische Gefühle. Mir ist es jedenfalls so ergangen.

Als wir dann mit Holger die Beimler in Peenemünde besichtigten, war doch alles wieder da. Angefangen von den Gerüchen auf einem Kriegsschiff – von Öl und Diesel bis zum Linoleum. Da ist es doch egal, auf welchem Typ man einmal gefahren ist. Ich fühlte mich sofort wieder um 25 Jahre zurückversetzt – erinnerte mich an die Kameradschaft von damals und natürlich auch an die aus heutiger Sicht manchmal skurrilen Geschichten, die wir erlebt haben.

Hans-Jürgen Rusch: Wie bist du darauf gekommen, der Hans Beimler *ein belletristisches Denkmal setzen zu wollen? Was hat dich auf die Idee gebracht? Welche Vorstellungen bewegten dich?*

Tino Semper: Wer wäre damals nicht gern mit einem Verband zu einem Flottenbesuch ins kapitalistische Ausland gefahren? Als im dritten Studienjahr an der Offiziershochschule die Fahrt nach Italien, die wir alle erhofft hatten, ausfiel, und wir stattdessen unsere große Fahrt auf Landungsschiffen in der Ostsee machen mussten, waren wir doch alle richtig enttäuscht.

So kam mir der Gedanke, wie es wäre, wenn man mit alten Kameraden so einen Flottenbesuch heute, 20 Jahre später, nachholen könnte. Es ging mir also primär zunächst nicht um die 575. Sie war eben einfach nur das letzte Volksmarine-Schiff, das irgendwie greifbar schien. Klar, keiner würde den Dampfer rausrücken! Da müsste man sich schon etwas einfallen lassen. Na ja, du hast es ja in deinem Buch beschrieben.

Sicher, ein Schiff wieder flott zu machen, das so lange an der Pier lag, halten heute (Marine-)Experten für unmöglich. Wenn ich mich aber zurückerinnere, was unsere Besatzungen manchmal ohne ausreichendes Material möglich gemacht haben, was improvisiert wurde, dann könnte ich mir durchaus vorstellen, dass ein motiviertes Team mit entsprechenden Mitteln heute durchaus in der Lage sein würde, ein Schiff wie die BEIMLER wieder flott zu machen.

Na ja, ich hatte mehr die komischen und skurrilen Storys vor Augen, die so eine Operation mit sich bringen könnte. Nun ist daraus ein spannender Thriller geworden. Ich habe ihn jedenfalls begeistert gelesen.

Hans-Jürgen Rusch: Du bist mir also nicht böse, dass in meinem Buch das motivierte Team keine ehemaligen Kameraden von uns, sondern ehemalige Waffenbrüder sind, und dass ich aus deinem Traum von einem nachgeholten Flottenbesuch einen Terroranschlag gemacht habe?

Tino Semper: Keineswegs! Bestimmt hätte die angedachte Geschichte nicht für solch ein Buch gereicht, und sehr wahrscheinlich wäre sie nicht so fesselnd wie ein Thriller um einen Terroranschlag mit aktuellen Bezügen gewesen. Irgendwie kommen ja die ehemaligen Kameraden im Buch zu ihrem Recht, wenn auch nur in einer Nebenrolle. Vielleicht weckt dieses Buch ja das Interesse der Leser an der BEIMLER und damit die Neugier an unserer *untergegangenen* Flotte.

Hans-Jürgen Rusch: Was wünscht du dir für die Zukunft der HANS BEIMLER?

Tino Semper: Ich würde mir wünschen, dass die HANS BEIMLER ein Stück deutscher Marine-Tradition wird. Wir haben ja immer ein problematisches Verhältnis zu unserer Geschichte. Es gab aber eine Volksmarine. Hier sind junge Menschen zur See gefahren mit all ihren Idealen, Wünschen und Sorgen – haben ihren Dienst verrichtet. Wäre das nicht eine ehrliche und echte Bereicherung der deutschen maritimen Traditionspflege? Das ist aber wohl nur eine Utopie.

Hans-Jürgen Rusch: Mit dem Rückenwind meines Ostsee-Thrillers »Gekapert« wollen wir ja versuchen, deinen Wunsch wahr werden zu lassen; damit er keine Utopie bleibt. Vielen Dank für deine interessanten Antworten und noch einmal recht herzlichen Dank, dass du mir den Anstoß zu meinem Buch gegeben hast.

KONFLIKTE UM DIE BAUGENEHMIGUNG DER OSTSEE-PIPELINE NORD STREAM

Das Projekt stieß auf heftige Kritik einiger europäischer Länder. Einerseits gab's da die Transitländer wie Polen, denen durch Nord Stream Durchleitungsgebühren entgehen. Und auf der anderen Seite rebellierte vor allem Schweden gegen das Vorhaben. Vordergründig hatte die schwedische Regierung Umweltschutzbedenken ins Feld geführt.

Aber spätestens das Einmischen des USA-Botschafters in Stockholm verdeutlichte die Tatsache, dass weitaus größere geopolitische Interessen auf dem Spiel standen als lediglich der Bau einer Gaspipeline in der Ostsee. 2008 hatte Michael M. Wood die Schweden aufgefordert, das Projekt zu blockieren. Die USA fürchteten eine Schwächung der Nabucco-Pipeline, die kaspisches Gas unter Umgehung Russlands nach Europa transportieren soll. Deshalb stärkten amerikanische Interessenvertreter den Schweden den Rücken, die in der Folgezeit auch militärische Bedenken gegen Nord Stream ins Feld führten: Man befürchtete eine stärkere Präsenz russischer Kriegsschiffe in der Ostsee, die angeblich die Gasleitung zu schützen hätten. Vor allem aber argwöhnte die Marineführung in Karlskrona eine Zunahme der Geheimdienstaktivitäten vonseiten Moskaus.

Ein Ende fand das Tauziehen schließlich 2009, als Schweden seinen Widerstand zum Bau der Ostsee-Pipeline aufgab. Im Herbst des Jahres war die schwedische Administration in eine Zwickmühle geraten: Der Kreml soll gedroht haben, Präsident Dmitri Medwedjew werde den EU-Russland-Gipfel in Stockholm boykottieren, falls nicht rechtzeitig in dessen Vorfeld die Genehmigung für Nord Stream erteilt würde.

AIS-TARNUNG DER 575 WÄHREND DER OPERATION BALTICJUMP

Im Bereich der Ostsee existiert keine Radarüberwachung von Land aus. Der Schiffsverkehr wird mithilfe der speziellen Funkortung AIS, dem Automatic Identification System, überwacht. Jedes Wasserfahrzeug ab einer bestimmten Größe muss einen AIS-Sender an Bord mitführen. Im Abstand einiger Sekunden schickt der ausgewählte Informationen über das Schiff an landgestützte Empfangsantennen oder Satelliten. Auf diese Weise stehen beispielsweise Angaben zum Schiffsnamen, über Kurs und Geschwindigkeit sowie zur aktuellen Position und zum Zielhafen zur Verfügung. Aus diesen Daten lassen sich unter anderem Bewegungsprofile errechnen. Die entsprechenden Anzeigen werden Interessierten auf den verschiedensten Internetplattformen (z. B. http://www.marinetraffic.com/ais) zugänglich gemacht.

Dieses AIS-System spielt für das *Verstecken* der 575 eine entscheidende Rolle. Schaltet die 575 einfach das AIS ab, verschwindet sie im Nebel der *Unsichtbarkeit*. Aber! Auf die Entführung des Schiffes reagieren Bundespolizei und Marine und suchen nach dem *Täter*. Jeder Jäger besitzt ein Radar, das das Seegebiet im Umkreis von bis zu 20 Seemeilen überblickt. Finden die Verfolger dann ein Radarecho, zu dem keine AIS-Informationen existieren, hat man ein verdächtiges Objekt entdeckt, das sofort einer Überprüfung unterzogen wird.

Um besagtes Problem zu umgehen, kann der Flüchtling das AIS von einem anderen Schiff übernehmen und anschließend in dessen Rolle schlüpfen, so wie das während des Einsatzes der 575 geschieht.

DANKSAGUNG

Zuerst möchte ich Tino Semper und Holger Neidel danken. Einst selbst Marineoffiziere, hängt ihr Herz seit Längerem an der HANS BEIMLER, die in Peenemünde als Museumsschiff liegt. Als Tino und Holger 2010 vom Verkauf ihres Babys nach Dänemark hörten, fragten sie mich, ob ich dem Schiff nicht wenigstens ein literarisches Andenken in Deutschland setzen könne. Mich begeisterte die Idee, und ich machte mich an die Arbeit.

Mein besonderer Dank gilt Herrn Konteradmiral a.D. Gottfried Hoch. Er erklärte mir sehr geduldig die Hintergründe der deutschen Sicherheitspolitik und unterstützte mich, ein wirklichkeitsnahes Szenario im Umfeld der Geschehnisse um die HANS BEIMLER zu entwickeln.

Danken möchte ich auch meinen fleißigen Probelesern, die mir geholfen haben, tückische Klippen zu umschiffen.

Weitere Krimis finden Sie auf den folgenden Seiten und im Internet: www.gmeiner-verlag.de